非写
不可

20小说家访谈录

走 走 ——— 著

GUANGXI NORMAL UNIVERSITY PRESS
广西师范大学出版社
·桂林·

图书在版编目（CIP）数据

非写不可：20 小说家访谈录 / 走走著．—桂林：广西师范大学
出版社，2019.11
ISBN 978-7-5598-2003-7

Ⅰ．①非… Ⅱ．①走… Ⅲ．①小说创作－文学创作研究－中国－
当代 Ⅳ．①I207.42

中国版本图书馆 CIP 数据核字（2019）第 154939 号

广西师范大学出版社出版发行

（ 广西桂林市五里店路 9 号　邮政编码：541004 ）
　　网址：http://www.bbtpress.com
出版人：张艺兵
全国新华书店经销
桂林金山文化发展有限责任公司印刷
（广西桂林市中华路 22 号　邮政编码：541001）
开本：787 mm × 1 092 mm　1/16
印张：23.25　　　　字数：310 千字
2019 年 11 月第 1 版　　2019 年 11 月第 1 次印刷
印数：0 001~5 000 册　　定价：68.00 元
如发现印装质量问题，影响阅读，请与出版社发行部门联系调换。

目 录

路　内
Lu Nei

小说家，1973年生，供职于上海市作家协会（专业作家）。2007年在《收获》杂志发表长篇小说《少年巴比伦》而受到关注，至2013年，发表于《收获》和《人民文学》共五部长篇小说。2014年以《天使坠落在哪里》为收尾篇最终完成了70万字的"追随三部曲"（《少年巴比伦》《追随她的旅程》《天使坠落在哪里》）。

敏锐会取代厚重

▶ 长篇和短篇都需要布局

走　走：不知道你有没有发现，你的小说音乐性很强，而且偏向摇滚风格。我指的是你对叙述节奏的处理，往往在一段密度很大的群戏场面之后，会来上一节舒缓优美的内心抒情。

路　内：被你看出套路来了，以后要想办法跳出编辑的预期。按照米兰·昆德拉的说法，长篇小说都是拿交响乐的格式来对位的，摇滚乐会不会太短了？

走　走：说摇滚乐，我可能被人物气质影响了。拿"追随三部曲"来分析你在文本中的交响乐编排？

路　内：我对昆德拉的理论不是很赞同。但我同意他隐含的一个观念，即"结构"。这个东西很立体。交响乐和建筑是立体的，是可以不断深入的、从框架到细节兼备的参照物。现在很多时候谈长篇的"结构"，在我看来只是在谈论一个二维甚至单线的东西，叫它"布局"或许更合理。这里并没有看不起"布局"，恰恰相反，长篇和短篇都需要布局。

仅仅从结果来看，"追随三部曲"有一个大的框架，它先讲这个人二十岁时候的故事，国营工厂最后的黄金时代；第二部倒回去讲他十八岁，技校时代；第三部才讲世纪末的城市变革。这么来说，第一部《少年巴比伦》成了一个基座，往后倒，往前推，形成了第二部和第三部。尤其到《天使坠落在哪里》，基本上就是前两部总和之后再往前推一把，把我要说的二十世纪九十年代的所谓"青春"彻底讲明白。我觉得从大框架来说，它更像动力学，而不是结构学。不过这个说法也很虚无。

走　走：那么《花街往事》呢？它的体量有一种史诗感，但就结构而言，却更像是你所说的线性布局。

路　内：我其实没法处理好《花街往事》里二十六年的故事结构，小说里人物太多，除了父子三人，其他关系都是不太固定的。我最后选择用八个中短篇来解决问题，长的长，短的短。这个写法的好处是可以把细节和人物状态更多地呈现出来，把时代感隐藏到后面去。它有点像打牌，看上去是线性地轮着出，但最后有人出得多，有人出得少。这反正也是个比喻，不是什么小说技巧。《去吧，摩西》那个小说里，福克纳用过这种方式。

▶"退出时代"的写作

走　走：我听你提过好几次受福克纳影响，但单从读者角度而言，恐怕除了地点的集中特征外，很难把你和他联系起来。

路　内：我说过他的母题在中国很难成立，宗教感和罪孽感、土地的情怀（中国是土地国有制），还有一个是种族。这件事困扰过我，后来我看一部中国早年出版的福克纳短篇小说集，前言里说：福克纳从来也没把他的哲学讲清楚过。我看了这句话就不困扰了。

如果纠缠在福克纳的母题里，这个当然可以，但这种"学习"是不是成立也很难说。类似的母题在各种作家那儿都出现过。那么退一步说，学习他的写作技巧，其实也看到底学哪部小说。他有一部很轻快的小说叫《坟墓的闯入者》，是他最后一部长篇小说，虽然不是很有名，但那种写法非常有意思。另外，《去吧，摩西》《老人河》也是用一种很传奇的、有力量的写法，跟《喧哗与骚动》是完全不一样的路子。我觉得《喧哗与骚动》是不可学的，一学，你就被人看出来了。

福克纳是个非常容易被表面化的作家，他有一个奇怪的地方就是，在他那个时代，他是退出的。他对他所处的时代简直什么都没写，"一战"啊，"二战"啊，几乎都没有涉及。也有人说福克纳狡猾。我觉得这个问题对学习者是挺致命的。今天在中国的写作，如果选择退出时代，结果会怎么样，大概不会引起任何关注吧？所以学他很难，学着学着也就放弃了，专注于欣赏他的叙事就可以了。

走　走：《上海文化》编辑、我的好朋友黄德海曾经有一个问题："福克纳从来也没把他的哲学讲清楚过——这话是放弃追问的意思了。'福克纳的哲学'这词有点怪，是不是可以这样说，福克纳是怎么思考这个世界和小说世界的？如果不能弄清楚福克纳思考的东西，那就不是对福克纳真正的学习，难道学福克纳只是学他的叙事技术吗？"

路　内：作家对作家的学习，是有分类法的，其实很投机取巧。在一个魔法师主宰的世界里，我们都可能充当盗贼的角色。我想，福克纳的遗产有一部分是交给了评论家，有一部分是交给了作家。作家是站在福克纳的肩膀上，首先向远处看；评论家是那个站在地面的人，他看福克纳的角度实在很不一样。

走　走：刚才你说到"退出时代"，其实你笔下的时代感，至少在"追随三部曲"中，即使不是退出，也是和当下保持距离的。我特别喜欢一句话，"小说是被上帝遗弃的世界的史诗"。记得你的《少年巴比伦》刚出来时，普通读者、专业读者都很惊讶，因为你写了刚从技校毕业的青工的工厂生活，那其实也是此前的学院派作家们不会看到的世界；而在非常独特的《云中人》中，那个边缘化的大学，也不是一个中心世界。为什么你会关注小说世界的"城乡接合部"？

路　内：我有个人经验啊，我整个青年时代就是在城乡接合部度过的。有些人说我写的是"小镇青年"，这个是没看明白。好多年以后，我才在青年时代的城乡接合部感受到了中国式的后现代特质，那个地方在不断改造，却又似乎永存，你越是想消灭它，它就越是庞大。《少年巴比伦》是个比较扎实的故事，加上个人经验的独特性，引起了一些关注。其实我到现在还在揣摩它到底是"现实"的呢，还是"后现代"的；它是"严肃"的呢，还是"狗血"的。我写它的时候，有一种异端的态度，所以造成了这样的效果。它自足地成为一个寓言。但这种态度在此后的小说中再也没有出现过，我知道该怎么去呈现所谓"城乡接合部"的特质，把它变成一个尽量向经典靠拢的东西，而不是解构它。现在想想也蛮悲摧的，那个颠覆的企图不存在了。

▶作品的竞争与文学素养的竞争

走　走：为什么那种"异端"的态度消失了？是因为你技巧纯熟到走在那前面去了，还是因为你主观上希望它清晰而"向经典靠拢"？你曾经想颠覆的是什么？

路　内：想颠覆什么我也说不清，但是这种想要颠覆的想法大概源于三十五岁以前对于常规小说的理解，包括中国当代小说中的荒诞、讽刺手法。我忽然觉得它们太弱了，它们的荒诞只在故事核心里却很少弥散在整个小说中从而成为一个气场。我就想写这么一个小说，有点像周星驰的电影，不入流是吗？可是它有一部分却可以秒杀常规的喜剧。至于这种"异端"态度的消失，内外因皆有。外界的一种说法是批评我只会写自己的故事，说是"自发写作"，当时我写了《少年巴比伦》，内心很得意，不能接受这种批判，所以还得写下去，也是为了击败这种论调；内因就是你说的，技巧纯熟了，"反社会"的故事也写完了，对常规的态度具有了理解力。至今还有人觉得我写的不是"纯文学"，我听了还挺高兴的，其实有些过誉了。

走　走：黄德海追问你：异端态度的消失，其实表明一个作家真正地要进入竞争行列了，你现在的手法就是要跟传统的竞争，那么，你竞争的生长点在哪里？你的不一样，到底到了哪个程度？

路　内：作家的竞争序列，学院评论家和文学期刊编辑最清楚，不好意思，这简直就是晋级赛。它甚至不是和传统文学的竞争，而是一个位置的竞争，你得先赢过这些作家才有资本谈自己浅陋的观念。我们有两种层面的竞争，第一是作品的竞争，你的作品够不够好，够不够卖；第二是文学素养的竞争，好比当初有人说我"自发写作"，这就是说你素养不够，你在啃自己的手指充饥。作品会说话，但观念是用来动刀动枪的。能说话算什么？我也看到过民间有一些作家在那儿骂前辈同行，基本上他们的观念也没有跳出"拳怕少壮"的范畴。

我想，一个当下的作家，处于中国的环境，他能念叨"这是最好的时代，也是最坏的时代"，其实这个想法是很天真的。马克思更雄辩的说法是"一切坚固的东西都烟消云散了"。你得承认，现代化是一个好东西，我们没有战争、饥荒、运动可写，也不能指望为了出大作而来一场世界大战，未来的写作会转向到哪里需要作者更敏锐地去探知。我写过一个发言稿，说，敏锐会取代厚重，成为当下写作的关键点。

▶ 卑微和高贵的人都在悬崖边站着

走　走：你的个人风格很强烈，很容易一眼认出，我概括它是，实在挺伤感的，而且很好笑。反过来讲也可以：实在很好笑，而且挺伤感的。我用这样的句式是为了强调，它不同于所谓的"笑中有泪"。这种特色的形成，我觉得和你个人经历有关。

路　内：正反都可以看，比如说"苦中作乐"，反过来是"乐中作苦"。很多写中产阶级的小说是在一片舒适的生活中找到了摧毁生活的东西。其实我也抱有这个念头，只是降格了。这和故事素材有关，《少年巴比伦》里面提到了甲醛车间、饲料车间，车间里的工人真是感觉不到痛苦，他们非常欢乐，有人主动要求扫厕所，不想再做操作工，因为扫厕所真的很清闲。等我脱离了那个环境才觉得这种事情不可理喻，它本质上就是个喜剧，稍稍伤感。后来我进了外资企业，发现在夏天烧窑的车间里，流水线的女工是不允许喝水的，四十摄氏度高温的地方，只有一台饮水机，里面的水一喝就会拉肚子。我要写这个小说的话，一定很严肃，那里面没有一点点喜剧因素了。

走　走：这么讲起来，你对你要描写的人物，其实有严肃的悲悯态度？我的意思是，你不是以一种居高临下的态度去讲述去代言，而是和他们贴身而立。

路　内：我一直怀疑自己的位置是否可以做到悲悯，这是一种神的态度。也不是贴身而立，要我说，是一种对于存在的不信任。人以什么方式存在，在这个世界上，卑微和高贵的人都在悬崖边站着。

走　走：我是在想，为什么你写的是底层小人物，但和其他所谓底层文学如此不同？

路　内：有一次我说，《花街往事》不是一部写底层的小说，因为在二十世纪八十年代，中国根本没有底层的概念。

走　走：我是不是可以这么解读，那些读起来别扭的底层文学，是因为他们只想体现层与层之间的差异，所以只能模式化去廓清，结果却忽略了人游走的可能性？

路　内：我没有看过太多国内的底层文学，不能用统计学的方式来评价。片面地讲，它可能太关注"现实主义"层面，而忽略了文学的现代性，当下的底层都是现代社会的产物，资本主义的产物。中国作家写起这个来可能缺乏经验，但是欧洲作家写这个东西大约有两百年的经验了，从马克思那个时期就开始写。我们看了那么多欧洲小说，忽然发现自己身边的社会出现了类似模式，作家写这个要从头学起，但读者早就跑到作家前面去了。

▶写作是一个拓展的过程

走　走：我以前开玩笑，说"文青"们的第一部作品往往因为对过去抱有怨恨，因为我觉得喜爱过去的人，除非有普鲁斯特的本事，才能一路避开急切炫耀、喋喋自恋的叙述陷阱。你的过去，在网上一搜就知道，很精彩，你干过各种工作，有过各种人生经验的积累，那么你对你的过去是什么态度呢？为什么你看起来似乎无法停止重写它们？你觉得你是在一再直视吗？

路　内：我在小说里都写了，在《天使坠落在哪里》中："根据作者介绍，我干过工人、营业员等几十个工作，它们其实是人生的废话。"它们确实是没用的东西，但是也不一定。这次在巴黎书展上，王安忆老师说她比较遗憾的是没有念过大学，我当时想，如果念了大学，她青年时代那些经验，肯定也就不存在了。她可能会变成一个学者，可能还会写《天香》，但是起步的那些作品如果没有的话，或许就不会有后来的《长恨歌》和《天香》了。这几乎就是天注定。我现在看自己的过去就是持一个旁观者的态度，现在的我是一个"他者"。不过，我不同意你说的"无法停止重写它们"，至少《云中人》和《花街往事》都不是我自己的故事。

走　走：我说的"无法停止重写"指的是一种情绪，它不是怀旧，而是用一种很有活力的、当下的态度去看。所以我问的是，你是否直视，还是余光一瞥，等等。我觉得因为有这样一种情绪支撑着你，导致你的每一次看向过去的作品，都呈现出完好无缺的细节。也就是说，你一直在对过去进行亲切而详尽的再创造。我举个不恰当的例子，你不会像有些作家那样，经常用当下新闻作为写作素材。

路　内：你这么一说，我对自己又不满意了。这种沉溺于过往的写作是否显得太软弱，不够强硬、不够雄辩？以后我肯定会写一些你说的"新闻素材"式的小说。这不是坏事，关键看写成什么样子。写作是一个拓展的过程。反正我主要写长篇小说，写完一个，也就等于是走过了一个坎。

走　走：青工生活，你有了"追随三部曲"；从"文革"到1990年代改革开放，你有了《花街往事》，那么现在呢？你还打算写什么？我们常说书写是带着欲望进行的，你觉得你现在的欲望是什么？真的挑战一下"新闻写作"？

路　内：我现在正在写的长篇，作家协会都上报了，也就不存在保密性了。名字叫《慈悲》，写一个人一生的经历，但不会很长。这个小说是多出来的，本来不在计划内，但是得趁早写掉，免得我转向以后对此失去兴趣。再往下我可能会写一部和《云中人》平行的小说，那个里面会有一些新闻素材。但是我还真搞不清什么叫"新闻写作"，最近有人教我写深度报道的技巧，我觉得蛮有意思的。"记者"这个叙述人的位置在小说里应该成立的吧。我对评论界设定的各种界限没有什么兴趣，万一写砸了也是我的能力问题，不是文体和素材的错。

走　走：作为你的编辑，我们之间有过的争论、"不快"，基本都围绕着是否要删去你的某些闲笔。一方面，你在集中描写一个场面时，相当节制，可以说，句句精彩。但是一旦脱离掉那一大段精彩，它前后的段落，尤其在对话和感慨、议论的时候，你会游戏过度、叽里呱啦，让人很分心，既能感受到叙述者的热情，又觉得好像写作者酒喝多了。而你大部分时候，不愿意删去那些……

路　内：波拉尼奥说的嘛，人们情愿看大师练剑，也不愿意看他们真实的搏杀。我有个念头可能不入流：这些闲笔构筑了小说世界的外围防线，是一种古怪的伪装。这可能也是我的风格，但《天使坠落在哪里》不是的，它是一部局部刻意啰唆的小说，是文体所在，到某一部分忽然立起来，像诈尸一样。我连这小说的题目都取得"玛丽苏"（就是说这个题目很少女、很妩媚，假装纯情啦），别人觉得奇怪，我反而无所谓了。

走　走：有很多知名男作家，其实写不好女人、写不好性。作为一个女编辑、你几乎所有作品的第一女读者，我得承认，你笔下的女人都因为她们的个性而可爱。你作品中涉及的爱情都很浪漫，浪漫是因为她们很少考虑物质现实，她们不害怕自己都无法掌握的命运，她们有情有义。但是，你笔下的人物，似乎都年轻得根本不需要走进婚姻。作为一个已婚多年的男作家，你似乎有意忽视了婚姻生活这个主题。

路　内：我好像有点来不及写。而且确实如你所说，我有意忽视了它，因为婚姻生活被写得实在太多了。很有可能我一辈子都不会有机会写这个，但我一定会写一部关于中年或老年的小说，写一个人的性史，从他青年时代接触的女性一直写到他中年以后。如果写长篇小说的话，婚姻只能是其中的一部分，而不会成为主线。另外我觉得自己也写不太好女性，我总是按自己或者叙述人的想法曲解她们，把她们归类。如果写女性知识分子我简直无从下手。

走　走：确实，我也很难想象，我去写一个男性政府官员……你写作时考虑读者吗？有一个作家说，要时时刻刻考虑读者想看什么。我不知道你怎么处理这个问题，但至少从呈现出的结果来看，你的小说对读者而言，很舒适，你不会弄很复杂的形式去挑战读者，不会在文本层面制造阅读障碍。

路　内：我觉得这个说法简直是讲给评论界听的。"追随三部曲"从整体上来讲是不设防的，它只有"伪装"，读者能看懂，如果他看不懂呢也没关系，那就看个热闹吧。但是也有例外，很多读者抱怨看不懂《云中人》，我就说要么看看拉康再说。其实我也是说胡话，提什么拉康呢。评论家都看过拉康，读者都不会去看拉康，就是这样。

▶不会写长篇的作家才觉得短篇难写

走　走：你好像还写诗（在你的长篇小说里，几乎每部都有诗歌的踪迹）？

路　内：我最早就写小说，二十四岁在《萌芽》发表短篇打头的……我写诗都是胡写，不值一提。这件事在我这儿不占任何位置，我只在乎写小说。我不会写专栏，不会写诗，不会写散文，后来发现自己连创作谈都写不好。不过这都不要紧。

走　走：那你什么时候决定要开始写作？它的深层原因到底是什么？是像《少年巴比伦》的开头那样，只是为了给自己的女朋友讲个故事？我记得波伏娃说过的写作理由很感性：我渴望被爱。我十八岁时读了《弗洛斯河上的磨坊》，那时就梦想着有一天有人会以我爱乔治·艾略特的方式爱着我……你会有这样的希望吗？

路　内：我好像很难说清自己为什么要写，冯唐说他内心肿胀，我经常感到无话可说，内心空虚。读者的爱是不长久的，作家几年不写，读者就会忘记作家，如果要维持这种爱只能不停地写，或者写出永恒之作。但是永恒仍然是一种机缘，一种无常。写作之初的那个动力，和现在差别很大，比如我第一次看到《少年巴比伦》发表在《收获》，我写过这件事，是黄昏在天桥上看的，我觉得太惊悚了，这么多字都是我码的，对于《收获》的崇拜感从青少年时期慢慢返流回来，我确信自己还能写下去。现在不一样，慢慢地对这些都不在乎了，现在有人批评我的小说我根本无所谓，甚至蛮愿意围观的，我变成了一个"他者"。以后再写，可能就是去找到文学和人性中比较本质的、隐秘的东西吧，它和技巧有关，和见识有关。

走　走：据我所知，你的每一部长篇都经历过很大的修改、调整，甚至是几易其稿。你推翻的，主要是什么？可以结合你的几部作品具体讲讲。

路　内：我写长篇一般是起首特别慢，也没有提纲，我心里大致有一个方向就够了。起首我会不断地调整，找到它适合的位置。这个过程中会推翻故事，推翻结构，甚至是推翻语言。然后慢慢地加速，到中段的时候肯定还会再有一个反复，结尾通常写得很快，因为前面的东西立住了，后面就好办了。比较痛苦的是写《云中人》，我写了两年半，因为这个小说前端和后端的东西卡得太紧密，前端线索直接影响到结尾，碍手碍脚，特别不适合我的写作习惯。其他小说比较容易些，它们是跟着人物命运走的，线索可以稍微散一点，我写起来就舒服了。所以我到现在都不写中篇小说，大概就是这个原因。

走　走：短篇小说呢？你好像应邀写过好几个短篇小说，在你看来，短篇小说和中篇小说，技巧上有很大的不同？我记得我看《巴黎评论》，好像有人问过杜鲁门·卡波特这个问题，他的回答是，只需悟到如何用最自然的方式讲故事就可以了。他提供的方法很简单，就是这个故事没法换一种讲法，要像一只橘子一样不容置疑。

路　内：好像也没有明确的界限。如果八千字的短篇和五万字的中篇相比，那么体量上肯定很不一样，作者的预期也会不一样。塞林格的短篇集《九故事》是一种很不错的短篇范式。中篇会有一种展开的需求感，我对它的落点在哪里表示无能，也许在电影中它可以更好地反映出来。长篇允许闲笔，短篇在我看来压根就是闲笔本身，只有那些不会写长篇的作家才觉得短篇难写吧？只有中篇小说是需要卡住位置写的。

走　走：刚才你提到电影，听说你有两部长篇小说正在被改编成电影，其中《花街往事》的剧本还是你自己在写。在这个过程中，你觉得有哪些东西是只能为小说而存在的？

路　内：蛮有意思的，一开始我觉得是小说中的气场、心理，后来我看了别人写的剧本才发现，小说中那些粗俗的东西，粗俗得近乎闪光的部分，恰恰是电影最不能容纳的。这个"粗俗"不是贬义词，而是一个特质，比如品钦就是一个被评价为带有"粗俗"气质的作家。这个东西一旦进入电影，处理得不好就会直坠而下，人在视觉上似乎没有办法忍受语言上呈现出来的放荡、修辞、无逻辑。后来我想，恰恰是小说的关键部位，即那个叙述人的位置是电影达不到的。电影始终给观众一种代入感，小说是可以推开读者的，与读者保持距离，不要那么严肃也不要那么亲昵。大体上，电影由演员来呈现，演员必须要有一个参照的东西，但小说可以做到莫名其妙。

走　走：我听过很多经验之谈，其中一条就是：不能去写电视剧，会把笔写坏的，没法再写好小说。但是我听说你也打算尝试写电视剧？你有这种担心吗？

路　内：你这个简直是在骂我，哪有小说家自称打算尝试写电视剧的，一般来说，写了都不好意思署名的。真实情况是，有人问我：你会写电视剧吗？我总不能说自己不会啊，这么容易的事情，我说我会啊。然后就没有下文啦。

▶ 好的小说是没有定规的

走　走：我不知道你对好小说的定义是什么，在满足语言、性格描写、内外逻辑等基本条件的基础上，我个人会觉得，能引起很多争论，具备很多解释可能的，应该算是好小说。你怎么看？

路　内：作者的才能很重要，有些作品得看很多次才能看明白，比如波拉尼奥的《2666》。翻一下作品开头就知道是好小说，因为作者的才能放在那里，整体上不会让人失望。尤其外国文学，很多时候得跳过翻译去理解作者的叙事方式，从这个层面上讲，语言就不起作用了。好的小说是没有定规的，在经典文学中我也只能取一小部分。我反而对当下的小说会有一个审美之外的预期，它是否符合时代的特质，是否能跳出当下对于小说的理解。关于这个，昆德拉在《帷幕》里讲过很多，他说现代人即使能写出贝多芬的音乐，模仿得惟妙惟肖，审美上毫无瑕疵，可最终还是一个笑柄。写作得有所进取，创意啊，故事啊，写作手法啊，都可以，最好是整体突破，我不爱看那种重复前人的小说，一点审美动力都没有。

走　走：你的阅读范围是怎样的？我注意到你最近看很多文艺理论书籍。

路　内：我一直在看。你还记得十年前第一次遇到我的时候吗？那时候我在看《西方正典》。我差不多什么书都看，但是最近看得少了，年纪大了，阅读效率太低，看完就忘记了。

走　走：我现在对你吹毛求疵一点啊，就是有时看你的作品我会觉得不满足。你笔下的世界基本是善恶分明的，《云中人》是特例，你的人物性格很肯定，完全不模棱两可，打个比方就是，因为他是路小路，所以他当然会这样。这似乎降低了世界的复杂性，但这似乎也和现代社会的"简化"特质有关……（我等着你来反驳我：不，我写的，我考虑的，不像你以为的那么简单。）

路　内：好像在《天使坠落在哪里》中人物性格就比较模糊了，这个人没有变坏，但很多地方他变得猥琐了。我一开始写小说带有一点英雄主义的情结，写完《云中人》就没有了，也许以后会更多地写人的困境吧。善恶什么的其实也不重要。

走　走：现在一些从事伦理批评的批评家会去探讨一部文学作品对读者的生活所产生的影响，也就是所谓的"后效果"，你觉得自己的作品会对读者产生怎样的影响呢？我看过豆瓣上一些读者评论，就像你那本《追随她的旅程》，他们似乎也在追随路小路这个人，他们似乎觉得，路小路身上有自己的一部分。

路　内：我不知道，我觉得看小说的后果没那么严重吧，如果真的很严重，小说反而会成为一个禁忌之物了。这就不好玩了。小说这东西，可能会对读者的趣味产生一些影响，具体如何也说不清，但肯定有一些"蝴蝶效应"。

双雪涛
Shuang Xuetao

1983年生于辽宁沈阳。2003年考入吉林大学法学院，2007年毕业，进入国家开发银行辽宁省分行任职。2012年辞职，成为自由写作者。2015年起供职于《芒种》杂志社。作品见于《收获》《上海文学》《山花》《西湖》等刊物。曾获首届华文世界电影小说奖首奖，第二届"紫金·人民文学之星"短篇小说佳作奖，第十五届"华语文学传媒大奖"年度最具潜力新人奖，入围第十四届台北文学奖年金奖。

写小说的人，不能放过那道稍纵即逝的光芒

▶ 好的写作者，首先会阅读

走　走：张悦然有天发微博说你向她推荐了一本小说。"然后他深沉地说，现在我真的很羡慕你。我问为什么。'因为我已经看过了，再也没法得到第一次读它那种幸福感了。'他回答。——还有比这个更好的推荐语吗？"我好奇的是那是哪本书？有没有什么书，第二次第三次读，一样能给你这样的幸福感？

双雪涛：是乔纳森·弗兰岑的《自由》。当时我正在写一个小长篇，我的工作方式是上午写，中午出去散步，有时下棋，下午写一小会儿。然后想办法消磨时间，清空脑袋，晚上洗完澡，把白天的东西改一下。当时《自由》已经买了好久，相当厚，摆在书桌上，有天拿起来看了几页，然后就看了一天，彻底打乱了过往的作息。这本书在我心里有个独特的位置，作者用一种很笨拙的方式呈现了某种已经消亡的伟大，或者说，诚恳地写出了自己的卓越。那时带着汗味、带着桌子的硬木气息的现实主义，竟然在现代作家的笔下再现，而且又带着内在的现代性，把读者彻底包裹住，进入一种沉浸感，这使阅读成了一种生活，读者和人物以及人物的命运一起生活，这是已经好久没有的阅读经历。通常的情况是，此人写得真棒，厉

害啊，漂亮……但是《自由》把我吸纳进去，我已经忘记去品评。我知道自己也许永远也写不出这么一本书，虽然我也带着某种野心在从事着自己的工作，但是这种风格和完成度，可能不在我的频度里，所以这让我更加难以自拔，同时也给我信心。只要你足够好、足够耐心、足够祈盼自己的不朽，就可能完成伟业。

当然，值得多次阅读的书很多，而且我愿意多次阅读。我反对细读，逐字逐句地压榨作者的企图，但是我乐意重读。可能有时读通了几本书，就可以做一个还凑合的写作者。我一直重读的书：王小波的《思维的乐趣》，曾经在我大学最迷茫的时候扶了我一把，告诉我即使人生短暂虚无，也要爱智慧。汪曾祺的短篇小说集，我一直觉得汪曾祺的白话文是汉语写作里的高峰，完美的语感，柔软的观望，强大的自信。福克纳的《我弥留之际》，李文俊的翻译太好，也许可以说，这是一部李克纳的作品。福克纳永远在谋求着史诗，谋求着人性里永恒的懦弱和强大。

▶ 每一个新小说，都是新宇宙

走　走：我看你的第一部作品是你的长篇小说《聋哑时代》，你在自己博客里写，"过了一年，翻出旧稿来改，发现当时确实真心想要写好，所以写得不好"。这句话很有意思，举重若轻、大成若缺，肯定是最难达到的，因为还不能让人看出刻意来。

双雪涛：是，其实现在回头看，包括《聋哑时代》，说实话，没有自悔少作的感觉。不是自负，而是一种对时光在自己身上流逝的痛感。那时的自己，有一种刚刚起步、满腔的情绪和对世界的感知想要急切表达出来的幼稚，倒是会使一些篇章，有一点纯粹的，与生活血肉相连的气息。

就像你曾经说的，一种满不在乎的深情。现在已经很难捕捉，因为写作已经成为职业，同时也就使写作成为一种盾牌，抵挡了生活里面很多真实的感受。一切都可以进入写作，也就使一切不那么真实。所以越改越差，越想写好越写不好，可能也是持续性写作面临的永远的难题。

走　走： 你的短篇《大师》和阿城的《棋王》很像，借象棋写人，写"术"和"道"的差异，最后又落到了做个怎么样的人的问题。我最喜欢的一段是父亲和和尚下棋，和尚最后说出这样一席话："我明白了，棋里棋外，你的东西都比我多。如果还有十年，我再来找你，咱们下棋，就下下棋。"尤其是最后八个字，"咱们下棋，就下下棋"，这是真正回归了棋道。可是对应上面那个问题，对应我看到的你的几乎所有创作谈里谈到的小说的"伟大"（即使你把小说比喻成阑尾，把写作者比喻成滑稽的人），我觉得在写作这个层面上，大概我们还都在"术"的层面？

双雪涛： 也许，但是也不尽然。可能我觉得的伟大，应该指的是小说已经超过"术"的东西。

走　走： 但是没有"就写写东西"那种心境……

双雪涛： 那是很难。至少我自己，永远都想要写好。即使一个便条，我也修改。写给友人的邮件，我基本上都改三四遍。我觉得这不是问题，虽然艰辛。但是很多时候，随心所欲可能就在字斟句酌的长路里面。拿出的东西不体面，是永远无法向着随心所欲靠近的。修行可能就是如此，拽着自己的头发让自己再高一点，直到有一天松开头发，发现自己已经飘了起来。

但是我反对过多的技术讨论，这个我们之前也争论过，这种"术"我一直比较警惕。

走　走：嗯，但是对于很多初学者——注意，是初学者，而不是初写者，有很多技巧是必须去学的，必须用外在的技巧去清理掉之前多年浸染于语文教育的陈词滥调。

双雪涛：我觉得，如果初写作时，还有语文教育的陈词滥调，那可能有两种可能，一种是根本没有写下去的必要；另一种是慧根还在，只是一种残留的习惯。而对于后一种，通过大量的阅读可以解决，向着好东西的标准进发，自动就会修正自己。而技术，如何写，甚至细分到如何写心理、动作、场景，我觉得是无用的，因为每一个新小说，都是新宇宙，有新法则。小说家有点像匠人，其实完全不是，两者有天壤之别，跟书法、绘画也有着本质区别。没有所谓技术关，只有好还是不好。

走　走：很可惜，我了解到的很多西方好作家，都出自创意写作的专业训练。比如得过布克奖的约翰·班维尔、伊恩·麦克尤恩。我觉得是你还不了解整个西方创意写作训练的是什么，只是在这里笼统概括为技巧而已，因为没有更精准的语言可以形容。我想先向你介绍一下，我现在了解到的法国创意写作课程。我先生为了培养自己的兴趣爱好，在网上报名了这一课程。第一堂训练课：1. 列出你记忆中有深刻印象的睡过觉的地方。2. 从列表中选出两个地点，分别用1500字描述。注意，不能掺杂回忆等故事性情节；不需要加入想象成分。他写完第一个，轻而易举。写第二个，冥思苦想。这时他才发现，还原一个场景，是非常困难的。3. 上传后，其他同学会一起点评，包括老师自己也要交同样的写作练习。4. 老师会发一些经典文学作品的不同气质的篇章，帮助大家理解，描述一个自己睡觉的场景，都有哪些不同方式。目前他只上了第一堂课……这些笼统而言，都叫"教技巧"。

双雪涛：其实这些东西我也很感兴趣。我也参与过设计这样的课程。像得红斑狼疮的奥康纳，像哈金，像卡佛，其实都经过创意写作教程的训练。我相信确实是有帮助的，我只是在警惕这个东西是不是有不对劲的地方，这可能是一个写作的人老在思考的事情。现在西方一些评论家也在忧虑，西方的文学写作课程是不是正在杀死写作，因为这里面有一种特别理性化的气味、条理化的东西，因为现代社会就是越来越理性的。但是这种东西，是不是会湮没一些写作人的根基，这是我担心的。比如我去台湾参加过两次活动，他们的写作班也很蓬勃，但是其实也出现了瓶颈，正在谋求突破。我不反对写作教学，我反对可能伤害写作的任何事情。一个人写作，首先是感受，对于世界的接受能力。

走　走：会被此伤害的，自己本身也走不远。

双雪涛：这么说，可能就会出现更多的悖论。但是我也希望自己以后能多了解一些创意写作教学的东西。也许了解之后，不会这么偏狭。但是现在，这个时点，我还是偏狭的。我之所以写小说，可能就是因为很难去笃信什么。

▶从失败者身上，也许能看到更多东西

走　走：父亲和和尚的终极对决，怎么会想到出现"十字架"这样一个赌注？

双雪涛：十字架是一种献祭。写《大师》的时候，我正处在人生最捉襟见肘的阶段，但是还是想选择一直写下去。有一种自我催眠的烈士情怀。当然也希望能写出来，成为一个被承认的写作者，但是更多的时候，觉得

希望渺茫，也许就无声无息地这么下去，然后泯灭。那这个过程是什么呢？可能就变成了一种献祭。我就写了一个十字架，在赌博，一种无望的坚定。因为我的父亲一辈子下棋——当然故事完全不是他的故事，但是他为了下棋付出之多、收获之少，令我触目惊心。比如基本上大部分时间，他都处在不那么富裕的人群中，没有任何社会地位，只是在路边的棋摊那里，存有威名。但是一到他的场域，他就变成强者，享受精神上的满足。当时他已去世，我无限地怀念他，希望和他聊聊，希望他能告诉我，是不是值得。当时已无法做到，只能写个东西，装作他在和我交谈。

走　走：九〇后写作者国生有天和我谈到王家卫的《一代宗师》，是3D新剪版。他说，"本来以为在说武林和宗师，但好电影一定是在说人生：人生注定一败涂地，但还是要有人的尊严、气节、气。这也是为什么我不喜欢《肖申克的救赎》，因为人生如果不是往一败涂地走去，谈信念也未免太过轻易。也像是巨石注定要滚落，只有这时，人的价值才能真正显现……"我觉得这番话非常适合阐释你对《大师》的结局设计。

双雪涛：嗯。也不能说，结尾上扬就肤浅。人生到底是有很多面向的，但是从一个失败者身上，也许能看到更多东西。人注定毁灭，地心引力太强大，注定要落在地上，落在死亡的岸上。毁灭的过程，有时有那么一点光泽。海明威老说这个，其实是指某种真谛似的东西，人生的悲剧性基础，和滑落过程中那么点光泽。写小说的人，当然可以写悲剧、写喜剧，但是不能放过那道稍纵即逝的光芒，这可能是我一直在留意的。《大师》的结尾，应该是一个正常的结尾，所谓正常，就是我认为的真实。每个小说家都有自认为的真实，这是写作的乐趣所在，但是一定要坚持心中那个真实。由你命名，独一无二的真实。

▶ 来到这个世界，先选择记住，再选择遗忘，然后开始创造

走　走：我一直觉得《大师》里有很多你和父亲的真实记忆，结果你说，"全是虚构。真实的东西占多少？一点也没有。小说里的真实和虚构不是比例问题，是质地的问题"。我们来具体谈谈你对质地的理解吧。

双雪涛：小说，与现实的距离之遥远，超出很多作家的想象。因为语言本身，尤其是中国语言，就带有虚构性。汉语是诗的、叙述的、隐喻的、间离的语言，所以小说本质上，就是虚构，即使是真实记忆，到了小说里，马上瓦解、粉碎、漂浮、背景化，然后成为另一种东西，就是你的精神世界。这是完全属于精神领域的场子，无论你带进来的是什么，最终都变成主观的、意识层面的东西，和所谓的现实的真实彻底分离。我所理解的质地就是这个，来到这个世界，先选择记住，再选择遗忘，然后开始创造。

走　走：现在重新回过头来看《大师》，我觉得它像是你对自己的某种警醒，某种人生选择的暗示。纳博科夫写过一部长篇小说《防守》，天才棋手被关心自己的庸妻一步步扼掉了退路和空间，最后走上了死局。《大师》里的父亲，原本也该走上专业道路，但是因为母亲离家，父亲不再下棋，回归生活，最终被烦琐的生活本身毁掉，成为傻子。我忍不住会想到你最终放弃家人为你选择的法律专业、银行生计，走上专业写作的道路，你在向你已去世的父亲致以尊敬与爱的同时，也选择了承受生活意义上的重，成全生命意义上的重。

双雪涛：我从小其实一直希望完成父母的心愿，成为一个工工整整的学生。成绩一直还凑合，就一路走下来，其实在此过程中，有过几次选择的机会，比如去写字，比如去当运动员，但是现实的强大就是，你一旦走

偏，就无法再回来。我就小心翼翼地继续走，路两旁的东西就当是风景，看看而已。大学毕业之后，工作比较安逸，父母期望我达到的，我基本上都达到了。

问题就出现在这个时刻。人生极其扁平，我的人生，就放在一纸档案里，拎起来就能拿走。因为一直阅读，高中时，我可以流畅地阅读古文。偶尔写作文，老师觉得不太差，其实那时如果认真写，也许也能写点什么出来，但是从没往这方面想过。就是当了银行职员之后，迫切地想要把自己袒露出来，把自己到底是个什么东西搞清楚，就开始写东西，然后发现，这玩意儿有意思。然后矛盾就出现了，到底干吗去？因为你看了我投给《收获》的小说，给我打了个电话，所以我觉得还是写小说去吧……所以承受生活的重，其实是内心的一种自私。为自己整一把，干点有趣的事儿，成为一个说得过去的小说家。人生中第一次，有了可称之为事业或者理想的东西。一晃好几年过去，觉得蛮好，家人比我承受的压力要大，我自己一直乐在其中。当然也有崩溃的时刻，虚无茫然的时候，挺过来，一看，还可以，也许比干别的，崩溃的时刻要少一些。

走　走： 很多评论文章都把你的《大师》和阿城的《棋王》相提并论，做出种种比较。我感兴趣的是你在写创作谈时写道："我高中时看过《棋王》，深受震动。现在再看，觉得很好。"为什么你的阅读感受会从"深受震动"下调至"觉得很好"？

双雪涛： 你看得很细啊……首先《棋王》对于中国文学，影响之大，我觉得不下于那几部老被提起的长篇，比如《白鹿原》。因为《棋王》是个人的、精神的，里面有道，而且语言，完全去政治化、去西方味。在那个年代，写出这样的小说，只能说是天才所为。因为耳濡目染的，不是这种东西。这种东西，接续的是早已经被遗忘的传统，被烧掉、否定的东西。

我高中时第一次看《棋王》，震动确实很大，觉得小说写到这个程度才有意思。而且阿城的《棋王》，叙述是非常有距离的，一直保持着很好的叙述姿态。他自己也说过，你们看着激动，我自己不激动，我很冷静。所以从各方面看，这个小说对我的影响是非常深远的，甚至是提纲挈领的。现在再看，第一，阿城对于棋本身，是不懂的。他写了一点下棋的过程，看起来应该是不懂的，或者他就没打算往懂的方面写。他的棋，直接换成武术是可以的，没什么不同。棋对于这篇小说，只是个形式，而非内在关联。第二，那种语言，还没有很好地溶解在叙述里，有时会跳一个词出来，你会觉得厉害。比如，"喝水，在身体里一荡。"荡，可见他是炼字的。里面有很多动词，都是炼过之后的选择。还是多少有点做作，矫枉过正的东西。可惜他不太写了，真想看看他现在写小说是什么样子。

▶ 我永远是艳粉街的孩子

走　走："一年里我写了十几个中短篇小说，每篇都不太一样"，因为你不太喜欢"风格"这个词，觉得风格就是约束，所以我们来分析一下你小说里重复出现的一些元素：大火（《大路》《平原上的摩西》）；工厂（倒闭、工人下岗的和还没倒闭的，《安娜》《平原上的摩西》《大师》《走出格勒》）；踢足球（《冷枪》《我的朋友安德烈》）；引用《圣经》（《平原上的摩西》《长眠》）；打枪（打真枪或在游戏里打，《长眠》《靶》《冷枪》）；艳粉街（《走出格勒》《平原上的摩西》）；残疾、跛脚或者独眼、带翅膀的婴孩降世因此被视为不祥的谷妖（《跛人》《大师》《走出格勒》《翅鬼》）；抢劫（《大路》《平原上的摩西》《走出格勒》）；诗歌（《生还》《我的朋友安德烈》《长眠》《走出格勒》）……我觉得这些元素基本勾勒出了你这个写作者。

双雪涛：真厉害，还真差不多。我出生在沈阳市一个繁华商业街的胡同里。当然当时的繁华和现在的繁华是两码事，可能那时候出门能买两匹布、一袋苹果，吃点冷饮，就算是与繁华接近了。我在那个胡同大概住到十岁，就是我记忆能力大大增强的时候，搬到了市里最落魄的一个区域，艳粉街。我的邻居大概有小偷、诈骗犯、碰瓷儿的、酒鬼、赌徒，也有正经人，但是得找。总之，在那个环境里，会看见各种各样的人。有个女孩，十岁，和我打架，输了，半夜把我家的门卸了下来。她没有妈妈，我到现在还记得她的姓，姓仇。我就住在那里，然后每天父母骑车，送我去市中心上学。那里也有学校，但是教学水平可以想见。到了市区，我又是另类，大家都住在学校附近，我是个野孩子，虽然成绩一直可以，但是总体上，跟同学隔阂很大。艳粉街有条火车道，我老去那儿玩，去看火车，觉得火车是特别牛的东西，威严，承载着巨大的想象。那里还有煤场，我曾经就在煤山里走失了，差点回不了家。这一切，都是我一直牢记的东西。因为就在我的血液里，无论表面看起来如何，无论写东西之后如何如何，我还是艳粉街的孩子。你说到诗歌，我很爱读诗歌，但是不会写。诗歌里有些语言的童贞，我喜欢那种组合和韵律，不过大多数不懂，但是语言本身就比较可看。《长眠》里我写了一点，但是写得很差，不入流，算是过了一把瘾。《圣经》是因为我经常读，有时候就翻翻，因为我们这些人大多数接受了很多西方文学。西方文学的根基是西方社会，而西方社会和宗教的关系太密切。读《圣经》，或者读柏拉图，都是接近西方文学的方式。我不相信一个东方人，能够完全地理解西方的神，半路出家的信徒我也总是抱有怀疑，但是不妨碍我去了解他们的神。那里面充沛的元气，和舍我其谁的腔调，是写作者非常需要的东西。

走　走：你似乎还有某种奇人情结，《大师》里精于棋艺的父亲、《靶》

里笨拙文弱却神枪手般的兰江、《我的朋友安德烈》中的理科"天才"安德烈、《无赖》中的小偷老马、《冷枪》里可以在枪战游戏里拿全国第一的老背、《长眠》里的诗人老萧……他们都有着不同于常人的奇怪或奇异之处，但也正因为这种天生长了反骨或多了翅膀的"奇"，他们全都是现实生活的失败者，穷困潦倒，被太过正常的人淘汰在社会底层。为什么你会迷恋预设物质生活的正常与非正常、精神生活的平庸与不平庸这样一种二元对立结构？

双雪涛：一方面源于我父亲，他就是活生生的例子，还有就是我对技艺本身比较痴迷。我觉得一个人把一种东西做到极致，就接近了某种宗教性，而这种东西，是人性里很有尊严的东西。普通人也有自己的神祇，就是自己的手艺。小说家本身，其实就是文学这个"宗教"的信徒，也是在努力把某种东西做到极致。塑造他们，倾听他们的声音，某种程度，也是对自我的迫近，而现代人，正在丧失这种专业性。专业的细分，导致一些人掌握的职业性是很虚无的东西。我向往那种有着生命体验、凝结着个人对世界思考的手艺，也希望自己能成为一个这样的人。这里面也有一点对社会机制的反叛，就是在这个体制里头，边缘化的、多余的人，到底是不是无用的，过着没有意义的人生？而事实上，一个好的世界，是所有人都在自己该在的位置上。这也是我老写的东西，当世界丧失了正义性，一个人怎么活着才具有正义。

走　走：对你的小说，很多评价是写实、冷峻、坚硬，但它同样带来一个问题，就是举重实重。你一直跟我说是因为你每写一个小说都"拼尽全力"，但我现在想到，是不是和你一直会预设上述那种二元对立结构有关？非此即彼，不是有了正常生活从此平庸，就是有了强大精神世界从此被社会拒绝接受。人生的困境如果有更多色彩，更多复杂的维度，人物大概才会到达生命不能承受之轻，而不是现在你笔下的主人公被压垮被摧毁的生命不能承受之重？

双雪涛：说得非常好，这是我非常想去尝试的东西。二元化的东西，我自己之前没有意识到，有人总结了一下，看上去好像是有道理的，这里面存在着我对世界的简化，或者说，一种主观的浪漫。但是对这个东西的解决，可能需要时间，需要多写多读，对于世界的观察更丰富和透彻。我想进入这个过程，慢慢丰富的过程。这个过程，可能需要写坏点东西去完成。谢谢你说到这点，正是我在琢磨的问题。

▶ 有了很多说得过去的作品，才能叫作小说家

走　走：看你的稿子，有一个细节印象很深，是你的署名方式：双雪涛作品。署名和小说标题往往会占去一整页，别的写作者不会像你这样，他们不会加上"作品"二字，我觉得这个细节看得出你怎么看待写作这件事。

双雪涛：嗯，可能也是比较自恋……我是希望每一篇东西，拿出来，都叫一个作品，而不是一个什么其他的东西。而作品的定义，其实是有要求的，大概应该是形式和内容上，有一点圆满性，有一点自己独到的东西。就像小说家这个词，我不太敢用，可能有了很多说得过去的作品，才能叫作小说家。

走　走：你因为喜欢文学，最早为《看电影》写了很多电影评论，是不是工作机会让你接触到台湾的BenQ华文世界电影小说奖？当时为什么会想到写《翅鬼》(又名《飞》)这样一个题材？

双雪涛：也不是工作的机会，当时是有个朋友看到了《南方周末》上

的征文启事，告诉我，"也许你可以搞搞，看你读了不少小说，也看了些电影，这个比赛两样都有"，我就去参加了。当时家里一团乱，总之是有一堆家族琐事，我就让他们吵吵闹闹，自己关起门来写，写了二十一天，好像是一口气写下来的，几乎没怎么修改，也没有太多犹豫。因为是台湾的比赛，首先想到了海峡，想到征服和被征服、奴役和被奴役，想到了自由，然后想到一个非常令自己心动的意象，就是井。先想到井，然后想到长城，然后想到一对男子，也就是义气，然后想到一大群人，也就是族群。我想了一周时间，其实这些基本上都比较清楚，但是想不出开头的第一句话。后来脑海中突然冒出一句："我的名字叫默，这个名字是从萧朗那买的。"这一句话解决了故事背景、发生年代、幅员广度、个体认知的所有问题，最主要的人物也出现了。后面的写作就比较简单，基本上就是写，不停地写下去，这是我第一个可以叫作小说的东西，也是我第一次体验到创作的巨大乐趣。我常在深夜里战栗，因为自己的想象，和自己超越自己的想象，自己给自己的意外。现在回想，那真是太令人怀念的夜晚，一切存在未知，只有自己和自己的故事。

走　走：《翅鬼》写的是雪国，一群有翅膀的奴隶为了权利与自由，与一群没有翅膀的统治者殊死斗争的故事。你生在沈阳，见过太多雪，名字里也有"雪"。而主人公萧朗被砍去翅膀被阉割的情节也让我联想到你的家世：你家"祖籍北京，听说祖上是给溥仪做饭的，伪满洲国成立之后跟着出了关。爷爷是满族人，'文革'的时候吓坏了，一斧子劈烂了家传的族谱，从那时候起，我们全家都变成了汉族"。被斧子劈烂的家谱与被砍掉的翅膀一脉相承，而写作是你高飞从而找回自己身份的方式……

双雪涛：这里面的翅膀，其实是我当时心境的写照，是因为当时手头的工作相当刻板无趣。单位的朋友也很多，很多人我是喜欢的，但是那个氛围确实让人窒息，一切都像是卡夫卡笔下的世界，我内心向往着挣脱，但是不知道要挣脱到哪里去。挣脱首先要有翅膀，翅膀是我逃走的最好工具，但是这双翅膀，又几次被我自己斩下，因为我很难确定自己到底是谁。这个自己到底是谁的问题，和我的血缘方面的东西关联较小，也许有潜意识的关联，更多的是，我到底是个什么货色，该干点什么；飞，能飞多远，有没有属于我的故乡。而这个故乡，也许是安妥心灵的所在，我找寻的更多的是这个东西，精神世界的安放地。

走　走：2011年，你的小说处女作《翅鬼》(中篇) 得了首届华文世界电影小说奖首奖；时隔一年，你的另一个长篇小说《融城记》的写作计划又获得第十四届台北文学奖年金。这两部作品都具有比较明显的奇幻类型小说特征，但是从你给我的投稿日期来看，这期间你又攒了一个长篇《聋哑时代》，却完全遵循了纯文学写作的传统路径。按理说，写类型小说尝到了甜头，怎么会浅尝辄止，选择一条更艰难的路呢？

双雪涛：在我心里，《聋哑时代》是非常重要的东西，其重要程度，类似于一种良药。我曾经患过严重的失眠，在初中的时候，一是压力太大，二是思虑过剩。导致的结果一个是失眠，一个是出现了阅读的障碍，基本表现是，一旦读书，文字就会变成清晰的声响。这个毛病其实一直跟着我，所以很长时间，我阅读时要花很大的力气，后来一点点地克服了不少，但是不敢写作，因为脑中的那根大梁曾经断过。写完《翅鬼》，我发现还好，其间有过几次抖动，但大梁还在，我就想，怎样才能彻底地解决这个问题：只有把初中的磨难写出来。而我一直认为，那个年龄对人生十分关键，是类似于进入隧道还是驶入旷野的区别。而我初中的学校，在我看来，是社会的恰当隐喻。控制和权威，人的懦弱和欲望，人的变异和坚持。所以写完《翅鬼》，我就全身心地开始写作《聋哑时代》，一方面是想写一部好的小说，写出我们这代人有过的苦难，而苦难无法测量，上一辈和这一辈，苦难的方式不同，但是不能说谁的更有分量，当然这是我个人的想法。另一方面，是想治愈自己，把中过的"玄冥神掌"的余毒吐出来。这个过程，十分艰难，但是还是完成了，虽然存在着很多瑕疵，但我仍为当时的自己点赞。这里没有纯文学和类型文学的界限，这里面只存在着我当时最想说的是什么。

▶ 写作者首先要保证自己叙述的激情，保证自己对世界的兴趣

走　走：你曾说过你极端看重语言，你追求的是一种怎样的语言？我觉得你在写类型小说的时候，很快会转换到和你其他纯文学小说不同或者说正相反的语言风格上。它们华丽、啰唆、煽情，完全没有你在纯文学杂志上发表的那些作品的语言那样简洁、节制、有力量感。语言也需要这样的"分裂人格"吗？

双雪涛：我觉得，我提供出来的，是我当时能提供的自认为好的语言。而且在把《聋哑时代》修改成短篇和中篇之前，我一直在写比较长的东西，虽然不是大长篇。《融城记》和《刺杀小说家》，都是村上春树的产物。当时我极其迷恋村上，欲罢不能，几乎把他的书全找来看了一遍（除了最初的三本），包括杂文、采访文章。我喜欢他的文学观，也喜欢他作为一个小说家的操守和职业性。到现在为止，我还从他的东西里汲取营养，也许我辞职也和他有关。他的语言，在那时影响了我，我不知不觉用那种语言讲故事，遮掩了某一部分自己的语言习惯。这其实是一种不断学习，不断修改，不断形成自我的过程。我也曾学习过卡佛，写过比《刺杀小说家》更做作的东西。我也曾模仿过余华，写过现在看来让自己难堪的浅薄冰冷

的东西……从另一个层面，我一直认为，写作需要一点任性的东西、放肆的东西、浅薄的东西，不那么贪图赞美，但是自己想写的东西。有时候，认真地走一些弯路，是有益的。也许下一个东西，我可能会写得更放肆些，谁知道呢。写作者首先要保证自己叙述的激情，保证自己对世界的兴趣。深刻、简洁，当然是好的，但是有时候也要警惕寡淡和无聊，努力写出自己当时所想的、所感受的、所喜爱的，就挺好，也许将来会让自己难堪，但是也许这种难堪没那么坏。我一直觉得，写作保持生命力的一个方法，就是拓宽自己。也许写得不好，但是有兴趣就应该去试，而不是固守自己的疆土。就像你写你的历史系列，其实也是一种冒险，但是至少你去试。

走　走：有评论文章说你的小说"大都有一个镜像式的结构，表现在叙述视角上，是第一人称'我'的视角的使用和'他者'的存在的并置……几乎都是以第一人称'我'的视角展开叙述，但核心主人公却又非'我'，而是其他人"。我想他的结论背景应该是拉康的镜像理论，因为在拉康看来，"自我无法靠主体本身得以确立，它必须是主体依赖于自身在外界折射出的镜像关系才能够得以确立"。你笔下的"我"几乎都安于现状，因此安全，而"我"内心真实的欲望都投射给核心主人公去尝试、去冒险、去失败，最终"我"只需要有效规避成为"他"，"我"就能免于恐惧，尽管"我"对自身境况也会"深感厌倦和无奈"。我觉得这是大家觉得你的小说冷、硬的原因之一。有没有想过另一种可能，把"我"豁出去，一起（而不是旁观）冒险、一起付出代价？

双雪涛：《聋哑时代》里的李默，其实是我写过的东西里，叙述者参与感比较强的，也可能是唯一的一个，而且其定位，更多的也是观望者。不是我喜欢当观望者，而是叙述者和他所看到的所有人都是"我"的一部分，是孙行者身上的汗毛。也许将来我会试试，但是不会刻意去试，既然大家都是"我"，谁去试，都没有关系。

走　走：我觉得我做访谈，特别想弄清楚的，是影响这个人写作的人生问题，是这个作者看待世界的方法。所以对于你写作时的旁观，我觉得潜意识里，你有某种自保的倾向。

双雪涛：嗯，田耳也说我性格里，有某种求稳的倾向。这个确实存在，我希望自己处在一个安全的位置。因为从小到大，只有这么干，才能一路走下来。很多卷子，要检查很多遍，这个倾向就这样，导致我现在关门都要关上三回。这种从严格教育体系里成长的经历，可能一直在影响我，理性地、保守地、有条理地去生活。一切最好都不要失去控制，一切最好都比较恰当，即使有风险，也是恰当的风险。我不知道自己能不能改变，辞职写作，是我人生中最离经叛道的事情。

其实那时的想法，也是想从这种妥当的意识里把自己拖出来，但是也许没有从根本上改变自己的思维方式。尤其成家之后，更多的东西，更多的责任，更多的他人，需要考虑。从某种程度看，家庭就是一种体制。而这种体制，可能也在影响着我，把我归属到原来的性格里。不知道这是不是一种困境，但是我觉得，一个写作者永远处在和现实的紧张关系中，而他面对这种关系的表现形式有很多种……

走　走：那么写作正好应该是一次臆想的安全的冒险……我是觉得，也许你写到一定时候，觉得自己有了瓶颈的时候，可以再想想这个角度的。

双雪涛：对，臆想的安全冒险，非常准确。你说的瓶颈，我希望自己能提前解决，如果解决不了，那只能站着去面对，别让自己趴下。

▶好的小说是生活绝妙的比喻句

走　走：我们来具体讨论一下《冷枪》吧："我"叫棍儿，靠赤裸裸的暴力在现实世界称王称霸；"我"的好友老背则在射击游戏里所向披靡。"我"最终被人伏击，两只踝骨，全都折了，但因为忌惮对方家世，在大学保卫科威胁"打回去就不可能毕业了"后选择息事宁人；老背则因为难以容忍有人打游戏作弊而将那人后脑打了一个窟窿，在准备被抓前他因为心事已了，安心入睡。"我"去看那人被打成怎样，结果发现那人没事，还在游戏中继续作弊，而且那人是在食堂门口伏击"我"的其中一个。"他应该给过我一棍子，也许是面门，也许是后脑，或者在脚踝。"于是小说结尾，"我走到他身后，挥起拐杖把他打倒在地"。

给你写这篇评论《指认现实的符号与发明现实的小说家》的汪功伟是我的朋友，评论中他的解读如下——

"老背恰好可以被视为某种知识分子的原型：他们凭着自己的'美丽心灵'天真地认为这个世界理应在某种不受搅扰的规则中运转，而一旦这种五彩肥皂泡般的幻想被打破，他们却迅速投靠现实暴力的怀抱，正如老背最终在'我'的床上安然入梦，而'我'则代替老背杀死了那个狡猾地破坏了公平原则的人。"

我后来和他有过相关讨论，我觉得，因为"我"只是挥起拐杖把"他"打倒在地，而不是把那人打死，所以，老背这样的天真的知识分子不会对暴力、对违反规则（法律）的行为真的造成伤害，而"我"这样的暴力的原型却会去袭击那个作弊者，以暴制暴（因为他也是现实生活中曾经袭击我的人，而不只是一个在虚拟世界中不遵守游戏规则的人），而且，他既是一个落单的人，也是一个没有元凶家世背景的人。（"你想干吗？我不认识你，打人是让人找去的。"）

如果按汪功伟的解读，"我"把那人杀了，那这里面有更深一层的反转了：

老背以为自己把那人杀了（"在他寝室里，不用去看了，救不回来了。"他指了指自己的后脑。"我把他这儿打了一个窟窿。寝室就他一个人。"），也不打算逃走，只是想先睡一觉（"棍儿，我能在你床上睡会儿吗？先别找人抓我，我太困了。"）。那么"我"如果真的把那个人杀了，也不会有"我"什么事的，反而让老背这种天真的知识分子背了黑锅。联系到文中还有一个细节，在游戏中百发百中的神枪手老背，用的网名却是"我"的绰号"棍儿"……

就像你说的，"好的小说是生活绝妙的比喻句"，我觉得这篇小说既在某种显意识层面揭示了这个社会存在的很多问题，也在某种潜意识层面泄露了你自身的很多价值取向。简而言之，我觉得你在质疑知识分子的破坏性，强调法则或规则要守护公平正义，同时又鼓励在自保的前提下放冷枪，鼓励不讲法则或规则。也就是说，你否定了明目张胆开枪的人，同时又鼓励被子弹追赶的人躲进暗处放冷枪。你的文本的尖锐和一切意义，其实建立在你不自觉地代入了自己的价值观的基础上，而这个价值观其实和你尖锐所指向的是一体的，你自身的价值取向正是你文本想影射想批判的……

双雪涛：说得很棒。这篇小说其实讲的是世界的残暴和个体在残暴的世界里能干点什么。你的解读很厉害，对于《冷枪》，确实是一种非常有穿透力的理解方法。但是那篇小说的结尾，他举起拐杖，第一，是不会把对方打死的，只是打倒在地；对方可能很快站起来，把这个半瘸的人打得死去活来；第二，因为对方不会死去，所以背黑锅一事也就无法发生，因为他已经清楚地知道是谁打的他。所以这也就来到一个节点，就是这一拐是因为什么发生的。是因为理性的判断，对方无背景，有人可背黑锅，还是只是一种压抑了很久的愤怒和正义。我更倾向于后一种，因为结尾我写了一点，他开始是想走掉的，这个也不是一个计谋，欲擒故纵什么的，而是他确实想走，就这么算了。当他走到楼梯口，一种很久以来的对无规则世界的狂怒，把他拉了回来。这个无规则世界处处在伤害着他（包括老背和他的父亲），他曾经妄想用强硬的手腕与其对抗，但是一败涂地（还有女朋友对他的不屑）。他走了回来，给了那人一拐，不是那么光明磊落，因为是从背后袭击的。这其实是一种感性的、一时的、无奈的选择。我不是提倡这种选择，可能我只想写的是，恶是怎么传递的，一些恶是怎么发生的，到底什么是正义，到底这个世界提供给我们的，我们是不是都要安静地领受。但是我还是很喜欢你的解读，虽然不是我心里所想，但是对我很有启发。

▶ 我希望自己更卑微，永远记得自己是文学的学徒

走　走：2015年第二期《收获》发表了你的中篇《平原上的摩西》，在给《收获》订阅号写的创作谈中，你提到"每个写作者不但创造着作品，也在创造自己"。你希望通过写作，塑造出一个怎样的自己？

双雪涛：我希望自己有写作者的尊严，其内涵可能就是，最高目标就是写出好东西这个常识。希望自己能一直牢记这个常识。我希望自己更卑微，永远记得自己是文学的学徒，在写作的过程中，一点点发现自己那么平凡，而人性的幽深和世界的广大也可以用平凡去体察。我希望自己能成为一个永远对他人保持兴趣的人，因为写作就是对他人的观望。我希望自己能成为一个更美好的人，具有道德感的人，希望文学无处不在的道德感能感染我，让我接近自己心目中的美好。

走　走：最后我们来谈谈福克纳吧，福克纳早前影响过中国一批先锋作家，近来我又听到不少年轻作家提起他，比如路内、阿乙。你在创作谈

里这样写:"感谢福克纳老师,虽然我不太懂你。"你要感谢他的是什么呢?

双雪涛:我感谢他,是因为他的书那么难懂,但还是影响到我。虽然我无法用他的方式去写作,也无法写出他那种让人心头一震的开头,但是他的本质是,敢于写出他看到的人性里的所有东西,也敢于表现他的道德观和宗教感,更敢于开创他自己的文体,去开拓小说的场域。但是我还是认为,他的东西中国作家不要陷入太深,有些东西之所以伟大,是因为由伟大的作家写出,而不是什么伟大的形式。所以我感谢他,是感谢他告诉我,什么叫作纯粹的作家,什么叫作勇敢自信的叙述。

孙　频
Sun Pin

女，1983年生，毕业于兰州大学中文系。2008年开始小说创作，发表小说作品两百余万字，著有小说集《隐形的女人》《九渡》《三人成宴》《不速之客》《同体》《疼》《盐》《松林夜宴图》等。中国作家协会会员，江苏省合同制作家。

写作就是一场面向耻辱的精神探索

▶ 我的每一篇小说都算是精神分析学的范本

走 走：看了你的八个中篇，其中似乎洋溢着一种恋父—恋女情结？《同体》里："他带她划船坐飞椅坐过山车，她一路惊叫，像小孩子一样死死抱着他，把头埋在他怀里。他便也紧紧抱着她，唯恐会失去她一样。走到公园门口的时候，他说你看棉花糖多好看，给你买一只。一团硕大的棉花糖像棉花一样被她抓在手里，她已经语无伦次了，只知道对着他笑，然后大口大口把棉花糖往嘴里塞，他牵着她的一只手往前走，她像个小女孩一样嘴里鼓鼓地塞着棉花糖，一边紧紧跟着他走，怕一不小心就走丢了似的。她边走边笑边流泪，怕发出抽泣声，便把更多的棉花糖又塞进了嘴里堵住自己。忽然，她抽泣着像个真正的小孩子一样抱住了他的一只胳膊，然后她把自己整个人紧紧紧紧地靠了上去，似乎要把自己整个人都吊在他身上才好。"《无极之痛》里："他站在那团黑暗里，颤声对她说，是的，孩子，我有严重的失眠，我已经很久没有好好睡过觉了。……他叹了口气，孩子，快回吧，明天再说，好吗？"《无相》里："这时候她忽然听见他说，孩子，你把衣服都脱掉好吗？让我看看你的身体，好吗？……可是他毫不留情地又补充了一句，孩子，把你的衣服脱掉好吗，你不穿衣服站到我面前好吗，我们好好说说话。"而这些"孩子",其实都是成年女性。是受弗洛伊德的精神分析法影响吗?

孙　频:确实有弗洛伊德的影响,因为我受精神分析学的影响是比较大的。人类的情结有很多种,比如爱烈屈拉情结,比如洛丽塔情结。但我觉得这些情结其实在很多人身上都有,更多的也许是隐性的,是连自己也意识不到的,但它会支配人的行为。这种情结的源头还是人对爱和安全感的缺失,算不得畸形的情感,它只代表某一种情感类型。而情感本身是最复杂的事情,有很多层次性。最早看这些精神分析学方面的书,比如看弗洛伊德的,看霍尼的,看勒庞的,动机是相对自私的,那是因为我觉得自己是个内心很纠结很冲突的人,看这方面的书是为了能让自己内心有力量一点,能把自己认识得更清楚些。后来在生活中渐渐发现了越来越多的关于人的心理暗疾。人的内宇宙的丰富,人性的趋同和艰险是非常吸引我的。所以在写小说的时候,就会不自觉地用精神分析和心理分析去对待我小说中的人物,或者说,在深深挖掘一个小说人物深层次的精神世界时,我产生了写作的愉悦感,会觉得通过写作挖掘和治愈人的某种心理暗疾是有意义的事情。在后来的写作中,我几乎摆脱不了那种思维定式,就是一定要为小说中主人公的行为找出足够的心理依据,也就是说,他之所以能有后来的行为和举动,他最深层的心理动机和起因是什么,他是在一种怎样的心理困境之下一步一步开始了自我的救赎或者是自我的毁灭。如果这种心理动机没有分析出来,我自己会觉得我的小说人物软弱站不住。当然这种站不住不在世俗和生活层面,我指的单单是人物在心理层面的成立和变化。因为人的构成无非是肉身和精神,精神层面的东西对人影响太大。有读者曾说,我的每一篇小说基本上都算是精神分析学的范本,可能他说的就是这个意思。

▶ 性是情节和人物性格的点缀

走　走：就像弗洛伊德以性理论立身一样，性，可以说是你最大的叙述标志。甚至绝大部分小说的女主人公都是类"性工作者"。《不速之客》里的纪米萍是夜总会里的陪酒小姐；《恍如来世》里的丁霞是暗娼；《假面》里的王姝被有钱男人包养了一年后又转手给了另一个男人包养；《同体》中的冯一灯从事的仙人跳"也算是小姐的近亲吧"；《无极之痛》里的储南红为了能分到房，一次一次盛装后将自己送到校长万宇生面前……为什么你会如此执着于以一种"动物凶猛"的方式表达性？你一再去碰撞的"戒条"到底是什么？

孙　频：写性的女作家是有，但我觉得我显然不属于。性绝不属于我的叙述标志。其实性在我的小说中不过是情节和人物性格的一个点缀，人活在世上无非是生老病死爱恨情仇几件事，写小说而让自己脱离任何对性的描写，似乎没有这个必要吧？当然我们又不是专门写黄书，也没必要长篇累牍地描写这个。性是人性中最本质化的一部分，是动物性和人性结合得最集中也最冲突的一部分，是最邪恶也是最有美感的一件事。我觉得在写作中没有必要刻意回避，好像一定得标榜自己是烈妇，谢绝荤腥。我也不是把这个当成让情节好看的噱头，是因为性能够代表人类深层次的潜意识实在太多。我也肯定不是卫慧棉棉她们那个支流的延续。我是一个在小县城里长大的北方人，那里群山环绕，寒冷的天气，匮乏的物资，破败的工厂，所以我对性这件事和对生活本身一样，没有任何赏玩的意思，性在我笔下多是苦难的一部分。当你去探究性与人的心理之间的那种冲撞和撕裂时，会觉得这是一件很有意思的事情，丰富而残酷。何况我认为我写性写得并不好，像贾平凹老师、莫言老师、陈忠实老师把性写得多好。能把性写好是个很见写作功力的事情，以我的水平显然不够。我写性的姿态多是嘲讽的、暗黑的、戏谑的，更像一种女人们的行为艺术或者是献祭方式，似乎这个人脱光衣服只是为了把自己当作某一种仪式的祭品。我的殉道思想非常重，这与我喜欢反省苦难有关，所以我自认为是个有宗教性的人。我想以此来解构这艰苦卓绝的活着本身，所以我写性的底色是荒凉的，没有任何耽美的趣味。我喜欢写这个类型的女性也不是因为我对她们多熟悉，因为我生活圈子非常简单，事实上从没有机会真正和这种女性打交道，我只是在传闻中在新闻中在文学作品里了解着这类女性，而对她们的想象也是隔岸观火的，是没有切肤之痛的。我热衷于写这类女性，可能是因为她们身上可以寄托我对女性的一些偏执认识，从她们身上可以榨出我想表达的东西来。我甚至觉得很多素材我必须放到这种女性身上，否则便不足以表达我内心足够的绝望、冲突和力度同等的慈悲。平时我走在街上恨不得随时让自己在人群中淹没，让自己足够普通足够朴素，但我会在小说中选择一种互补的方式，真的，有些作家的作品和他本人可能就是互相补偿的。我想写一些暴烈的、生冷的、残酷的、一针见血的东西，因为不这样写我感觉不足以表达我所认识的生活本身。只有这样写，我才会感觉自己触摸到了人性中一些最隐秘的最黑暗的东西，这种东西不会因为不被写就消失。而且这样的女性像社会问题的感应器一样，身上会更容易浓缩一些东西，比如非常剧烈非常集中的女性的悲剧、女性的抗争、女性的一些本能渴求、男权社会对女性尊严的无视。

▶ 羞耻本身就是一种强大的力量

走　走：你的第二叙述标志是"羞耻"。《同体》里："晚上做爱的时候，她殷勤得像个妓女，勤学苦练，渐渐精通了各种技艺，几乎每次都使出了浑身解数……她已经渐渐不再有羞耻的感觉。那些羞耻如秋花一般谢去了，只落得满地残红，就连那点残红也是一阵风就吹走了。"《无极之痛》里：储南红在公交车上遭遇色狼贴身猥亵，"蹭到后来，她对它忽然就没有厌恶感了，这猥琐的磨蹭忽然让她有了一种古怪而诡异的喜悦。越是羞耻便越是喜悦。似乎她旗袍下的身体终于是散发出魅力来了，万宇生羞辱她？自然有人会喜欢她。"《无相》里："醒过来的羞耻像鞭子一样狠狠抽着她，她恶狠狠地盯着水里的自己。就是这个人，居然毫无羞耻地脱光了自己的衣服，那么驾轻就熟地脱光了自己的衣服，一件不留，居然脱光了给男人看，而且脱得那么自来熟。……不错，果真是妓女的女儿。"你涉及的羞耻，既有女性之生为女性的羞耻，也有穷人之生来贫穷的羞耻。她们因为"被迫"向他者显现，在他者的"注视"之下，第一次像对一个他者做判断那样对自己本身做出判断，从她们成为被看的对象开始，她们的自由就消失了，失去了自己本真的存在，成了"为他者存在"。为什么你会对"羞耻"这一主题情有独钟？

孙　频：羞耻这个主题应该是很多作家都感兴趣的吧，事实上也被很多作家反复写过。因为羞耻本身就是一种强大的力量。羞耻与每个活着的人都是如影相随的，文化、暴力、他人，都会带来个体的屈辱。而这种屈辱无疑会沉入人的潜意识，从而支配人后来的一些行为。所以说羞耻心是人所有品德的源泉。我对羞耻这个主题感兴趣的一个很重要的原因是我有很重的罪与罚情结。比如像陀思妥耶夫斯基那样，把疾病当作命运来爱，就如同他对待危险和罪恶一样。这是我所深深欣赏的作家姿态，所以我很赞同一句话：艺术家永远只能从自己本性最危险的深渊里取得最光彩夺目的真理。就如波兰斯基的电影，是从罪与罚里开出的人性之花，尽管他被称为电影界的罪恶大师，还是无法阻挡我对他的喜欢。他和陀思妥耶夫斯基一样，都在受着苦难，因为只有通过苦难才能真正去爱。他们不过是在这个世界上拿文字和胶片来取暖的人。我对苦难的兴趣与恐惧会使我对由苦难引申出的另一个主题——羞耻，也充满兴趣和恐惧，所以羞耻成了我小说中的一个主题。我个人觉得其实羞耻是尊严的另一种表现形式。毫无疑问，我热衷于人的尊严和羞耻肯定与我的成长环境有关，当然我并没有受过什么大苦难，比如像波兰斯基那样进过集中营，但我从小接触的大多是底层社会的人事，对小人物的生活看得比较多，对人世间的冷暖炎凉比常人感触得要深刻。以至于到后来总觉得有些话有些主题不得不说，不得不写。但我一厢情愿地以为，这种不得不写应该是文学写作的起码动力。还有就是我对权力二字的感触很深刻，这个社会无处不在的权力潜移默化地加在人身上所产生出来的羞耻，是从内部彻底摧毁人精神的武器。它像大雾一样，你可以憎恨却无从摆脱。最可悲的是，很多人能握有一点权力的时候都会不自觉地加入这个行列里去对付手无寸铁的人。耻辱的力量如此强大以至于它迫使一个无辜的人也可以认为自己是一个有罪的人。究竟什么是真正的罪孽是我喜欢探讨的主题。尊严对人毕竟太重要了，在如今这样一个剧烈演变层次丰富矛盾重重的社会里能真正感觉到尊严的人有几个？而人一旦非常想要尊严了，反面就是极容易受辱。受辱之后的感觉就是羞耻，所以它们本来就是一体的。在这个鸡生蛋蛋生鸡的过程中，耻辱既是一种摆脱善性通向人解放的途径，也是束缚人自由的桎梏。我想我是在表达一种人类的基本渴求。这种渴求甚至会引起内心的爆裂。

走　走："文学不仅仅是一门艺术，它同时也是一种社会现象、文化现象，甚至是一种生命现象。"再联想到那句话，"羞耻感是所有暴力最主要或最终的起因"，我似乎理解了你文字的暴烈。

孙　频：细究一个作家的形成，这本身就是一件很有意思的事情。我就很喜欢看作家和艺术家的传记，有时候觉得比看其小说还尽兴。尽管作家与作家的气质差异很大，但其呈现出来的还是有很多共同因素的。先不说一个作家的作品如何，单就作家本身形成的这个过程，就可以看到社会学、人类学、经济学、伦理学、心理学的东西。我并非故意搬弄这些词装门面，这都是我个人的一些切身感受，是我揽镜自照，从中总结出来的一些小体会。某些独特的生活背景和独特的心理结构的差异，再加上个人的禀赋不同，自然使得作家们的风格都是充满个性化的。文字暴烈还是细腻柔媚，我个人觉得不是评判作家好坏的尺度，它只是一种个性化的表达方式。就像有的人喜欢穿这种风格的衣服，而有的人则喜欢另外一种截然不同的风格。写作所要求的毕竟是创造性。这种创造性虽然充满乐趣，却也很压榨人。就我个人来说，我其实是个很敏感很细腻的人，但近两年越来越喜欢这种狂暴猛烈的风格，一方面是我觉得不是所有的女作家都应该写得很温润很玲珑，另一方面则和这个社会的暗黑因素有关，活着本来就是一件壮烈的事，对作家尤其如此。显然作家并不是这个社会的强势群体，相反，还要比常人承受更多的痛感。所以有时候我会在小说里显得很偏执很倔强，甚至很极端。其根源都是一种对活着的无极之痛的追问。如果你正坐在星巴克里优雅地品着一杯咖啡，自然无从体会我小说里的偏执与痛感。尽管如此我还是赞同贾平凹的一句话，他说，社会复杂，各色人等，当人境逼仄的时候，精神一定要浩渺无涯，与天地往来。浩渺这个词用得好。

走 走："羞耻"这个标志让人不免想起拉什迪的《羞耻》和库切的《耻》。在拉什迪看来，精神世界的宗教暴力和生活世界的政治暴力，造成了现代社会普遍的羞耻和无耻；库切则在呈现道德之耻、个人之耻、历史之耻。但拉什迪赋予"羞耻"反抗的力量，瓦解了书中那个在宗教和政治暴力支持下建立起来的现代国家；库切则通过个人的耻辱感追问自身，横向涉及个人、种族、政治，纵向延伸自我、尊严、死亡。面对这样的标杆，我会觉得你笔下人物的耻辱感没有再继续考问，生成他们耻辱感的困境究竟是什么，也没有再继续探索是否有解决之道。也许是你忘记去设定羞耻的反衬之物，"人性中的神圣之火"、某种美好，所以你的人物面对的总是一时一地一事的羞耻，并非终身之耻，所以他们不会时刻提醒自己羞耻的永在，也就不会去试图突围、去对抗，以反抗加在他们身上的羞耻感。

孙　频：拉什迪在小说里把非理性的宗教和政治暴力作为导致社会羞耻和无耻的根源，库切的主人公是自省的，是通过不断考问向内而走的。我当然不能说我在小说中融合了个人、种族、政治，首先是每个作家所在的时代和国家不同，我们有自己独一无二的生存境遇，即使称不上伟大和惊心动魄，却也是无可复制的个体。就比如你生在上海，我生在山西吕梁市的某个小县城，但我们都是独一无二的个体，彼此的经验都不可能相互取代。至于自我、尊严、死亡，我倒不觉得我小说里没有这些元素，或者换句话说，如果你觉得我小说里连这些基本元素都没有，那还剩什么？难道就纯粹是一个比新闻更新鲜一点的故事吗？那更应该去给《故事会》和《知音》撰稿了。我所写到的耻辱必定与我的年龄与我的阅历与我的成长背景息息相关，也就是说，以我这样一个个体只能创造出独属于我自己的对耻辱的理解和探索。但我认为，我们每个关注耻辱的作家其实都在做同一件事情，就是都在考问，这种耻辱是怎么生成的？它来自哪里？它背后的社会根源心理根源和文化根源是什么？我们用什么方式去理解和消解这种与人们如影相随的耻辱感？很显然，我所写的耻辱的背后其实首先写的是人生存的困境，各种各样层出不穷的困境既是耻辱的来源，也是解释耻辱的最好出口。因为困境对人类来说几乎是永恒性的，不会因为时间和时代而有所改变，所以与困境的斗争这个文学主题也不可回避。我小说中的主人公们确实经常被剥夺尊严，甚至我自己都会用下贱这样的词去写她们，但是我不觉得我写的哪个人物是真的没有尊严或沉湎于尊严的丧失之中的。就是因为她感到尊严被剥夺了，为此她才不惜一切代价、连命也不要地想为自己创造出一点尊严，比如《不速之客》里的纪米萍，她所做的一切不就是以自己的方式在为自己寻找一点点尊严吗？为了这点尊严她们可以万死不辞，可以图穷匕见，这本身就是在反抗，在自我救赎。而这种对失去尊严的拼死对抗本身不就是人性中的光辉吗？你觉得什么才算人性中的神圣之火？必须是光明的高亢的东西吗？这种深埋于绝望与肮脏之中的对抗和救赎就算不得是人性中的神圣之火吗？至于能不能在小说中彻底从这种羞耻中突围出来解救出来，恐怕实在不是一件能精确计算的事，小说又不是数学题。《耻》中的高傲的教授戴维·卢里对年轻女生有着植物般的欲望，这种欲望近于耻，可是最后他解决了自己的关于羞耻的问题了吗？远走南非就算解决了吗？作家可以留下的也许只是文字背后的思考，而不是立竿见影的解决之道。小说又不是丛林生存手册。

▶对自己经历过的苦难会反思的人就是有宗教性的人

走　走：你的小说里，处处可见宗教的元素。《乱身》里："自古以来人们都认为，不洁的东西往往是一种抗拒其他不洁的妖魔鬼怪，只有用不洁的底层的人才能镇压那些更邪恶的东西。"《同体》里，你既引用了《大藏经》："观一切有情，自他无别，同体大悲"，又有"如果你能把宗教与科学完美融合，你就会明白，只有通过丧失自我，人才能够与上帝合二为一""一个人的自我完成并不能靠这些仪式，比如神仙，比如佛陀，比如耶稣，它们的自我完成都是以自己的死亡为基础的，死亡的一刹那才是新生"

这样的观点。涉及最多的应该是《无相》那篇吧，"宇宙间一切有形的东西反而可能是最虚空的，佛家不是说吗，'照见五蕴皆空'。而那些最虚的东西也许就是世界的本质。所以孩子，在这个世界上不要过分惧怕孤独。""宇宙间最本质、最圆满的生命，其实是无相可言的，眼中看不到色相，才是真正的光明。……所有的妓女和妖女其实都是佛的化身。"你自己有宗教信仰吗？

孙　频：我隔段时间会去一次教堂，听听牧师讲道，看看信徒们祷告，试图去感受一下神对人的爱。但是你要问我是教徒吗，我不是，就是说我的理性还是无法让我相信真的有一个上帝存在。我更愿意相信的是这个世界上存在着永恒的能量和暗物质。或许它们是上帝的另一种形式。我想借用韩国导演李沧东的一句话，他说，他不是基督徒，但是他认为，对自己经历过的苦难会反思的人就是有宗教性的人，所以他认为自己是有宗教性的人。那么我也认为，我是有宗教性的人。其实宗教二字无论对我本人还是对我小说中的人物，起的都是一种止痛剂的作用，它只是暂时的止痛，而不会起到根本救治的作用。这一点我是非常清楚的，清楚之余，还屡次把宗教性的东西放入小说，那就是说，我还是可以借助它表达出我想表达的东西。也就是说，大约我觉得除了借助宗教，借助别的都不合适或者不够。或者说，无论我信不信宗教，在我的潜意识里，我是赞成信仰的存在的，我会下意识地觉得，所有的信仰都会让人向着一个更平静光明的方向靠拢，哪怕这种平静光明纯粹是属于一个人的内心，也是会减少一个人的苦痛的。这是一种活着的权宜之计。但我还是做不到让自己真正投身于一种宗教信仰，甚至对此怀有警惕，因为过度的平静就是创造性的终结，也是一种对活着的偷懒。这也就注定了写作的人是要终生接受精神上的折磨与拷问的。我发现一些作家，比如陀思妥耶夫斯基，比如奥康纳，他们的出生环境就是笃信天主教，而他们的作品中处处都是对宗教的怀疑和考问，那就是，上帝到底存不存在。为此他们大约要忍受比一个虔诚的天主教徒多得多的折磨。因为他们是作家。他们将终生与喜乐和和平无缘。比如伯格曼的《第七封印》中的骑士从一开始就错了，其实所谓信仰，就是无须验证，只需相信。若追求验证，则非信仰，而成了科学。信仰不是知识，只是去相信。伯格曼正是通过电影在自问自答，上帝是否真的存在，如果存在又在哪里。最后他貌似在《野草莓》中给自己做了解答，"我四处寻找的朋友在哪里？黎明充满了孤独和爱。当黄昏来临，我却仍旧睡意浓浓，尽管我的心在燃烧，燃烧。我看见了他的痕迹，那些痕迹是他的荣光和力量。一颗谷粒，一朵花的芬芳，每一寸呼吸与空气，都是他的爱。夏日的微风是他的耳语。"于是他认为上帝存在于自然界的一切中，一切皆是他的爱、荣光与力量。所以我认为在一切艺术作品中的宗教元素只是一种手段，一种借此来表达作者观念与思想的渠道，并以此来消解现实的某些冲突。这符合人性中最本能的追求，就是说人人心里还是渴望着善和美，渴望着安宁与喜悦。但我认为一个纯粹的真正的教徒是不会去写小说的，因为小说源于冲突，终于平静。如果我可以做一个喜乐的教徒，我就不会去做一个痛苦的小说家。

走　走：你的文本里有一种"活着宗教"，这与你对吕梁等地的背景描写是分割不开的。作为山西作家，吕梁山这样一个地标在你的文本中似乎挺有分量。比如《乩身》里写到的交城"地处吕梁东边，山川阻隔，所以这个晋中小县城有条件保留了部分傩文化"，接下来你详细描述了迎神赛社、马神用钢钎穿腮等场景；《同体》里的冯一灯家"在吕梁山深处的一个村庄里，这个村庄叫水暖村"，你用了不少笔墨来写当地的生活情况；《无相》里，既写了吕梁山中人们的衣食住行，还详细描述了拉骈套（卖淫）的风俗："如果家里有个女人在拉骈套，那男人就是什么都不做，一家人也基本活得了。……男人们晚上就给自己的女人拉皮条，帮自己的女人拉拉客。来光顾的客人有本村的，有外村的，还有从县里特意跑来体验野味的，还有深山里的那些煤矿里的工人领了工钱就定期过来解决一下生活，泄泄火。就是本村来的男人也分光棍和有老婆的，别说是光棍们，就是有老婆的也是正大光明地来再正大光明地去。……所以在山里人心目中，拉骈套绝不是件见不得人的事情，相反，能拉得了骈套的女人地位很高，就像家里的主劳力一样，自己的男人公婆也得敬着几分。"我是觉得，因为有这样的生存背景，活着就是为了活着，这种信仰般的"活着宗教"才是必然的。

孙　频：因为吕梁是我的家乡嘛，是我最熟悉的地方了，所以我会把它当作一个背景，让它一再出现在我的小说里。生活在不同地方的人群都会形成自己的关于活着的宗教，无论是大城市的人，还是小山村里的人，都会有一套与环境相适应的更易于生存的法则。吕梁偏远落后贫瘠，属于远远被抛出主流关注的次文化圈，但是这样的地方肯定有它独特的生存质感。我一再写到这些地方的人们贫贱的生存状态，倒不是在用猎奇的方式博得读者的眼球，而是我在下意识地要为自己创造出一个独属于我自己的写作意义上的文化地标来。再说了，一个写作者，如果不写自己最熟悉的东西又该去写什么呢？我十八岁离开吕梁混迹于城市，但至今还是觉得自己不是城市人，我仍然与城市隔着一层，而且我觉得自己写不出真正意义上的城市小说。那是因为我对城市以及城市人的脉搏仍然是摸不清的，即使我借着城市的背景写一些男女之间的小说，城市也只是个背景，而我写的也不是城市，而是对人的自身的追问。所以相比之下，我写吕梁的时候会感觉更舒展一些更贴切一点。我倒不是为了迎合什么需要而去刻意写底层，是因为我只了解这样的底层。就像有的女作家可以写出很优雅的女人，但我更愿意写这种拉骈套的女人。其实有谁的哲学不是由他的生存境遇决定的？很多时候对于很多人来说，活着本身就是哲学。就我目力所及，被夹裹在历史洪流中的普通人从来就没有机会掌握自己的命运，他们最大的期望只是能够活着，然而很多时候连这样卑微的愿望也往往难以实现。所以如加缪所说，生命必须具有存在的意义吗？在中国，在底层，是没有意义这两个字可言的。而我作为一个写作者，当我把这种无意义的生存状态写进小说的时候，我更感兴趣的问题是，人是如何存在的？海德格尔不是说过吗，对存在的理解本身就确定了这种存在。向着耻辱而生的生存哲学本身就是在消解人们对死亡的恐惧，而所有艺术的根本大约都是基于对死亡的恐惧吧。

▶ 写作题材的重复与思想上找不到新的出路是我的困惑

走　走：你自己已经面对的写作困境有哪些？怎么感觉到的？是因为看到评论家的建议吗？

孙　频：写作题材上的重复性与思想上找不到新的出路是我目前最困惑的。有的评论家会提到我的问题，但即便评论家没有提到，我自己也开始感觉到了。我也经常会想到，比如看别人的小说集，看完之后也会有这样的感觉，就是从第一篇到最后一篇，不管故事情节怎么变化，你会觉得不同的人物身上还是同一种精神气质。小说的叙述腔调也基本是同一种样式，我就想，这个问题是每个小说家都会遇到的吗？就是说，一个作家在小说创作中，都会自觉不自觉地向自己最熟悉或最愿意表达的一种主题一种叙事方式靠拢？确实，一个作家不可能每写出一篇小说来都给人耳目一新的感觉，都充满了创造性。尤其是每个人都有自己特定的心理死结和某一种精神困境，那么写出来的小说就会或多或少折射着这种相同的困境，于是便难免出现重复感。这个问题该怎么解决呢？这也是很多作家需要思考的吧。

▶ 真正的女性主义是不屈从于他人与社会意志的清醒、坚定和欢乐

走　走：你的叙事性别特征比较明显，但在女性叙事的同时，你笔下的女性身体不再作为身体自身而客观存在，它们被"肉体化"，被"弱化"，被"悲剧化"，你觉不觉得这个叙事角度、观察角度其实是男权化的？

孙　频：你觉得中国有过真正的女性主义吗？我这不是在为男权说话。你看在女性写作中，从最早的庐隐、白薇，到八十年代的张洁、张辛欣，再到九十年代的徐坤、林白、陈染，再到后来的新生代，对男权挑战最豪放的就算卫慧了吧，她没有太多道德束缚，性就是性，欢乐就是欢乐，甚至她的性都不需为人物性格和情节服务。她几乎是以性学家的姿态在表现女性面对情欲的生理反应的。就是这样的姿态，有一天她忽然开始由亨利·米勒式的重口味向中国传统文化和佛学靠拢了，她要立地成佛了。我不是说她的这种转变就是向男权妥协，我是觉得在中国顽固的社会文化背景之下，几乎从没有过真正意义上的女性主义。并不是写写女性自慰写写女同性恋就是女性主义了，也不是多睡几个男人就是女性主义了，真正的女性主义还是那种坚决不屈从于他人与社会意志的清醒、坚定和欢乐。这种违逆必须在内心是欢乐的，必须是舍此无它的，是没有任何恐惧感的。我不知道多少女人真的没有恐惧感，但是我有。我认为这并不是一件女性自己可以解决的事情，这需要在社会制度、男性观念全面解放的前提下才有可能实现。我不能把自己划归到女性主义者中，我只是有很强的女性意识，但自认为还是一直在小说中试图去思考关于男女之间的一些性别问题

和社会问题的，只是思考得还不到位不彻底而已。在写两性关系的书写上我更赞同李昂，她的社会使命感非常强烈，写性是为了反映社会问题或是剖析男女之间的权力关系，不是为了写性而写性。再来说说我自己，我的写作属于女性作家里比较传统的女性意识书写，我不太追求现代技巧，没有多少实验性，不会刻意模糊写作上的性别差异，因为那样会让我觉得荷尔蒙分泌异常。我用我自己一种近于偏执的方式去挖掘男人和女人身上的那些无底之洞。我会写到女性的被物化，写到城乡冲突对女性性观念的冲突与撕裂，写平等自由和男权两种观念逐渐杂糅交会之后在女人身上变得更加深刻与矛盾，写传统女性的怨恨中也融合着她作为现代女性对爱、对独立、对平等的感情的要求。我自己的生存经验会导致我的关注和我的纠结，我不是上海女人，我不是卫慧，我是另外一种存在的女性方式。但我也是合理的。任何生态都是多元化的。至于当代女性究竟怎样才能获得真正的社会认同与自我认同，这是一个太过宏大艰巨的命题。需要越来越多的不婚人士出现，需要婚姻的意义逐渐弱化，甚至消退，而不再是一种利益的搭配，需要社会福利好到足以让单身母亲或父亲能轻易抚养一个孩子长大。这简直是一种社会变革与时代文明进步的标志，而这个社会目前显然没有达到这种程度，甚至很多方面还处在半野蛮状态，所以我目前所能表达的只是她们所面临的困境与挣扎。

▶细节影响小说的质感

走 走：我做了十几年编辑，所以有点编辑病，就是特别在意文学细节的准确性。我也曾经和你探讨过，比如《瞳中人》，余亚静进了一家"星巴克"，"是在喝完咖啡之后才发现自己身上根本没有钱"，去过"星巴克"

的人都知道，去那里必须先点单付钱，才能拿到咖啡，因为这个细节的不成立，接下来的情节比如"她怎么才能不付钱地从这里离开"，"她犹豫着叫来了服务生，她低声问他，可不可以把一幅画留在这里作为咖啡钱"，以及服务生的回答，"那位先生已经替您付过了，坐在窗前肃然不动的男人在昏暗的光线里向她点头致意"等都不能成立，换言之，和师康的爱情也不可能以这一方式开始。类似的细节不严谨的问题在《同体》中也有……我记得你当时和我提到，你写之前考虑过"星巴克"的不符合现实性，那么为什么要坚持用这一细节？是因为你写作时更注重情节的推进吗？

孙 频："星巴克"那个细节在写的时候我就想到了，但就是因为情节推动的需要，我必须得让她付不起钱才能引出后面的情节，所以还是坚持那样写了。也许我当时觉得这样一个细节与整个的情节设置相比还是情节推动更重要。但就我平时的写作来说，我其实对细节还是非常重视的，因为细节影响小说的质感。有时候写到一些自己不熟悉的细节的时候，我会查大量资料，会去采访别人，会力求让这细节看起来逼真一点，即使是完全虚构出来的，我也希望别人看了觉得这是真实的。但再真实它也是假的。对小说虚与实之间的均衡处理，每个写小说的人都很清楚，就不需要多说了。

走 走：其实很简单就可以解决，换一家非连锁形式的传统咖啡馆即可。所谓情节推动的需要，是指你在动笔之前，已经完全设定好了情节走向吗？如果写着写着，人物自身形成了性格逻辑，那时候，你会遵循人物的自然发展，还是继续按照事先设定的情节轨道？

孙 频：我在小说中坚持选择"星巴克"是因为"星巴克"是面向城市白领阶层的，适合爱好艺术的文青和知识分子们出入，这样安排更适合他们的身份，小说中的男人说的那句话也就是我要说的话："绿色的阳伞，原木的桌椅，给人一种固执的栖息，一个休憩的蒙太奇空间。与之相比，其他咖啡，比如欧迪、上岛、两岸，简直都是地狱。"至于情节的推动问题，这两种情况我都遇到过，一般来说我是动笔之前就要把基本的情节发展都想好的，听有些人讲他们写作是完全靠作品自己往下流动的，我不是这样，这样我会写不下去。但在具体的写作中，还是会经常出现人物的走向与我之前的预想发生偏差的现象，这时候我会停笔想一想，究竟怎样安排更合理，想好了再继续，也就是说，虽然按照预定的设计往下写，但人物还是经常会偏离出去，兀自形成另外一种性格逻辑。

▶越自由的作家越有生命力，越可以野蛮生长

走　走：很多评论提到你是"八〇后"这一代里最会讲故事的小说家之一。你自己怎么看待这一评价？

孙　频：是有些评论家和读者说过我的小说可读性比较强。故事性比较完整可能就会让小说好读一点。我倒不把这个视为优点或缺点，我也没有刻意让自己为讨好读者而加重故事性，是我一开始写作就会自发地这样做。每个写作者的小说观都是不一样的，我受西方十九世纪的浪漫主义和现实主义文学影响较大，而受后现代主义影响较小，不太喜欢过于碎片化过于实验性的东西，喜欢扎实传统的叙事，所以在自己的写作中就会比较看重故事性。

走　走：我挺想和你探讨一下"故事性"和"小说性"。比如男女性事，是读者喜见的题材之一，为了避免这类题材缺乏新意，你会在故事设计上

下功夫，试图平中见奇，俗中见险。比如《同体》中，冯一灯一直以为是温有亮救了自己，所以甘愿为他去"仙人跳"，小说结尾温有亮却说，"那个晚上抢劫你的人和轮奸你的人都是我指使的。"有了这样冲突的情节，你还有没有信心去叙述凡人小事、人生本身的平淡？有没有想过回归叙述本身？

孙　频：我想你可能没看明白我在《同体》中的这一情节设置，我安排这个女人被轮奸被驯化被利用来赚钱，目的并不是要展示给读者一种男女性事，我要写的是一个被迫患上斯德哥尔摩综合征的女人的追究与救赎之路。我在这篇小说中要表现的核心只是那句"人类无路可走的绝境必然导致道德上的狂热，这就是斯德哥尔摩综合征"。这是一篇心理小说，而不是主要在写一场轮奸。我想我的小说趣味还不至于到只写一场结构跌宕的性事的地步。而我写这个患有斯德哥尔摩综合征的女人，所要真正触及的背后的诸多东西，如社会与伦理层面的东西也显而易见吧。我是比较看重情节的设置，比如我向来喜欢悬念设置，喜欢节奏紧凑，喜欢跌宕起伏，可是小说本身是让人更愿意读下去呢，还是根本没有人能读下去，只剩下作者在那里独自意淫独自高潮才叫好？难道结构的悬念设置本身不属于叙事方式吗？还是你觉得只有门罗式的叙事才叫叙事？允许有些人实验也应该允许有些人传统。当然我觉得很多写小事写琐事的小说是写得很好，但不能要求所有的作家都去只写家长里短只写市民生活。这不是取巧读者的问题，这只是个人长期形成的关注范畴不同而已，这个范畴更是精神层面的，而不仅仅是个取材的问题，就是说写作的人得搞清楚自己内心里真正感兴趣的究竟是什么。就拿电影来说，我喜欢说电影是因为我觉得电影的叙事及主题和小说很像，可以类比，比如伯格曼喜欢探讨上帝存在与否，塔尔科夫斯基则关注信仰问题，费里尼喜欢言说生活的虚无与人性的善恶，安东尼奥尼则执着研究当代人的情感问题，帕索里尼诅咒般倾倒生命之恶。

但你不能说他们谁就比谁差，他们只是关注的范围有所不同。就作家来说，难道你觉得所有情节设计冲突性较强的作家就不好吗？你觉得奥康纳的小说、安妮·普鲁的小说、鲁尔福的小说、巴别尔的小说在情节的设置上有没有剧烈的冲突？他们的叙述算是叙述本身吗？我觉得文学本身就是一件最宽容的事情，不是一件必分高下你死我活要决斗的事情。

走　走：我个人会觉得，写作本身是一种关于平衡的哲学。欲扬的，必须抑之；越是想要强调的，越是需要轻描淡写。就我对你的作品部分的阅读经验而言，我觉得你可以设计戏剧化的情节，但情节戏剧化了，你也许就需要放弃语言的张扬、华丽、诡艳。否则两者会彼此冲突消解。

孙　频：我想说的是，我一直在试图让自己形成一种独属于我的标志性的语言风格。有些作家不是很看重语言，但我是非常看重的，当然不同的作家语言风格是不可能一样的，这与他自身对语言气息的感觉和捕捉，以及他自身的积淀有很大的关系。语言有冲淡的就可以有浓烈的，有平静的就可以有诡异的，有含蓄的就可以有暴烈的，有朴素的就可以有华丽的，我觉得只要能找到适合自己的风格就好。当然我自己正在摸索的路上，并不是说我的语言已经定型了，我想找到的只是一种最适合我个人气质，让我能写得最舒服最有感觉的语言方式。在情节的戏剧性上，有些地方我安排得确实过于突兀，不够自然流畅，有些地方也过于刻意，这些问题我自己都已经意识到了。我设置这些情节的时候只有一个目的，就是在一种剧烈冲突中用一种生猛的巨大的力量去打动人。我很看重"力量"这两个字。当然你说在平淡的情节中写出巨大的力量更好，我想在日后的写作中去慢慢摸索这种力量的分寸感吧。我想强调的一点是，个人气质对小说气质的影响很大，每个人的精神气质本就是不同的，所以我觉得不应该用统一的圭臬来要求写作者，从而让所有人都千篇一律如出一辙，好像工厂批量生产的。也不需要谁就一定要说服谁。我很赞成程永新老师的一句话，最适合你自己的就是最好的。多么宽容的文学姿态。某种程度上，越自由的作家越有生命力，越可以野蛮生长。当然我不是说我自己。我还是个被很多条条框框束缚的人。

田 耳

Tian Er

本名田永，湖南凤凰县人，1976年10月生。1999年开始写作，2000
年开始发表作品，曾获多种文学奖，如第十八届、二十届台湾联合
文学新人奖，第四届鲁迅文学奖，第十二届"华语文学传媒大奖"
年度小说家奖。从事过报社编辑、饲养员、电器推销员和商场经理
等社会职业。现供职于某书画院。

长篇一定要有些不讲理的成分

▶ 只有读书，符号系统导致的联想才足够丰富

走　走：作为编辑，我看来稿时有个心得，小说中的主人公名字起得风花雪月、各种精心雕琢的，格局基本很小，主人公的生活也会很"文艺"，精神做作。反之，主人公名字普通得混进人堆里的，却有可能带来惊喜。从《衣钵》里的李可，到后来的小江、小丁，你有没有意识到你的小说主人公名字的变化？给我的感觉是，你越来越不想强调他们的存在，然后潜下去"恶狠狠"讲一个他们的故事。

田　耳：你的心得我也有，把名字取得花里胡哨的，我觉得小说往往使劲使在小的地方，大都舍本逐末。所以我写小说的时候，尽量不让人名晃人眼目，而且我觉得那些对小说人物名字很感兴趣的读者，也绝不是我的目标读者。

走　走："我宁愿去相信一些不着调的事和一些难以想象的、跳跃性很大的联系，这使我平淡的生活里能够充满乐趣。"（《事情很多的夜晚》）我觉得这似乎是你自己真实的写照，否则难以想象在气柜上做爱却因气柜爆炸而被冲上天的结局，或者符启明"黑夜观星"这样的意象……

田　耳：应该是这样，二〇〇七年获鲁奖之前我基本是独处，经常住在乡下。别人觉得我闷，其实我觉得自己活得充满乐趣，这也没法和他们沟通。比如晚上看书经常可以看通宵，就是读书能给我足够的快感，根本睡不着。我要是建议身边的朋友也这么干，他们肯定以为我耍他们。

图像不太容易引发这种"不着调的事和一些难以想象的、跳跃性很大的联系"，只有读书，符号系统导致的联想才足够丰富。

走　走：有意思，作为生活在城市里的人，我的想象出发点基本都是电影这种图像。

田　耳：影视也有，但我觉得读书更私密，好的电影电视剧，过于公共，得来的，也常是共识。

▶我发现我进入"社会"特别早

走　走：小说都是写存在写人性的，虽然"文无第一武无第二"，但仍有高下区别。就像有评论家说的，"天体的悬浮是由人心观照所得，它借助于高科技，但最终映射出来的是我们的心象"。你觉得是什么造就了你这种对世事的通达认识？虽然你在生活中是个小事迷糊的人……

田　耳：真的很悖论，生活中我确实迷糊，但一到写作，就清晰起来，所以我写作也是为了体面，证明我并不迷糊。我开始写作时，身边的亲戚朋友对我建议最多的，还是毛主席《在延安文艺座谈会上的讲话》那一套，要深入生活，不能待在书房里。但不认识我只看我小说的人，就以为我阅历特别丰富，所以我写作也才有快感。

我也一直在考虑这个问题，我真的没有深入社会，一九九九年毕业，外出三年又回到家中独处，为什么别人会觉得我阅历丰富？其一固然是阅读得来的间接经验，但读多了容易死板（这我也早已意识到）；其二就是我发现我进入"社会"特别早。人家都是大学毕业进入社会，但我可能是初中。我读小学是在一个作文教改试验班，叫"童话引路"试验班，作文课全是写童话，毕业前全班四十五人中有三十多个在杂志上发表过文章，我并不突出，但觉得小学生活很幸福，是一种脱离我们小县城环境的理想化状态。读高中时我是去吉首市寄读，那学校在整个地区是最好的，环境有所改善，但我初中得来的经验使得我混出一帮朋友，甚至打架斗殴，被劝退，也差点被开除。

事后我想，要是我学业顺利，成绩不会这么差，会考上不错的大学，但我很可能不会写作。我也意识到我的思路是和别人不一样的，不是故意这样的，而是阴差阳错形成的，所以生活中不讨好，但写作中特别管用。

举一个例子，初中时我被一个同学欺负得太厉害，他一见我落单就揍我，他是练举重的，和他动手我根本不行，所以想到离家出走，想到逃学，但都还得回到那个班。父亲看出我有情绪，问我，我也就讲了。父亲跟我们班主任反映情况，班主任在班会上批评了那个同学。他上台做检讨，倒像是在发表获奖感言，全班同学一齐嘲笑我，都说这事你怎么能告诉你爸爸？当时我如梦初醒，意识到可能只有我一个人不懂得这道理，但别的同学都那么成熟，都懂得。即使很多同学也属于被欺负的对象，但那一刻他们的委屈也尽可能由我这白痴的举动开脱。初中三年，这样的领悟实在太多，所以，那时候是无心读书的，完全就是进入社会的感觉，有一种接受丛林法则的体验。

▶人极容易成为你厌恶的那类人

走　走：所以你才对"身份"很关注？比如少年时代极其憎恨和厌恶的那个专制和蛮横的坐摇椅的男人，却成了成年后自己羡慕并刻意模仿最终也成为的那样一个男人（《坐摇椅的男人》）；由围追小偷到被诬为小偷，并最终被围追（《围猎》）；被全村人奉为"牛人"的却是一位在城里给人跪着唱歌的三流歌手；为了争唯一一个转正名额的辅警们……

田　耳：是的，因为我觉得自己一直融入不了大多数人，属于容易落单的那一号，所以我做出很大的努力就是要看起来和别人一样。大专毕业以后我去学空调维修，踩着单车上门服务，别人对维修工也很客气，那两年就特别有融入生活的感觉，所以还是很惬意。

至于"少年时代极其憎恨和厌恶的那个专制和蛮横的坐摇椅的男人"，也是我最强烈的体认。我觉得人极容易成为你厌恶的那类人，而不是你喜欢的那类人。为什么这样，我一直想不明白。我甚至怀疑，厌恶和仇恨的力量远远大于喜爱的力量。你闭目一思，想到仇恨之人，比之想到喜爱之人，情绪波动的程度，哪个更大？我们读大专时，就以找到读大学本科的女友为荣，这也是"身份"的意识……

走　走：最终，生活中你想形成的身份是什么？这和你的人物之间是有互动关系的吧。我记得马尔克斯有个短篇《我只想来这儿打电话》，一个女的阴差阳错搭上送病人去精神病院的车，她本来只想去那里打个电话，但是进去后，她再也没法证明自己是正常的。我们对自己身份的认识，都是在旁人眼中形成的。

田　耳：这个是还没有思考通透，说实话，我认为我想形成的身份、想达到的形象，其实是我达不到的。我很想自己的眼睛游离到身体之外，像看别人一样冷静地看待自己，这样才可能对这个问题做出很好的回答。

走　走：《衣钵》里面涉及的其实是两种身份的问题。一种是子承父业的身份转化通过父亲的死亡实现；一种是李可的大学生身份向乡村道士的转化。我觉得后一种尤其有意味，北大教授严家炎说过："乡土文学在乡下是写不出来的，它往往是作者来到城市后的产物。"对乡土的叙述是没法通过民间或乡土自身来完成的，它必须借助一种外来的、异己的力量。你同意吗？

田　耳：我发现，写乡土小说其实是有两个角度的，一是对外展示，二是反观自身。严家炎这段话，是否定了前者，认为后者才是唯一有效的乡土叙述。事实也是这样，现在一写乡土，很多作家竟然还想着要满足读者一种"猎奇"的眼光，这一路数其实已经不存在了。沈从文的厉害，就是两者兼有，而且两者他都做得最好。

▶中短篇偏重"才"，写长篇则要养"气"

走　走：回到《衣钵》，据说这小说是以你电大同学为原型的，当时你是不是面临类似的身份困扰？

田　耳：是的，毕业时相当迷惘，入学时我们算是师范类学生，但毕业时教委又下发规定，说师范学校之外的师范类学生，要重新培训一年才能上岗当老师，所以我与同学们都经历艰难选择，大多数自认倒霉，又交学费去各县进修学校培训一年，分到乡下当老师。少数像我一样，到社会上瞎混了。

走　走：为什么你总是少数人？你这样的决定，当时你的父母没有强制干涉？

田　耳：天生的。读书时我就是个刺头，小学毕业后，基本就没和班主任搞好过关系。我父亲是特级教师，按说教育局要接纳教师子弟的，但我父亲也是个炮筒子，开会时爱数落领导。同样的情况，别人都搞得定，就他没有把我的工作搞定，所以他不好干涉，还觉得有些对不住我。但没去乡下当老师，我是窃喜的。我口齿有问题，怕误人子弟，也怕分到乡下回城都回不了。我当时想着，即使当老师，也必然辞职，这更会伤着父亲的心。我也是进了作家班，才觉得很多人和我投脾气。

走　走：《天体悬浮》里的辅警抓粉哥、卖淫女，还有出租屋、足疗、娱乐城、成人用品店，这些人物、事件和物象，泥沙俱下，我们来谈谈长篇里不可或缺的混沌吧。有一种说法，就是太精致的写法，很难写成真正的长篇。比如法国新小说那一派，比如中国的那些先锋作家们，在语言上太用力的，不允许自己横生枝节的，没法天外飞一笔的，长篇就会写得很辛苦，读者也会觉得气韵不顺。长篇需要泥沙俱下，需要闲笔，需要里面有一种不清晰的混沌。我不知道你什么感觉。我理解的混沌是一种敢于失控的文本自信，同时对枝枝蔓蔓的这种选择是一种对"脏"的审美，它用来平衡文本中过于整齐的气象。换言之，混沌的好坏及其程度，其实能看出作者的性情。是否敢混沌，有匠气与才气的区别。

田　耳：小说本来就是藏污纳垢的东西，它应该容许废话，容许不整饬、不讲理，就像我的生活，本来就是浑浑噩噩。太有理性的人活得累，就是这样，因为生活中太多非理性的东西。基斯洛夫斯基《十诫》中有一部就是讲这个的。中短篇讲局部、讲细节，可以精细、可以避开整体的非理性，但一到长篇，确实完全不一样，一定要有些不讲理的成分作为"标配",它才能应和我们生活整体的状态。

但我对这问题看待的角度不一样,我觉得是"才"和"气"的问题。写作者自身的"才"与"气"可能是必须分开考量的概念,"才"对应的是小处着眼、绵密紧凑、精雕细琢;而"气"对应的则是不拘小节、一泻千里、恣肆汪洋。才气兼济固然难得,但这种平衡难以把握,技术难度太高;实际操作中,"才""气"之间若不偏重一边,兼济反而易流于平庸。在写小说时也应与此对应,中短篇偏重对自身"才"的发挥,而写长篇则要养"气"。

若以控制做解释,"才"是一个写作者可以牢牢掌控的能力范围,而"气"则是你敢于失控,然后在控制—失控—再控制的往复过程中体现自己表达自己的能力。

走　走:我和你谈这个问题,是我意识到自己写作的局限。这和人的性格也有一点关系。你说写长篇要养"气",你觉得"气"怎么才能养出来?

田　耳:这个一时半会也真说不清楚,太混沌,或者"气"正是以混沌的态度应对混沌的法则。

关于气,有一本书应该看看,日本人写的《气的思想——中国自然观与人的观念的发展》,将殷周到清代"气"这个概念的变化过程全部梳理了一遍。

具体到个人的处理,可能各施各法了,比如说我就认为,要写长篇必须挑气场,要到合适的地方写。我们写长篇,其实投入太少,都在书房里,生产线一样地弄。但你看国内的长篇,最好的在陕西,其次在山东,但江浙一带人写中短篇厉害,写长篇都是中篇的架子,一使劲就使到小地方了。四大名著有三部都是江浙一带出的,这一带以前文脉深厚,后面就弱了,只出小东西。

走　走：为什么呢？以前是因为鱼米之乡，比贫瘠之地多了写长篇的物质条件？当温饱问题解决后，地域局限就出现了？

田　耳：可能是战乱，可能是经济格局对文脉的破坏。你说长篇不能写得精细，可能只是目前针对我们面临的困境提出的。但事实也是如此，陈忠实的《白鹿原》和路遥的《平凡的世界》，语言极差，但气场极大。搞写作的往往看不起《平凡的世界》，但它就是能让人一口气看完。一百多万字的作品啊，很多人把它当《圣经》读的。这里面肯定有很多可讨论的东西。《五灯会元》里不是也说嘛，要从"尿脬气中求参取"。你看路遥帮助自己作品立足的过程，很"钻营"，但"钻营"得真诚，最后他一条命也化进作品去了，留给人"道成肉身"的实效。长篇小说，确实是阴差阳错，自有命数，人力莫为。

走　走：就目前格局来看，国外的一些优秀长篇也是这样，像乔纳森·弗兰岑的《自由》，像波拉尼奥的《2666》，能上参天象下观蚂蚁的，根本上说，是一种看待万物的价值观的不同，微物中见神灵，见不见得到，敢不敢去见，都是各人有各种选择了。

田　耳：对，长篇应是独异的世界，写同样的事，但因为作者看待事物眼光的不同，他构筑的长篇世界自成一体，对我们已有观念形成冲击或冒犯。其实有一定写作经验的人，都看得出这个道理，实际操作中，独异的眼光往往是憋出来的，不是浑然天成，所以成效甚微。

▶ 细微处发力

走　走：你的小说里，世俗生活和诗意并存。比如《天体悬浮》里的"左道封闭"，你是怎么发现这个词的，或者说，你是怎么在日常生活中发现诗意的趣味？

田　耳：每个人对语词和词语都有敏感性，敏感性建立的角度各不相同，有的喜欢很顺的东西，所以写小说中的人名，或风花雪月，或高古凝重，但小说本身却压不住这些名字，两张皮贴不上，突兀棱嶒。有的喜欢别扭一点的东西，比如我自己，"左道封闭"不像地名，但我写出来熨平了，贴进小说了，别人就会有印象。一个小说，人名也好地名也好意象细节也好，能够钉钉子似的让读者记下一两处，就已相当不容易。

以前有部台湾电影，名叫《国道封闭》，觉得好，片子一直没有买到。后来我在马路上看见一段封闭维修的路段，看见两边的牌子都写"左道封闭"，觉得这比"国道封闭"更有意思，就用在小说里了。

我发现这些细微处的发力，往往也只有写作的朋友能理会。比如说我喜欢将一支烟写成"一枝烟"，后面就有两个写作的朋友注意到这一点，印象还深刻。

还有，关于小说中的人名，给我印象深的是温瑞安，我觉得他就是一个拧巴之人。知道四大名捕各叫什么名字吗？冷血叫冷凌弃，无情叫成崖余，追命叫崔略商，铁手叫铁游夏。这都叫什么名字啊，我反而记得住。

走　走："支"和"枝"的区别，讲讲？因为一般校对都会把它改掉的。

田　耳："支"和"枝"的区别在于，"枝"很少人用，但讲其实也能讲过去。如果不被编辑改掉，印出来，就会像暗号一样联络同道中人。

走　走：那你那么多小小"机心"，要是没有读者认出来，不是会很寂寞？

田　耳：等待就是了，这感觉蛮好，要给自己制造等待，好玩。

走　走：你觉得自己是个有趣的人吗？你家里人，比如你女儿怎么看你？

田　耳：我想有趣的时候别人未必理会，但有时候一些不经意的举动又搞得别人乐不可支。我觉得我是尴尬之人。我女儿不太理我，她随时会找我，找到以后就掉头离开。

走　走：有作家去过你家，说是"靠桌的墙上贴着很多张小纸片，上面写着一些小说里的关键词、对话、人名或灵感突现时的感受"，这让我想到纳博科夫的写作卡片了。

田　耳：这是在一本关于编剧技巧的书里看来的，悉德·菲尔德的一本书。用了之后还有效果，但我弄得零乱，经常整理不好。现在都弄在电脑里了。和朋友聊天，还有上网，我就搜集一些有趣的，或者联想衍生出来。

▶ 我笔下的父亲和我父亲不一样

走　走：我发现，女性写作者笔下更常出现的是主人公和母亲的关系，而男性写作者更可能写的是和父亲的关系。《坐摇椅的男人》《衣钵》《父亲来信》……我们聊聊你小说里的父亲形象吧。

田　耳：具体哪个方面？聊父亲，不知从何谈起。

走　走：先聊聊生活中你父亲是什么样的，然后我们谈谈你的文学转化。比如据说你最早写小说时是先给妈妈看的。

田　耳：我出生时父亲在外地工作，七岁时他才调回来，所以有一段时间我很不适应有父亲。小时候父亲给我的感觉就是恐惧，调回家后他有时会骂我。但我父亲也很奇怪，说我这孩子有一点好，怎么骂他，饭量都不减。我的顺从，可能也纵容了父亲想骂就骂。

我父亲是化学教师，一心要我学理科，初中时专门辅导我化学，所以我的化学成绩在整个年级算是最好的，参赛也拿奖什么的，但我心里烦透了。加之总体成绩下降，就很厌学。高中彻底成为差生，父亲非常失望。反正，获鲁奖之前，感觉父亲对我都是失望的。我父亲结婚很晚，生我时已经三十八岁，现在七十多，身体还不错，现在很慈祥。我告诉我老婆，父亲以前很凶，她都不肯信。我笔下的父亲和我父亲不一样，是我想象中父亲该有的样子。后来在家写作，主要也是母亲支持。幸好家里是母亲做主，父亲也没说什么。

另一方面，别人又说我的性格和我父亲挺像，就是倔，有什么说什么。我父亲在单位里就是炮筒子，有几次我听他指责同事，也跟小时候训我差不多。但他没心计，肯帮忙，朋友也多。

走　走：你的作品里第一个父亲形象是《衣钵》里的道士吗？

田　耳：中篇《姓田的树们》写在《衣钵》前面，也跟父亲有关，里面的主人公田老反是我父亲的启蒙老师。这个小说里应该没有父亲的形象，但跟我父亲有关。

走　走：你的小说，一般来说讽刺的味道并不是很浓，《长寿碑》应该是个例外。

田　耳：是，而且我还想冲着《长寿碑》的路数走。我觉得年龄越大，越有说真话的冲动，要不然心中的无意义感会与日俱增。

走　走：但是这种说真话是阎连科或者余华式的吗？

田　耳：当然，也不属于阎连科那种。余华的我模仿不了，他的叙述方式我一直喜欢。而且，我觉得我们整个环境，总体的语境体现出来的虚假和懦弱，一直就在伤害我们的生活。

走　走：余华自己也说过要"正面强攻"，那么他和阎连科有什么不同？

田　耳：巨大的不同，余华心无城府，但天性复杂，阎连科是反着来的。

走　走：但是说真话是要有学识底蕴的，为什么我们没有奈保尔，没有库切，我觉得我们对社会认识是局限在社会自身里的。

田　耳：是的，有这体认。其实说真话而且能一直说下去，是非常需要技巧的，而说假话，技术难度相对小。很多人选择说假话，是环境使然，是能力使然，并非品性。说真话，虽不能至，心向往之，反正还是要有这种追求。

▶ 故事就是石头，小说就是从石头里炼出金子

走　走："醉翁之意不在酒，或者顾左右而言他，在我看来就是小说本质的东西"，我们来聊聊这个吧。

田　耳：江苏作家林苑中有一句话我非常认同，他说"故事就是石头，小说就是从石头里炼出金子"。直到现在，小说对故事的倚赖还明摆着呢，除非是给小说重新立法，在叙述上开疆拓土的天才和大师，一般的写作者还是得屈从于故事。先锋作家们的整体回归，也说明了这一点。我一直就认为说好故事是基本功，这个基本功练好了，你掌握了能让读者欲罢不能、非一口气看完不可的本领，再在此基础上往小说中加塞自己的东西，让别人读故事时悄然不觉地接受故事以外的东西。

走　走：故事以外的东西，是不是你想说的真话？

田　耳：肯定的，借故事说真话，是小说一大功能。我给别人写过人物小传，还给自己写过工作总结，我发现这些反而只能虚构。

走　走：但你看，你就不会玩文本套文本那些虚的。技巧有时确实是隔着一层。故事才是本质。

田　耳：套层结构？我觉得是人家玩过的，不是很感兴趣。

走　走：就是说，所有别人玩过的技巧，你都不想再玩？你只做最本质的，然后呢？

田　耳：最近几年国内一些作家的长篇，经常是几条线，写几个人，从这个人写到那个人，每条线索都相对独立，但彼此又有纠葛，仿佛很新。

其实《水浒传》就这么写来着，这是"金线串珠"结构。我不敢说我做本质的，何为本质？小说的本体论是什么？但我喜欢删繁就简。我对艺术家和文艺青年（不包括那种很二的文艺青年）有一个简单的判断方法：文艺青年把简单的事弄复杂，艺术家将复杂的事简单呈现。

走　走：我觉得现在的年轻作家很多还没搞懂什么是结构（包括我在内），我有时一边看自己折腾，一边心里想，到底没本事钓条新鲜的鱼上来整，所以才要红烧糖醋的各种整。结构这个问题你是怎么理清楚的？

田　耳：我也没搞懂，只有在具体的阅读中，感觉到某一文本很新，某一作家对结构的把握超乎常人，但要去捋出个所以然来，那就得做研究了。我想，结构感可能是我们的劣势，所以长篇弱。法国人的结构感特别好，他们的长篇一直强，在此基础上可以怪异，可以天马行空。我觉得这可能和人种有关系，和基因有关系，比如巴西人就是能踢球，德国就是能不断地冒出哲学家，美国人就善于把任何事物商业化到极致。

走　走：所以你其实是把写作者分成了文艺青年和艺术家？
田　耳：是的。

走　走：你把自己归为哪一类？
田　耳：以子之矛攻子之盾啊。我是作家，我的目标是艺术家。（这种话不好自己说啊……）

　　　　　　　　　　　　非写不可——20小说家访谈录

▶写小说得离功利最远、离孤独最近

走　走："在自己生活中隐蔽越深，融入世相越彻底，越有重要的启悟和发现。"生活中的你是个怎样的人？我看你小学同学说你小时候很精，很会做生意，小学就搞过小型的邮票拍卖会，现在是把精明掩藏起来了，但人又狂了。

田　耳：可能是有一点狂，以前不敢表现，是自我保护能力弱，怕挨打。现在越来越不需要精明了，因为生活越变越简单。

走　走：你曾经说，写小说的，得"离功利最远、离孤独最近"，现在你在湖南当地应该很有名气了，功名利禄这种，怎么平衡？

田　耳：说真的，我不觉得我有变化，生活也是这样，收入照样捉襟见肘，而且多了一位催促我赚钱的至亲啊。相反，我说话还是日渐小心了，以前，二十几岁，小说发表还不顺当，和一帮朋友成晚泡在一起，喝酒聊天，那时候最狂。

走　走：我看过你访谈里最狂妄的一句话是，"我的小说别人没办法概括"。为什么这么说？

田　耳：事实如此，李敬泽汪政等评论家给我写评论时，都说我的小说适合个案分析，不好总体归纳。

走　走：归纳和概括，这是两个概念。评论家的意思是，没法用他们某个成名一招鲜，比如乡土比如底层来归纳你所有的小说。

田　耳：那就是归纳，不是概括。

走　走：这种变化的丰富性你觉得取决于什么？你比较勤劳爱动脑？我觉得很多写作者一直在重复自己，一个叙述模式或者一个题材反复挖。

　　田　耳：取决于我从材料出发，根据材料做出相应的处理，而不是什么先入为主的概念，也没想到要以稳定的面目呈现在别人面前。你说的这种，是主流的写作策略，效果也相对容易显现，就是给自己"注册商标"。

▶ 好小说的标准一直在变化

　　走　走：写到现在，你自己最满意的小说是哪一个？我看过一个访谈，是在你《一个人的张灯结彩》获鲁奖后，你说自己不是特别喜欢，原话是"不是不喜欢，不是很喜欢"。然后你说更喜欢自己的短篇小说。你自己的"好小说"的标准是什么？

　　田　耳：好小说的标准，一直在变化，也一直有反复，真的定不下来，要是一口说死，回头就会自己抽自己。目前为止，我对自己较为满意的小说还有几个，不像标准答案说，我至今还没写出自己满意的小说。我觉得，短篇小说里《衣钵》《夏天糖》《坐摇椅的男人》《氮肥厂》体现了我自己的追求，中篇小说中《一朵花开的时间》《湿生活》是目前写得最好的两篇。

　　走　走：据说你这几年每年春节都去沈从文坟前烧纸，这是噱头还是？以前我只知道有作家会在长篇写完，给自己小说里杀死的人物烧纸。

　　田　耳：这倒是真的，坚持了十几年，慢慢也聚集了一帮朋友一块干这事。去年有几十人，在沈从文忌日去，祭辞也是我写的。二〇〇〇年第一次去，是在年初三。按我们凤凰的习惯，年初三也是上坟的日子，但我父亲这边的祖坟在乡下，土家年（除夕前一天）去祭扫，母亲那边的祖坟在另一个县，每年亲戚们约定清明去，所以那年初三没事可干。朋友们都去上坟，县城里到处都是鞭炮声。我是闲得无聊，买了纸钱和响鞭去祭扫沈从文墓。那年开始发表作品，我宁愿相信沈老保佑我，所以以后一直坚持去。坚持了几年，要是不去心里还有点发慌，怕这一年文思不畅。

▶ 房间里唯一整齐的就是书架

走　走：最后我们来聊聊你的知识结构吧。这次访谈我有个感觉，就是任何问题我丢给你，你都回答得贴心贴肺。你其实看过很多文学理论的书，但你没有用看起来很高大上的话回应。你的每一个回答都真的在说你自己的小说。我相信你也看过很多侦探小说，所以我想知道，你怎么把它们化成自己的？很多人看书，是为了派用场，书是书，他是他。

田　耳：有一副对联我很喜欢：非名山不留僧住，是真佛只道家常。我看理论书也好，看侦探小说也好，还有别的书，都是随心所欲地读，不做笔记，喜欢的地方做一做记号，批一批。很多观点说得出，但常常忘了出处。

我从小对书有特殊感情，生活中我有点邋遢，但对待书特别周到，房间里唯一整齐的就是书架。豆瓣前年搞了个晒书房照片的活动，我也发帖参加，结果别人送我绰号"码书帝"。小时候太爱买书，父母也不乐意，提醒我只有工具书可买，买故事书和小说就是糟蹋钱。后来写小说了，我买什么样的书，都可以名正言顺地说，这书对我有用。写作对我最大的好处就在于此，我可以放肆买书，现在已有一万四千册，一辈子都不可能看完了。

我看书，不是很虔诚，不是拿出一本非逼自己看完不可。我要书本取悦我，可能看了几十本，都看不完，但一旦遇上一本真正合心的，就有惊艳之感，就有邂逅之感，会反复地看。

我也老早意识到，书看多了人容易迂腐，所以阅读时我也有一种恶狠狠的态度，想象书的作者就是一个亲近的朋友，他在同我聊天，我时不时也要回几句嘴，找他的难看。这样读下去，才变成如今的思维和态度。

颜　歌
Yan Ge

成都市郫都区人，生于1984年12月。现攻读四川大学比较文学博士学位。曾获第四届新概念作文大赛一等奖。主要作品有《关河》《良辰》《桃乐镇的春天》《五月女王》等。首刊于《收获》的长篇小说《段逸兴的一家》（出书名为《我们家》）获第十一届"华语文学传媒大奖"年度最具潜力新人奖。

我用了很长的时间来让语言"不美"

▶ 音乐有点像是药引子

走　走：我们先来聊聊古典音乐，制造一下开场气氛吧。我知道你是一个马勒爱好者，写作时你会听这样的音乐吗？我知道有些小说家写一整个长篇时，只听一张碟，不过大部分是摇滚乐。

颜　歌：写《声音乐团》的时候是老听马勒的，然后写《段逸兴的一家》的时候听一些民谣，那个时候我老是听张玮玮。不过我每次写作进入到状态里面的时候都是没有音乐的，音乐有点像是药引子。

走　走：《声音乐团》里写到交响乐团的故事，你博客里也写过，"孤独的大号手这个意象，真的很让我着迷"，你好像有这样一个交响乐团圈子的朋友，故事的灵感是来自他们吗？

颜　歌：孤独的大号手这个意象就是来自一次偶然去听交响乐，我看见那个大号手一直都不吹，然后我都替他无聊了，可是最后的时候他演奏起来，那种恢宏差点让我落泪了。于是想要写个关于这个的故事。因为要写这个，去看交响乐团排练，认识了一些交响乐团的朋友。那是二〇〇九年的事了。

走　走：他们知道你是写作者吗？

颜　歌：知道呀。我去看他们排练都拿个本子坐在最后——这个意象最后也写到小说里面，变成了"为了写小说去交响乐团采访的作家最后死掉了……"。

走　走：小说出来以后你送给他们看了吗？

颜　歌：没有。书太厚。写《声音乐团》真是一个从无到有的过程，写了特别久，因为一切都是新的。对我来说是个很特别的经历，好像生了一个病孩子，怎么也要养大。

走　走：你所谓的"病孩子"，是指这个题材先天不足，不像《段逸兴的一家》，是从你自己生活里生长出来的，是吗？

颜　歌：是，写这个题材完全是一时兴起。抱着"随便写点什么休息休息"的心情来写的，结果把我折磨得不轻。可见不能玩弄题材，不然就被题材玩弄了。但是作为写作者，写《声音乐团》让我学习到了很多的东西。因为它不自然、不容易，我又不停地给自己制造问题，发展可以变得有趣的可能性——花了很多时间，磨合很久，所以学习到了很多东西。

▶ 一切情节都是可以被推动的

走　走：学习到了处理结构、处理采访或调查来的素材的能力？

颜　歌：嗯，类似吧。写完了《声音乐团》以后，我相信一切情节都是可以被推动的。感觉自己成了一个特别能忍耐的写作者。

走　走：一般来说，推动情节的应该是人物性格，我觉得《声音乐团》里，似乎是事件。

颜　歌：推动情节的方式肯定是有很多种的，但我想一个行为可以在故事中的多个地方发生反应是最好的，修改的时候我会把故事中的场景和行为拆开来看，如果它们只对一个情节发生作用或者只有一个解读，我一般会修改或者删除。不过《声音乐团》的确是事件推动。我觉得《声音乐团》里面的人物是比较平的。因为我把好多精力都放到结构上去了。这个小说我自己有一个很复杂的情绪，我写得不容易，不过在我还没写完的时候我就觉得它不可能是个什么好东西。

▶写我所看到感觉到的时代，延伸中文，表达中国

走　走：《声音乐团》因为结构的关系，有些滞涩，在那部长篇里，你尝试了小说结构和文本之间的互文关系，然后你返璞归真，有了顺畅自如的《段逸兴的一家》，你现在怎么看待结构这个问题？有没有一种感觉，这和做美食一个道理：不太新鲜的食材才需要煎炒醋熘以及各种佐料？

颜　歌：你这个比喻很好。或许作家和作品的最好和自然的关系就是原汤化原食。不过有时候写着写着又想换个花样。我是很自娱自乐的一个人，或者是自我折腾。

走　走：你曾经说过，"我只是一具被小说的野心推着往前走的身体"。你的"小说的野心"是怎样的？

颜　歌：希望自己能写出特别棒的小说。然后就会有一种走路都有风

的感觉。总体来说，我还是希望能写我所看到感觉到的时代，延伸中文，表达中国。当然这样说是很大的，落实到作品可能只是一个很小的东西。《段逸兴的一家》这个作品，当时就是觉得写一个好玩的小东西，用这样的心情写的。

走　走：《良辰》里，"那个平原上的小镇，所有的居民……带着面目不清的善良生存下去。"我特别喜欢这句话，这种"面目不清的善良"，正像第十一届华语文学传媒大奖授给你新人奖时的授奖辞一样，我觉得是因为你"正视生存的卑微，承认人性的有限与残缺，但不就此绝望；从俗世中来，却醉心于灵魂中那清澈的质地"。你那些关于四川小镇的故事，那些每天要吃一碗肥肠粉的男男女女，确实都是"带着面目不清的善良生存下去"的。

颜　歌：嗯。我想起我最熟悉的这些父老乡亲，我们郫县（注：2017年1月22日正式更名"郫都区"）的人，说话做事都是有一个"好"，可是这个"好"又特别模糊，是一个很混沌的概念。在一个"好"的疆界里，会发生很多很多的暧昧。这种混杂的东西是我所认为的小镇、县城、城乡接合部的魅力。

走　走：你能不能具体解释一下这种"暧昧"？我不知道你是否看过路内的几部长篇，他笔下的戴城也是小城，当然比你的镇子要大得多，属于衰老的县级市。粗俗的玩笑，任性而为，这些和你的小镇生活有相似之处，但它们没有你所谓的"暧昧"气质。

颜　歌：说不好其他人的小说故事"暧昧"不"暧昧"，不过在我看来，暧昧就是说不清楚。就是说事件、人物、意图，都不是简单能以好坏善恶等判断性的词语来讲述的——这样说起来就显得简单武断了，"暧昧"最好还是用故事来阐释。比如说《段逸兴的一家》里，薛胜强在情妇床上昏迷了，被送到医院，东窗事发，跟老婆和情妇都闹得很尴尬。为了打破这个僵局，他想要和她们中的一个睡觉——他也没想清楚应该是谁，吃晚饭的时候，老婆夹给了他一个卤鸭腿，他就干脆跟老婆睡了。所谓暧昧，大概就是这样浑浑噩噩中的温情脉脉吧。

走　走:《段逸兴的一家》里，生活像海椒和豆瓣一样热闹，油辣鲜香。活跃的是生机勃勃的肉体和情欲，人们用来接吻说话的嘴都是"沾满了肉味的"，这和四川这样一个地理环境有关吗？

颜　歌: 这个不太好说，对我来说是"只缘身在此山中"吧。我所熟悉的生活氛围和人的话语方式都是很"四川"的，所以当我构筑一个小说世界的时候就自然而然成了那样。"四川"不"四川"，这是四川之外的人才看出来的，对我来说，《段逸兴的一家》就是我所理解的中国生活。

走　走:《段逸兴的一家》里，家人之间血脉相连的情感真实而不做作，这些应该与你自己的家庭生活经历有关吧？我记得当时你特别担心自己爸爸看了会生气。

颜　歌: 我和我家里人的关系是很近的，不过要说这个跟我的小说有什么关系，我不太认同。

▶ 对语言"美"的偏执是我的童子功，也是我的绊脚石

走　走: 在小说《段逸兴的一家》中，四川方言的运用，增添了日常生活的戏剧性和幽默感。同样是方言写作，《繁花》的气质是迥异的，你觉

得这种幽默感是四川方言与生俱来的吗？生活中，你是一个有幽默感的人吗？

颜 歌：四川话里自有一种洒脱，这是我的理解。比如在小说里"爸爸"说了很多句"算述了"——意思就是算了吧。那么很多事情到头来在日常里都可以被这种感叹消解掉，"算述了！""管述它的！"，等等。在这样的基调下，小说的氛围可能就会比较泼辣、幽默。在生活里，我一直努力当个严肃的人。

走 走：阿来说过，"方言是一个壳子，一个承载思想的壳子，它提供了一种表达可能，也造成了一种表达的限制"。那么你当时有没有想过像金宇澄写《繁花》那样，索性做到极致，叙事部分也用既是四川话，同时非四川人阅读起来也毫无障碍的那种书面四川方言？

颜 歌：（这个我不太理解，《段逸兴的一家》因为有一个叙事者，所以叙事语言是四川话的呀。）单说方言是个壳子那段，我觉得是对的。特别是当我所希望的方言是一种可以推广到四川之外的方言，就有了很多选择、很多限制，但是这种选择和限制也成了我在创作中很大的动力。

走 走：你过去的语言风格是华丽尖锐的，像之前那个长篇《声音乐团》，连结构也是庞大复杂的，为什么到了《段逸兴的一家》，你会愿意选择用简单质朴的方式来讲故事？你和我说过，是因为当时远在美国，突然思乡，那种情感反而让你特别贴近了家乡土地。

颜 歌：因为小时候受了很多古诗词的影响，所以对语言有一种一定要美的偏执，在我小说创作初期（十六七岁），这成了我的一个标志，也就是所谓的华丽的语言。当然后来自然而然就会发现用那样的语言方式，绣花一般写长篇小说是一件非常滑稽的事情——对语言"美"的偏执是我的童子功，也是我的绊脚石。所以后来，我用了很长的时间来让语言"不美"，《段逸兴的一家》就是要"不美"，我希望它是隐匿的、自然的，时而泼辣的。

写《段逸兴的一家》的念头是在写完《五月女王》之后才出现的，当然我按照计划先完成了《声音乐团》，《声音乐团》的庞杂让我得到了训练，也让我吃尽了苦头。所以，《声音乐团》之后，我决定要用更加自由的方式来写《段逸兴的一家》。以前所有的长篇都有一个现行的结构模式，《五月女王》是五芒星的人物关系和双线，《声音乐团》是环形叙事和双线重复——但是我决定《段逸兴的一家》就想到哪写到哪吧。所以我就想到哪写到哪了，决定叙事速度和方向的完全是人物的情感，因此，《段逸兴的一家》的人物情感也是格外饱满而凸显的。

走　走：有意思的一件事是，很多外语不太好的写作者，看大量翻译小说，习惯用翻译体写东西，而你却是在美国北卡罗来纳州达勒姆访学的一年多时间里，重新发现了中国的地方口语。

颜　歌：在一个越少使用中文的环境里，或者说在和其他语言方式的对比里，人越会发现中文的中文性——也就是说这种语言里面不可替代的东西，即用这种语言来表达文学、来写小说的时候所能达到的其他语言无法抵达的"死角"。从我个人来说，中文等于四川话，也等于我的母语，所以可以说我是津津有味地去想我听到的、接触过的、有印象的四川话。当时有一个小本子，想到的马上就记下来。

▶ 能在小说中制造一个世界是很有成就感的事情

走　走：从《良辰》开始，你已经隐隐约约在构建一个平乐镇的故事体系，此后你反复勾勒那个虚构的小镇。"在我的创作图景中，经常出现的地名有两个，一个是永安城，一个是平乐镇……我是说，我在写的是我的故乡，平乐镇，或者是郫县的郫筒镇。写城乡接合部，写在这个高速发展的社会中放置着工业城市排泄物的混浊、迷蒙、尴尬之地，写这里的父老乡亲，写他们琐碎的善良和懒散的邪恶。"你想像福克纳一样，所有故事都发生在一个小镇上？

颜　歌：至少在最近这几年里希望这么做吧。能在小说中制造一个世界是很有成就感的事情。不能说是希望像福克纳那样，毕竟这样做的作家太多了。对此，福克纳倒是有一个解释，说小说家就像木匠，总会自然而然地就用手边的木材来做些东西。

走　走：这个小镇的原型是郫县郫筒镇，那里的真实生活是怎样的？

颜　歌：这是一个很有意思的问题。你看，我十几岁就写小说，写到现在十几年。写小说成了我观察生活和经历生活的一个很重要的方式。比如我写了"平乐镇"，也就是"郫县郫筒镇"，然后我大量地回忆，观察，搜集资料，写——到现在我觉得我写的"平乐镇"就是我记忆中的郫县，就是真实的郫县。在我的世界里，这两个世界是一步步重叠的。

走　走：你现在怎么评价自己的十七八岁，《良辰》前的那些作品，比如《马尔马拉的樱朵》《关河》？

颜　歌：仅仅对我自己来说，那些东西依然是很有意义的。作为一个作家，那些作品可以说是我的"原本"，有时候我回头去看，就会发现我的写作中现在存在的问题都在那些文本里以更放大的方式存在着，所以要剖析自己和自我批评的话，它们对我来说是更好的文本——实际上，我就是靠在那些东西上反复地反省，开始写《良辰》，然后写《五月女王》，再写

《段逸兴的一家》。

▶先当作家写小说，写完以后再自己检讨、批评

走　走：你的很多小说中，对"我"这个叙述角色的设置是很特别的：《五月女王》中，"我"是一个死去的人；《声音乐团》中，"我"并不存在；《段逸兴的一家》中，"我"是一个得过疯病痊愈的小姑娘。为什么你会偏爱"不可靠叙事"？你真的觉得它起到消解叙事的作用吗？因为我觉得你的作品本身并非宏大叙事，似乎没有要去消解的必要。

颜　歌：我总结了一下：这是我的强迫症，得治。就像有人进了球就要做一个很漂亮的手势，这个很漂亮的手势只是一个习惯，是没有意义的，并且总有一天要害了他。

走　走：你有一套"'批评和管理写作'的办法：先当作家写小说，写完以后再自己检讨、批评"，怎么看出自己刚写完的小说里的问题？我们编辑看稿时，看到一个觉得好的，也要搁段时间再拿起来看，你即时看，真能看出本质上的问题吗？（话说，本质上有问题，写的时候应该已经注意到了吧……）

颜　歌：当时当然不会看出来的。我差不多写完过三五个月会再看一下，然后就出版发表了。这一点上我并没有什么洁癖，反正就是自己当时的水准和状态，发就发了。当然了，我发表出来的每一个东西，大大小小的，在现在的我看来都有各种各样的毛病，就算是刚刚写完的还没有发表的也有——我无法回头去销毁那些作品，也不能反复地无限地去修改，能做的只有搞清这些问题，然后训练自己，进行新的练习。当然，又会有新

的问题冒出来，和自己斗，其乐无穷。

▶对这个世界想要表达的更少，能够表达的或许就更多了

走　走：如果说《段逸兴的一家》是那种麻辣火锅的味道，你最近发表在《收获》的那个短篇《三一茶会》写的则是老年人的茶会世相，淡淡暖暖，家长里短，朴，淡，有味。这期间是什么因素促成这样一个小小的有渐变风格的转变？以前你爷爷还活着的时候，你就经常跟他去竹林茶馆吃茶，一个院坝里坐着的都是你们老南街的街坊邻居，他们听说你是个作家，就都抢着要把自己的事儿讲给你听。和这段生活经验有关吗？这个短篇也让我看到，你没有放任自己成为文本世界中无法长大成人的"滞留的少女"。

颜　歌：《三一茶会》虽然是个很短的东西，但对我自己来说却很重要。写完《段逸兴的一家》以后很长一段时间，其实我都有点"上火"——这当然也是之后发现的——我写了几个其他的短故事，都不是很满意。有一天我就忽然决定写一个老年人的故事，当然我并不了解老年人的生活，只是片段——这也是为什么《三一茶会》如此地短，但是写完这个以后，我的确"下火"了不少——人退一步，对这个世界想要表达的更少，能够表达的或许就更多了。

▶对个体和事物复杂性的崇拜，是我成为小说家的大前提

走　走：最开始你排斥别人称呼你为"女性作家"，但现在你因为意

识到"作为一个女性作家，确实能够写很多男作家不能写的东西"而欣然接受作为女作家的个体认知。什么是男作家不能写的东西？什么又是女作家不能写的东西？

颜　歌：任何作家都能写任何东西，但肯定每一个个体的作家都有更合适写的题材和方式。如果要以性别来划分，女作家对很多事情在嗅觉上和观察方式上肯定是不一样的，这个不一样却无法用一句话几句话说出来——对个体和事物复杂性的崇拜，是我成为小说家的大前提。从我个人来说，我现在对我写作中直觉性和情感丰沛的方面都更坦然处之——不刻意强调，也不回避。

走　走：你在美国待了一年，在那里的公路旅行经历，会不会进入你的下一部作品？

颜　歌：我相信我生活中的任何事情，无论在当时看来有意义与否，都迟早会以某种方式进入我的小说。但时间肯定会有些间隔，我很难去写刚刚发生的事情，需要等情绪沉淀下来，事情被忘记。从我目前的小说创作来说，我很少会去写"非中国"的东西，但是旅行的体验应该会以其他的方式转化表达吧。

走　走：为什么你会特别注重对小说形式的创新？《异兽志》拥有人与兽两条不同又相关联的线索，看似并列的九个以兽为名的章节，却带着不断自我挖掘和解释的复杂结构；《五月女王》穿插讲述相隔数年的两个时间的故事；《声音乐团》为了做出交响乐的形式，用了一个复杂的四层双向逻辑结构；《良辰》是两个主人公在不同背景下演绎的十个相似的故事……

颜　歌：刚刚说过了，这应该是我的一个习惯。我是一个特别喜欢收拾的人，所以做事情也希望在某种图形化的模式之下，不只是我的小说，生活中也是这样。给小说设定一个规则，然后按照这个规则去运行，在这个规则中去寻找尽多的可能性，是很有意思的挑战，也是我写小说的很大的一个动力。但是《声音乐团》之后，我尽量放弃这种东西了，现在希望自己更放松和自然一些。

▶ 荒谬应该是文学式的表达，而不是卡通化的描述

走　走：其实我一直很羡慕你有个特别像笔名的本名：戴月行。这是你户口本上的名字。你奶奶说，这天生就是一个适合当作家的名字。据说你们老戴家文艺老中青三代荟萃，常常在奶奶的主持下召开作品朗诵会和"研讨会"，怎么个开法？

颜　歌：家里人时不时会聚在一起吃饭，然后坐在奶奶家客厅里，奶奶就会说"啊我最近写了一个新的诗/散文"，然后就拿出来念给大家听，然后每个人说两句意见。然后可能会讨论到一个具体问题，比如"文学中的美"，然后就发散开去——这是《段逸兴的一家》中的人聊天的一种方式吧。不管开始聊什么，最后肯定聊文学。

走　走：你因为从小喜欢背大量古文（规定自己每天至少背五首宋词）的关系，产生了一种语言的洁癖，对语言的清洁、韵律，甚至优美有一种骨子里的偏执。我特别理解这种洁癖，但是在进行长篇叙事时会显得很紧，缺乏一种泥沙俱下的气度，你后来是用什么方法解决语言放松这个问题的？我觉得在《段逸兴的一家》里解决得非常彻底。

颜　歌：一旦决定要放松，就慢慢放松了。我看比较多的明代小说，觉得挺有用。《拍案惊奇》经常都在看。另一方面，在写的时候更多地从

书面语转换成口语，毕竟我的口语环境还是方言的，那么在口语中，这些比较松的语言是经常都在"练习"的——就把这一部分拾起来，用作小说语言。

走　走：你说过，"作为一个作家，我最终的课题是学会和现实相处，学会用写作和当下中国的现实相处"，你看到的、你想处理的当下中国的现实是什么？我想肯定和写出《第七天》的余华是不一样的。

颜　歌：正像我说城乡接合部是一个暧昧的、混沌的、复杂的环境那样。我所看到的现实经常使我感到困惑，这也是我不知道如何表达它的原因——到目前为止，我所找到的表达现实的方式是表达过去，表达八十年代、九十年代的小城镇。我想目前中国的现实是十分丰富而庞杂的，这种复杂中又有非常荒谬的一面。你说到《第七天》，这让我想到一个问题：现实的荒谬使人迷惑，但必须要记住的是，荒谬应该是文学式的表达，而不是卡通化的描述。

▶我写作上唯一的优点就是特别有耐心

走　走：能不能给我们介绍一下你在美国参加文学工作室的经历？用英语写作有没有为你的母语写作带来什么变化？

颜　歌：我在杜克的时候参加过好几个 workshop（工作坊），包括学生自己组织的兴趣小组、英语系开设的课程，以及名作家来访问的时候所谓的 master course（硕士课程）。从头到尾参加完的是当时哥伦比亚的一个老师来杜克开的 master course，加上老师我们总共是七个人，每天下午一点开始在英语系一个很小的教室里上课，连续上了两个星期。教授给一个题目，学生写，然后互相念自己的作品，讨论——毕竟我写了很多年了，而其他人都是在校本科生，所以这些课对我的写作没有什么作用，但和好几个一起上课的学生成了朋友。比较用英语写和用中文写，最明显的就是中文实在是一个模糊的语言，中文里很多事情是说不清的，句子的逻辑是错位的，但从文学上来说，这些又不是错的。明晰和模糊不是一个二元对立的关系，而是语言本身的特色，从英文里面出来，我反而会更欣赏中文的这些特点，更加自知了，时常琢磨。

走　走：我们来谈谈写作技巧吧，有其他作者讲，"颜歌就像一个什么都会的手艺人"，写作技巧这件事，你是有意识培养的吗？和你身为四川大学比较文学博士，又在西方学习相关领域知识有关吗？

颜　歌：我依然觉得我是一个特别不会讲故事的人，情节特别弱，也就是说我不是一个 plotter（情节制造者）。所以我显然不是什么都会，我写作上唯一的优点就是特别有耐心，遇到一个问题，我都咬死不放，死磕到底。当然了，我有点强迫症，我很迷叙事学，因为用叙事学的方式来看文本，就跟庖丁解牛一样，非常过瘾。有时候我自己也事后"解"一下我刚刚写完的"牛"，这种方法对去掉小说里面的杂质非常管用。但话又说回来，我们中国的小说又是特别讲究"闲笔"的，因此，哪些是"闲笔"，哪些是"杂质"，这是个很个人又很微妙的问题。

走　走：看你那么多作品，最大的感觉是一个字——"变"。我觉得这和你"希望自己永远都以一个门外汉的心情写作"这种心态有关。

颜　歌：是呀。小说家最好永远是局外人，最好永远是卑微的。与此同时，我又一直以非常任性的心情在写小说。就是觉得什么好玩儿就写什么，觉得怎么有意思就怎么写。因此对不起编辑对不起出版社对不起读者。

有一个念头永远让我恐惧：用同样的方式杀一百头猪，觉得这样的日子一眼望不到头还不如死了算了，所以我就老是换地方，换刀，挑挑拣拣，走走看看。

▶ 小说就是自我表达

走　走：评论家何平评价你的写作是"八〇后作家中具有先锋气质的"，你怎么理解文学的先锋气质？不过确实，在八〇后作家中，你对语言和结构的敏感是非常与众不同的。

颜　歌：说我先锋气质是表扬我吧——虽然是表扬，可是也让我摸不着头脑。我前两天听到有人说"某某的小说里有很多后现代的东西"，我就很想揪住这个人问：什么是很多后现代的东西？是故事结构、语言方式、选择的题材，还是小说人物的特质？而这些东西又是怎么和后现代主义，或者是任何公认的后现代文学作品联系起来的？

文学的先锋气质也是这样，我说不清楚。"先锋"是什么，姑且理解为前卫，那么它就存在一个和"大多数"作品对比的前提——这个宏观的角度是评论家关心的。实际上，对作为一个写作者的我来说，小说就是自我表达，就是非常个体化的体现。因为我们现在的信息太多了，每天都在接收接收接收，所以我在写的时候就特别留意，这个意思到底是我想说的，还是我从广告或电视上看到的？到底是我真的在生活中看见了这样的人和这样的事情，还是我从新闻里读到的？——这真的很难做到绝对，不过，尽量注意吧。

走　走：你觉得自己现在面临所谓写作的局限吗？怎样的？比如路内

会觉得"自我感觉还没有世界级的视野"。

颜　歌：眼下来说，我还是没有把我在写的"郫县"（或者"平乐镇"）弄清楚，总希望能有更多的机会去看到更多、想到更多，现实的、历史的、野外的、个人的，能把这些弄清楚，掌握更多就好了。我爸爸老说我"缺乏生活常识"，这是真的，因为我基本是个书呆子，所以这一点让我很担心。

走　走：写作遇到瓶颈期的时候，你会做什么？烧一桌子菜？

颜　歌：我不相信转移注意力，我是那种要把牢底坐穿的人。遇到瓶颈期，我就一直猛喝咖啡，盯着屏幕，想。但如果不是正在写一个故事的中间部分，我根本就不想继续写。我想我应该会看书吧，看法国哲学家的书。最近很爱朗西埃，等我有钱了第一件事就是去大英博物馆边上的伦敦书评书店把他的那一堆书都买回来。

走　走：你曾经说过"要解决汉语的问题，找到汉语小说的潜能"，能具体讲讲吗？汉语的问题是什么？和你精通的英语相比，它的问题在哪里？你认为汉语小说可能有怎样的潜能？怎么找到它们？

颜　歌：我重新组织一下这句话，应该这样说，我希望能更多地了解中文，不是从母语者的身份的角度，而是以自外往里看的方式来观察语言，思考中文这种语言所表达的文学，也就是中文文学的特点。这个说起来真的很多，我想得还远远不够。以前说的长句子、短句子，是很基本的。还比如，中文和比喻的关系是很紧密的，中文无时无刻不在用比喻和象征，而语言的比喻，可以说，是诗意的最小单位——这么说起来，以中文表达诗意就更有优势。

不能说我精通英文，只是我用英文的时间的确很多，我觉得我就像一个间谍，跑到别人的地盘上去，走走看看，想的还是家里房子边上那块老田地。

走　走：作为编辑，我有种感觉，就是女性写作，特别需要警惕一样东西——自恋。你意识到过这个问题吗？因为我看了你那么多小说，其实我觉得看不到你特别自我的一面，虽然每个人写作的最初标本是她自己，但你的小说里的主人公似乎不像是照着你自己的样子写的……

颜　歌：我也觉得特别需要警惕自恋。但自恋简直就是创作的原动力，在我的小说里，我作为女性的自恋应该是比较少的，不过作为小说家的自恋可就比比皆是。

走　走：你为什么觉得"托尔斯泰总是很疗伤"啊？另一个八〇后作家朋友双雪涛曾经对九〇后写作者说，要多看看托尔斯泰这样的大部头，补补气。但是据我了解，相当一部分九〇后作者其实已经看不进去托尔斯泰或者陀思妥耶夫斯基，你对这种现象有什么想法？

颜　歌：这可能跟我们从小的阅读环境和阅读方式有关。比如我小时候看很多苏俄的作品，我父母都看，家里《静静的顿河》《钢铁是怎样炼成的》《罪与罚》《战争与和平》等小说，一大堆说也说不完。那个氛围我还是很怀念的，这就好比不管平时喜欢吃什么东西，生病了，还是想吃妈妈煮的粥——对我们这一代来说，苏俄作家的小说就像妈妈煮的粥。

弋　舟

Yi Zhou

生于20世纪70年代。著有长篇小说《跛足之年》《蝌蚪》《战事》《春秋误》《我们的踟蹰》，长篇非虚构作品《我在这世上太孤独》，随笔集《从清晨到日暮》，小说集《我们的底牌》《所有的故事》《弋舟的小说》《刘晓东》《怀雨人》《平行》等。

保持对于生命那份微妙的警惕

▶ 阅读一直是我的乐趣

走　走：看过一个你参与的访谈，你提到自己"如果不是被那批先锋文学所打动，有可能不会走上写作之路"。我们先来谈谈你的阅读史，你还记得，那批先锋文学，是什么打动了你？你是什么时候决定当一个作家的？

弋　舟：我父母都是学中文的，是"文革"前的大学生，我家中少不了书，多是古典文学。阅读于我，是一件自然的事。我的母亲一生教书，后来在一所大学里教授古代汉语，这给我的阅读提供了一个很大的便利——大学里有图书馆。少年时期，我不能算是好学生，学习成绩不佳，的确是不怎么爱学，但阅读一直是乐趣所在。大仲马是我最初读小说时的最爱，我在图书馆几乎借阅了他所有的作品。其后便是托尔斯泰、陀思妥耶夫斯基、罗曼·罗兰、马尔克斯、海明威、福克纳……这个时候还喜欢看一些纪实性的历史类书籍，《第三帝国兴亡史》什么的，这类作品注定会吸引男孩子，每页每行都透露着伟大却又难以捉摸的气息。我却一直不怎么爱读汉语小说，金庸古龙琼瑶的小说还行，高阳的历史小说也行，《红楼梦》《三国演义》之类的，读了，兴趣却不大。也许这和我母亲的早期教育有关，她要求我背诵唐诗宋词，背《史记》《庄子》，背不过，我会挨打，于是我对传统文学竟有了抵触。我发现自己不喜欢中国小说，乃至对五四以降的那些名家，兴趣都不大。图书馆另一个美好之处还在于，里面有几乎所有重要与不重要的文学期刊，我对当代中国文学的见识，就是于此建立起来的。三十多年前，大约正是我们"文学的好时候"，不知什么因素作祟，我在那些文学期刊里迅速地选定了自己的好恶——我深深记得，被少年的我所喜爱的，是《收获》与《花城》这两本。跟图书馆的阿姨熟络后，她会专门为我留下最新的这两本刊物。我是那所大学里优先阅读这两本刊物的读者。而这两本刊物，在当年即是"先锋"之重镇吧。现在想来，"先锋"似乎天然便有吸引少年们的优势。阅读这些作品，我隐约会觉得，我们的文学距离世界的文学并不遥远，它是可以亲近的，甚至，可以让少不更事的我滋生出也去一试身手的冲动。我还记得，大约十五岁吧，我给《收获》投过稿，写在格子纸上，好像模仿了林白？最终收到一纸格式化的退稿通知。那个时候的写作，当然谈不上是一个"决定"，但那种行为，无疑已是一个发端。

走　走：你还记得是谁署名的退稿信吗？

弋　舟：不记得啦，一张小纸片，但也令人一阵甜蜜的心悸。

走　走："先锋"能吸引你这种少年，到底是因为什么优势呢？

弋　舟：它们尖锐，充满"艺术品"的魅力，即便用词华丽，也显得充满了"人话"的气味，它们几乎无一例外地令人虚无惆怅——这些在我看来，就是少年气质。

▶ 从"观念"里来，到"观念"里去

走 走：你祖籍江苏，父辈就到了西部，你成为一名写作者的过程主要也发生在西部吧？总体而言，你的小说是冷静、精致的。和"大漠孤烟直，长河落日圆""劝君更尽一杯酒，西出阳关无故人"这种苍凉寂寥、大气磅礴的西部文学气质是迥异的，为什么你会"很难如我的西部同侪们那般举重若轻，迅速找到自己言说的立场与根基，从而获得某种相对轻易的叙述策略；这些'西部经验'无力转化为我的文字，因为，我缺乏那种呈现自己'西部经验'时所必需的'西部的情感'"？西部经验、西部的情感，具体对你而言，是什么？我这么问，也许是觉得这样一种生活、成长背景，没有利用起来，有些可惜。今天中国，大部分写作者不具备这样双重写作的可能性，西部之于中原，是一个理想的他者，可以质疑可以反思……

弋 舟：当然可惜，所以我才有了这种近乎"抱怨"的言辞。我的父亲来到北方，和绝大多数那个时代的知识分子相同，一生都郁郁不得志，他的这种心绪，必然影响到我。我的成长环境又相对"孤岛化"，亲戚少，和热闹的尘世没有密切的交集。从这个意义上讲，我的成长是不谙世事的，家庭的气氛沉郁，阅读成了我最初的经验。"西部"于我，在很长的阶段都是一个对立的他乡，它甚至是诸多不幸的根由。我不和它发生关系，我只能从"观念"里来，到"观念"里去。如果我身在其间，必定也有一份"西部的经验"，从根本上讲，那可能只会是一种厌弃和恐惧。我没法将我对它的情感上升为眷恋，于是也无从谈起，哪怕是对它的否定。但一些具有"西部"气质的作家依旧能够打动我，比如张承志，比如杨争光。今天，这一切都无声无息地发生了变化，我对身在的此地，渐渐有了无法言说的情义，它似乎真的可以抹平我的一些委屈，让我得以感受那些以往被自己视为陈词滥调的"阔大"与"苍凉"。这个时候，它对我"他者"的意义，才真正地浮现，正如你所说，可以用来成全我的质疑和反思。这个国家太大了，而这所谓之"大"，西部是一块不可或缺的疆域，这块疆域，不但是指地理意义上的疆域，更是指精神领地。一个中国作家，有了这种"大"的参考，更有益于让自己学会视自己为草芥。

走　走："身在西部，我总有一股寄居者赝品一般的虚弱感，我觉得在这块土地上，我难以理直气壮，难以不由分说，甚至，难以从根本上给予自己一个确凿的身份认同感"，这种认同是精神意义上的吧？

弋　舟：首先一定是"精神意义"上的，这种"精神意义"上的判断，对于一个作家，肯定不会拘囿为一时一地。那种"赝品"感，与世界的隔膜与疏离，应当是许多艺术家内在的感受，即便他身在烈火烹油般的热络世相中。我说的此种感受，更多的是个体体认，我的家庭，实在没有和这块土地建立起密切的关系。中国是个熟人社会，西北人的宗族观念似乎更盛。在我眼里，很久以来，都觉得自己是一滴没有融进油里的水，"他们看起来都比我美"。

▶ 自我审判是复杂的诸多维度之一

走　走：你说自己病得深重，具体是指什么？

弋　舟：当然这不仅仅在说肉体。我自认为在人格上有太多的缺陷，那种无端的羞耻感，长久地困扰着我。在这里，我们也不便做过多的信仰上的追究，我也无力招供太多。

走　走：说到羞耻感，之前就有评论家指出，在你的小说中，"羞耻、罪恶、孤独、痛苦出现频率极高。这些词语有精神性色彩"，就像《而黑夜已至》中你所写到的："我们都陷在自罪的泥沼里，认为自己不可饶恕，一切都是我们的错，这个倒霉的世界都是被我们搞坏的"，"可是，起码每个人都在憔悴地自责，用几乎令自己心碎的力气竭力抵抗着内心的羞耻"。这和你的信仰有关吗？你的信仰是不是也影响到了你笔下的人物？他们更多遭受的、背负的是一种精神上的苦难吗？

弋　舟：我们可不可以将小说仅仅视为"艺术品"？——它当然是！但是，我们写作，过度剔除了"精神性"，是不是就必定有益于作品的艺术品相？我就是这样一个作家，我有精神困厄，这是我的局限，但我只能如此去表达。这样去写，起码于我是有意义的。在信仰层面谈问题，不是容易的事情。也许可以反过来说：我长久地羞耻着，才敦促我委身于信仰。这种笔下人物的痛苦，往往看起来是无端的，没有所谓现实逻辑的必然——他们丰衣足食，苦什么呢？是什么戕害了他们？也许我们太迷信那种其来有自的事物了，但这世上就是有人在无端端地哭。我们没法再像前辈们那样去书写苦难了，饥饿、战乱，甚至失业和失恋，给那些苦难轻易地赋予正当性，但这些"正当性"，就能反证大观园里那群男女之苦的不正当吗？这种"精神上的苦难"，搞不好，会显得无病呻吟，如果出现了这种效果，要么是作家没写好，要么是阅读者没有被一根现实之针扎进指尖，也就无从想象那永恒的疼痛。

走　走：我们知道，耶稣基督来到世上做出的第一个宣告就是，天国近了，你们要悔改！所以你笔下的人物刘晓东才有着近来中国文学里难得一见的"对不起，这是我的错，我愿意承担责任"这样一种态度。

弋　舟：自我归咎于认罪，一定需要从信仰里征用勇气吗？或者也不尽然，但信仰必定会给我们加添力量。更深刻地去理解这种自罪之心、这种羞耻与罪恶感，如果我们同意是人类与生俱来的微弱品性，也只能将其归于上帝的仁慈。"刘晓东"算是我们的同龄人，前辈作家面对世界，貌似有着不由分说地控告的资本——那个外在的世界看起来也的确可以被简单地视为加害的一方。但是我辈还能够那样理直气壮吗？我们劈面遇"盛世"，当我们有意去控告自己的不幸时，是不是已经丧失了显而易见的呈堂证物？这就是我们今日的困局，从未有过的复杂，在这复杂的诸多维度中，自我审判，一定会是其中的一个维度。

▶ 写作《刘晓东》唤醒的是我的"肉体感"

走　走：我非常喜欢《刘晓东》，这个系列由三个中篇结构而成，它们都有一个共同的男主角——刘晓东——中年男性，知识分子，经历过八九十年代的断崖式断裂。在动笔之初，你是怎样构想的？

弋　舟：我的写作，很长时间是被"虚构的热情"所驱使，从"观念"中来，到"观念"里去，这种写作令我体验到了巨大的乐趣，并且今后我可能依旧会在很大程度上依赖这种方式。写作《刘晓东》时，我的生命状态处在黑暗的低谷，它唤醒的是我的"肉体感"，而这"肉体感"，只能依靠真切的现实经验来还原。"刘晓东"太像我，那么好吧，这一次，我写写自己吧。这一次书写，我需要将其与时代勾连，否则，我无法劝慰自己。当我将刘晓东确定为"我们这个时代的刘晓东"时，我才能获得那种即便是自欺欺人的阔大的安慰。当然，谁若真的非要以刘晓东来印证我，我又是要表示反对的。

走　走：正像你说的，"刘晓东"是你对自己的书写，由此才从这个人物里生长出你对这样一个人物的总体概括，你实事求是地对待了他，从而也去除了抽象和武断的判断。而读者也由此理解了这个人物的原初语境是什么，是怎么发生变化的，而那个变化中的问题又是什么。为了概括这个系列的精气神，一定要引用一下黄德海那篇评论文章《等深的反省》的开头："弋舟的《刘晓东》收有三个中篇，依次为《等深》《而黑夜已至》《所有路的尽头》。三个题目稍微颠倒一下次序，大致能看出弋舟思考的核心——现代社会的黑夜已至，不少人已经走到了所有路的尽头，别有怀抱的未死者要担负起与自己所历时代等深的反思。"知识分子、教授、画家，这样的身份设定是有些偏人文艺术的，这还是给了"刘晓东"一些反省的基因。如何去面对新的时代？如何既保证生活稳定不乱来，又去承担自觉的反省？上一代伤害了我们，我们是不是要靠伤害下一代的方式去逃避？"我觉得此刻我面对着的，就是一个时代对另一个时代的亏欠。我们这一代人溃败了，才有这个孩子怀抱短刃上路的今天。"黄德海在文章中引用的这句也是我特别喜欢的。先有父辈的逃避，才有年轻孩子准备报复与母亲有染的老板的决绝。同时，你设定的"刘晓东"是个"自我诊断的抑郁症患者"，还酗酒，这样虚弱的努力，看起来是起不到什么作用的，但是没有这样虚弱的努力，可能就更不行了。

弋　舟：谢谢你用了"实事求是"来评价。"不乱来"，真是重要。我们谈论《刘晓东》，必定无法摆脱那个"原初语境"。《圣经》不也是以此开篇的吗？——"起初……"这里面，彰显着叙事的第一项伦理：那个"如今"的发端在哪里？这是"时间性"对叙事的必然要求。若要理解我们今天的一切，那个"原初语境"不可规避。它离我们并不遥远，但这不是短视，恰如你所形容的，它是"断崖式"的。而且，我们也无法真的如上帝一般，将现实的根源直接追溯到创世之初。德海的这篇评论我非常珍视，它是迄今对《刘晓东》的所有评论里最令我感动的。我只能将"刘晓东"设定在

　　　　　　　　　　　　　非写不可——20小说家访谈录

这样的一些身份中，"偏人文艺术"，因为"写自己"，是我这次书写时的诉求。如果真的有一种"反省的基因"，难道这一部分人不该是首当其冲承担的吗？我这么说，并无优越之感——似乎这种基因是一份徇私舞弊的福利。我是想说，这一部分人的确有这样的义务——他们终日饱食，就率先多反思一下吧！我难以将"刘晓东"塑造成一位猛士或者一位道德无污的君子，因为首先我不是。我软弱，所以他软弱，"我们这个时代的刘晓东"污浊，所以"刘晓东"污浊。我们意识到了"所历时代"那庞大的存在，于是勉为其难地开始自救、救人，这起码已经是对虚无主义的抗议和抵挡。田耳说我终于在《等深》中给我们这代作家写出了"父辈"的意识，这既令我高兴，也令我唏嘘——一目了然，他这是在说我老了。这代作家当然不能永远写"杰出的青春文学"。我也的确有了"老意"，证据是，相较于少年时代，我开始喜爱传统文化。母亲留下的那些典籍尘封已久，前段时间被我整理出来，当我摩挲那些线装书，我是多么庆幸，在又一次清理书柜后，它们劫后余生，没有被我放肆地丢弃掉。

▶ 古典文学给予我们的教益是多方位的

走 走：有意思的是，去年至少有两个八〇后男作家告诉我，他们重新回头去看我们的古典文学，并从中得到了启发。双雪涛看的是《金圣叹评点〈水浒〉》，他的句子也越来越干净简洁，主要使用动词；常小琥看的是《红楼梦》，吸收了那种"上知绸缎下知葱蒜"的古典叙事法则，写出了《收山》。今时今日，你会重看哪些古典文学？你觉得它们会给你带来什么样的启发？

弋 舟：古典文学给予我们的教益是多方位的，雪涛他们从中获得了技术层面的启迪，我在精神气质上，亦渐渐蒙受滋养。粗略地说，我辈作家提笔之初，最基本的文学资源大多是从西方文学中来的，这差不多是我们这个国度百多年来的最大事实——全面地被西学笼罩。作为一个小说家，如何更为准确地把握中国人的内心生活、中国人的态度、中国人的审美，今天来看，实在需要我们回到传统中去重新翻检我们的宝藏。文化这种东西，的确神秘地流淌在我们的血液之中，它必定会在我们生命中的某个时刻缓慢苏醒。同样的虚无，西方式与东方式，确有不同的情致体现。我们精神层面上暗藏着的密码，一旦捕捉到亘古的信息，会有"悲欣交集"的回响。

走　走：有书目吗？写作这过程，确实也是"悲欣交集，无相可得"。

弋　舟：书目真是浩如烟海。最近我在读《左传》，读庾信的诗。这是我等所谓"文化人"的选择，其实世风已经涌动着传统的力量，盘盘珠子喝喝茶什么的，我是越来越难以片面地将之视为附庸风雅了，这里面确乎有种"中国精神"在复苏。中国式的端庄乃至中国式的放荡，红尘万丈和一片空茫。

▶处理现实感强烈的主题从来都是文学之难

走　走：你最近在《收获》上发的短篇《平行》是关注单身老年人晚年生活和心理状态的。他思考着、追问着"老去"的问题。"空巢老人"是时下的热点话题，此前薛忆沩也写过同题的长篇。你觉得处理现实感强烈的主题困难吗？我个人觉得现实感强烈的小说，容易照进现实，很难照亮现实……在这部短篇里，有一瞬闪光抓住过我：和前妻时隔三十多年后再见，前妻讲的关于雨伞的故事。这样一个细节就是我认为有光的细节，不耀眼，却持续。

弋　舟：《平行》之前，我写了长篇非虚构作品——《我在这世上太孤独》。这部作品正是以"非虚构"的方式记录了数十位空巢老人的生活。显然，《平行》得益于之前的那番写作。关于"非虚构"的妙处，我们在这里不用谈了，它已经被谈得太多，俨然已是显学。作为一个小说家，我想说说从创作中得来的感受——从《我在这世上太孤独》到《平行》，我再一次确信了"虚构"那无可替代的魅力。你说的那个细节，正是虚构出来的，那吉光片羽一般的瞬间，我认为，它的美学价值，不亚于我忠实记录下的那二十万字。现实如此浩大，尤其是我们今天所面对的"现实"，如何去撬动它？笨拙与轻盈的支点各美其美。我们不能够以彼之美否定自己，从而动摇了信心。我甚至觉得，"非虚构"是西方手段了，而"虚构"，更近乎我们的优势。在我们的语境下，处理现实感强烈的主题从来都是文学之难。难在哪里？不言而喻。如果真的想要实现如你所说的"照亮现实"，明喻暗喻，诸般方法既是艺术的本质，也是我们的策略，这里面无所谓练达与洞明，它真的是一种美学的范式。今天"非虚构"如此强势，是社会心态的投射，也是小说家水准降低的结果。

▶ 很多作家的小习惯背后有很多东西

走　走：我发现你是个特别注意细节的人。咱们是在 QQ 上做的访谈，至今我做了八位作家的访谈，只有你会细心地在回答时按文稿格式替我打上"弋舟："，再写上自己的回答。这种细致源于什么？是家教，还是你独特的观察力？有没有别人注意到，你总是会观察到一些微小细节？

弋　舟：这也是一个要回答的问题吗？

走　走：是啊，很特别，很多作家的小习惯背后有很多东西。比如双雪涛最早投来稿件的时候，还是一个文学新人，但他会在 A4 纸上用大几号的字郑重打下：双雪涛作品……

弋　舟：一个小说家对于"细节"的重视、对于"观察力"的要求，大概算是毋庸置疑的基本素养吧？这是否也是我性格里"循规蹈矩"那一面的反映？我的性格多面，大概只有写作之事能够将其统摄成一个相对完整与稳固的状态，这也是写作对我的矫正。我反感草率，但生活中却常常大而化之，于是就在写作中约束自己，尽量让自己认真。从这个意义上讲，写作就是对于我倾斜生命的平衡。至于有没有人注意到我的琐碎，你倒是有此洞见的第一人。雪涛给自己的稿子注明"双雪涛作品"，这个太美好了！从中你能够看到他的自我期许、他的信心，他对所为之事的矜重与恳切。尤其那个"作品"，实在是充满了舍我其谁的创造的骄傲。对于一个写作者，这些都是太重要的品格。我们干的这件事情，必须自我捍卫。

▶读者对戏剧性充满期待，我们必须尊重

走　走：回到《平行》这个短篇，对于有些地方的情节处理，我还是有点不满足的。这个短篇是写一个老知识分子，从退休那天起就开始思考"老去是怎么回事呢"，为此在死前去见了教哲学的老友，老友提出的两个问题"——你早晨还会勃起吗？""你现在一年自慰几次？"然后就带出和离异三十多年的前妻的重聚，然后是被儿子送进养老院后的恐惧，最终飞越养老院，回到自己家，还接到了孙女的电话，可以说，这段向死而生的日

子过得算是丰富。最终，他在死前那一刻选择了在自家沙发上平躺的姿势，"他恍惚地想，这一生，自己都力图与大地站成一个标准的直角，如今是时候换一个姿势了，不如索性躺下去吧，与地面保持平行。"小说的结尾非常诗意，"他高兴地想，原来老去是这么回事：如果幸运的话，你终将变成一只候鸟，与大地平行——就像扑克牌经过魔术师的手，变成了鸽子"。但这个诗意的结尾却避了重，就了轻。对这个人物前半生的塑造，本身缺乏"与大地站成一个标准的直角"的较劲，小说中陈述式提到他是"困难年代"著名大学的毕业生，后被"下放"到边远地区，靠和朋友的哲学讨论撑下了所遭受的一切困厄，"但他从未因此恼火过，……从年轻时候起，他就是一个温文尔雅的人"，他"开放时期"的婚变也一句带过。没有足够的较劲，何来最后"有种'已经没什么可再失去'的释然之情"？这个顿悟是作者给出的，而人物本身是真的自己思考了，还是仅仅做出了思考的姿态或者表达？小说所有的情节设计，围绕的始终是外部意义上的"老去"，而不是内在意义上的"死去"……我的不满足可能就是觉得，询问别人"老去是怎么回事呢"是没有意义的，是作者为问而问吧。

弋　舟：你问到了一个非常重要的问题——小说是公器，还是小说家个人的私语？你的这些不满足，都是对小说"公器"那一面的拷问，它要求小说有可被确知的"均衡感"，"如释重负"必然需要有对"重负"的刻画与营造。显然，在这一面，《平行》是不能够令人满意的。它太依赖读者对那些"重负"不言自明的心领神会。小说里写了数个"时期"，"困难时期""开放时期"，我太信任作为一个中国读者对这些"时期"那种接头暗号般的心知肚明，将之想象成了某种符号般的一目了然，而这个想象，即是我作为小说家个人的"私语"。现在看，这个"私语"没有很好地成为"公器"，于是，它在有效性上打了折扣。读者总是对戏剧性充满期待，我们必须要尊重，即便他们期待的"较劲"已经屡见不鲜，我们也仍需耐心地一次又一次地在作品中给他们上演。那么，这个短篇实际上至少是需要写成一个中篇的。那些"时期"，作为著名的"冰山理论"中沉在海底的部分，显然在这次写作实践中，没有很好地达成效果。小说挑不挑选读者？某个年龄段的顿悟、作者自己的精神储备，是不是都将窄化作品的阅读对象？这些都是我现在思考的。"放之四海皆准"与"私相授受"，这可能不仅仅关乎作家的雄心，它与作家本人的禀赋与局限有关，是克服，还是顺遂，我都在掂量。我要承认的是，至少目前，我有写出"放之四海皆准"那种作品的愿望，那么，我就得继续锤炼自己。

▶ 小说即命名

走　走：我感觉你的小说命名很用心，比如很少用直白的名字，你觉得小说名字和小说之间的关系是怎样的？从你的小说名字也能看出你的创作风格：似乎预谋的程度要远大于即兴。

弋　舟：说句狠话：小说即命名。一个作家的气度、抱负、审美，都在命名里了。我们先来看一串名目，《战争与和平》《安娜·卡列尼娜》《悲惨世界》……多么朴素雄阔。我不是这类伟大的作家，是该认命的时候了。首先个体气质迥异，我自己力所难逮，人类似乎也在全面丧失着那份朴素与雄阔。"预谋"在我而言重要，也几乎是有限的写作能力，我依赖"意象"，这可能还是跟从小生活的"不接地气"有关，而"意象"，最是要求一个精当的指认。《平行》就是几易其名，继军兄知道，反复发到他邮箱里的改稿，是在最后一稿才定下了题目。我甚至觉得，如果不用这个名字，这个短篇就完全不能成立。这种"很用心",必定会是一种局限。风格有时候就是局限,这点,我们还是得认命。但它不应该妨碍我们对其他命外之物的欣赏与向往。我觉得,写作于我就是修行,让我去张望自己的边界,自我肯定与自我怀疑同在,鼓励我去克服短板,多少"挑战"一下命运。

走　走:《平行》原先都叫过哪些名字?

弋　舟:《老去是怎么回事呢》,非常概念化,怎么改内容都觉得僵硬,当换上《平行》后,一下子就柔软下来了,气通了,有些边边角角,都得以被笼罩。可见,尤其是写短篇小说,实际上就是在写小说名。

▶ 螺旋上升是一个作家最好的轨迹

走　走:读了你发来的一批小说后,我觉得它们似乎都有一种稳定的思维模式。某种自足而近乎封闭的圆……比如《赖印》,驯兽师因为狮子被毒杀而失去了马戏团的工作,多年后做了花匠的驯兽师在大学里的自然陈列馆里看见已经被做成标本的狮子,他半夜撬门进入,在那头狮子标本座前的卡片上加了一项条目:狮子(lion)赖印。而这篇又和《谁是拉飞驰》《空调上的婴儿》形成衔接咬合的一个三口之家的故事:因为狮子意外死去挣不到钱而流落异乡的驯兽师父亲,捅人后又因抢劫被捅丧生的儿子,看到空调机上的婴儿,由此牵出丧子之痛的养鹤的母亲。这一组短篇,看似都有逃逸的一笔,但又都留在宿命的固定框架里。你对自己建立的小说秩序满意吗?我有时觉得,你的小说完成度实在是太高了。看不到犹豫,或者某种宣泄,换言之,看不到背后作者的潜意识。我这么说也许是因为最近刚看了张楚的新作，看得到他精神状态的变化……

弋　舟：这是我的问题。还是和个人气质有关，和个体生活差异有关（和星座血型也有关吗？）。笼统讲，我的经验多来自阅读，如果说张楚过的是"一手生活"，我过的就只能被称为"二手生活"了。这导致我的写作有可能付出"缺乏温度"的代价，太整饬，秩序井然，近乎一个"理念"，太知道自己想要干什么，少了必要的混沌乃至活生生的作品背后那个人的形象。这些我都意识到了，也在努力克服。田耳、张楚这些朋友的才华令人惊叹，而他们最令我服膺的，还是他们与尘世周旋的热情。小说家要不要想得太多？要不要过度地依赖理性？这些都是大问题。我可能太悲观了，早早将自己囚禁在"宿命固定的框架里"。这类作家，原本也古来有之，曹雪芹就是一个，《红楼梦》多么"概念化"，布局中充斥着经过缜密谋划的计算，他也太知道自己想干什么了。这么说，当然不是在自比曹雪芹，我想表达的是，这类作家同样也大有可为，堪可成被追慕的榜样，用大精密写出大空茫，在悲苦中又有丝丝缕缕的喜悦。

走　走：我挺想和你探讨小说规整这个问题，是因为这个问题也挺困扰我的。你写完一个逻辑特别圆满、技巧特别圆熟的东西的时候，会不会有某种讨厌？我自己会想破坏它，但我也知道，想破坏这种想法本身就不是自然生长、无法控制的。小说，尤其是短篇，是逻辑的叠加，相对完整地呈现出来之后，再想打破那个逻辑，又会觉得只是再转折了一次，落进另一个叙述模式。两个模式形成和未形成之间的那个分寸点，很难找到。我最近看了陈河的《寒冬停电夜》，觉得那种散点式的万花筒铺陈方式很精彩，看似漫不经心，实则悬念丛生；看似东写写西写写，实则量变成了质变。这种貌似野生的叙述的不确定性现在很诱惑我，叙述的逻辑如何转化成心理的逻辑……

弋　舟：这正是与同行探讨的美妙之处，也是小说写作的美妙之处。和你的感受相同，我也渐渐厌弃那种"完成度极高"的作品。对"短经典"那套短篇小说集的阅读强化了我的这种感受，看上几本觉得好，看多了，就麻木甚至排斥。它们太像了，像是同一本教程教出来的。这种范式，是不是就是一种西方小说的品质？"逻辑"本来就是一个西方概念，翻译界的前辈将五四时开启的翻译小说的行文称为"逻辑文"，以区别我们的文言文，这里面隐含的就是两套截然不同的审美旨归。"规整"更近乎西方那种科学主义的精神，而你所说的陈河的"散点式的万花筒铺陈方式"，显而易见，更贴近中国文化的旨趣。孰优孰劣？高下当然难以立判，但小说之美，在今天，应当多一些指标。这也是我开始倾心传统文化的一个动因，传统文化里实在有非常高级的美，也确乎会在中年以后，启动我们生命中的审美密码。

走　走：《赖印》《谁是拉飞驰》《空调上的婴儿》这一批小说似乎在完成你的先锋练习，但是到了《凡心已炽》《天上的眼睛》《我们的底牌》《等深》等，则回到了传统现实的路子上，从虚到实，以后会再从实到虚，走一条螺旋式上升的路吗？因为我记得，你强调过自己对形式的迷恋……

弋　舟：螺旋上升是一个作家最好的轨迹，但愿我能够循着这样的方向而去。以虚无至实有，这不但是写作诉求，也是我生命本身的企图。我想拯救自己，想有更为朴素的审美能力，想更好地学习如何理解他人，这些都敦促我回到"实在"。同时，虚无又是我最顽固的生命感受，亦是我所能理解的最高的审美终点，它注定会是我毕生眺望的方向。形式何其重要，再说句狠话：艺术即形式。形式一定会排斥"实有"吗？现在看，起码曾经我在这方面有认识上的偏向，那种以"虚"来完成的形式，实际上，是轻易了些，如何"实"中求美，可能更考验我们的能力。

走　走：你的许多中短篇，其背景都发生在二十世纪八十年代，也是你整个青春期，那个年代你的生活中发生了什么，使得它对你个人影响重大？换言之，我对你的青春期、你的个人成长史感兴趣。你的小说往往有一个青春期的精神内核，而人物此后的故事延展都与那一时期有关，生命看似往前继续，其实是在不断返回；或者说，青春期的隐疾没能治好，疼痛与伤害一直在变形中持续。好比中篇小说《凡心已炽》，来自农村的黄郁明进大学不到两个月，因为偷了宿舍男生的外套而受了处分，从此就把自己封闭起来。毕业后有了像样工作，交了大方花钱打扮自己的女友，"即使衣衫简朴，来自乡间的青年也自有一股清朗之气"。及至被分手，却突然说出："我明白了，我是在求生，而阿莫你，是在游戏。"

弋　舟：弗洛伊德伟大，他的确是洞察了人类行为的某些规律。这个对话要用来发表，可我实在难以给你从实招来。我的青春期的确过得磕磕绊绊，有家庭的变故，有自我的戕害，但是，这些或许不足以对我的写作形成不由分说的判断——谁的青春期没有一些暗疾呢？我的这些经验，现在来看，放在时代的背景中，如果不自怨自艾地夸大它，也实在是算不得什么。《凡心已炽》也是我喜爱的作品，雏形大约十年前就写出了，现在来看，起码说明我还有着另外的书写途径，有着另外的可能。那种"我在求生，你在游戏"的心情真是动人，而最令人悲伤的则是，其实每个人都在求生，但在他人眼里，却都成了游戏。这不正是我们今天的现实吗？世界是一个大游乐场，而每个人，却都怀着求生的心情。

走　走：为了准备这个访谈，除了看了你发来的小说集，我还去拜访了你的博客，看了你写的一些创作谈等。我注意到，你似乎特别在意"轻浮"这个词，"也许，当我竭力以整全的视野来观照时代大气质之下的个体悲欢时，才能捕捉到我天性中力所不逮的那些破绽，这也许会赋予我的写作一种时代的气质，唯有此，才能解决我天性中根深蒂固的轻浮"。此外还有类似"试图将自己的生命姿势降低，期许写出有教养的小说，努力在轻浮中写出悲怆，在猥琐中写出庄严"这样的一些写作理念。很少有作家会如此介意"轻浮"一词，我总觉得，这背后似乎有什么故事。

弋　舟：我反复以"轻浮"来警告自己，实在是因为，我太惧怕"轻浮"。在我看来，这个词几乎就是对人最严重的指控。我真是看不下眼里的轻浮。我因此遭遇过什么吗？可能我的潜意识里将自己的一切不堪都归咎于这种品性的暴露。也许我往往夸大其实了，也许别人的一个不经意的眼神都会被我放大为蔑视，但那种与生俱来的羞耻之感，的确长久地蛰伏在我的精神世界里。我是有分寸感的人吗？实际上我常常无度，譬如喝酒这件事；我是温柔的人吗？实际上我常常粗暴，譬如对待亲人……这些欲抵达渴望之事却不可及的时刻，我只有找到一个最严厉的指控来痛斥自己——轻浮。这背后的故事当然多，但那是生命本身的事，我们就不在这里谈论了吧，过度谈论生命，不体面。我愿意承认，迄今为止，"轻浮"依然是悬在我头顶的利剑，有它在，至少能令我保持对生命的那份微妙的警惕。

张 悦 然
Zhang Yueran

生于1982年，山东济南人，新加坡国立大学计算机专业本科毕业。2001年获第三届"新概念作文大赛"一等奖。2003年在新加坡获得第五届"新加坡大专文学奖"第二名，同年获得《上海文学》"文学新人大奖赛"二等奖。2004年获第三届"华语文学传媒大奖"最具潜力新人奖。2005年获得春天文学奖。已出版短篇小说集《葵花走失在1890》《十爱》，长篇小说《樱桃之远》《水仙已乘鲤鱼去》《誓鸟》，图文小说集《红鞋》，主编主题书《鲤》系列等。现任教于中国人民大学文学院。

我的小说，这副眼镜，灰度就那么深

▶ 意象改变运动轨迹

走　走：卡尔维诺专门讨论过文学价值观里轻与重之间的对立。你的很多短篇，都更像他举过的但丁的诗句"有如大雪在无风的山中飘落"，往往一面是"山"一样沉重、无可逃离的现实，一面是"有如大雪"的意象，轻飘、自由、舒展、无拘无束。比如《动物形状的烟火》里，失意潦倒的画家林沛面对自己一厢情愿臆想出父女关系的女孩，用童话的语言描述起那些动物形状的烟火，甚至自己也为这样的描述陶醉了。烟火这一意象的出现使文本也使主人公林沛的人生短暂地轻盈了一会儿，但也正是这样的轻盈，恰如其分地确定出你要表达的沉重感。《湖》里，程玮想走到湖上，站在上面的欲望，"就像到了一块没有人的陆地"。冬日结冰不厚的"湖"的意象象征她远渡重洋仍难以摆脱的一种人生惯性的困境，正所谓进退失据如履薄冰。虽然冰一踩就会碎掉。对生活中无法躲避的沉重，你其实是让你的人物认可、接受，他们试图追求轻快的感觉，却发现这竟是无法企及的。那么，文本中的轻与重，于你而言，究竟是手段还是目的？

张悦然：对我来说，小说中的意象很重要，这些意象反映着主人公的需要和困境，同时也透露着他们的性格。但意象的选择并不是刻意的，并不是我设置了一个意象，然后把它塞到主人公的怀里，而是我写着写着，这个意象就出现了，主人公受到吸引，就像磁铁似的，被那个意象改变了运动轨迹。比如说《动物形状的烟火》里的烟火，这个意象出现得比较晚，小说已经过了一半，并且是通过主人公随口编造的谎话说出来的，可是主人公自己却被这块磁铁吸了过去。烟火也许代表虚妄，代表美好的梦等。

走 走：也就是说，这种轻和重的对比不是刻意为之的？

张悦然：不是，但是如前面所说，意象里表现了主人公的需要，所以它是一种渴望，是一种脱离眼下现实生活的渴望。所以它肯定与现实生活有差异，甚至属性相反。比如现实是重的，追求的意象是轻的；比如现实是丑的，追求的意象是美的；比如现实是破碎的，追求的意象是完整的；等等。

走 走：就是说，你其实是进入人物，顺着人物的性格发展、内心需要而推动小说的？

张悦然：嗯，人物通常都有困境和痛苦，而他又不是傻瓜，所以当然会挣扎，会努力摆脱困境和痛苦，会想要抓住一个什么东西，以便不被冲走。

走 走：你对意象确实非常敏感，比如你在和双雪涛就《平原上的摩西》做对话时，就注意到毛主席像和烟火（又见烟火，哈哈）这两个意象。"它们在不同的层面上。毛主席像，是和上一代人相关的，和男性角色相关的，承载着政治、历史、现实；烟火是和我们这一代人相关的，和女性角色相关的，承载着约定、爱情、梦幻。这是一组有形的和无形的、凝固的和飘散的、看似永久的和看似短暂的关系，但又是辩证的、无形的。短暂的烟火，又象征着永恒的允诺；而庞大的领导人像，则只属于一个疾奔而过的时代。"对别人文本中的意象你都把握得如此深刻，但是太明确太用力太容易被猜到被阐释的意象，会不会也使文本缺失了一种更接近生活本质的模糊、开放、不确定？

张悦然：嗯，有可能是的，但我没有刻意去想，它们会自己来。有时候，它们显得有点裸露，那可能因为它的作用太强烈，没办法回避和掩盖。但是，我真的觉得，分析别人的小说和处理自己的小说，确实是两回事。我在读别人小说的时候，不会立刻抓住意象不放，然后分析它代表这个还是那个。只是在做更深入文本分析的时候，我会停下来，看看这个意象，然后它的意思好像马上都浮现出来了。写自己的小说，完全不一样，就说《动物形状的烟火》，我写了开头，以为茴香是个意象，我还想，要是没更好的题目，就叫"茴香"算了，又觉得不太满意，但是往后写之后，烟火出来了，更突出、显要。关于《湖》，湖这个意象比较清楚，不过湖到底代表什么，也说不太清楚，其实我也不知道。但是湖不太一样的是，它的确是个先有的意象。在去纽约的时候，中央公园里的那个大湖给我留下了很深的印象。因为是冬天，在湖边餐厅吃饭，大湖上覆满白雪，很美。而且我还想到了《麦田里的守望者》里的句子：当中央公园里的湖上结满冰，那些鸭子去了哪里呢？所以这个意象一开始就比较清晰地出现在我的头脑中。但是它代表什么，如何和故事发生关系，都不太清楚，就试着去写、去弄明白。

▶离自己的人物远一点，观察他，打量他，写比较确定的

走　走：就是说，你和你的人物是在一起"经验"那些故事的。发表

于《收获》的《动物形状的烟火》，让人感兴趣的点是，一个曾经成名如今落魄的画家，其自身的心理焦虑、患得患失。我觉得你把握一个中年男人向下坠落的人生以及他的心理感受，非常到位。

张悦然：我没怎么写过男性主角。我觉得在处理这个角色的时候，难的倒不是他被邀请去富豪朋友家做客的心态，那种潦倒后的自尊和虚荣，这种自尊和虚荣不论男人女人都有。难的是他对女性的看法。小说里他遇到了之前与他有过关系的女人，他是如何看这个女人的？这个可能考虑得比较多。比如他和她说了几句话以后，已经感觉不对了，至少绝对算不上喜欢她，可是他不会善罢甘休，他还是想把她从这里带走。这种愿望，是属于男人的，女人可能是另外的思考方式。

走　走：那你是怎么做到在写作时让自己从女性思维中抽离的？

张悦然：其实，试着离自己的人物远一点，观察他，打量他，写你比较确定的，不确定的就不去写，可以写不那么熟悉的人物。所以我用第三人称，并且叙述中有很多留白，当然留白也不是仅仅因为我并非对他所有方面都了如指掌，还有很多原因。比如我没有过多去写他所经历的那场失败的婚姻，但是我们都能在他身上看到失败婚姻留下的痕迹，看到他在和女性交往时已经形成的一些保护机制，也许是受到一些西方小说的影响，我只倾向于呈现状态，而不是对每件事都要追溯源头，说个明白。

▶ 把小说从宿命论中解脱出来

走　走：《动物形状的烟火》是一个完全在作者掌控之下的故事。你更像一只黑猫，在面对像小鼠一样畏缩的主人公林沛。你让他在一年的最后一天清晨做了一个有关茴香的梦，因为你预设"梦见茴香，意味着某件丢失的东西将会被找到"，而林沛是一个"习惯了失去的人"。所以你让他在这一天开始有所期盼，正是期盼本身，而不是我们常见的宿命论，开启了他的厄运。在写给《收获》的"创作谈"中，你强调："林沛的问题或许在于还不够绝望……不够绝望、抱有幻想都是源自那种宿命感。我们常常把宿命感视作很消极的东西，其实正相反，很多时候，它是一种积极的人生态度。因为你相信宿命，就是相信在你身上发生的事都存在着某种内在的逻辑。……事实却并不是这样。那些所谓的逻辑或许并不存在，也没有那么多因果报应，世界无序而无常，事情蛮横地发生着，没有任何道理可言——这大概就是这个小说所要说的。"为什么你会对这个世界如此悲观，以致一个虚构的世界都如此黑暗？

张悦然：我觉得这是一种世界观，与生俱来的，没法改变，并不是硬拗的，好像觉得这样很酷。事实上，从开始写作到现在，我发生了很多改变。比如语言上的，从前的语言繁复、华丽，现在的语言比较简单、克制；比如表达方法上的，以前会有很多抒情的东西，现在也很少出现。但是，唯一没办法改变，或者我也不试图改变的是，那种绝望的东西。每个小说都像一副眼镜，我们戴上它，借助它去打量这个世界。眼镜上有一层色调，可能导致我们看到的世界变浅了，或者变深了，好像摄影里"灰度"的概念。每个小说给我的那个世界，灰度不一样，是因为作者眼睛里的世界，灰度就不一样。这个是天性里的，也是一种审美。所以我有时候会觉得，大多数美国小说所选择的 happy ending 让我很不满意，我甚至觉得，这妨碍了很多小说的伟大。比如说《自由》，我觉得结尾的破镜重圆很做作，很假，也是一种妥协。但是换一个人，未必这么想，比如双雪涛，他觉得这个结尾很舒适，令人欣慰。所以，每个人看待世界的方式不同，得到满足的方式也不同。在小说里，我会倾向于那些黑暗的、绝望的表达，好像我在对作者说，刺破表象，给我看里面的，看最里面的。一旦作者给我一个比较温暖的结局，我会摇头，觉得不真实。所以，我觉得不是我在把主人公推向那个方向，而是我的小说，这副眼镜，灰度就那么深，戴上大多数情况会比较绝望……

走　走：让我感兴趣的是，你说你自己不再相信宿命，要把小说从宿命论中解脱出来。为什么在你主办的《鲤》上，你会专开一期讨论"宿命"？那一期的卷首语应该是你写的吧？"既然命运是神明为我们精心设计的，生命就是被尊重的，那么来这一趟，便是值得的。"

张悦然：在杂志里，我说的是比较积极的东西，我表达的一个观点就是，宿命论一点都不悲观，其实挺积极的。我觉得相信宿命真的是美好愿望，像童话，觉得人生好精致，上帝都有好好设计过。这个"既然"，更像一种愿望，我希望是这样，但愿是这样。就像我希望人死后有灵魂，还会在另外一个地方相遇一样，我但愿是这样。但是心里还有一个声音，会说，恐怕不是这样……在小说里，那种怀疑就会特别强烈。

▶写恶的东西，并非不仁慈

走　走：回到《动物形状的烟火》，结尾小女孩利用他对自己未来温情的想象，恶作剧地将他关进车库，这一处理可以说是超出我想象的，是我完全没想到又很符合情节发展的设计。我觉得这个小说体现了你对人的理解之深。双雪涛看完这个小说后曾经和我探讨，他本来一边看一边设想的结局是"两个被遗弃的人相互取一点暖"，没想到你就那么黑暗下去了。"节奏，点，都对。那个小女孩的设计，真是神来之笔。好像在一座园林里，突然看见一个飞来的小亭子。"你当时怎么会想到这样一个有如《水果硬糖》的结局？为什么会让最致命的一击来自一个孩子的冷酷？这让我想到苏格拉底说的：那些追求邪恶的人并不知道他们所追求的事物是邪恶的，无知才是邪恶的根源。

张悦然：首先，我确实常常觉得孩子是邪恶的，这个邪恶，是那种无心的，或者漫不经心的邪恶。在《沼泽》里，我也写了女主人公特别害怕孩子，孩子走近她，看着她的时候，她会觉得孩子不知道会突然说一句什么话，伤害了她。而且，那些文学作品中的恶孩子，也特别让我着迷。比如说，麦克尤恩的小说里的孩子们，都很恶。那种可怕的恶作剧，孩子可能自己不清楚会有什么后果，或者是什么意义，可是它的威力是很大的。《动物形状的烟火》里，关到车库里的设计，是孩子的恶作剧，带着一种报复的色彩（男孩的意志），女孩也得到了满足，因为她"表演"得很棒，很成功，最重要的是，男主人公以为孩子会为动物形状的烟火着迷，可是孩子其实着迷的是黑暗的、害人的恶作剧。孩子喜欢的东西，和大人以为他们喜欢的东西，真的是两回事。

走　走：霍艳写的评论《一种对绝望的热爱》中有这样一句："在究竟是世界不肯给林沛机会，还是作者不肯给林沛机会这个问题上，作者大概一开始就打算将绝望进行到底。……击垮林沛的是作者，而非命运本身。"双雪涛的评价是："不是为了冷峻而冷峻，是很平实的，很自然的冰冷"。你最好的朋友周嘉宁有一个观点很有趣："我其实打心眼里排斥一种作家，就是他们明确地知道自己心里的黑暗面在哪，但是他们对此采取逃避的态度，唯恐被别人发现，啊，原来他们是这样的！"而你正相反，你不担心发生尼采说过的状况——"与恶龙缠斗过久，自身亦成为恶龙；凝视深渊过久，深渊将回以凝视"？

张悦然：我担心也没有用。因为就像我说的，写着写着，就会变成那样，根本不是我能控制的。我刚开始写小说的时候，最后主人公总是死掉，其实也不是故意的，我就是觉得，不死掉，好像不算完结，或者没有那种结束的庄严的仪式感。后来人物总算不死了，我自己松了一口气，可是他们还是不大好，好不起来……但是，现在觉得，这也不要紧，有一些别的意义上的改变就好了。比如说，某种超越，某种理解，某种融合，某种抵达。这些都是希望。在《湖》的结尾，男人不再重要，主人公从中摆脱出来，去了对岸，这是我写过最光明的结尾了。

走　走：当时你这个小说也引起了我的一些同事讨论。后来我们索性讨论起怎么写"恶"。我的同事王继军说了这么一句："有人看人作恶是作恶，有人看人作恶是迷途。"迷途的境界，大概指的是悲悯。霍艳的评论里提到过你的经典书单：安吉拉·卡特的《焚舟记》、克莱尔·吉根的《南极》、塞林格的《九故事》、爱丽丝·门罗的《逃离》、奥康纳的《好人难寻》等。欧美文学中的"恶"，往往是极致的恶、纯粹的恶。"倒是俄国文学里的'恶'，有迷途之感。"（双雪涛语）综观你的小说，几乎不见悲悯，或者说仁慈。你觉得这和什么有关？思维的维度？信仰的有无？

张悦然：我觉得以作者是否处理得足够仁慈来探讨小说，是不大对劲的。卡夫卡仁慈吗？陀思妥耶夫斯基仁慈吗？《自由》倒是仁慈的，可是这仁慈是我们需要的吗？其实每个作家都有其仁慈之处，都有自己理解的仁慈。比如《湖》里，最后我给程玎的梦，这算不算一种仁慈呢？这里我就想举奥康纳的例子。大家都说奥康纳黑暗、绝望，其实是误读。奥康纳觉得自己可仁慈了，特别仁慈。奥康纳在创作谈里，提到一个词，特别重要，对我也有影响，就是"天惠时刻"。在奥康纳的小说里，最后一个抓住的把手也断裂开来，主人公滑向了万劫不复的深渊。这样的结局，看起来真是绝望至极。但事实上，奥康纳可不这么想。在她看来，只有到达那样的绝境，新世界才会降临。这和她的信仰有关，她是虔诚的天主教徒。在文学访谈中，她曾多次提到"天惠时刻"一词。她认为，当她的主人公被置于黑暗的、毫无依靠的境遇里的时候，他们才能听到神的声音，领受到神的恩惠。那无疑是他们得到成长和重生的机会。所以，那些绝望之地也正是希望所在。奥康纳眼中的世界，并不像我们想象的那样黑暗。她把那些绝望的时刻，看作打开另一扇门的时刻。所以她觉得要不到那样的时刻，那些主人公还糊里糊涂在迷雾中走呢。每个作家对仁慈的理解也不一样。比如《家》的结尾，我让小菊允许她的丈夫来找她，甚至自己有所期待，这个是仁慈，同时，这个也是现实，也是一种妥协，是一种对女主人裴洛的模仿的失败。那么，这个结局到底算是绝望还是希望呢？也很难说，是仁者见仁的问题。

▶ 阅读绝望的东西，不一定给人的就是绝望

走　走：对我来说，我觉得很绝望。就是兜兜转转，她还是回到自己命定的路上。

张悦然：是啊，我也觉得绝望。可是你去采访一个保姆，她会告诉你，离婚很绝望的，凑合着过还行的，不算绝望。

走　走：我觉得，知道自己心里黑暗面的作者，比不知道的那些要有更多可能性；如果知道自己心里的黑暗面，同时也看到亮的方向在哪，把黑暗和亮同时给自己笔下的人物，会更上一个层次的吧。

张悦然：可是我真的觉得给不给亮，是个天性里的东西。我没办法忍

受《自由》那种结尾，觉得它怯懦，觉得它不真实。可事实上，人家挺真实的。希拉里竞选词里还说：when families are strong, American is strong（家庭繁荣，美国就会繁荣）。所以，我觉得绝望与否，除了和天生价值观有关，还和国家、种族有关，是一种集体无意识。比如美国作家，大多数热爱 happy ending（大团圆结局）。但是好像美国南方作家就不是这样，所以，和地域关系也挺大。当然也和时代有关，比如说菲茨杰拉德的时代，同样写美国，《了不起的盖茨比》也很绝望。但是现在的这个时代，美国人好像就不喜欢那种绝望。

走　走：而在今天的中国，绝望本身就和希望一样，其实是特别纯粹特别奢侈的精神追求。大部分人没有意识到，生活里需要有"望"这个字。

张悦然：是啊。所以，也可以说，我写得不是绝大多数人。因为我小说里的人，不管做什么，都有"望"。我觉得阅读绝望的东西，不一定给人的就是绝望，就像我们看犯罪小说，并不会变得更坏。就像前面的比喻，小说是一副眼镜，里面的世界都发生了变形，色调也不一样。可是我们通过这个变形的世界，却能够发现事物更真实、更深层的意义和真相。如果小说给我们的都是真实世界，和我们肉眼看到的一样，那我们什么也发现不了。就像我读麦克尤恩的小说，发现了孩子身上的恶，但是我不会因此就否定孩子的良善和天真，我只是了解了孩子是更复杂的。所以我觉得在那种绝望里，可能隐藏着一些事物的真相（我但愿如此）。

走　走：双雪涛因为特别喜欢你这篇小说，曾经和我提起过他考虑的另一个结局："男人进了那扇门，女孩儿把他关住，我觉得稍平。当然这种决绝干净，也是一种可能。如果我处理，会考虑让那个车库，有个门，或者有一把钥匙。这是一个游戏，由女孩儿主宰，但不是没有机会走出去。

她可能就等在另一扇门那，等他一起看烟火。男的被加害惯了，心里的烟火灭了，他觉得一定没路，死局。所谓迷途，不是没路，而是有路没有走出去。所以他看不见烟火，烟火璀璨的时候，他在黑屋子里。这个动物形状的烟火，我理解是心性，一种自我想象。"你对这样一个结局怎么看？我个人可能会更偏爱这个结局，因为它其实已经把绝望（外在的）推向了无望（内在的）。

张悦然：嗯，我觉得挺好的，我其实一开始也想过一个类似的结局，就是女孩可能有点呆傻，比现在呆傻，她以为男人是在和她捉迷藏，她一直在外面等着，但是她不知道应该去找人求救，类似这样的一个结尾。

走　走：这个结尾很有意思。这种对人的误解，对可能有的恶意的猜测，我觉得会把林沛塑造得更复杂。

张悦然：有可能吧，会更复杂。不过那样，我觉得孩子的角色有点过于突出，她的性情也暴露得比较多。我比较喜欢孩子像个谜的感觉……就像现在这个女孩，你很难说她是被利用，还是自己很享受表演，她是个谜。反正我写着写着，就变成这样了，女孩成了个黑匣子，她给予林沛的温暖的东西，可能都是林沛的想象。不过要是按照我说的那样写，大概很多东西都改变了，因为不是去看烟火，而是试图以玩捉迷藏的方式把女孩带走，结果被关在了车库里，所以也没有烟火了。可以说，从想到烟火的时候，这个故事已经往现在的方向走了。

▶ 阶层并不是封闭的

走　走：你曾经说，《家》是你最接地气的一部作品。你写了富庶空间里一个爱读小说的知识女性的逃离，又用几乎同样的篇幅，写了爱上这处空宅子因此开始考虑离婚的钟点工的故事。我觉得有意思的一点是，《家》和《动物形状的烟火》都描述了某种豪宅生活，但这种生活给本来属于这一阶层的男女主人公带来的却是焦虑的压力，反之，在其中游移的钟点工们却处之泰然，没有任何不适。受过高等教育、跻身或曾经跻身中产阶级的主人公们会对自我所处的"美好生活"进行反思，考虑虚假与否的问题，或者因为敏感，所以意识到资本等级制度的压迫；钟点工们却因为没有向社会更高阶层转化的明确目标，因此心理上反而不受挫折。我觉得这给我们的"底层叙事"带来了新的图景。

张悦然：嗯，不仅仅是底层叙事吧，我其实挺想写中产阶级的痛苦和烦恼的。不过我已经发现，这个在当下特别没有共鸣。我发现，虽然我们的评论者看过无数西方小说，接触到无数中产阶级以及他们的痛苦和困境，可是也许他们在读中国这个环境里的中产阶级的故事时还是会觉得这些痛苦没法和底层的痛苦相提并论。

走　走：你会因为在意评论家的声音而不写自己想写的东西吗？

张悦然：不会。我只能写了解的，比如说底层范围里，我只写过保姆。因为我只了解保姆，我不了解别的。中产阶级和一些底层之间发生的交流、反差，我很感兴趣，就像《家》。阶层并不是封闭的。

走　走：为什么你要在《家》里通过转换视角的方式写一个钟点工小菊的故事？表面上她"代替"了女主人的位置，但她们的身份其实是不可交换的。

张悦然：是啊，但是她暂时成了房子的女主人。我写了这幢房子的两个女主人。一个真实的，但她抛弃了这个家；一个暂时的，她渴望这个家。

然后女主人后来去了小菊离开的家（地震的地方），好像是一个角色的互换。这里，我用了一个大的事件作为推动。这个地方，你之前也和我探讨过，为什么要这样做。事实上，我自己一直比较排斥使用一些外部大事件这样的手法，比如汶川地震，这和我的小说有点格格不入，我也一点都不希望借此制造话题。但是对于《家》，我只能像写《赤地之恋》的张爱玲那样，为自己喊一句"这些都是真的"。不知道为什么，有时候真实的事件用到小说里，就显得假了。事实上，当时地震之后，我去了北川做志愿者，而我家当时打扫卫生的清洁工是北川附近的人。我走了，去她家附近做志愿者，她继续留在北京，留在我家，帮我打扫卫生，喂猫。她对我对于整件事的热情表示不理解。这种身份交换，我觉得很有趣，一直都想写，后来用在了《家》里。

走　走："不知道为什么，有时候真实的事件用到小说里，就显得假了。"——就你这个例子而言，我觉得因为抽离了真实的情绪，比如"她对我对于整件事的热情表示不理解"，就是如果你写出这种不理解，大概看起来就不会那么不真实……小说里我觉得做作的部分不在两个女人之间的互换，而是男女主人情感走向和人生选择的某种巧合。

张悦然：写了不理解了，小菊不相信是看到了裴洛。至于人生选择哪里，确实有巧合。不过当时北川也真是漫山遍野的志愿者，谁都不怀疑里面会有不约而同的夫妻、朋友。

走　走：《家》让我觉得你对爱情的文本态度很有趣。你淡淡点出这对同居多年的情侣"貌合神离"，但他们居然同时选择了离家出走不告而别，也就是说，他们默契的同时试图摆脱物欲生活的控制。这一方面带着预设的理想主义色彩，另一方面又悖论地证明了他们的心性相投。"离家出走"，自欺欺人的同时却变成了一次对真爱的验证。

张悦然：是啊，我觉得最糟糕的地方在于，这对夫妻都觉得，生活现在这么乏味，是因为选择了错误的伴侣，错误出在伴侣的身上。这是中产阶级高发的错误认知。

▶ 我觉得人生常常是这样，我们会倾向于维系某种安全的状态

走　走：你笔下的主人公，往往不是已经逃离在路上，就是正在逃离在路上。但是解放他们的，总是一些偶然的外在事件。《家》中的裘洛和井宇，事件是井宇的升职；《沼泽》里的美惠，事件是比自己年长二十五岁的丈夫突然的死亡；《湖》中的程琤，是女友璐璐的被谋杀以及璐璐曾经喜欢过的中年男作家的到来；《怪阿姨》里的苏槐，则是父亲的死……他们的自我意识似乎是在日常生活的规范下沉睡的。

张悦然：我觉得我的人物自我意识一直很活跃，没有在沉睡，可是需要一个临界点的到来，需要爆发。或者应该这么说，他们需要一个去认识自己、面对困境的机会。比如《湖》里面，璐璐的死，让程琤了解了自己的渴望，想要挣脱现在的生活。璐璐死之前，她在某种虚假的平衡状态里，通过璐璐得到一点活力、一点养分，继续过着死气沉沉的生活，但是璐璐的死打破了这种平衡。我觉得人生常常是这样，我们会倾向于维系某种安全的状态，一种相对来说安稳的处境。哪怕它有很多问题，我们也会尽量维持而不去解决，比如说，很多人的婚姻不就是如此吗？婚姻是安稳的，是正常的状态，正常人的思维都是考虑过下去，而不是每天想着离婚。但是有一天，平衡打破了，问题凸现出来，逃避不了了，人们就必须去解决和面对了。

走　走：如果说《动物形状的烟火》《家》等是你当下阶段靠近现实生活题材的作品，那么《好事近》就是前一阶段的代表作了。两个女子的同性之爱，平行出另一段少年与中年男作家纠葛数年的同性之爱，最终在欲望的经血与死亡的鲜血中交汇。形容词用得华丽、残酷、暴虐，让我想到安吉拉·卡特的一些作品。就你目前状态而言，这两个阶段之间的转换是双向的还是单向度的？是因为时间，逐渐从形容词的小世界过渡到了动词的小社会吗？

张悦然：如果写散文，我还是会用比较丰盈的语言；写小说的话，好像有点回不去了。不过，对一些魔幻题材，热爱还在，有时候会想写那样的，比如《怪阿姨》，还有《老狼老狼几点了》。

走　走：你似乎对设置一个功成名就的中年男性作家的人物形象情有独钟。《湖》中的夏晖、《好事近》中没有名字的著名作家，他们甚至没有清晰的外貌、性格尔尔，符号一样的存在却遥遥构成主人公行事的动力。他们是潘多拉魔盒，是主人公打开自己的工具，你有没有想过，是怎样的下意识使你总会有这样的人物设计？

张悦然：我就写了这么两个吧……不过，我觉得早年我对中年人的态度比较单一，会觉得中年人怯懦甚至猥琐。到《动物形状的烟火》里，我开始同情、理解，我想就是年龄的关系，也是理解能力的问题。

走　走：我看了几篇关于《好事近》的论述和点评。杨庆祥认为美丽的、充满女性特征的杨皎皎和厌食并服用少量雄性激素以让自己抹去女性性别的"我"其实是同一个人；当"我"看到报纸上中年作家被刺昏迷，猜到凶手是朋友蒋澄后之所以要求他过来杀死杨皎皎，自己也举起水果刀，是因为"我"要杀死自己或者自己的影子从而获得最后的拯救。有趣的是，我还看到有网友认为，应是"我"杀的那个作家，而非蒋澄。你写作时的本意是怎样的？为什么一定要强调出性别？

张悦然：我其实想写的是"我"变疯狂的状态。其实也可能去杀男作家的根本不是蒋澄，但是"我"觉得是；到底杨皎皎是不是和作家在一起，也不确定，都是"我"的理解，"我"把自己的感情问题和蒋澄的捆绑在一起。并且认为，蒋的问题解决了，自己的问题也需要一个解决。我是在写一个人变疯狂的状态，有很多被害妄想的描写，并且回避自己做的可怕的事，比如虐待杨皎皎。以第一人称写一个发疯的人，其实不太好写，当然你可以用不正常的话语方式来实现，但那显然不太高明，对吧？

走　走：嗯，可能关注点被蒋澄分散掉了。而且第一人称，很容易让读者站在同情的立场。

张悦然：是啊，不过我觉得，在写《好事近》的时候，我已经试图在写一个不让读者那么容易去同情的人了。早年的写作里，总是充斥着自怜和自恋的部分（特别是女作家，很难避免）。我希望能克服这种自怜自恋。至少在《好事近》里，这个主人公不再是先前那种女性形象了，是不是能把《好事近》看作我反"自怜自恋"的一次努力呢？

走　走：发在《收获》上的《嫁衣》和《好事近》有某种相近的人物模式：主人公都是偏执型人格，都失去了对爱情的信心，只不过《嫁衣》中的刀面对的是明为好友暗为情敌的女人带来参加婚礼的美丽的黄色连衣裙，《好事近》中的刀面对的则是背叛了自己的那具柔美的身体。

张悦然：嗯，刀都是一种报复的工具。而且这两个小说还有一个共同点，就是"妄想"，对伤害、背叛的妄想。所以我在想，也许要是那时候写《动物形状的烟火》，就会是主人公妄想出来的伤害。在某个时期，都会有一些思维定式，也会得以突破。《嫁衣》和《好事近》的人物，都有比较强烈的情感，到《动物形状的烟火》，就没有那么强烈了。

走　走：即便是写日常生活，你关注的，也是非常艺术化的生活。《动物形状的烟火》里，林沛是个画家；《家》里的裘洛，是一个少女时代有过写作梦想因此非常苛刻的读者；《沼泽》里的美惠，是研究英国文学的；《湖》和《好事近》里，都有一个著名的作家；《一千零一个夜晚》里，则是修复和仿制古董家具……是因为你觉得，只有纯粹的精神生活值得去写，还是仅仅因为那些生活是你最熟悉的？

张悦然：既是我熟悉的，同时好像也和想要表达的东西有关系。比如说美惠，我想讲的是那种优越感，那种优越感对她很重要。我其实不想写和我离得很近的人，你说人物和我有相似，只不过是在生活层面，但其实还是有很多区别的，但我也不会刻意塑造完全不熟悉的另外一个世界的人。不是说懒惰，不想去做研究调查，主要是，当人物离我近一点的时候，我会比较容易对他产生感情，我可以把这种感情藏得很深，但是我必须对人物有感情。比如《动物形状的烟火》开头，有关于林沛在工作室通炉子、在水池小便等细节，这些细节隐含着我对他的感情。而且，也许我确实喜欢写那些有精神、心智优越感的人，那些有觉醒意识，想摆脱日常生活的苦闷的人。有点像耶茨的主人公，总觉得自己和别人不一样，想要强调这种不一样。

走　走：但即便你笔下的那些主人公们和文学艺术离得如此之近，他们却仍然感觉虚无。什么样的生活才真正值得一过，才会给他们带来幸福感、充盈感？你似乎从未给出过回答。

张悦然：我觉得，确实没有答案。这同样也是我的问题。我不知道怎么样能幸福，要是明天股票升1000点，我的主人公们就能幸福，那该多好。可是没有一条我们确知的通向幸福的路径……我所关注的人群，也总是受到"意义"的困扰。什么是有意义的？这个问题折磨着他们。所以他们更难得到幸福，也更容易坠入虚无。

那些卑微人物被一束光照亮，
生命抵达更深邃的层面，这些也许才是重要的

▶想象得以展开的前提是，我对他们有感情

走　走：时隔七年，距离上次畅销五十万册的长篇小说《誓鸟》之后，你拿出了新的长篇小说《茧》，你觉得和你之前的作品相比，最大的不同在哪里？

张悦然：有时候我自己也不太相信过去了那么久。那种感觉，好像我一直待在一个自己的世界里，不知道外面今夕是何年。《茧》包含着一些对历史的思考，以及如何看待我们的父辈和祖辈，并且对于爱的继承、罪的流传做了一些探究。这些都和我之前的小说不一样。像《誓鸟》或者更早的小说，和现实关联很小，就像我自己搭建的一个空中花园，很美，很梦幻。但是《茧》是结结实实长在地上，并且扎根很深。它不仅写了历史和现实，也写了世俗生活。

走　走：《茧》这个长篇，确实是一次有生命温度的写作。感觉你动用了个人的诸多记忆，比如"山医大"里的死人塔、济南的冬天景象等。你似乎是在用自身能及的生命体验，将它们交织在虚构的真实中，真诚

敞开个体灵魂内部的人性景象，去刷新八〇后一代对六十至八十年代的思考与解释。

张悦然：这个小说确实用到很多我的个人经验，或者说是一些童年记忆。比如小说中的"南院"，就是我小时候生活的山东大学的家属院。死人塔、小白楼等小说中的地标也都有原型。在这个小说里，我也第一次写到了济南，我长大的地方。我没有以 J 城或 N 城等代称去模糊它的形象，也没有以强调特有的风物人情去加深它的形象。我只是很自然地进入回忆，把那种小时候在这座城市生活的感觉带到故事里来。开始写这个小说的时候，我并没有想要运用很多童年记忆。因为整个故事都是杜撰的，除了"钉子事件"，然而"钉子事件"也只是我听来的。所以，一开始我认为这是一个与我的个人生活距离很遥远的故事。但是随着写作的进行，个人记忆不断被召唤进入小说，拉近着我和故事的距离。到了快写完的时候，我已经开始相信这好像就是发生在我童年的事。

除了一些童年经验，这个小说里很大一部分内容来自想象。比如我的爷爷参加过远征军，但他并没有给我讲过他的经历，小说里远征军的内容完全出自想象。我的一个表姑在九十年代的时候曾去莫斯科做生意，不过我对她具体的经历知之甚少。但是这些经历是他们的，而不是陌生人的，这对我很重要，想象得以展开的前提是，我对他们有感情。当我看着他们的时候，知道是那些经历使他们成为现在的他们。

▶ 我必须记录下他们怎样去探知真相

走　走："钉子事件"听起来很有意思，这是《茧》最初的写作动力吗？

张悦然：是，这个小说源自一个真实的故事，"文革"期间，济南一间医院的医生在批斗中受伤，渐渐失去语言、行动能力，变成了植物人。后来人们发现在他的头颅里有一根两寸半长的钉子。这件事是谁干的，一直没有查出来，但很可能是他的医生同事。使我感兴趣的是受害人和作案者仍旧生活在同一座医院的职工大院里，他们的孩子在那里长大，甚至他们的孙辈，可能是邻居，可能会一起玩，可能会成为朋友。而他们的孙辈，也就是我们这一代人如果知道了当年的事，他们会怎么看？怎么做呢？这是否会对他们的成长产生影响呢？这是否也会改变他们，或者塑造他们呢？这些问题是我很想去探讨的。在度过了叛逆的青春期之后，我渐渐发现我们和我们的父辈、祖辈之间紧密的联系，意识到那些我们未曾经历，甚至知之甚少的历史事件也在影响着我们。这种影响可能是间接的，但是间接的影响未必微小；这种影响可能是看不见的，像一些隐形的线，牵系着我们，绑束着我们。

走　走：你有次无意中提起，你的父亲年轻时也写过以"钉子事件"为背景的小说，在你写这部长篇的过程中，和他交流过写作感受吗？他读了《茧》吗？

张悦然：写作过程中，我几乎没有和我爸爸交流过。他给我讲了"钉子"的故事，那是很久很久以前的事了。之后我决定写这个小说的时候，就去做一些调查。调查没有通过我爸爸，因为他了解得很有限，而且他自己年轻的时候写过这个故事，一些真实记忆肯定已经和他自己虚构的部分焊接在一起，我对他的叙述也不太信任。我又让我姑姑再讲一遍这个故事，还问过我爷爷。之后我找到了发生"钉子事件"的医院，向一个在那里工作了很多年的人询问这件事。她后来帮我查医院的资料，找到一份关于"植物人"的书面材料。"植物人"的女儿也能找到，我本来打算去见一下她，但是后来我改变了主意。我觉得可以停止了，我对于真实事件的了解已经足够了。要是再多，会严重影响和侵犯我的虚构。

此后，我没有再和我爸爸说起过这件事。他也不知道我在写这个故事。《茧》里李牧原这个人物，主要来自我对我爸爸以及他周围一些同事和朋友的观察。但是这部分童年记忆特别深，我根本没有必要再问他。写完以后，我也没有给他看过。我和我爸爸，都不太善于表达对彼此的感情。想到他要看这个小说，我会感到很不自在，有点窘迫。

走　走：《茧》的形式很好，是以"文革"受害者家庭的第三代男孩程恭和"文革"加害者（有嫌疑，未定罪，新世纪成为成功的院士）家庭的第三代女孩李佳栖各自的第一人称视角回忆过去的方式互相补充，试图接近、还原出真相。这样就有了一种解谜的效果，在两个人各怀心事的叙述中，故事一直向前推进着。当时是怎么考虑到这样一个形式的？（因为这个形式的写作难度其实很大，需要面对"叙述时间"和"故事时间"的处理这样一个复杂的问题。）

张悦然：在很长一段时间里，我都想不好该让谁来讲这个故事。因为每个人都只知道故事的一部分。我尝试用多重视角来写，五六个人物，或者更多，第一人称，嵌入信件和独白等。但是后来我发现，我其实最关心的是李佳栖和程恭，这两个我的同代人，他们是如何看待这件事、如何在这件事的影响下成长的。我想我不能把视线移开，必须记录下他们怎样去探知真相，知道真相之后的态度，又是如何在它的影响下成长的整个过程。而且作为受害者和迫害者的后代，他们之间的直接对话，一起去面对祖辈、父辈的恩怨，这可能是我们这代人最勇敢、坦诚面对历史的方式。

▶恒久的爱给人带来的改变会更大

走　走：你的小说，从少女时代直至而立之年，似乎一直贯穿着对死亡意识的关注。目下这个长篇里，也有许多死亡事件：李冀生院士背负秘密的衰老而死；如今的院士楼当年的"小白楼"里，"文革"期间校长被批斗饮恨划破动脉而死；秦婆婆的疯人之死；汪良成的恐惧之自挂；李佳栖父亲的车祸之死；陈莎莎的哮喘突发被程恭旁观而不施救，将死未死……为什么你会如此精心构建种种死亡？这些死亡本身，伴有一种悲剧意识。你对生的思考、对死本身的认识，又是怎样的呢？

张悦然：我最初写小说的时候，几乎每篇都充斥着死亡。死亡所具有的那种悲剧性，特别令我着迷。那些人物必须死吗？肯定不是。不过，他们的死亡也并不是草率的，里面承载着我很深的感情。有些感情，确实得等这个人物死亡，和他告别后，才能以文字的方式释放出来。写《茧》的时候，我已经非常注意，尽可能地慎用死亡这种悲剧性的力量。在最初的构思里，因为程恭没有施救，陈莎莎哮喘发作而死。我想用这场死亡拯救程恭。在我的思维定式里，只有死亡有足够的力量去改变一个人。但是后来修改小说的时候，我把生命又还给了陈莎莎。我第一次意识到，除了死亡，还有别的力量，给人带来的改变会更大。比如说一种恒久的爱。当陈莎莎活过来的时候，我自己好像也得到了拯救。那种将死亡作为情感推动的倾向，终于得到了纠正。我想这或许是一个不小的进步。

▶像对待自己的孩子一样对待笔下的人物

走　走：《茧》里，我觉得对程恭性格成长史的塑造很有意思。这是个性格复杂的形象。他自小父母分离，与奶奶姑姑相依为命。多少有些懦弱，但心地还算善良。"从很小的时候开始，我就放弃了对于不幸的深究，懂得要认命。既然上帝将一把烂牌塞给了你，你也只有握着它们玩下去。"他爱上李佳栖。后来却在无意中知道爷爷的过去，"要是你爷爷没被害，说不定现在已经是医科大学的校长了"。而害了爷爷的，很可能就有李佳栖的爷爷。此后，他逐渐改变了自己的性格，害李佳栖的堂姐李沛萱破相、与混混在一起、杀死雪地求生的狗、强奸了智商较低的陈莎莎、和当年的混混一起背叛损害了好友大斌的利益……但所有这些行为的背后，仍旧隐藏着他对一个完整家庭、对爱的渴望和眷恋。为什么你会选择同情这个人物，让他最终得以和佳栖生活在一起？

张悦然：和李佳栖相比，我对程恭这个人物确实有些偏爱。也可能是我对李佳栖太熟悉了。她对父辈的感情，那种游离于生活之外的状态，有一部分和我自己很像。但程恭的生活背景、经历经验离我很远，是我需要去想象和探索的。小说写到后面，他险些害陈莎莎丧命的时候，我才意识到他已经在罪的这条路上走出去很远了。他认同了迫害者的价值观，试图以那套法则保护自己，让自己变得强大，变成去迫害别人的人。读者读到这里，也许已经很讨厌他了吧。可是我却一点也讨厌不起来。写作者对待笔下的人物，有时候也许就像对待自己的孩子一样，会觉得可气和可恨，但还是没办法不去爱他。我觉得当他怀着仇恨去向这个世界报复的时候，自己也受了很大的内伤。他的扭曲，是因为他想承担起历史和家族的责任。他如果是一个漠视历史的人，就像我们所看到的很多现实中的八〇后一样，他还会有那么多愤怒和痛苦吗？他还会需要找到出口去宣泄他的愤懑吗？尼采说："与恶龙缠斗过久，自身亦成为恶龙；当你凝视深渊时，深渊也在凝视你。"但是，这个缠斗没有意义吗？深渊就在眼前，我们应该假装看不见，把目光移得远远的吗？为了相信现世安稳，岁月静好，一切都已经过去了，我们是不是必须蒙上眼睛，捂住耳朵，堵上嘴？在小说接近最后的时候，程恭仍旧和姑姑住在原来的房子里，失业、酗酒，沉迷于和陈莎莎毫无感情交流的做爱。有一天，外面下着雪，他靠着窗户坐在地上，不知不觉地流出眼泪。写到那里的时候，我自己觉得很难受。我的主人公陷在困境里，寸步难行。但是这种痛苦，不是因为青春和迷惘，不是因为爱情和事业的不顺利，而是因为，他战胜不了那只先于他存在，不断掐住他喉咙的历史的大手。想到这些，我确实没办法不对他感到同情和怜惜。其实我也不太确定最后他会不会和李佳栖真的走到一起，而这个走到一起，会不会像他们的父辈李牧原和汪露寒一样，是一次新的毁灭之旅，我真的不知道。但是我愿意相信，他能走出阴影，战胜一些看不见的力量。而且他和李佳栖并肩作战，胜算会大一些。所以，最后我把一些希望交到了他手里。在我的意识里，我的主人公在小说结束之后，似乎还在前行。有时候我会想一想，程恭和李佳栖现在在干吗？他们在聊天吗？在吵架吗？在吃蛋炒饭还是炸酱面？

走　走：穿越黑暗、重回日光之下是需要一些信念、爱和勇气，甚至运气的，但同时，你是否担心这样的结尾过于完美，有损整体的悲剧性？

张悦然：我真的不觉得这是个完美的结局。我总觉得，程恭要是真的和李佳栖生活在一起，恐怕也会有很多困难需要解决吧。他们中间还是隔着很多东西，那些东西不会因为一次谈话、一个夜晚而消失。也许他们还是无法战胜这些东西，会再分开，也许分开了还会重逢。其实，当我决定让他们在一起的时候，我真的觉得，他们会面对更大的考验。这比两个人挥挥衣袖，各自上路要更艰难。我曾经执迷于所谓的悲剧性，觉得那是某种审美的至高追求，但是现在，我觉得那不是最重要的。真正撼动人心的是那些卑微人物身上所发出的光芒。他们被一束光照亮了，生命抵达了更深邃的层面，这些也许才是重要的。

▶ 日常生活一直对写作形成威胁

走　走：我看过你和李壮的访谈（《沉沦是一种对虚无的对抗》），你也提到，"这个小说在结尾的部分，流露出大量的善意和温暖。这是我过去任何作品里都没有的。我也不知道这一次我为什么如此慷慨，最后给了主人公很多的希望"。这种"写作和日常生活的关系变得融洽"，和你这几年不再封闭在家，每天一个人读书写作，很少社交，很少介入文学圈，而是在人大文学院任讲师，一方面向更年轻的一代讲小说讲电影，一方面在创造性写作研究生班和张楚、双雪涛等优秀的小说家一起教学相长有关吗？

张悦然：我是一段时间只能专注于一件事的那种人，很难不断转换频道。比如写作，我可能需要很长的一段时间，才能进入状态，但是琐事的干扰会立刻让我出离状态。所以日常生活一直对写作形成威胁，常常令我感到厌倦和抗拒。而且我也不明白为什么，我在社交和与人谈话中，自身消耗似乎比常人厉害。所以我很难在社交活动后很快投入写作。这一切都表明，我的写作状态极其需要保护，所建立的稳定和平衡很容易被摧毁。但是，回顾过去几年的经历，我自己都感到惊异的是，我干了很多别的事。我主编杂志，我去大学教书。每一次从编杂志和教书中返回写作，对我来说都很困难。也许这是过去一些年里，我很低产的主要原因。但在意愿上，我希望接触更多的领域，希望填充自己的经验，希望有几扇门，可以让我走到外面。我从二十岁开始写作，严格意义上说，没做过别的什么事，我很担心自己双脚离地，悬在半空中。可以说在过去一些年，我在强迫自己多做些事，并且适应这些事带给自己的影响和冲击，就算这个过程会影响写作，也是值得的和必要的。所以，我并没有完全把自己封闭起来。不过社交确实不是很多，这主要和性格有关。我的性格肯定算不上古怪，也不是个孤僻的人，只是对社交需求不强烈。

最近两年，因为在人大教书，和创意写作班的老师同学接触比较多，他们当中有很多优秀的作家和学者，确实让我获益不少。他们严肃、认真、专注的写作态度令我钦佩，也让我意识到自己在阅读上的狭窄，对一些问题的思考远远谈不上深入。这些影响，也许会在之后的写作上慢慢体现出来。

▶ 想到一个意象就不想松开

走　走：庞德曾经说过："意象是这样一种东西，它表现的是一刹那间理智和情感的复合体。"你是一个善于运用意象的写作者，在《茧》里，虽然你书写的是现实，但你笔下的现实似乎都透着一股象征的意味。比如："湿漉漉的夜色里，有一轮披着烟霭的月亮。烟霭忽然散开，月亮圆得完美无缺。我们小心翼翼地移动脚步，退后，向左，往右，直到终于找到那个位置。在那里，月亮恰好位于窗户的正中央。无懈可击的同心圆。我们紧挨着彼此，眼睛一眨也不眨地望着窗户，那一刻我们好像站在整个世界的中央。可是很快地，如同泄露了什么惊天大秘密似的，烟霭追上来蒙住了月亮。眼前的世界再次变得扑朔迷离，难以把握。"再比如："好像就是在那个时候，我才忽然意识到大雾的存在，世界就像一个苍白的结核病人。我们连自己的脚也看不到，都变成了无脚的鬼，吊在半空中。……那么大的雾阻隔在中间，每个人都像是扣在一只玻璃罩子里。"

张悦然：我特别着迷于意象。有时候可能是不必要的，不准确的，或者过度的。但是，当我想到一个意象的时候，我就好像抓住了一个把手，真的是不想松开。或许也像拍照时的对焦过程，我需要通过一个意象，一个可能和小说现实层面无关的东西，才能完成对焦，让视野清晰准确地描摹我的观察对象。《茧》作为一个书名，可能有点简单，也有点晦涩，但是我确实很难抛弃它。因为这个小说，是围绕着"茧"这个意象展开的。它是隐喻，也是象征。如果说写这个小说的过程，如同泅渡深河，时刻都会迷失方向，时刻都会被激流冲走，那么"茧"这个意象，就像一块浮木，我牢牢地抱着它，才得以游到对岸。

▶ 我关心的是某个人物的困境

走　走：你近来的写作越来越在历史的回声中深度介入现实，新写的小说还关注了计划生育的问题。为什么生活安逸的你，如今会想去追索那些隐匿于麻木与伤害之间的世事因果？你写过一系列有关中产阶级女性情感困境的短篇，比如《天气预报今晚有雪》《湖》《家》《沼泽》……是什么使你开始关注生活的另一面，不再揽镜自照，而是将镜子转向时代？

张悦然：我其实并没有感觉自己有一个"转向"的过程和姿态。我觉得我的"转向"发生在不再流连于幻想，开始关注现实。这个转向也不是刻意为之，而是现实就在眼前，如此巨大，我就生活在现实里，我怎么才能不让自己去看这些东西呢？现在回头去看那些短篇小说，《家》可能是一个转折点。这个小说里讲到了汶川地震，是我亲历的事。地震发生后的第三天，我就去了北川做志愿者。我到北川的时候，救援部队还在搜救，我就跟着他们找生命迹象，结果找到一只鸽子，关在笼子里，压在重物底下，我打开笼子，把鸽子放了。那可能是我对这场灾难的唯一一点贡献。

　　　　　　　　　　　　　　非写不可——20小说家访谈录

后来想起来的时候，总觉得有点荒诞，但想起鸽子飞上天空的画面，又感觉很悲壮，充满力量。那次经历对我的触动很大。但是我没有立刻去写。直到过了两年，我才写了《家》。《家》里面包含着我对自己当时行为的反思，去做志愿者，到底是想帮别人，还是帮自己？我和我的朋友，以及当时浩浩荡荡的年轻志愿者，我们为什么那么渴望自己能做点什么呢？当外界都在表扬八〇后的勇气和责任感的时候，我看到的是这一代人对于精神空虚的恐惧，对于陷入物质追求的焦虑。我把这种思考放在了《家》里。对于这一代人精神困境的思考，从那个时候已经开始。思考一直持续着，到了《茧》，或许有了一种推进和延展。我想我会继续带着这种思考去写作。但是从本质上说，我其实所关心的是个人的生存状态，每个人的人生都会走入困局，不管他声名显赫，还是默默无闻，不管他是亿万富翁，还是街头乞丐。财富、权力是会带来一些自由，但是当痛苦降临的时候，这些都不能变成护身符。安娜·卡列尼娜的痛苦，和《悲惨世界》里的芳汀相比，真的要轻浅吗？就因为她穿着华丽的裙子，用闪闪发光的银器吃饭，她的痛苦就变得不值一提了吗？当包法利夫人大把吞药的时候，我们难道应该一笑置之，觉得这个女人只是自作自受吗？我相信众生平等，我尊重和怜惜所有人的苦难。所以，当我决定去写一个小说的时候，我关心的是某个人物的困境。这与他的阶级无关，和他的身份无关。回到《家》那个小说，因为当时的思考还很肤浅，各种准备都没有做好，这个小说可能有很多问题。但是在那个小说里，有两个并置的女主人公，一个是中产阶级、生活无忧的裘洛，一个是底层的保姆小菊。裘洛阅读伍尔夫，伍尔夫的女性意识带给她一些启示，小菊看不懂伍尔夫，只能记住《一间属于自己的房间》这个名字。我不知道她们谁的痛苦更多一些。我确实不知道。但是我知道，她们都有自己的困境，她们都想走出来，并且在为此努力。只是两个人的方式和路径不同而已。以阶级、社会身份去给人类的苦难划分等级，在我看来不是太高明的文学观念。如果我们以此来界定介入现实的深度，也可能有些狭隘。

走　走：你的小说很少从一桩犯罪事件切入，《茧》虽然涉及1967年的雨夜，一根钉进大脑的铁钉，但这根铁钉却带有形而上的意味，更像是强大命运的化身。(李壮对此的解读也很有意思："小说中，这根'钉子'，就是历史(家族史以及国史)。")这起始终未明真凶的犯罪事件，成了三个家庭三代人与命运之间的窗口。这个窗口自始至终都是模糊不明的，透过它，程恭李佳栖可以遥望命运的暗影，却无法真正勘破它的秘密。他们其实一直在命运划定的区域内挣扎起舞。小说中的程恭，几十年来从未真正离开过事发的南院。"很多年前，我姑姑算过一次命，说这辈子必须守在家里，出远门会遇险。她一口咬定我的八字和她很像，也不能出远门。渐渐地，她对远方的恐惧也变成了我的。并且有一种古怪的信念让我相信必须留在这里，等待着什么。"这让我想起我们曾经讨论过的"宿命"……

张悦然：在小说里，我其实一直试图摆脱宿命对主人公的束缚。我觉得以"宿命"作为小说情节的逻辑，是很偷懒的。事实上，我们的世界也确实是无序的。但是在写《茧》的时候，我确实无法对抗那种强大的"宿命"。但是我已经最大程度上，把主人公从这种循环中解脱出来了。如果说恶在年轻一代人中得到了流传，那么陈莎莎的死就是这个恶的结果。她是献给魔鬼的祭品。但是，当我让她活过来的时候，我确实感觉到，年轻一代人摆脱了宿命。至少不是在轮形笼子里转圈的仓鼠了。

走　走：现在想来，陈莎莎的那双眼睛，点活了巨龙，而且不再是恶龙。这个长篇你酝酿了两年，执笔至完成历时五年，你对自己这七年磨出的一剑是否满意? 有没有什么地方你感觉力所不逮，因而留下遗憾的?

张悦然：不满意的地方有很多。李佳栖和程恭的叙述口吻没有很大的区分，李佳栖几乎没有个人生活，汪露寒和李牧原的爱情也写得不理想，历时太长所导致的小说前后风格的不统一等。确实有太多遗憾。有时候我想，要是当时没有动笔，而是在2014年或者2015年才开始写，一气呵成，是不是会更好一些呢？可是这个写了那么久的小说，确实能看出我成长和改变的轨迹。或许它带着那么多缺陷存在也是有意义的吧。

▶ 评论家让我获得对自己的文本陌生化的体验

走　走：我觉得对你作品的解读存在着多种可能性，可以说，借助你的作品，能画出每个人自我思想体系的领域。"这个文本是什么"也因此少了一些确定性。比如张莉在《制造"灵魂对讲机"》一文中，点出佳栖的男友唐晖的"历史观"极具代表性。"唐晖并不认同那种负罪感，……作为青年一代知识人，唐晖所信奉的则是，将'历史'与'现实'的关系、'我'与'年长者'的关系切割。张悦然写出了许多年轻人对历史的理解，事实上，那些面对历史的冷漠态度也不只是年轻一代，更是我们身边大部分人的想法。"但她同时又觉得，唐晖这个人物形象的艺术感染力有些欠缺；有读者提出，是否应该加重唐晖的比例，把他变成一个重要角色？不过这个建议的出发点和张莉的不太一样，读者觉得你怎么就没塑造一个没有被"文革"影响的特别独立的主人公？也有读者觉得大斌这样一个人物的塑造是多余的，但项静对此的解读却是，"程恭在对待自己小团体里的大斌、陈莎莎的时候，延续了这种对他家族造成毁灭的生命逻辑"。在她看来，程恭背叛了对他无比信任的好友大斌后，他才摆脱了背叛的魔咒。摆脱的原因是他在现实中模拟了李佳栖对友谊的背叛；金理在和我私下交流时则提到，"其实这个小说中一条未及展开的线索我特别感兴趣，就是李佳栖父亲的经历，尤其是安娜·卡列尼娜—火车—俄罗斯—白桦林—资本崛起中的第一桶金"……你会如何处理这些声音？我觉得它们能让你走出自己习惯的视角，换一种观察方法，至少是暂时的，成为与写作时的作者不同的另一个读者。

张悦然：这些意见和看法，都对我有很多启示。带着这些启示去思考，看看能不能有些改变。我还想在正式成书之前，再修改一遍。有些意见特别好，但是修改起来可能不好实现。但是我觉得我带着这些意见重返小说，也许会有一些新的灵感，哪怕只是多写出一个好的细节，我觉得也是值得的。评论家对每个小说作者的意义可能都有所不同，对我来说，他们会让我获得一种对自己的文本陌生化的体验，然后找到别的入口，重新走进这个小说。

走　走：感觉你早期的作品是依靠天赋写下的，但这部作品似乎是一个转折点，你仿佛在努力够着什么……接下来的写作，对你而言，你觉得更为艰难更为复杂的方向是什么？你自己真正想要写的小说，又是什么样子的？

张悦然：勤奋和努力对一个作家太重要了。我肯定不是这两年才意识到这个问题的，但是依然很懒惰和懈怠。我觉得从根本上，这种懒惰和懈怠是觉得自己写得不够好吧。因为不够好，所以就有理由让自己放慢脚步，再等一等。虽说我是个很悲观的人，但是有时候又有一种有点幼稚的乐观。比如说我相信机缘。是机缘把这个故事带到我的生命里，不然我的那些思考就没有承载物。现在，我可能度过了强烈否定自己的困难时期，能够变得勤奋一点了。但是同时，我还是相信着机缘，相信生活会忽然和我擦起火星，那些火星会转化成支持我写作的思想。我真正想写的小说，要有强烈的个人风格，要有独特的审美趣味，要有深邃的思想洞见。比如纳博科夫、海明威、塞林格、菲茨杰拉德、伍尔夫、尤瑟纳尔……

▶ 文学阅读是我生活里的必需品

走　走：你谈到自己早年的阅读比较驳杂；昨天（2016年3月2日）微博上你提到琼瑶《失火的天堂》，而且发现"原来路内也是看着琼瑶长大的"。那么你"真正的系统的文学阅读"是从什么时候开始的呢？和你在北京语言大学读古典文学博士那些年有交集吗？又是什么书奠定你今天文学观的形成的？

张悦然：我小时候的阅读量就很大。我几乎读过全部能找到的童话，读过所有著名的武侠小说，读过大量的言情小说。当然，那时候也一知半解地读张爱玲和鲁迅。初中的时候，我读了大量当代作家的作品，余华、莫言、王安忆等等。到了高中阶段，我又读了很多当时七十年代作家写的书，比如卫慧、棉棉、周洁茹的。与此同时，我也读了大量外国文学，村上春树、杜拉斯、菲茨杰拉德等等。文学阅读是我生活里的必需品，但我并没有特别想要从中得到学习和启发。我觉得真正比较系统的阅读是，大学毕业回到北京之后。这个时候，我除了阅读小说，还阅读一些文论，还阅读一些心理学、社会学的书。古代文学这个领域，我一直不太感兴趣，所以去读博士的时候，选择了这个方向，想借此多读一些书。不过收效不是特别大，有点愧对导师。文学观的奠定，好像不是一本书或者两本书就可以形成的。不过《西方正典》《沉默之子》等书，确实带给我一些帮助。

▶真正的语言的转变，一定是和思考连在一起的

走　走：也是在和李壮完成的那篇对话里，你提到"必须得抛弃很多原有的东西"。你二十一岁时出版的《葵花走失在1890》，想象力其实是惊人的，那个同名短篇小说讲的是一朵爱上凡·高的向日葵的故事。"我斜了一下眼睛看到自己头重脚轻的影子。我很难过。它使我知道我仍旧是没有走进他的眼睛的。我仍旧在原地。没有离开分毫。他不能带走我。他画完了。他站起来，烧焦的棕树叶味道的晚风缭绕在周际。是啊是啊，我们之间有轻浮的风，看热闹的鸟。"这样的文字气质、叙述的节奏弹性，在你今天的长篇写作中同样闪着光芒。那么你想抛弃的是什么呢？（不过我觉得你早期故事中那种"莫名其妙的悲痛"在近几年的写作中已经见不到了，现在的你会一直严肃地追问下去……）

张悦然：我想抛弃的东西包括泛滥式的抒情、自恋式的表达、过度的修辞，还有那种对现实的漠视和抗拒。先说泛滥式的抒情，在早期的小说里，叙事的推动主要是靠一种情绪，情绪有时候过于铺张，漫溢出来，就会出现大段的抒情、大段的内心独白；而叙事是停滞不前的。所以后来，我对抒情很警惕，尽可能地克制。这在近期的短篇里，表现得尤其明显，《动物形状的烟火》和《天气预报今晚有雪》，都是相对疏离的第三人称叙事，以对话和外部行动去展示人物的内心。自恋式的表达，可能是女作家比较容易出现的问题，小说背后总是有作者本人的形象，干扰着叙事、干扰着小说意义的传达。这个形象是应该完全隐去的。如果不能去除这种对自己的"关照"，就无法走向开阔的空间。此外，还有语言，也许有些读者很喜欢我早年小说里的语言，喜欢那些繁复修辞。语言反映着作家的思维方式，当时的语言和当时的思考是匹配的，所以会写出《葵花走失在1890》《红鞋》等小说。但随着我的思考的改变，那种语言也应当发生改变。有时

非写不可——20小说家访谈录

候语言的惯性，也会对思考形成束缚，如果不去克服这种惯性，就无法让叙述自由地进行。有一段时间，我确实有种感觉，就是我的语言够不到我的叙述对象，或者不能如我所愿地去完成叙述。所以，我有意识地去调整语言，其实主要是破除一些成为惯性的东西。比如对比喻的热爱，对细节描述的沉溺。真正的语言的转变，一定是和思考连在一起的，所以新的语言风格的形成，是个很缓慢的过程。

周嘉宁
Zhou Jianing

1982年出生，水瓶座，上海人，一直在路上的纯文学作者，从事写作和翻译。迷恋人物胜过故事，热爱描摹人与人之间的近距离相处所带来的复杂而微妙的情绪，希望成为感情永远都不会枯竭的女作家。已出版小说多部，作品有《荒芜城》《密林中》《我是如何一步步毁掉我的生活的》《基本美》等。现任《鲤》文字总监。

都是距离造成的

▶ 真实或袒露是理解我小说的关键词

走　走：找我开这个对话专栏的《野草》主编斯继东当时说，希望通过它能知道八〇后的作者们都在想什么。我想起李伟长在给你的《荒芜城》写书评的时候说："如果要举例描述八〇后文学的独特性，我想应该就是周嘉宁小说这个样子，无限向内，将自己内心最深处的秘密和体验，用个人手记的方式呈现出来，不掩饰，不遮盖，坦诚面对过往，真实地袒露自己。在书写八〇后女性幽深而隐秘的内心世界这一点，同代的女作家没人比周嘉宁做得更加出色的了，她持续的文学热情、真诚的态度以及执着的写作方式都给人留下了深刻的印象。"他说真实和袒露，是理解你的小说的两个关键词。你认同这段评价吗？

周嘉宁：这两个词其实差不多就是一个意思，大概就是指小说中作者个人痕迹很重，代入感也很强，时刻都能感觉到作者本人的映射。当然李伟长是用了比较婉转的带有修饰的说法了。我挺认同的，谈论《荒芜城》的话，格外认同。

走　走：要是让我来概括你的小说特点，我会提到两点：内心描写细腻；情绪碎片散漫真实。

周嘉宁：你不觉得情绪碎片渐渐变少了吗……因为我的人格和作品挺统一的。我这一两年里，渐渐变成了一个不太有情绪碎片的人。

走　走：小说里喝酒的部分还是很多，喝酒后的女主人公出来的情绪比较"碎片"吧。你的创作好像大部分来自你的情感经历，有关性和情、活着、灵魂本身。你自己也说过："写作的时候不一定是在写自己，但是却一定是在写一个与自己有关的世界，哪怕这个世界成形于文字的时候，变成了一种你自己都没有想到的模样，变成了另一个时空里面的平行世界，但是其实你也能够分明地感受到，在那个平行世界里，有一个与你一样的人，她也在呼吸，你能够听到她呼吸的声音。"

周嘉宁：什么……这是我说的吗？

走　走：嗯……你现在还认同吗？是不是觉得自己不是分裂型人格？

周嘉宁：我的人格有种由内而外的统一，其实也挺无聊的。过去大部分的创作都是和自己有关，一大部分的原因是在完成一个自我认知的过程，这个过程直到现在才能说是做到差不多了。不断地试探边界，寻找可能的道路（找错，然后回头重找），我过去三年里的创作几乎都是这个过程的映射。现在我对自己没有那么大的好奇心了，挺高兴的，接下来的人生中，可以暂时把"自我"搁置一下，聊聊世界。

▶一些生活在幻觉里的人不会谈论国家情怀

走　走：比如？世界的什么？你以前说过，你对政治之类是不感兴趣

　　　　　　　　非写不可——20小说家访谈录

的。

周嘉宁：我不懂政治呀，也没有地域感，而且当你说"你对政治之类是不感兴趣的"时，我其实不太明白你所说的"政治"，或者大部分人所说的"政治"到底是指哪些事情。至于我所说的世界，我无法给出一个界限，或者进行分类，但是我可以举个小小的例子。比如当我们谈起"孤独"，我曾经对"孤独"本身很感兴趣，对人如何与孤独缠斗很感兴趣。但是现在或许我想要谈谈是什么导致了这种孤独，我希望孤独是与世界连接在一起的，而不仅仅是个人的情绪。

走　走：让我想起你一个人在街上长跑的画面……

周嘉宁：长跑可开心了，什么都不想。纯粹的身体运动。

走　走：2014年《收获》推出八〇后专号（第四、五两期以及长篇专号秋冬卷）后，我们编辑部有这么一个共同感受：年轻作家似乎只关心小我的世界，对社会性话题不太关注，往大点说就是对情怀没啥纠结的。作为文艺青年读物《鲤》的编辑部主任，你觉得你了解的八〇后作家是这样的吗？是什么原因造成的呢？

周嘉宁：这个事情说起来有点过于复杂了。我觉得细究原因基本可以写成论文了吧……我只能零散地讲一些。我身边认识的大部分八〇后作家都生活在大城市，而且出生就是在大城市，这部分人其实在中文写作这件事情上并不占优势。从小生活在上海，又是在互联网时代长大的，基本上不能算作生活在中国了……只能说是生活在一个……幻觉里。一些生活在幻觉里的人怎么谈论国家情怀呢？

▶ 把二维的人写成三维的

走　走：既然你打算探索世界了，我们聊聊想象力这个问题吧。我觉得你少女时代的小说很有想象力，比如有一个小说写鸟类从村子上空飞过，影子却留在地上，于是整个村子都布满了候鸟的影子，诸如此类。但是最近的这几部作品都如此贴着身体肌肤，贴着你的生活，那么现实主义。

周嘉宁：你说的是《女妖的眼睛》呀，完全想不起来自己写的是些什么了，也想不起来怎么会要写这样一个故事。我觉得空穴来风式的想象力挺没意思的，其实后来还写过一个自己很喜欢的叫《陶城里的武士四四》，写一个荒废的城市，堆满废铜烂铁，里面住着一群无所事事的年轻人。突然有一天政府说要把城市改成绿化城市，于是年轻人起来反抗，组成游击小分队什么的。那会儿我成天通宵打电脑枪战游戏，还写了很多关于巷战的文字。不过现在不会再这样写了，觉得也没什么，就是不想写那样的东西了，觉得胡编乱造也挺没劲的。不解决问题。

走　走：你要解决的是什么问题呢？

周嘉宁：各种各样呗。比如说我最近大概常常会说起女作家的困境。反正我过去的想象力是没有目的、没有方向的，失控的，是青春期的极度迷惘。

走　走：现在或者以后，你想要的想象力是怎样的？

周嘉宁：能把二维的人写成三维的。

走　走：有意思，你觉得三维的人是什么样的？《密林中》的那些主人公，他们是三维的吗？

周嘉宁：还不够三维啊，有些人还不够复杂，不够微妙，那些情节也好，细节也好，还不足以支撑他们。

走　走：嗯，我最近重新看了奥康纳的短篇，觉得那种精准的微妙确实还很难达到。

周嘉宁：你在看她哪本啊？

走　走：《上升的一切必将汇合》，最喜欢里面《久久的寒意》那篇。

周嘉宁：噢噢，我最近因为重翻《好人难寻》，所以仔细地看了……她实在是教科书式的写作啊。

走　走：作为译者，你好像是译完一个作家，讨厌一个作家……

周嘉宁：平时不太可能像做翻译那样去细读一个作家的作品……我肯定不讨厌奥康纳，但是翻译这本书确实引起了我对美国作家的一种厌烦……之前还刚刚翻译了罗恩·拉什的短篇集《炽焰燃烧》，你知道那些美国南部的作家，特别符合你 qq 签名的那句话——"有人看人作恶是恶人，有人看人作恶是迷途"。

走　走：这是我当下求之而不得的境界啊……

周嘉宁：这些作家就是对社会话题感兴趣。他们很多素材都是从社会新闻里来的。穷乡僻壤又特别容易出离奇的事情，放在他们的生活背景下，一切的恶行都显得自然。

▶男人天生连接世界，女人往往通过男人连接世界

走　走：嗯，关于"恶"这个问题，我下一次要和张悦然好好讨论讨论。说回来，你不觉得你的自我非常强悍吗？翻译的同时写作，写作的语言、节奏感却不受翻译的主观客观影响。

周嘉宁：我不会受影响的……我觉得翻译是一种机械活动呀，绝对不消耗意志，不像写作，写作才是真正的创作啊，各种惨。

走　走：我特别喜欢你发表在《收获》2014长篇专号（秋冬卷）上的《密林中》，阳阳输了爱情，也没能赢下什么；她创造不了什么，但是她愤怒，揣着一颗不肯媚俗的心，被现实撞得狗血喷头。某种文艺女青年颠沛流离活着的真实呈现，她们看不起这世界上已经存在的一切，但只能要么伪装，要么远离；她们觉得男作家们写出来的不怎么样，自己写的也像是流水账一样琐碎、不着调；年轻时还可以因为青春无敌翻个白眼不以为意，三十岁一过就再也得意不起来。这应该就是你上面说的"女作家的困境"吧？

周嘉宁：其实刚开始写的时候，我和一个台湾的编辑讨论，我说我想写一个写小说的失败者。他非常担忧地说，你怎么写呢，你自己成功了啊，你要写一个失败者的话，你会站在一种居高临下的角度去写的。我的第一反应是，他怎么会觉得我成功了啊！但是接下来我确实陷入了一种迷惑，我对于失败者到底抱有什么态度？是同情吗，还是感觉自己是她们中的一员？女作家的困境简单来说就是，男人天生连接世界，女人往往通过男人连接世界。我前段时间还在想，为什么女人写的性都那么难看呀，腻腻歪歪的。后来自己写《密林中》的时候，完全没有写性也有这个原因。

走　走：你知道吗？恰恰相反，我们很多编辑都觉得大部分中国男作

家不会写女人，不会写性……

周嘉宁：我觉得国内男作家我找不出什么好样本……但是我觉得男人的这个态度我喜欢啊……他们写不出你们编辑觉得好的性，是因为他们对于性这件事情根本不在乎啊。女人能够写得特别细致，是因为女人真的在乎性，在乎身体感受，在乎男人在性这件事情上的反应。女人可以通过写性，写出各种东西来。

走　走：那么你对于写作的失败者到底是怎样定义的呢？抱有什么态度？是同情，还是感觉自己是他们中的一员？

周嘉宁：写作的失败者，我觉得一部分人毫无才华可言，还有一部分人空有才华。但是抱有什么态度我现在真的说不好，正是因为这种不确定，导致《密林中》一定有一些至关重要的缺陷。我对阳阳这个主人公的态度游移了。第一稿的时候我毁灭了她作为写作者的所有希望，没有给予她任何出路，到了第二稿又心软了……如果我能够确定自己的态度，应该可以写得更准确的。

走　走：在《密林中》里，和阳阳形成对比的是成功者艺术家大澍，他觉得别人怎么看待自己都是扯淡，只有自己爽了才是真的爽。同样不想被这世界的无聊所束缚，为什么你笔下的文艺女青年们无法从生活中突围？

周嘉宁：世界对男人和女人的定义不一样。男人只要突围生活，女人要突围的不仅是生活。

走　走：你以前和我说，她们会被琐碎的生活击垮，可是我觉得很简单，找个阿姨就解决了……

周嘉宁：所以说，女人要突围的不仅是生活！但是还要突围什么我现在说不出来。

还有你说的简单，是建立在经济基础上的。你想，一个文艺女青年，还是个失败者，她请不起阿姨不是完了吗！那她如何变得有钱呢？

走　走：写软文写广告……

周嘉宁：你还是站在一个成功者的角度想问题的！缺乏各种女性成功者的样本……比如说很多人会觉得想成为村上春树这样的作家，有钱，有品，始终在诺奖名单上徘徊，但是没有哪个女作家那么令人羡慕吧！萨冈或许算是，但是写得太没劲了。写得有劲的，又仿佛活成了男人，也好像哪里不对……

▶ 我喜欢写保持了一点距离的日常生活

走　走：我喜欢你的小说，虽然概括起来很无趣——现实主义作品——它们从来不提供什么关于社会和人生出路的明确结论，但你描写的生活本身，因为真实，所以好过那些缺乏真情实感的技巧。

周嘉宁：我喜欢写与日常生活保持了一点距离的日常生活。因为我本身对生活没什么耐心，也不肯在生活上消耗时间。那一点距离还挺有意思的，就是这一点点距离让我脱离了地域性。我是随便在哪个大城市都能以常态生活下去的人，与外界的关联其实是降到了很低，这种低关联的生存状态肯定会对写作造成困难，但也有优势。我对外界的索求降低以后，人变得更专注。

走　走：你的小说中的女主人公，真的就像《荒芜城》这样一座城，她站在十字路口，看着人来人往，深深理解了这个时代特有的迷惘和存在。

周嘉宁：嗯。有时候看看我的朋友圈，我周围的大部分朋友都迷惘，但是亲戚们却都人生目标格外明确。这感觉真奇怪。我说的迷惘不仅仅是生活的，到了一个年龄段，生活的迷惘基本都被消灭了，剩下更高级的迷惘，更无法解决。所以也不会再去谈论。

走　走：我们主编程永新有次说，你的小说中要是能带点社会背景、时代变迁这样的宏大叙事元素，就可以从"小我"走向"大我"了（大意是这么说的），他补充说，现在很多年轻作者的缺点是没有"我"，而你的缺点是"我"太多了……

周嘉宁：对的，我也觉得。我现在对这些"我"也觉得挺烦的。接下来我会有一点变化。不过我觉得整体来说，我是在写这个时代——魔都——这个名字我真是特别喜欢，完全符合我对上海的理解，都是泡沫和幻觉的，让人不由自主想要与之保持一个适当的距离。

走　走：就最近这两部长篇而言，你写完后有什么遗憾吗？

周嘉宁：《荒芜城》我觉得是失败的，因为它是情绪的产物，是我在极度迷惘的情况下写出来的，只为了修复情绪的问题，像是一种宣泄或者求救，所以现在我都不太好意思看，所以也没什么遗憾，反正失败了。《密林中》有遗憾，但是因为还没出版，我或许还会再改一改。就像前面说的，一些人物依然是二维的，我应该再多花一些笔墨的。不过这些修改已经无法改变这个小说的全貌，就它的全貌而言，这个小说是我现在想要的样子。

走　走：《密林中》里你觉得哪些人物写得算是满意的？

周嘉宁：阳阳挺满意了，山丘也还行。大澍被我光辉化了……没有写出他的自私和"混蛋"，艺术家的自私和"混蛋"其实特别有意思，也挺值得写的。

走　走：程永新有次和我说，年轻的这批作家，大部分结构问题还没解决。你上一个长篇《荒芜城》，当时修改的主要也是结构，因为要跨越北京和上海两座城市，要在时间里拉来拉去，但最后它呈现出的样子，似乎仍然有些凌乱。我们可不可以把它归结为，因为生活本身就是这么凌乱？

周嘉宁：其实还蛮想听程老师具体聊聊结构问题的，写长篇我的经验有点弱，不像短篇是一种比较容易反复操练的东西。《荒芜城》写得乱一定还是因为技术不行，并且写的时候过于宣泄情绪。我其实喜欢老老实实地写，不在结构上耍花枪，所以《密林中》就按照正常时间顺序写了，没有在结构上做任何纠结。

走　走：有评论家说，从2012年开始，你的小说技巧和风格变得非常不一样了……

周嘉宁：差不多2011年开始陆续写了些短篇……当时就是喜欢海明威，又看了不少美国人的短篇小说，所以受到挺多影响，感觉找到了适合自己的东西。然后又在这个基础上反复琢磨来琢磨去，写了不少。我以前也写过很多，但多半是无意识的写作，我自己产生比较明确的写作意识，大概是2011年之后。

走　走：有意思，那么女性叙事风格的作者，喜欢那么男性叙事风格的作者……这些短篇后来出了集子《我是如何一步步毁掉我的生活的》，是吗？

周嘉宁：对的。说起来，我无法体会寻常女性所能体会到的生而为女性的快乐，与此同时，也无法以男人的方式思考。所以目前有点尴尬。

▶ 我喜欢聪明的作家

走　走：你集子里的这些短篇，《夜晚在你周围暗下来》《我是如何一步步毁掉我的生活的》《轻轻喘出一口气》《尽头》……有点像耶茨、卡佛、海明威的混合体，特别是对话部分。

周嘉宁：其实对话是我最弱的环节……我觉得那是一种适合我原本语言风格的写作，或许也适合我的人格。不仅是语言，各种多余的部分都想删除。我这次出小说集的时候，又翻看了几篇最早的小说，里面的对话太诡异了，感觉就是两个人在用书面语讲话。但是我又无法接受日常对话，特别口语化的东西出现在我小说里会有违和感。所以很尴尬。我现在有时候会参考一些微信的聊天记录，找到一个折中的方式。既不"口语"，也至少不会"书面语"到做作的地步。

走　走："海明威的短篇，库切的长篇，这是两个标杆，虽然很难达到，但至少要靠近。"据说这是你近两年发展出的判断标准，到了《密林中》，还加了一个奈保尔。这几个作家好在哪里呢？叙述节制、观察精准、情绪冷漠？

周嘉宁：奈保尔其实没好好看，只是写在小说里了而已……海明威对我来说像是启蒙老师，他教会我一种方法，让我学会使用一种语言工具，而且对我来说真的还挺好用的。库切……太聪明了……我喜欢聪明的作家，跟着他进入小说，直到在思维上跟不上，这个过程很爽。

▶ 距离才是最妥当的

走　走：你的短篇，很多都涉及人的心与心之间距离的遥远，它们甚至比长篇更用力，更让人内心疼痛，比如《幻觉》，失恋的女孩离开自己的城市，寄住在陌生城市里并不熟悉的男人家中。她希望以性的方式从男人那里获得安慰，暂时忘却痛苦。但孤独的男人因为长期独居，也因为年龄渐长，丧失了身体的功能，他希望从女孩那里得到的，却是心灵的陪伴与慰藉。

周嘉宁：我的这几个短篇的写作，还处于那样一个人生阶段，我渴望人和人的无限贴近，我一定要消除距离，因此导致了很多愚蠢的痛苦。现在不再那么想了，我根本不是一个能处理好近距离关系的人，距离才是最妥当的。对自我认知的完整真的可以避免人生消耗在无意义的事情上。

走　走：豆瓣上有一篇关于这个小说集的评论我特别喜欢，那个读者说，"事实上，我相信任何人的生活凑近了看，都是一场灾难。我们都只是在'一步一步地毁掉自己的生活'，因为我们最初对于生活的想象是完整的、平滑的、闪闪发光的"。

周嘉宁：嗯，这句话我也印象深刻。其实最初起这个名字，并不是一种消极的意思。所谓毁掉生活，是指我们并没有选择一条相对来说更好走的道路，现成的或者既定的道路。而是近乎故意，又出于本能地选择了更困难的路。因此在一部分人看来，所有的困难、麻烦、痛苦都是自找的。

走　走：这让我想起我很喜欢的英国作家毛姆的《刀锋》，他在那部作品里引用了一句出自《奥义书》的格言：一把刀的锋刃很不容易越过；

因此智者说的救之道是困难的。

周嘉宁：说起毛姆，我很喜欢《刀锋》，也喜欢《月亮与六便士》，但是我前几天重新看了他的短篇集，差点想不起来我对他长篇小说的爱。因为那些短篇写得真的很刻薄，又小心眼，又小聪明。尽管有很多人说，刻薄是一个作家写作的好品质，尤其对于女作家来说，但是我真的很难认同这个。

走　走：那你个人觉得，你自己的写作，想达到的好品质是什么？

周嘉宁：坦荡、聪明、有意义。

走　走：除了是个写作者、译者，你和张悦然还一起编了本文学杂志《鲤》，有一期你们做的是《暧昧》，而你笔下的主人公，对工作对感情，态度也大都暧昧，这其实和当下这个追求效率、速度的明确的世界，是很不一样的。而且你笔下的暧昧，不是男人女人互相游戏心照不宣的那种低层次暧昧，而是一种非常抽离、无所谓的"钝"。

周嘉宁：其实总结起来，都是距离造成的。一旦与外部保持距离以后，一切的"钝"就很自然地存在了。我之后小说里的暧昧，其实就是不需要，不需要感情，也不投入感情。

▶我想通过小说来讨论问题

走　走：你有次访谈时说："以前是表达自我，寻求精神的平衡和情感上的需要，现在的写作是表达观念，但已经没有情感上的需要。"《荒芜城》和《密林中》分别表达了什么观念？作为你的编辑，我不是很认同你自己上面的那段表达。

周嘉宁：《荒芜城》没有表达任何观念……是单纯的感情需要。但是关于《密林中》这部小说，我的出发点确实是谈论才华和成功的问题，不一定是表达观念，是想通过小说来讨论问题，里面不同的人物像是代表了我对成功的不同看法。

走　走：可能我不太认同的是你对情感决绝的撇清……

周嘉宁：我这句话一定是在写完《密林中》以后说的……倒不是决绝地撇清，我觉得没有那种强烈的需要了，因此可以客观地面对情感，我觉得挺好的！人和人之间的关系是很有趣的，情感的层次也很多，强烈的情感会蒙蔽这些东西。

走　走：你下一个长篇会以什么情绪或者状态为主题呢？《荒芜城》写的是无聊，《密林中》是焦虑。

周嘉宁：下一个长篇会写一个外省青年。很难说情绪或者状态怎么样。我打算先写几个短篇练习一下，长篇还得再好好想想。

走　走：练习什么？语言、状态还是人物？

周嘉宁：人物……我不是一直关注"我"吗，所以我其实没怎么好好写过"他"。

▶写作的人应该都是在一个焦虑的循环过程中

走　走：谈谈你写小说时的焦虑感吧，这既是《密林中》一个很重要的主题，也是你一直做翻译的一个动机：可以获得内心平静。

周嘉宁：有过非常焦虑的时候，大概就是从写《密林中》前开始，贯穿整个《密林中》的写作。因为心怀希望，感觉自己能写出点什么，又很怕最后写出来的小说很糟，不想成为失败者，也不想受困于才华。写作的人应该都是在这样一个焦虑的循环过程中。我现在一天无法写很多字，多的时候一千多，少的时候几百，还会反复删除，这样的过程听着就挺煎熬的。所以翻译帮我很好地维持了日常的状态，让日常生活不至于坍塌。否则最怕的就是天暗下去的时候，感觉一天累得要死，却一事无成。

走　走：你觉得别人从你的小说里抬起头来的时候，他们会怎样？会用一种新的眼光看这个现实世界吗？

周嘉宁：我觉得如果是那些和我相近世界观的人，看了我的小说，可能会觉得我戳中他们的心思。另外还有一些人，应对世界的方法非常积极，他们应该会觉得我写得很糟……看完以后想骂我。不会有新的眼光产生，因为能感受到那些事实的人，原本就可以感受到。而且我不觉得那是一种悲观、沮丧，那就是世界存在的常态之一。

走　走：你这回答让我想到你有一次开玩笑说，喜欢你小说的人要么是女孩子，要么是GAY，不太会是直男(给你写评论赞美你的那些直男例外，他们是专业读者)。我后来仔细想过这个问题，我觉得女孩子和GAY相对直男来说可能比较细腻。他们喜欢你的小说，不是为了看到一个故事，是为了看到一种生活状态。比如恍惚、焦虑、无所事事……和你遭遇过相同情绪、状态的人，去读它们会有很大的共鸣。我觉得很多年前你对自己的定义非常精准："可以说就编故事而言我是失败的，但是我觉得就讲故事而言我是成功的。"

周嘉宁：我觉得讲故事我讲得也不够好，我从小不是一个有耐心把故事讲得津津有味的人，我每次都想用最简单的办法快点把故事讲完。我对故事的态度一直不够好，不过我最近听了些我觉得好的故事，我会想想作为一个没有耐心的人，怎么样把那些故事讲好。

▶ 我希望我的语言简单、准确

走　走：很多评论家对你的小说语言印象很深，吴亮老师翻了翻你最新那本集子《我是如何一步步毁掉我的生活的》，墨镜也没摘就说你的语言"真冷"。你向来执着于小说的语言，以致"'故事'可以退居其次，只要保住'事件'这一底线"。珍妮特·温特森的《写在身体上》是你翻译的，译后记里你写，"温特森说得没错，'我爱的是语言，叙事只是附带而已'"。那么你喜欢的语言是怎样的？

周嘉宁：我喜欢比我现在的语言更准确的语言；不喜欢金句，不喜欢比喻、修饰。其实温特森的语言就是我不喜欢的一种语言……太复杂，太多意象，太像诗歌。我偏向于朴素的、冷静的语言。所以或许会喜欢英语小说，多过法语小说或者日本小说……英文仿佛更容易做到简单。

走　走：你以前说过，你对语言的追求是一种技术性的东西，"因为我在意造句，用词，词的搭配，句子的排列，分段，甚至在面对电脑屏幕打字的时候我注意着整篇文章的句子在形状上的排列"。语言如果有技术可言，怎么培训这种技术？

周嘉宁：写短篇小说，并且不断地修改。其他好像没什么了，再多的阅读也无法解决自己的语言问题。

▶记忆力差也算是写作致命伤之一

走　走：在我认识的作家中，你是罕见的喜欢运动的人，跑步练瑜伽打羽毛球，前不久还跑了"半马"，这个是不是受了村上春树的影响，觉得写小说特别考验耐力，所以先要从体能上提高？

周嘉宁：没有，没想那么多。大概就是对无聊的事情的忍受能力变得非常强大（这应该是写小说和翻译锻炼出来的），而且也没有其他兴趣爱好。跑步是非常无聊的事情，但是身体的消耗能带来情绪的平静。而且我有一种与自己竞争似的好胜心，很想探索自己忍耐力的界限，或者体力的界限。

走　走：我发现你的几个长篇从初稿到终稿改动特别大。你写小说的过程是怎样的？

周嘉宁：是这样的，我心里发酵再久，还是必须写一稿，只有在写完很烂很糟糕的第一稿之后我才能真的理清思路。所以看起来我总是在修改，但其实只能说，我的提纲打得比较完整。

走　走：生活中的你不能算是一个慢性子吧？但你的小说，这么多年过去，仍然有一种缓慢的调子，你在写作时是否有意识地对此进行控制？

周嘉宁：生活里非常急躁，我大概把所有的耐心都用到了写作上，导致我在其他方面随时都会失去耐心。没有做过控制，但是我的语言决定了一切，这种语言没法写出急躁的东西来。

走　走：为什么我觉得你的小说总有一种追忆往事的姿态……

周嘉宁：因为每件事情都酝酿太久，就变成往事。其实原因还是前面说到的，有太多"我"，太多"我"的话往往会酿成这样的后果。其实我记忆力很差的，记忆力差也算是写作致命伤之一了。

走　走：不会啊，我一直觉得，所有记忆都是虚构。

周嘉宁：我说的致命伤是指，学习效率会不高……比如说你吧，你常常能够在和人说小说的时候把情节复述出来，我绝对不行！我真的是因为记不清了！有时候别人问我为什么喜欢某个作家，我想举个例子的，但是其实我忘记了……

走　走：那是因为我从小喜欢给别人讲故事，练出来了……你从当年"新概念"比赛少年成名到现在，这么多年，你的写作在往上走，但少年气却是一脉相承的。对，是一种少年气，而不是少女气。

周嘉宁：我希望自己能够保持少年气，但是其实我不知道之后会变成怎么样。我认同现在的自己，我不知道没有少年气的自己会不会特别讨厌，但是我也不知道，以后变成一个少年气的中年女性是不是也一样很讨厌。

走　走：最后一个问题，我们来谈谈初心。你最开始写小说，是基于一个什么理由啊？

周嘉宁：最开始是出于纯粹的简单的爱，甚至是出于快乐。哈哈。但是这个想法肯定变了，写小说这件事情让我丧失了在日常生活中获得幸福的可能性，但是它的回馈更多。

　　　　　　　　　　　　非写不可——20小说家访谈录

郑 小 驴
Zheng Xiaolü

1986年生，驴友，长跑爱好者。著有小说集《1921年的童谣》《痒》《少儿不宜》，长篇小说《西洲曲》，随笔集《你知道的太多了》。作品见于《收获》《人民文学》《十月》《花城》《山花》等刊物，被《中篇小说选刊》《小说选刊》《小说月报》《新华文摘》等选载，入选多种年度权威选本。获"紫金·人民文学之星"奖、湖南青年文学奖、"华语文学传媒大奖"年度最具潜力新人奖提名等奖项。现就读于中国人民大学首届创造性写作研究生班。

在啃光的桃核上再用力咬一口

▶ 历史之"重"不应该被刻意"轻"化

走　走：你的小说与历史羁绊很深，涉及抗战、"土改"、反右、"文革"、计划生育……这些历史元素是什么时候、因为什么契机，开始影响你的人生观的？因为在我看来，个人对"历史"的建构只能出于服务自己的现实需要，而很多八〇后的写作者，活在当下，活在"历史"之外，没有你这样的历史感。

郑小驴：我理解你说的活在"历史"之外，其实是我们这代人对历史的一种回避，倘若我不写作，我对那些沉重的话题也没有半分好感和兴趣。时代在飞速变化，那些看上去很重大的东西，也不过是在时代的万花筒里浅浅一现就烟消云散了。时代之"快"抵消了历史之"慢"。在这个飞速发展的时代，很多东西是无法总结的，因为在总结的时候，新的东西又很快覆盖过来。唯有放下包袱拼命跑，才能不被主流所抛弃。这就是阎连科老师前些日子说，面对社会现实的时候找不到八〇后的声音的原因所在。再倒过去回顾当年那些沉重的主题，其实是一种吃力不讨好的写作策略。

走　走：我觉得未必是回避，不是每个写作者都能明明白白体察到历史对现时的影响。这里还有一个叙述的野心。

郑小驴：这种体察，也可以说是历史对现实的"投射"。至少回顾我自己的家族史，和阅读相关书籍时，我会体验到历史的悲凉和沉重。很多人不会知道历史对现时的影响，但你作为一个写作者应该知道。这是你起码的职业良心，是你道德的底线。苏轼说过，人生识字忧患始。当你知道的东西越多，历史和他所处的时代带给自身的痛苦感也就越强。在一个有着沉重历史包袱的国家，历史之"重"不应该被刻意"轻"化。作为写作者体验这种痛苦并将其准确表达出来，不仅仅是叙述的野心，也是其职责所在。

▶历史这束光一定要打在人物身上，才能形成阴影

走　走：我在《南方周末》上看到过你的"故乡苍穹下"专栏，写你的祖母在三年困难时期，用冬瓜救济过奄奄一息的邻居；写她在1951年春，身怀六甲，膝下还有一个嗷嗷待哺的婴儿，"她在刑场目送了年轻的丈夫人生最后一段路程。清脆的枪声过后，一道影子栽倒于地，背上绑着的木板上面写着'地主恶霸田某某'的字样。……不久，她两个哥哥也被五花大绑，以同样的方式押往了刑场"。祖母留下的诗歌藏在一只高筒雨靴里，被你读到。是不是这样的家族往事让你很早就意识到记忆、苦难与文学的关系？

郑小驴：我觉得真正有力量的东西会贯穿你的灵魂，融入你的血液中，所谓大悲无泪。我从未见过祖母，在我出生前十二年，她就已经去世。家人平时也很少言及她。但我后来偶然知道她的这些生平事迹的时候，仿佛我和祖母之间的精神一下子贯通了。如果不是因为这样那样的政治运动，

也许这个家族的命运就完全不同。但是我的家族的不幸，和当时千万个不幸的家庭来比又算得了什么？还有更多悲惨的故事，它们已经失去了言说的可能性，落入历史的尘埃中。我好几次读杨显惠先生的文字流了泪。我们重返现场，打捞历史的记忆，面对一大堆让你无语凝噎的资料时，要做的可能并不是站起来批评、谴责、控诉，而是保持冷静、悲悯，因为只需客观呈现，就有足够分量说明问题了。

走 走：正好刚才我还在和双雪涛聊他的新小说，也是涉及"文革"，我就觉得，历史这束光一定要打在人物身上，才能形成阴影。

郑小驴：对，我很喜欢你说的这句话。其实换一种说法，就是历史必须要聚焦于当时具体的历史人物身上，历史的画面感才会清晰可辨。对于没有经历过那个年代的人，要写他出生前的事，其实是需要承担风险的。因为历史之光很难对准那个具体的人，很难看清他的轮廓和模样，我们都在说"文革"之恶，控诉远多于忏悔，因为这东西已经达成了共识，控诉容易博得同情和眼泪，而忏悔意味着需要付出代价。这就会造就人人都是受害者的假象。作家需要逃离这种假象，要从众多的控诉声中分辨出其中微弱的忏悔声。

走 走：我自己也关心历史，但就像你说的，我们都不是历史的亲历者，"我的那些历史观，很多源于后来重新获知的历史真相"。可以这么说，你的大部分中短篇小说，是你对自己历史认知的第一次"祛魅"，但对这所谓的真相的展现，会不会本身也是一种矫枉过正？就是，我对这种历史真相，本身也不信任。我可能苛刻了一点，我觉得你把历史之谜处理成了个人传奇，比如《秋天的杀戮》，枪支走火造成的误杀事件从游击队时期一直拉扯到"文革"再翻旧账，最终却还是如先锋一代，落进神秘主义氛围下个人欲望的窠白里。

郑小驴：像《秋天的杀戮》我觉得里面的历史背景只是小说里的面纱，和我们前面说的那些完全不同。那时我刚开始写作，迷恋先锋派的技法，需要借用历史来和现实拉开一段距离，需要一个能尽情虚构的空间，于是我设置了1942年这个时间点。所以这里的"历史"并不等同真正的"历史"。所有的历史其实都是当代史，要彻底还原当初的现场是不可能的事，好比侦破一桩凶杀案，我们只能从在场的证人、物证、凶手入手，却无法唤醒被害者，问出个所以然来。我也看过你写的一些文字，涉及人物、史料、史实时，只能在这些二手资料中"祛魅"，这里得出的真相，也许只是我们自己的立场和观点。

走　走：写作者摹写的不是历史，而是对历史的观念，是这个意思吗？

郑小驴：是这意思。历史是由无数个细节、瞬间和人构成的，它有具体的所指，就像你说的历史之光必须打在具体的人物或事物身上，才能形成阴影。就像摄影，必须聚焦于某个点，否则就很容易脱焦。很多时候我们都活在历史的观念里，或者一些已成定论的假象里，比如"书上都这么写的""电视里就是这么说的"，自己却没走出这个洞穴，观察外面不一样的事实。这些年，我自己也在历史观念的误区里徘徊，我在怀疑那些定论，又没有付诸实际的勇气，最后也就成了仅仅在洞穴前徘徊的人。

历史和现实两者彼此纠缠，有时甚至充满黑色幽默。历史告诉我们，在专制和自由之间，我想没有人选择专制；在独裁与民主之间，没人希望生活在独裁者的阴影下；在战争与和平面前，相信理性的人都会选择后者。但是问题在于这些人在现实面前往往却做出了有悖于内心的选择。我们总是选了一条自己不愿意走但现实中又被迫去走的道路。历史和现实构成了一个悲哀的死循环。

▶ 孩子的童稚、天真和时代之"重"形成反差

走　走：我很喜欢《没伞的孩子跑得快》这篇小说，涉及很多大的话题，比如年轻的叔叔作为知识分子的代表，为民众振臂高呼牺牲了生命，民众却因为他的暴死拒绝他进入祖坟；女孩对叔叔的世界充满向往，却没有行动的能力，险些被人诱拐；女孩常去的黑老太的零食店又牵扯出黑老太自身经历过的更久远的历史……为什么会选择从一个小女孩的视角去触碰一个时代的禁忌？事实上，你很多篇与历史有关的小说都会选择一个孩子的视角，这样处理有一个便捷之处，就是人物因此不需要具备反思历史时所要求的思考的高度，而是只需要呈现出局部。

郑小驴：采用孩子的视角，的确给叙事带来便捷，但绝不是回避某些东西。宿离的童稚、天真刚好和时代之"重"形成反差。采用孩子的视角，其实也是很多电影的叙述策略，《穿条纹睡衣的男孩》就是一个成功的范例。在成年人眼中犯忌的雷区，在孩子纯真的目光和懵懂的追问下，反而会与成年人彼此心照不宣的"沉默"形成艺术的张力，达到反讽的效果。比方宿离问黑老太古币为什么在今天不能使用、她的儿子为什么会饿死等问题，换成大人去问就会大打折扣。我并不觉得这样的小说换成大人的视角，就能提高思考的高度，面对这样的题材，作家所要做的，其实是站在作品的背后，让读者主动去思考。福楼拜说，小说家是努力消失在自己作品之后的人。其实你说的那些阅读感受，正是我在小说中想要表达的。如果不是借用孩童的视角，这种力量反而传达不出来。借用孩童的视角还有一个重要的原因，我和宿离在小说中属于同一代人。

　　　　　　　　　　　　　　　　　非写不可——20小说家访谈录

走　走：有没有读者和你互动反馈过，看完你的这个小说，他们是否有所思考？

郑小驴：金理好像也很喜欢这篇小说。"比如说小驴的近作《没伞的孩子跑得快》，小说碰触的是当代中国的话语禁忌，小驴之所以不想让这一历史事件因为被赋予禁忌色彩而成为一代人的'意义黑洞'，可能是觉得'八〇后'尽管并不是直接当事者，但是这一事件的历史记忆和情感态度所遗留的症结其实很难彻底消除。我们这一代人对于自我主体的想象，甚或今天依然身陷其中的价值困境，未必不和当初相关，尽管当年只是不涉世的旁观者。在当下世俗社会与日渐激烈的全球化进程中，我们不仅在精神世界中与过往有生机、有意义的价值世界割裂，而且在现实世界中也与各种公共生活和文化社群割裂，在外部一个以利益为核心的市场世界面前被暴露为孤零零的原子个人。当下青年人创作中一再出现的上述单薄、狭隘、没有回旋空间的个人形象，与当年知识分子广场意识与启蒙精神膨胀到极点的溃败后，再无法凝聚起批判能量，未必没有关联。通过《没伞的孩子跑得快》，我终于看到青年作家直视历史暗角、梳理重大历史事件在自己身上的烙印。"这是金理的分析。

走　走："都是以前的钱了，放在家里还能干吗！"所以小孩子偷去换话梅吃，你为什么要设置这样的情节？

郑小驴：权力左右着资本，权力一旦失去，所有的秩序都会打乱重新组建，资本也随即发生改变。换了朝代货币就变成一堆废纸。放开点讲，不仅是货币，连律法、社会风貌、教育、人格、精神等，都会发生巨大变化。但恰恰这些东西，在几岁的小孩眼里都是不存在的，所以她才会天真地用失去了交换和流通价值的钱币去购买话梅。

走　走：小女孩崇拜的小叔叔是村里唯一去北京上大学的大学生，当年高考全县第一名，所以我的解读是，想追随对知识分子崇拜的道路，却步履维艰，铩羽而归。

郑小驴："战争时代我们流尽最后一滴血，和平年代我们寸步难行。"这是电影《颐和园》的台词。小叔白白牺牲，和鲁迅的《药》里的悲哀是一样的。

▶ 物质困境是精神困境的基础

走　走：《七月流血事件》在我看来是很令人绝望的一篇。专科学校毕业，没家境没背景的小曾，只能做个推销员，底薪刚够付房租勉强吃饭。在这种情况下电动车被交警查扣就成了生活中一件特别大的事情，为了弄出车不得不将借来打算交房租的钱买了烟酒，拜托人走后门。在如卡夫卡《城堡》般的手续面前，感觉自己即将被碾压成齑粉的他再次偶遇骗了他烟酒钱的骗子，于是拔出了刀子。小说里出现的所有情节都是硬邦邦的暴力，我觉得你非常冷峻地推演出了整个年轻一代在残酷的物质现实面前撞得粉身碎骨的过程。"他感到一股巨大的压力排山倒海一般朝他袭来，要将他挤成齑粉。那一刻，他又看到了黑色，那么纯粹，那么深沉，没有一丝的杂质。"综观你的大部分小说，都集中笔墨于物质生活困境，非常"务实"，探讨精神生活困境的"务虚"作品大概只有《可悲的第一人称》这样为数不多的几篇。你一直在各种文学杂志社当编辑，从事的是形而上的工作，为什么能如此切身感受到新底层的戾气？

郑小驴：我很多小说主人公都游离于"务虚"和"务实"的痛苦中，在两者间不停摆渡。《七月流血事件》可能是最务实的一篇小说，写的时候，我能感受到生活在这块土地上的燥热和不安。那时我租住在一个破旧的小区，身边有许许多多像主人公小曾那样的年轻人，有做销售的，有跑业务的，也有长时间待业的，我和他们成了朋友，一起打球，一起喝酒，后来还成立了一个篮球俱乐部，有的现在还保持着联系，称得上是哥们。我能感受到这个时代给他们带来的无产、无望、无为的绝望与迷惘（其实我又何尝不和他们一样）。这些生活在底层的年轻人没有太多的出路，也没太多的自主意识，受到时代残酷挤榨的时候，他们能做出的反抗必然滋生戾气。我觉得物质困境是精神困境的基础吧，就像我同事赵瑜说的，理想生活和现实生活的差距永远缺五百万。

▶ 阅读那些伤害我们和捅我们一刀的书

走　走：你曾说过，你的很多小说都在面对这样一个问题：改革开放后长大的一代人，今天怎么办？这个问题你现在有答案了吗？

郑小驴：没有答案。我曾经以为，我的生活和工作安定下来后，会有答案。我一次次否定了自己。你看过塔可夫斯基的电影吗？他说过，一个艺术家从来不可能在一个理想中的完美环境下生活，除非有某种苦难在纠缠着他的心灵，否则他将毫无灵感。艺术家的存在就是因为这个世界的不完美，一旦世界完美无缺，艺术将变得毫无意义。

走　走：十八岁上大学之前，你一直在乡村生活，所以你的写作基本可以分为两大类：基于乡村经验的，如《鬼节》《少年与蛇》《等待掘井人》；基于城市经验的，如《和九月说再见》《赞美诗》。这样的生活经验给你的小说带来不一样的视角，你可以在两种经验中观察、对比，并在这之间的来来回回中拉出张力。但是乡村如今正被城市同化，你是否担心你笔下的乡村，也许跟真实的乡村已经没有关系，它成为虚构出的湖湘民俗文化载体，带着题材的稀缺性，承担猎奇的眼光？

郑小驴：坦白说，我挺烦那种动不动把"乡愁"挂在嘴边的人。文字里也挺烦"乡愁"二字的。某种意义上说，第三次工业革命以后，乡愁就不复存在了。就像我回到故乡，除了童年的一些记忆在此能得以归位，真正的故乡已经死去。甚至它已经变得不宜怀旧。其实在第二次工业革命的时候，沈从文、鲁迅他们笔下的故乡也已经死去。我也很烦那种故意表现民俗猎奇的东西，全世界都在商业化，再用民俗文化载体承担猎奇的眼光有矫揉造作之嫌。《鬼节》虽然表现了湘西南民俗风情，但那只是我借用的一个载体，我原意并不在此。乡村秩序和伦理道德暴露出的问题，比城市的问题要严重得多。那种还在发出旧文人似的感怀的人，是真正不了解乡村的人。

走　走：所以《鬼节》的原意是什么呢？纪念那些因计划生育而夭折的婴儿的亡灵？我看上次加拿大记者提的采访问题，是把这个故事作为一个很好读的农村全球性系列之一，觉得你强调了农村生活的魔幻和苦难（尤其是女性的代表母亲），其实还是有猎奇的解读角度。

郑小驴：就怕他们把这个当猎奇小说来读。他们很多人是把中国小说当社会学文本来解读的，试图通过小说家来了解中国当前的现实，对于小说的艺术性则漠不关心。其实我觉得残雪老师说得对，这个小说体现出来的是"黑沉沉的力量"。《鬼节》并不是仅仅提供一个猎奇的视角，里面有人道主义的精神，因为那天人和亡灵之间是可以生死相通的。

走　走：阅读你的小说，即使是写乡村生活的，我也总是有种感觉，这个作者很焦虑，有一种莫名的恐惧，像《少儿不宜》里对蛇的恐惧，像《蚁王》一开始引用的《马太福音》，"那杀身体不能杀灵魂的，不要怕他们"。小说结尾，犹豫的善被纯粹的恶杀戮。这种焦虑和恐惧其实是非常道德化的，因为它们之所以产生，是由于小说营造出的世界缺失了人和人某种光明的伦理关系……

郑小驴：真正的艺术也许都是令人不安的，至少我喜欢的比如陀思妥耶夫斯基、加缪、三岛由纪夫等作家的作品都给我带来过不安。小说应不应该承担道德的职责和功能，给读者指明方向，带来光明？我想这是一个值得讨论的话题。卡夫卡说，我们应该阅读那些伤害我们和捅我们一刀的书。纳博科夫的《洛丽塔》问世的时候，就有过类似的道德伦理关系的讨论，有人指责这是一本伤风败俗之书，建议查禁。我的这些小说，呈现出的焦虑与痛苦，并不是特意的艺术渲染和强化，而是对现实世界真实的反馈。

▶ 我小说的主人公都活在时代的夹缝之中

走　走：我读你的第一篇小说应该是《蚁王》，那也是我最喜欢的一篇。小马的道上大哥的独苗被残酷虐杀，小马无意中发现了杀人者，那也是一个小孩。"小孩被他的突然而至吓了一跳。他颤抖的眼神，让他想起当年在街头被人劈砍时的自己。……小孩畏惧地望着他。"于是小马"想着让那小杂种走算逑。越快越好，他再也不想看见他"。小说中有这样一个细节，小孩等着小马的惩罚时，一只黑蚁的蚁王爬上小孩的手臂，"小孩伸手将那只蚁王捏住，只见嘴角动了动，轻轻一搓，蚁王顿时化为了黑粉。接着他又低着头，做错了事等着挨罚似的"。然而小马没看见这一幕。于是在他转过头去后，"当他感觉脑后有风时，尖锐的疼痛也紧随而来了。不用猜他也知道那小杂种在干吗。小马一下一下地忍受着钝击带来的创痛。栽倒在地的时候，他看到一道歪斜的身影，手中正握着一块滴血的石头。一个略有些稚气的声音在上面说，'老子还未满十四岁，杀人不犯法。'小马想笑，却怎么也动不了，他的眼前漆黑一片"。

我不知道你是否看过列维纳斯的书，他提出"他者"的伦理哲学观："看到脸庞就是听到：汝不可杀人。"小马看见"他者"——小孩的脸庞，于是就对这样一个外表弱势的"他者"产生了伦理责任，他也因此下不了手继而送了命。从这个意义上说，你对人和人的关系的想象是相当消极的。为什么你会让更年轻的——孩子——对他人的脸庞视而不见，漠视自己身上应有的人性本质？为什么你要赋予更年轻的一代如此黑暗的未来？

郑小驴：列维纳斯的书我没有看过，不过他提出的"他者"的哲学伦理观和我在小说中引用的《马太福音》里的"那杀身体不能杀灵魂的，不要怕他们"是有共同之处的。小马不过是想惩戒一下小孩，来平复他内心涌动的愧疚和不安。他并没有要杀小孩的念头。在这里，他是受伦理责任的约束的，因为他生活在一个一切都讲究秩序和规则的成年世界。而小孩要自立，必须得先打破这种规则，他是藐视一切法则的。所以我觉得，让小孩来干这事，是很符合他这个年龄段特征的。一个男孩反抗世界，首先是从反抗大人开始的。所以他杀小马，并无突兀之处。因为他尊奉的处世哲学，是尚未"入世"的哲学。谁要欺负他，他必反抗，甚至杀戮。而成年世界里的小马，思想则复杂得多。一方面他为黑疤的死心里有些忐忑不安，另一方面黑疤唯一儿子的意外死亡，更是让他产生了深深的自责和忏悔心理。小马身上既有善的东西，也有恶的东西，他是集善恶于一体的人，是活生生的人。

走　走：你笔下的很多人物都是处于青春期的少年，他们看起来全都怒气冲冲。和你同龄的许多八〇后写作者，文本气质相对温和、宁静，甚至有一种死水微澜的沉沉暮气。你的人物这种被压抑因而总想爆发，总想像刀子一样把自己扎出去的劲儿来自什么？

郑小驴：痛的时候，人会不由自主地发出呻吟，会反抗。因为痛和这些有一种直接对应的关系。像刀子一样扎自己，正是源于主人公和周遭的紧张对立关系。我的小说中，主人公们都是一群现实中灰头土脸的失败者，在社会规则面前碰了一鼻子灰的人，他们活在时代的夹缝之中，唯一能伤害的人就是自身。刀子扎得越深，意味着越痛，他们反抗的力度也越大。我喜欢有力量的文字，因为这意味着和现实短兵相接，带着点血腥味儿，但绝对很真实。

走　走：计划生育这个问题落到一个乡村家庭的实处，确实会带来天翻地覆的变化。这一经历是不是构成了你个人的创伤性体验，导致你的长篇小说《西洲曲》完全直面这一问题？

郑小驴：是的，这个小说很多经验其实直接源于我少时的所见所闻，那些给我带来过创伤性的体验。我记得无数个不安的黑夜，被狗吠吵醒，那是计生组的人来了。当时城市里可能文明点，而且有工作单位等限制着，在农村完全是另一种状况。

走　走：我觉得你所有与计划生育主题相关的小说都可视为创伤小说，原因之一是受到困扰、折磨的是失去孩子的那些亲人，而不是那些强制结扎、流产的执行者。像《鬼节》中，必须面对鬼魂、亡灵不满的是"窝藏"超生大姐的母亲（大姐后来因动了胎气，早产了一个死婴），而逼自己六个月身孕的大儿媳妇去流产并最终导致她因引产而死在医院的八伯却不需要承担面对鬼魂的罪恶感。这样处理是出于怎样的考虑?

郑小驴：我们是鲜有忏悔文化的。儒家思想里的忏悔，也不是表面上的，而是隐藏于内心深处的"羞耻"和"不安"，这个东西，即便他有忏悔的心理，也不会与任何人分享，表现得更为内敛和克制。《鬼节》里采用的主要是受害者一方的视角，意在表现这项政策给人性带来的戕害和创伤，小说中母亲一家对八伯的警戒、冷漠，其实可以理解为受害者的症候反映，母亲最后嫁给他，可以视为借助强者来保护这个家庭，有斯德哥尔摩综合征的心理特征。八伯虽然着墨不多，他同样有自己的苦恼，因为他是执行者，儿子憎恨他，周边人蔑视他，只不过他的痛苦表现得更内敛些。

▶作家负责提出疑问，不负责指出方向

走　走：你小说中的人物，往往有一个从失望到绝望的过程，但希望的成分不多。我觉得他们是对既有的秩序不满，但另一方面，并不知道自己追求和需要的是什么。像《少儿不宜》中的堂哥，大学毕业却在城市里找不到工作，被逼跳楼后只能瘫坐轮椅。在这样的现实面前，小说主人公游离也只能继续无所事事。为什么你不选择去指出一个努力的方向?

郑小驴：我觉得这符合生活的逻辑，在日常生活中，我们也不清楚未来的路到底怎么走，都是在摸着石头过河，对于普通人来说更是如此。作家不是道德家，也不是人生规划师，他负责提出疑问，但不负责指出方向。我不喜欢虚假的温情，因为一个温暖的结尾，需要作家在现实面前撒谎、妥协，他为了一个看似光明的前景，向读者强颜欢笑，告诉他们去相信也

许并不存在的光明。当然这个世界一定存在温暖，这是客观的事实，未来也许我也会成为那样的写作者，但现在不会。我希望我的写作能呈现一部分事实，不赞美、不粉饰，也不刻意夸大人性之恶。我希望坚持一种怀疑的立场。

走　走：你的回答让我想起瓦尔特·本雅明的话，小说所要代表的人物，是"生活着的怀有深刻不确定性的人"。在你这里，文学不是逃离现实的手段，它是理解现实的手段，但却不是和现实拉开距离的手段。那么你喜欢自己所处的这个时代吗？

郑小驴：说实话，关于这个时代我并不大喜欢。我时刻想着逃离，但是又不知道该何去何从。有时和朋友开玩笑，我是一个从不写诗的诗人。在复杂的现实生活中，我和它保持着一种紧张对立的关系，有时诅咒着自己，心里向往着美好，身却驶往万劫不复的黑夜深渊。我很不喜欢这种缠绕的现实关系。

走　走：在你新作《你知道的太多了》自序部分，你提到自己在长跑。"每次跑十公里，或者更多。……这几年，社会在发生着巨大的变化。这种变化带给我不安、悸动，有时甚至惊魂动魄、不知所措。唯有在跑步的时候，我才能彻底沉静和专注，将那些繁芜杂念抛弃身后。"你以前也将写作比作马拉松，我一直觉得你的写作手法非常沉重，据说长跑过程中会达到某一个临界点，那之后人会有飞起来的感觉。希望有一天，你的沉重中会多出超越性的轻灵一笔。

郑小驴：你说得很对，我觉得一直在背负着十字架长跑，跑得特别笨拙、特别别扭、特别累。聪明的人都选择回避某些话题，轻装上阵。这就是我和你说的，我为什么写《蚁王》这类故事性的小说时非常轻松愉悦，而写《天鹅绒监狱》等中短篇时，总感觉在推着一座山向前走。很多作家总爱将人性摆出来替自己开脱，我想说，人性才是最好写的，往阴暗里写，或往温情里写就是。人性就像水蜜桃，谁都可以上去咬一口，而我崇拜的是在啃光的桃核上再用力咬一口的人，鼓着腮帮子嚼出它的涩和苦，紧锁着眉头，却一言不发。

王　璞
Wang Pu

生于香港，长于内地。华东师范大学文学博士。1989年定居香港。先后做过报社编辑和大学教师。2005年辞去大学教职专事写作。近年主要作品有：中篇小说《沉默》，长篇小说《我爸爸是好人》(《收获》长篇小说专号2009年秋冬卷)、《猫部落》(《收获》2010年第二期)。长篇小说《补充记忆》获香港天地图书第一届长篇小说奖季军，长篇小说《么舅传奇》获天地图书第二届长篇小说奖冠军、第六届香港中文文学双年奖小说奖。

心态的自由是写作最重要的条件

▶ 写作于我是表达的最佳通道

走　走：你在早年的一篇散文《伸长你的手臂》里写道："趁还活着，我就得……急急忙忙，不歇不停，上气不接下气地大喊大叫。我把我的手臂伸得尽量长……"这种表达一定程度概括出你的小说语言风格：激越、暴烈、深入、雄健。这和现实生活中羞涩温和的你，形成了有趣的反差，写作对你意味着什么？

王　璞：我常常觉得，一个人之所以要写作，是因为他想在、能在写作中表现出他在现实中无法表现出来的东西。我这人不善言辞，现实生活中是个大闷蛋，有趣的事情被我一说就索然寡味。可是当我把它们写下来，情况就好得多了。这样一来，写作就变成我存在的伸展，写作于我是表达的最佳通道。这种写作状态的好处是不十分在意外界对自己作品的反应，因为既浇了心中块垒，而且还有刊物，就像《收获》这样的刊物愿意发表，让自己的话被那么多人听到，已感幸甚。这次听王继军说钟红明竟然把我在《收获》发表的十二篇小说都保存下来了，我非常感动，忙去翻检了一下我自己的书架，发现其中有四本我自己都没有保存，有的在计算机上都查不到了。我想，大约就是这种"能够说出来就好"心态之表现。

另外，由于人在写作中更肆无忌惮，所以往往写作时的他才是比较真实的他。我们只见过两面，你显然被我一时的表象误导了，我在不太熟悉的朋友面前貌似温和，其实亲人好友都知道我人如其文，激越暴烈，听到不同意见(尤其是社会政治方面的)就火冒三丈，恨不得三言两语就把自己的观点强加给对方。当然，无论是在生活中还是在写作中，我都很反感自己的这种态度，一直极力克制着。这也是我患上社交恐惧症的原因之一，害怕不小心暴露真面目。

▶ 忘记过去意味着背叛

走　走：你的大部分作品都涉及"文革记忆"，但是你的特点是立在当下，反思那段历史，即循人物现实生活中的蛛丝马迹推演出过去某个黑暗时刻究竟发生了什么。就像《毕业合影》中，女主人公嫁给了名叫"老中"的香港知识分子，"老中他们认为世间万事都有一套章法，不同的场合和事件该有不同的气氛，这才一本正经，像模像样。所以他无论如何都不能理解我怎么会以那种轻薄游戏的态度对待那样一些严肃重大的事情。当教堂里一场庄严感人的婚礼正在进行，盛装的新郎新娘在神父的祝福和音乐声中温情互吻，交换戒指，老中热泪盈眶，可他一看我的脸色，就禁不住怒火攻心：'就连这种时候你也东张西望，无动于衷。瞧你脸上那冷冰冰的怪样，谁都看得出来！'一出门，他就跟我吵了起来，'简直……简直，亵渎神圣。'""我"为什么会如此轻视一些东西？描写怪异的"轻"，是为了带出过去不得不承受的"重"。"只要看到了一棵树，有一片白云飘过的天空，一条寂静无人的黄昏时的小径，甚至哪怕是一棵被践踏的小草，过去就突如其来地回到你心里来了，使你不寒而栗。"经历过当年种种的人，如何面对自己，如何面对生活和世界，如何一步一步走到今天、活成今天这个样子，似乎已经成了你的某种写作模式。

王　璞：对，我的确是在反复写一个主题："文革"记忆。因为总觉得写得不到位。记得福克纳谈到他在《喧哗与骚动》中为何把同一个故事从不同人物的角度写了四遍时说他原来只打算写一遍的，但每次都觉得没把故事说透，只好换个角度再写一遍，而并不是像人们以为的那样，是在刻意追求一种现代派叙事形式。从某种程度上看，我也是这样，讲了一个故事后觉得言犹未尽，没有把想说的话说透，因而不得不再讲一个故事。

正如你注意到的，经历过了我们当年所经历过的那一切，经历现在的许多事就已麻木，再强烈，对我们都好像是小儿科。童年及少年时代的伤痛，是刻骨铭心的，是后患无穷的。很多作家其实一辈子都在书写他们的童年记忆，以期摆脱往日的噩梦。我移居香港之后，对政府方面的有个举措感触特别深，那就是每逢发生了悲惨事件，只要涉及未成年人，或是事件发生时有未成年人在场，第一要务就是赶紧安排社工和心理专家去给他们做心理辅导和安抚，务求将对未成年人的伤害减至最低。

可是在我们那个地方那个年代，有多少孩子目睹他们的亲人惨遭羞辱或者残杀，事后还要因此遭受一次又一次的再伤害，往他们的伤口上一次又一次地抹盐。他们非但被剥夺了为罹难的亲人一哭的权利，还被教育要对死难的亲人充满仇恨。这样的孩子长大以后心理怎么可能健康？生活怎么可能正常？我的香港朋友对我的一些行为举止常常难以理解，比如开会也好，参加什么典礼也好，为何坚决不肯将名牌佩戴在胸口呢？为何一听高音喇叭就躁动不安呢？还有，为何与清洁工能够一见如故打得火热、跟同事反而总是保持谨慎的距离呢？他们不知道，这都只是那些往日伤痛留下来的一部分后遗症而已。我想通过写作让他们知道那一言难尽的病根所在。

走　走：《香港往事》写的是你父母从香港回大陆后的人生遭际以及此后"文革"中那段被禁锢的特殊历史，同时也涉及了你自己的成长。文中有个细节：母亲一直珍藏着"我"婴儿时期在香港医院的卡介苗接种卡，似乎抓住它，就能把握澄清"我"的来历。你不断以文本回溯过去，你的很多小说，都在直视一种社会性遗忘，无论是长篇《我爸爸是好人》，或者是最近的中篇《再见胡美丽》，过去，对于你来说意味着什么？什么才是过去的"见证"？

王　璞：我们那时有句领袖名言："忘记过去意味着背叛。"虽然后来又叫我们"团结起来向前看"，但我仍然固执地想要充当我看见过的那一切的"目击证人"。这是我写作的出发点。马尔克斯的《百年孤独》里，我印象最深刻的情节是，一场死了上千人的大屠杀，由于尸体和血迹第二天就被清理得干干净净，便好像那一事件从未发生过一样，再也没人记得了，以至于那名唯一的记忆者阿尔卡迪第三被人当成疯子，后来连他自己也以为自己疯了，那一切只是出自他自己的幻觉。如今我看到那些赞美恐怖年月甚至呼唤往日噩梦的人，就会产生这种恐惧，害怕自己有一天惨变成阿尔卡迪第三，因是唯一的记忆者而被人当成疯子。所以我要趁许多知情者都还活着时，唤醒他们的记忆，跟他们一道讲出我们的所见所闻。

走　走：《捉迷藏》的开头部分写道："每个人的一生都有这样的时刻吧，就是不再玩捉迷藏了。这标志着他开始进入成年。但很多人都把这样的时刻忽略了。有些人是有意的，有些人是无意的。"虽然小说中写道："我大概属于后者。"但作为作家的你，显然认为，值得被书写的遗忘都是有意为之，你用一种"时代的横切面"方式来书写这些被遗忘的记忆。在这篇小说中，这最后一次的捉迷藏，发生在一九六六年八月二十四日一个没有月亮的夜晚，在这个夜晚，"姥姥死了，是被他们打死的"，姥姥在新中国成立前开过饭庄，"即便在三年困难时期，我们家的饭桌上也总有两三样菜"。那一晚之后，"我"步入成熟；小娅疯了，被送进精神病医院；二毛变成了同学们眼中的"狗崽子"。"我们"的童真岁月，皆被中断。但"无论我父母，还是二毛她们，都好像从来没想到要对那一夜发生过的事情做一点解释"。"我把它讲给我儿子听，希望他对其中的意义比我明白得多一点。"为那些黑暗的夜晚，做一点解释，使后一代"了解我们的父母，定位我们的人生"（《猫部落》），是不是你写这一类小说的创作动机？

王　璞：你分析得很透彻，我只能回答一个字：对。从写作的顺序看也是如此：发表于2012年的《捉迷藏》，初稿其实写于1999年；《猫部落》发表于2010年，实写于2009年。这里我还想补充，或说明的是，不仅是迫害者有意遗忘，有些被迫害者也因这样那样的原因有意遗忘。《再见胡美丽》中梅月恳求何五一不要写她家的悲惨往事，我在现实中也不止一次碰到这样的事，当我跟被迫害者回忆往事，他们会说："算了吧，我都忘了。"有的人还劝我："宽容一点吧。"有位朋友的父亲"文革"中因莫须有的罪名惨遭杀害，当我在一篇文章中写了这事，他慎重要求我千万不能写出他的名字。"为什么？""因为我不想把这些负能量的东西告诉儿子，好让他能在满满的正能量中健康成长。"

我在八〇后那一代，甚至比他们大一轮的六〇后、七〇后一代身上已经看到了这种刻意遗忘的可怕后果，他们不仅不去深思历史根源，反而站到"文革"鬼魂旗下为那不曾存在过的天堂摇旗呐喊。这让我感到，我还是应当写下去。恩格斯说过一段话，大意是这样的：我在巴尔扎克的小说里了解到的十八世纪法国史，比我从那些同时代的历史学经济学哲学著作中了解到的多得多。我当然不会奢望成为巴尔扎克第二，我只是想尽我的微薄之力还原历史真相，让我们的后代得以在没有被阉割过的历史参照系中，定位自己的人生。

▶ 不是形式套上了内容，是内容找到了适合自己的形式

走　走：夜之所以黑暗得令人恐惧，是因为人与人之间某种想当然的、自以为是的关系的崩溃，但是所谓的温暖、信念、爱意、人情，我个人会觉得，本来就是虚构成分居多的、建立在平和时期的理性的产物。在《毕业合影》中，你借小说人物之口质问，"为什么你对我家这么恨？我们家有谁得罪过你了吗？我爸我妈就不说了，你该没忘记，就在两个月之前，你还吃过我妈煮的绿豆粥吧？我弟弟，他只有六岁，你还给他念过小人书。他还把他的糖拿给你吃，你怎么就忍心把他从楼上推下去？就算我们从来都不是朋友，你也不能做得这么绝吧？"我会觉得这样的质问有些天真，因为在"文革"这样一种恶劣背景下，生存本身就是最重要的事情。"文革"期间的种种黑暗，揭示出的其实只是人格表现的变化。人性其实是不变的，利己就是人性的属性。人性好比一具来到这个世界的裸体，人格是在人性外面套上的衣服。人格是后天养成的，包括家庭教育下的价值观、阅读学习培养出的品性等。我觉得与其让你笔下的受害一方去质问加害一方，不如客观描述加害一方在考验来临前的成长经历，呈现出为什么他们／她们没有形成足够强大的人格，去压制住原生的脆弱的人性。

王　璞：你的话也许有道理。不过第一，小说主角在提出问题时本来就是个孩子，提的问题自然是孩子般的幼稚。第二，那篇小说就人性普通心理而言，的确有力度有余深度不足的问题。第三，我写作时身体虽然是自由的，心态仍然是不自由的，总会想一想这个能不能写，那个能不能写，就像我在《灰房子》那篇小说中写的："进了这个房子的人就再也出不来

了。"这种心态是我写作的最大障碍。我一直都在努力摆脱掉它。

走　走：我个人对涉及历史记忆的小说很感兴趣，也许是这个原因，我对你的作品有些苛刻。首先它们是非常优秀深刻、有思想的好小说，但是我看完一系列后觉得有些许不足。揭示出真相、让人性暴露于光天化日之下是重要的，但如果止步于暴露伤口，却不去想办法缝合，是不是也有点没尽全小说家的现实关怀、社会责任？这个缝合的努力，指向的是如何强大、健全你笔下人物的人格，推翻他们/她们的人格只需要设计一个黑暗的夜晚，但帮助他们/她们强大，其实也是你这个写作者在用尽努力健全自己的人格吧？你确实写出了"原来你/我是这样的人"（就像《我爸爸是好人》最后发现的真相一样），但可能我更想看到，他们/她们在背叛自己的亲人、朋友之前，有过摇摆、挣扎，有过拉住自己的努力。

王　璞：你分析得很对，我一直在不断努力，想要找出他们之所以会有那样行为的理由与原因，以健全他们的人格，给小说加多一些所谓"光明"和"正能量"的光彩，然而似乎效果甚微。不仅在我的小说中，在现实人生中我也悲哀地发现他们，也包括我自己在内，似乎没治了。每逢我发现自己犯了被迫害狂，或是一听不同意见就火冒三丈，或是在公共场所说话高声大嗓，或是排队时贴紧前一个人站着、上地铁时看到个空位就冲过去，就会想到一位八〇后青年说过的那句过激的话："要彻底改变这个社会，只有你们那一代人死光了才行。"我梦想用我的小说给他们一个令他们信服的回答：我们这代人有我们作为我们存在的原因和根由，我们也许是变老了的坏人，但至少我们在理智地希望，你们不要重蹈我们的覆辙，你们，还有你们的儿孙能够活得比我们自由快乐。

走　走：关注六十年代大陆至香港偷渡潮的长篇《猫部落》的形式感

很强，涉及十三个话题，比如"蓝月亮酒吧""热柠茶""狗仔队"等，每个话题都出现了一些跟帖者，通过跟帖者的发帖讲述串联起不同人物五花八门的个人体验，虽然展现的是当代香港年轻一代的生活，但这些年轻人或者自己儿时经历过，或者父辈留下过许许多多和大陆相关的记忆（当然都是一些辛酸往事）：饥饿、偷渡……既有香港新移民生活场景，又有内地知青时代背景，两代人的精神内伤自然呈现。这样的处理很有先锋气息，同时又创造了很多叙述上的便利，比如这个话题的发帖人，到了下一个话题，也可以成为跟帖人，故事可以随意套故事，连过渡都不需要；叙事视角转换自如；这些二十世纪五六十年代逃港者的后代出身不同、经历各异，对待历史和生活的态度也借助这一形式平等发声。当时你是怎么想到这样一种网络跟帖的叙事策略的？

王　璞：这部小说源自与我儿子的一次谈话。那次他带几名大学同学回家玩，我发现其中一位特别沉默和萎靡，问起来才知他其实是个很有性格很有追求的孩子，父亲是个有黑社会背景的富豪，但他坚决拒绝继承家族事业，打工维持自己的生活和学业。我试图写出他的故事，但写了好几次都不成功，总觉得太单薄。有一天我无意中浏览了儿子与他们班同学办的网站，看到他们在上面写的文章和跟帖，一下子就找到了感觉。我感觉自己触摸到了那一代人的所思所想、他们与父母的代沟、他们的喜怒哀乐，以及他们的叙事风格和语言表述习惯。所以也可以这么说，不是我找到这一表现形式，是这一表现形式找到了我。换句话说，不是形式套上了内容，是内容找到了适合自己的形式。

走　走：《猫部落》摆脱传统叙事模式是为了消解什么吗？因为我们都知道，现实生活中的论坛，信息量很大，发出的帖子很容易沉下去，被更新被淹没被遗忘的速度很快，而你恰恰用此承载厚重沧桑的历史往事，为什么会想到要"去中心化"、众声喧哗？

王　璞：老实说我在写的时候，并没有想到"去中心化"等这样一些深沉的东西，只是想怎样把故事尽可能完整地讲出来。其实这部小说还是有中心故事的，那就是老枪的故事，其他人的故事是其烘托，好像和声中的各种小和弦属和弦，以丰富老枪这一大和弦主和弦的功能和色彩。而从叙事的角度来看，网络这一形式较为适合讲出这两代人的故事，因其能够提供讲述这些故事所需要的那种互动的、多方位的语境。

走　走：《猫部落》这个长篇在你的所有作品中算是一个异类吧？你的其他作品在直面历史时都是严肃庄重的，尤其你在语言上相当注意，我甚至会觉得有些篇章用力过猛（那些自传体散文除外），比如《再见胡美丽》，但《猫部落》的语言颠覆了传统小说的语言概念，通篇用了口语化、符号化的网络语言，是为了把论坛这个形式做足吗？

王　璞：不，只是出于这部小说语境的需要而已。因为主要人物是一群香港八〇后青年，我的学生和我的儿子，以及他的一班朋友，都属于这一群体，我平时与他们接触很多，后来又经常上他们的网站，听见、看见他们就是这样说话的。我只是努力忠于真实而已。

▶ 感到自己冷得像冰一样时才写作

走　走：《猫部落》首发于《收获》2010年第2期，当时你的责编王继军写过一篇评论文章《在开放中反思，在反思中放开》，这其中有一段话让我思考了一会儿。这个论坛组织者"是'和而不同'的一帮人，有的是书香门第的子弟，有的是典型小市民，有的则牵连着一个黑社会的家庭。不过，他们现在都是平等的，由制度保证着他们的平等和自由。……他们可以尽情地表达他们内心的真实感情和想法，每个人展示他自己的真实处境，说由他的处境里生发出来的思想"。由此我想到，如果这个"猫部落"是在内地网络上建起的，大概会更具备符号化比如省略号的深意，也更有意犹未尽、说话只说一半的阐释空间……

王　璞：是呀。我自己也这么想过。但因为人物都是香港青年，只好把网络背景设定在香港。

走　走：我很喜欢你的中篇小说《沉默》，以香港学界丑闻为背景，探究男主角田宇在公布真相前夜临阵脱逃的深层心理，不仅涉及其来源内地的模糊身份带来的尴尬文化心理背景，同时以四两拨千斤方式带出田宇父母一辈的历史恐惧对其的影响。"田宇从来不认为自己是个见义勇为的人。从幼儿园时代，他就被老师当成胆小怕事的典型，受到批评。有一次，三个男孩欺负一个新来的小朋友，有个女孩去向老师报告，她指田宇为目击证人。但当老师传他去做证时，他一言不发，老师很生气。'你这孩子怎么一点正义感也没有！'老师道，'看见还是没看见，你只要点点头或是摇摇头。这总可以的吧？'田宇还是倔强地沉默着，既不点头也不摇头。……老师再一追逼，他放声大哭。被传召到园里的母亲，问明了事情缘由，对老师道：'这事怪不得孩子，是我这样教他的。'她当然没对老师说，她自己的妈也是这样教她的，'沉默是金。'田宇的妈妈告诉他，妈妈的妈妈也是这样告诉她自己。当田宇一天天长大，得知了妈妈和外婆信奉这一套人生哲学的原因，就更加信守这一座右铭。外公就是因为一时激愤，为打成胡风分子的朋友说了两句话而送了命的。固然，他后来平了反，人家赞他是个血性男儿。可是这一大家子人因他而倒了几十年的霉该怎么算账？母亲总是将自己插队落户十年、到头来只得以嫁人这种手段调上来的悲惨命运，归咎于她父亲当年那飞蛾扑火式的见义勇为。"我觉得有些遗憾的是，以这样一笔带出过去、主要着眼现在及将来的小说在你的作品中不算多见，以你曾经的大学教师经历为背景的小说也不多见……

王　璞：不得不承认，你的见解很犀利，这一部分本来是应当展开的，我当初本来是打算写一部长篇的。但是后来发现，唉，怎么说呢？言多必失，这部小说的现实感太强了，万一有人来对号入座就不好办了。引起诉讼我倒不怕，主要是怕误伤我不想伤害的人。只好见好就收，适可而止，写个中篇算了。谢谢你的鼓励，也许有一天，我会把这个题材续下去。

走　走：我为什么会觉得在《沉默》中，幼儿园的细节相当好（但还是有些描画浓重了），可以举一部电影为例，法国导演让－皮埃尔·达内与吕克·达内拍的《儿子》。木工师傅奥利维在这天认出，新来的十六岁学徒弗朗西斯就是五年前偷窃时杀死自己儿子的凶手。弗朗西斯对此一无所知。一个周末，他带少年去几十公里外的锯木厂挑木料。路上，他不停追问入狱原因，逼少年说出残酷事实。少年却打起了瞌睡。愤怒的奥利维一个急刹车，让少年的头磕到车窗上，还解释："刚才有只兔子。"他问他："昨晚睡得不好？"少年回答："没有，我吃安眠药了。"整部电影，关于这个少年是否痛苦当年所为，是否忏悔，一字不提。只此一句。十六岁少年的夜晚，无法安然入睡，但电影如此轻描淡写。

这部电影所要处理的，和你一直在处理的，是有相似之处的。比如都从一个很小的切口进入，然后紧追不放；不太有说教，也没有怜悯；没有多余的评论（你早年的作品会引用西方文学里的段落代替主人公评论，近年这种习惯去除了）。但在还原生活这个层面，我有时会觉得你还不够简单朴素。如果我们对最优秀作品的看法是一致的：简单朴素、自然安静、不夸张、不刻意。你的很多小说的处理，显示出作者太明确自己要写什么了，好处是人物形象特别鲜明，情绪准确。但也缺乏一种真实的迟钝性。现实生活中，人是无法了解自己的，同时，人又是要活下去的。在未知中重建一些暧昧的诸如信任诸如安全感的东西，就会是游移而缓慢的，而你的处理很肯定，在瞬间爆发，缺了一些久久的回味。

王　璞：当然，你说的这些我都认同，我一直在努力克制有"做"的感觉的东西，正如刚才我也提到过的，无论是在小说中还是生活中，我都很讨厌激烈狂暴或过度诠释这些东西。契诃夫说："要感到自己冷得像冰一样时才坐下来写作。"一直都被我奉为写作圭臬。但要真的做到并不容易，尤其是有着我这样的经历和性格的人，更是难而又难。常常写着写着就从冰变成了火。可是也正如契诃夫所言："有大狗，也有小狗……"那么自然，大狗有大狗的叫法，小狗有小狗的叫法，只要它们是发乎情止乎礼，大抵都有其存在的理由和价值吧。

▶写作是个绝对孤独的行当

走　走：二十世纪五十年代初你出生于香港，马上被一心建设新中国的父母带回内地，九十年代初又移居香港。过去几十年，你"从香港到北京，从北京到大兴安岭，从大兴安岭到长沙，从长沙到上海，从上海到深圳，再往前挪一条河，回到了香港，我似乎已走完我人生的圆圈"，在香港，你算"南来作家"；在内地，你算"港台作家"，无论在哪一片土地上，怀揣沉重历史记忆的人永远只能是异乡人、外来客，这种游离于两地，也因此游离于文坛、圈子之外的模糊身份，这种在多地长期生活过的背景，给你的写作带来了什么？

王　璞：游离于两地与游离于文坛、圈子之外是两码事，我就分开来回答吧。

先说身份模糊这一层，这是客观存在，没有办法改变的事。不过我觉得这对写作来说未必是个坏事，到哪里都是个旁观者，也好，旁观者清嘛，跟那些当局者的感受角度肯定不同。即便是写香港，我跟那些土生土长的香港作家表现得就很不一样，我写不出西西的《我城》，西西也写不出我的《猫部落》，而一个城市，一个时代，当然是需要各种视角各种风格的书写者的。

再说游离于文坛、圈子之外这一层。这倒是我有意为之。我一直记住我姑爹和我父亲当年的话：搞新闻的人应当不党不群。我虽然不搞新闻搞写作，但也让自己遵循这一从业宗旨，不党不群。在内地和香港，我都不参加任何组织和团体（早年参加过湖南省作协，很快就趁去上海上学退出来了）。我觉得这样做有好处，写作是个绝对孤独的行当，和同行抱成团也取不了暖。当然也有坏处，尤其是在需要包装需要水军摇旗呐喊的今天，你说你连个组织都没有，谁会来理你。然而我还是认为好处大于坏处，没人理就没人理，顶多只会对发表我作品的刊物和责任编辑有点愧疚感，心态却是相对自由的。而我认为，心态的自由是写作最重要的条件。

▶《马丁·伊登》强健了我的写作精神

走　走：最近和你第二次见面聊天，我意识到我作为相对年轻的这一代，因为没有亲历"文革"，感受是有所隔阂的。2015年诺贝尔文学奖授予了非虚构写作的白俄罗斯作家斯维特兰娜·阿列克谢耶维奇，我读完她的《切尔诺贝利的回忆：核灾难口述史》，有一个感受，就是普通人的回忆往往会落在很小的地方，而这种日常生活中具体的、普通的小细节，是一个作家难以虚构的。你有没有想过仍然用自己的方式、自己的选择，却用非虚构文学的载体去发现那些和你不同的亲历者的声音？

王　璞：早在八十年代我就读过斯维特兰娜的《战争中没有女性》了，因为译者是我师弟吕宁思，他送了我一本。当时我就在想：我不可能像她那样写的。一是我没她那样的职业条件；二是就算有她那样的条件也没有她那样的能力，采访那么多的人，跑那么多的地方，这要多么强的交际能力和体力呀。那本书还不像她后来的书那样冒天下之大不韪、触及许多敏感问题。她得奖后我看了她作品的片段，这次又看了你传过来的写核电站的一篇。我更觉得那是我力所不逮的一种文学载体了。前面说我不怕诉讼其实是说大话，我其实是胆小怕事的。连在网络上给人骂都受不了，更不要说在现实中给人搞得流离失所，这么大年纪了，我真的受不了。一个人在做任何事情之前都要考虑自己的承受能力。我向斯维特兰娜和她那样的英雄们致敬，可是掂量一下我自己的承受能力，我是不敢涉猎非虚构文学写作的。甚至，即使我写的是非虚构作品，我也声称是虚构作品。

走　走：对你的写作产生过影响的书籍都有哪些？其实，与其问哪些作品教会了你写作，不如问，哪些作品让你成为一个作家，成为今天的王璞？尼采说"当你凝视深渊时，深渊也在凝视着你"，几十年直面"文革"，哪些作品强健了你的精神？

王　璞：童年时代有三本书给了我最大的影响，这就是叶君健译的《安徒生童话集》、纳训译的《一千零一夜》和张友鸾校注的七十一回本《水浒》。这三本书是我从小读到大的，后来也让我儿子从小读到大，以至于直到现在我们还像给《一千零一夜》洗了脑一样，发生了什么倒霉事常常会不约而同两手一摊仰天叹道："毫无办法，只望伟大的安拉拯救了。""文革"时代除马恩列斯毛著作外所有的书都被禁，我当时偶然得到一本戈宝权编的《普希金文集》，反复读了无数遍。因为普希金是崇尚拜伦的，又去找拜伦的作品，读了不少。所以我虽自知没有诗才不写诗，但在文字上努力追求诗歌语言的张力，是受到他们作品影响的。后来在只有马恩列斯毛著作的图书馆通读了马克思恩格斯全集，那个集中了全国最优秀翻译家的译本，在文字上给了我很大影响。至于强健我写作精神的，应当是《马丁·伊登》这本书（直排本。由于没有封面，不知译者为谁）。送这本书给我的青年，死于"文革"，我为小说主人公"在命运的迎头痛击下头破血流仍不回头"的精神所感召，更加坚定了要让那些历次运动死难者的血不白流的决心。

　　　　　　　　　　　　　　非写不可——20小说家访谈录

吴　亮

Wu Liang

1955年生，广东潮阳人，文学评论家。著作有《文学的选择》《批评的发现》《秋天的独白》《被湮没的批评与记忆》《我的罗陀斯——上海七十年代》《夭折的记忆》等。现居上海。

我这个小说写法就是下围棋，
到处占一个子抢占实地

▶只要写下去，就有东西出来

走　走：作为一个著名的文学评论家、艺术批评家，写一个长篇的念头是怎样产生的？

吴　亮：回答这个必然会被问到的问题让我踌躇不前，如果说得过于直截了当，就会损害这部意外之作完成后所产生的多重性，在人们看来，一个批评家写小说或许总是难以摆脱理性，风险也恰恰在于此。诞生一个念头，这样的事情究竟是在哪一天发生的？我甚至想象过是否可以虚构好几个版本，但是重要的是，只有这个唯一的文本，人们能够看到的仅仅是已经成型的文本本身。读者对批评家写小说通常会不屑一顾，所以他们更愿意知道一些背后的故事，我此刻想说的是，鬼知道我决定写一部长篇小说的念头是怎么产生的，真的是这样，仅仅是一种冲动，但这个小说，或许没有金宇澄的点火我是不会写的。我的性格你知道，我写不写都无所谓。程德培也催过我，催了好几次。我开始的时候不知道会写出这个，我知道只要写下去，就有东西出来。所以起初的题目是《昨天不再来》，我一直记得。写下去又变成几个人躲躲闪闪，所以又改为《无处藏身》，当时根本不知道最后会叫《朝霞》。开始的时候，东一枪、西一枪，不知道应该写什么，我要先把这个气氛营造出来，后来出现人物了，慢慢地，人物，家庭关系，还要捏造更多人物，他们站起来了，他们开始活动，他们有欲望，有自己不同的想法了。好了，再后头，我控制不住了，简单说，就是这么一个情况，它一经产生就不再停息，五个月时间，我把它写完了……我觉得，上帝给了我一个机会。

我先是在家里写，去年九月、十月，天还不太冷，我半夜爬起来写，十一月以后就不可能了。我不喜欢用空调，半夜坐下来，脚冰冰冷，我不能熬夜写作。只有白天，但白天时间很少，要上班，我写不出，就开始焦虑，去朋友那里，待在有暖气的酒店里。我喜欢在酒店里写作，因为酒店的格局大同小异，不会让我分心，一旦进入状态就完全忘记了所处的环境。这五个月中，我在杭州、桐庐、北京、南京的酒店或度假村都写过，甚至还在上海的建国饭店、锦江饭店与汉庭连锁店写了不少章节。据说波德莱尔经常在旅馆里写作，现在我体会到了在酒店里写作的美妙之处，当然还有咖啡馆，作协楼下的玛赫咖啡馆是我去得最频繁的写作之处。上午、下午还有黄昏……在咖啡馆，我的抗干扰能力特别强，为什么会这样我也弄不清。写作环境对小说家的想象力是否有影响，是否会直接影响到故事的走向、情境、细节乃至某些意想不到的偶然发现，这是一个无法确认的因果猜想，每个人的经验各不相同，言人人殊。至于我的体会，好像两者之间并没有直接的关联，或者在某些时候会产生暗示。长篇虚构作品的写作过程是一个复杂的充满想象力的马拉松，一个念头就足以变成一个重要的场景与情节，而反复掂量的设计却无法写得令人满意。那个灵光一闪的念头，大概就是人们常说的灵感，它可能来自气候的直接感受，也可能与气候反应完全相反。

那段时间，我下班等车，脑子里想的全是小说的事情，有人跟我讲话，我很分裂，完全灵魂出窍了。当时计划写四十万字，到处留伏笔。每天写这些人物，又想写完，又不想写完，每写一节后他们还是跟着我，我不得不继续想象他们今天又发生什么事情了。写这部小说的五个月，我的心一直很软，书中的所有角色，没有一个是我厌恶或憎恨的。人物将来的命运，曾经设想过，现在放弃了，因为不忍。怀念那段我与他们同在的时光。

▶我取了"隆巴耶"这个名字，想象力便鬼使神差地启动了

走　走：就是为了这样一种冲动、机会，你拟定了一个如今放弃的笔名；在当年金宇澄打下《繁花》初稿的"弄堂网"上打下了第一行字，而这个开头如今也被废弃……

吴　亮：金宇澄多次催我写个东西，也许是回忆录，也许是虚构作品，他引诱我去"弄堂网"试试，他知道我不怕这种公开写作，不怕这种挑战，我不会秘密地关起门来写。当年我和李陀辩论，我给他写一封信，他要一个礼拜才回我；他回我一封信，我半天就回复他了。我非常快，他扛不住了，然后他说吴亮我们结束吧，他觉得我会一轮一轮上来辩论，只要刺激我我就有话说，我是一个比赛型的写作者，一旦有状况，反应会非常非常快。

二○一五年八月二十七日下午，决定性的时刻来临了，我注册了一个笔名，如你所知，就是隆巴耶。"弄堂网"的朋友大多数为自己起一个比较老派或比较本土的笔名，我想避开上海人的习惯，弄个不中不西的笔名可能更容易引起他们注意，对，我需要读者注意，但又必须是小范围的注意，要防止人们过早知道我的真名。一个从来没有被人听说过的人出现在"弄堂网"，他每天都写几段，他天马行空，他好像在怀旧，他被注意到了。当我取了"隆巴耶"这个名字，以他为名，想象力便鬼使神差地启动了。

　　　　　　　　非写不可——20小说家访谈录

我想创造一个"小说家"，吴亮创造了隆巴耶，隆巴耶写了《朝霞》。我觉得，这个小说写作犹如鬼神附体，真的，它们现在不见了。这也是我七十年代的梦想之一：匿名写作，然后躲在人群中听他们的反应。

"弄堂网"上"在线写作"这个方式对我有很大的刺激力，写一节，发表一节。或许你早知道，这个习惯是我十年前在陈村的"小众菜园"养成的。我这次主要用笔记本电脑写作，在办公室则用台式电脑写，都发生过写了一半甚至写了大半的文字突然消失的噩梦。比如网络突然中断。比如突然断电。有一次节假日，我在办公室写作，天黑了，值班人员不知道我还在办公室，他把电闸拉了。印象深的还有一次，写阿诺与马立克在一九七二年秋天的一个傍晚于上海图书馆阅览室邂逅的情节，他们后来成为忘年交，那个渐渐暗下来的阅览室里只剩他们两个人。这一幕我无法再描绘出来了，《朝霞》没有这个场景，因为我把它丢失了！丢失这一节对我打击很大，沮丧了好几天。那段文字不是很长，但印象中非常美，一种空寂的美。二层楼的阅览室天花板很高、很空旷，六点关门，五点三刻开始关灯，惨淡的日光灯一排一排一盏一盏关闭，他们才同时发现了对方。我后来找不到那个语感了，决定留下空白。

就这样，一直在网上写到今年，很巧，今年一月五号还是六号，"弄堂网"被突然关掉了。正式被关那一天，恰恰程永新和我说，吴亮你写的东西不要再在网络上公开了，你看老金后来也是关起门来写结尾部分的。我一开始不适应，但没办法，只能关起门来写了。所以那段时间后写的一些段落，看得出来，长段落开始出现了。因为我在电脑上写，不用马上把它发出去，篇幅可以长一点了。

总的来说很顺利，几乎每一段都没有写废掉，蛮奇怪的。之前足足有半个月没有重读《朝霞》，刚才从尾声开始倒读，还是被感染了，92至99，是最华丽的乐章。是否有自吹自擂的感觉？好几个段落，写的时候一鼓作气，不假思索。

　　小说走向尾声阶段时，我完全沉浸在一种着魔状态，那几个角色似乎自己在讲话，我不过是在记录他们的即兴对白，我好像根本没有动脑子，一切都是自动发生的。事后我回忆那个过程觉得十分神秘，谈不上灵感，有点类似于我在八十年代读西方现代派某些小说的意识流，但是意识流小说通常是纷乱跳跃的，我的那种类似舞台对白的写作却非常合乎人物的性格逻辑，完全不是那种紊乱的自动写作，这真让我吃惊。不论是两人对话还是多人对话，我怎么写怎么成，从来不需要修改，几乎没有例外。可是这种状态出现后留下的唯一后遗症是，只要写完一个场景，我就会体力虚脱，额头与太阳穴发热。那个阶段我大多在办公室写作，杂志社的两个编辑一上班，我就跑到楼下咖啡馆进行。那个时期我经常感觉有低烧现象，不过稍微休息，低烧感就消失了，所以我也没有理会。一天黄昏，我在家里连续写了几段多人参与的对话，这种类似精神亢奋与低烧体征又出现了，我从抽屉中找到一支体温计测试体温，才36.5度！

　　翻出两页笔记，前年夏天在杭州写的……《朝霞》的写作基本上实现了笔记中的八条要素。

① 突出 最难以释怀的东西
（感难以捉摸的、无意义、费解的）

② 用一种画面般的手法。

③ 总是环顾四周，那些被遗漏的。

④ 看上去，像是在"随意排列"。

⑤ 庄亮、经久未道的质疑。

⑥ 不可告白。

⑦ 幽默感

⑧ 反讽、自我反讽

▶"观念生活"仍然是核心

走　走：这部长篇，与其说建立在人物生活上，不如说建立在观念生活上；与其说建立在观念生活上，不如说建立在字词与感官上……你想象过适合这个文本的理想的读者吗？

吴　亮：观念生活的说法，很明显！写了四五万字后，我意识到"风俗"与"物质生活"的重要性，即便物质匮乏与短缺，日常生活仍然在运行，巴尔扎克出现了！但是"观念生活"仍然是核心，它不完全指向形而上学，他们还年轻，然而有一种东西非常迫切，即"交流渴望"，这一渴望贯穿于整个小说的全过程。至于读者是谁，谁是理想读者，我不知道。

我在第30节虚拟了《一本计划在将来完成的书》——

一个被假释的旧时代人物

一套八卷一九六二年版本的科技普及儿童读物

一个四清干部秘密的罗曼蒂克史

好的目标，常常会有坏的结果

一对宝贝

一个居无定所的读书少爷

收藏一张罕见的邮票应该有多么得意

倒霉的教徒不受待见

信，是那个时代的唯一奢侈品

一个等待出狱后像基督山伯爵一样富有的人

食物即信仰

男男女女

大世界

两只猫与一条羊绒毯子

一心想做个画家

德国究竟有多少种哲学

生在上海，差不多就是一个生在巴黎的乡下人

发财这个"发"字，只有在女孩子沙包游戏中看到

从今往后

好日子要当穷日子过

一个去香港的念头

邦斯舅舅开始厉行节约了

一个难以解释的梦

空中的礼花

邦斯舅舅有了新的人生目标

最后一课

从未来走向过去

黄金与线团

古代经典

西洋镜

贞洁

论诡辩术

大方向

一个在巴尔扎克小说里沉睡的人物

懂画的人并不都在美术学院

看门人是个大学问家

一条美丽的手帕

初恋

你看得出它的秘密吗？哪里来的知道吗？它来自《邦斯舅舅》的上册，傅雷译本。我这些标题，每一个标题的第一个字和它是一样的。

目次

上册

二十五·邦斯拾結石壓倒了……

二十六·最後的打擊……

二十七·從憂鬱變為黃疸病……

二十八·黄金夢……

二十九·古董商的肖像……

三 十·西卜女人的第一次攻勢……

三十一·貞節的表現……

三十二·論占卜星相之學……

三十三·大课……

三十四·一個霍夫曼傳奇中的人物……

三十五·懂畫的人並不都在美術院……

三十六·看門老婆子的唠叨與手段……

三十七·一條美腿的手臂能有多少效果·……

三十八·初步的暗示……

这份计划是虎头蛇尾，只有一半小标题似乎跟内容相关，当时不过是想玩个语言游戏。藏了一个秘密，向傅雷和巴尔扎克致敬。当年我看到的法国小说多半是傅雷翻译的，包括罗曼·罗兰和巴尔扎克的作品。

再比如，第74节，我把毛姆的小说改写了，算是一部并不存在的小说，虚构中的虚构。

▶ 成长就是与自己的内心战斗

走　走：评论家程德培在《一个黎明时分的拾荒者》一文中提出了不同看法："……而阿诺及其伙伴的成长显然无法融入社会，他们对特定年代的所谓主流常态有着一种根深蒂固的怀疑。伴随他成长的是怀疑论而不是其他。……《朝霞》讲述了太多适得其反的成长故事，它们所遵循的并不是意义对时间的胜利，相反，而是时间对意义的胜利。不论是源于欲望或是出自无聊，甚至可能是抑制时间的掠夺和世界的猥琐。阿诺和他的伙伴们实际并未远航，也没有原地踏步，在这意义上说，他们的成长是以反成长的方式展示的，反成长最终是以社会巨变验证他们的成长而不是相反。……除此之外，小说中的非成长的人物也无法融入社会，他们潜在的、有意无意的拒绝或被排斥或许是件幸事。孙继中那劳动模范的父亲孙来福，其超群技艺的用武之地却是养鸽子、养鱼、搭晒台和集邮，一种闲情逸致却让他摆脱了'政治'苦海。平庸自有平庸的益处，它是那个时代'精英'的解毒剂。……我们暂且将他们的故事归之于非成长的故事，这些大量的人与事是《朝霞》重要的组成部分。这也是为什么我不怎么同意将《朝霞》归之于成长小说的一个缘由。"

在程德培看来，所谓成长就要融入社会。其实我是觉得，成长就是与自己战斗，是和自己的内心战斗……

吴　亮：德培这一段分析和引申都非常精彩，其实是反成长的成长小说。以前的成长小说就是浪子回头、进入主流。反成长就是我不融入了。

关于这次写作，德培老师把我看透了大半，既激动，又惶然，不知道以后怎么写了……虽然《朝霞》故事发生在中国，德培却以世界文学的视野反复讨论它，这正是我对自己的期许，知我者德公啊！许多年了，中国当代文学的不足与乏力一直被诟病，有同样多的客观困难可以为之辩护，如果《朝霞》的出现证明了中国当代文学仍有我们难以预料的巨大潜力，那些客观困难不仅可以克服，而且还产生一种特殊的力量，我的写作就是值得的。

▶ 人只是结合自己的处境选择被一种权力塑造

走　走：还是在《一个黎明时分的拾荒者》里，程德培提到，"构成吴亮文体的另一个特点就是对话。……这种对话给人的感觉是，在等待他的地方找不到他，在没人等他的地方他却令人吃惊地现身"。这种"错位"是怎么产生的？

吴 亮：我写洪稼犁牧师和李兆熹对话，李兆熹是一个单纯的人，所以完全听他教诲。但是马立克和洪牧师的对话（注：如第26节"马立克：四大福音书中，耶稣被记载的所行神迹，是真实可靠的吗？"第72节"马立克：《申命记》中，记录了大卫和所罗门的一些轶事是真实的吗，我读起来怎么感到令人羞愧呢。"……）就是以我比较肤浅的理解来写的，我个人还是蛮怕自己有一种无神论思想的，因为我看哲学更早，我塑造的马立克这个人物是有家教的，很尊重洪牧师，所以他可能是不同意洪牧师的观点的，但他不会直接反对，他会保留意见。我只能这么处理了。我自己的人生经历当中，没有过人物所面临的大的崩溃和精神危机，我没法模仿……

路内曾向我提了一个很好的问题：《朝霞》中的基督教神学叙述与革命话语这两种完全异质的言说，它们的共存有多少可能性呢？

走 走：我个人会觉得，这两种都在意识形态范畴中，本质是非常接近的。首先不是完全异质，其次文学本来就不是单纯审美，它是社会能量的循环，文本必然回响社会的声音，这不也是巴赫金的复调嘛。文本的价值如果有所偏向，只能是作者在社会各种力量之间有所互动妥协吧。

吴 亮：我只能用一些简单经验事实来回答：小说里可以表述不公开的秘密言论。

非写不可——20小说家访谈录

▶《朝霞》的任务是以虚构的形式谋求重建一个故事情境

走　走： 看完这个长篇，我最大的疑惑其实是，"文革"十年，有着这样大的缝隙，阿诺东东马立克李致行，尤其是绰号"牛皮筋"的尤璧钩躲起来与自己的婶婶乱伦……他们的生活与印象中的肃杀"文革"环境不太吻合，而他们的生活经由你的叙述又构成了"文革"。你觉得读者能通过这部作品来了解"文革"吗？或者你是想说，"文革"是无法被了解的？

吴　亮： 翁家的婶侄乱伦是那个高压时代尚未被监视到的小概率事件……不灭的火焰……那是一种自闭的生活，如同地穴中的老鼠，残缺、不完整、罪感的内爆。婶侄的内心活动叙事人不得而知。一部小说无法总体性地表现历史，更不要说是"文革"了，其中困难不需要重复列举。《朝霞》不承诺它无法承担的历史责任，它的任务是以虚构的形式谋求重建一个故事情境，它不考虑这个故事的典型性，更无意使其具有普遍性。文学的功能常常被误解，其中最大的误解莫过于文学作品的美学品质是否对那个被描述的历史情境进行了美化。要论证这个结论的错误，我必须花费许多篇幅，但是我首先要避免这种论证……《朝霞》的确创造了一组人物肖像，我相信，在此之前类似描述"文革"时期那些人物命运的众多小说中，还没有这样一组人物肖像出现过。我不想问这究竟是为什么，的确，《朝霞》里的群像以及他们的私人生活处在某种缝隙之间，这种缝隙的存在难道是真实的吗？如何来解释这个问题，《朝霞》本身已经给出了答案，尽管它并不是为了回答这个问题才写作的，《朝霞》所包含的意蕴远远不止于此。我事后(指小说完成之后)来看，《朝霞》部分地颠覆了人们关于"文革"时期的私人生活被全面彻底摧毁的定式，我的小说将其置于"文革"背景之前，并不意味小说里的某些趣味、渴望、爱、精神生活都因"文革"所赐，恰恰相反，它们只是不甘沦落或宁愿堕落的人性之胜利，说失败也行！

有一夜做梦，梦中与人讨论《朝霞》，我滔滔不绝讲了两个词：怕与爱。醒来赶紧写下来，几乎所有人物都有自己的怕，爱中的怕、等待的怕、孤独的怕、灾难的怕、真相的怕、权力的怕、动物的怕、罪的怕……

还做过一个梦，看见小说场景，好像是在拍电影，人物行动十分缓慢。醒来琢磨，这个电影应该配外国音乐，从头到尾……

走　走：梦是人对自己的松手。

吴　亮：梦是对未满足欲望之达成。

▶性以及男人和女人的关系是一件很恐怖，非常紧张、悲伤的事情

走　走：在一个涉及十年精神史的长篇中写婶侄乱伦这样有温度的一笔，会不会挺愉悦的？

吴　亮：写这个小说的感觉何止是愉悦。七十年代其实并非是无性的时代，也并非绝对没有任何机会，通过阅读和非常有限的绘画等，仍然能够产生一点意淫或者想象，尽管图像资源和文字资源非常有限。当然我在写作的时候已经有经验了，完全可以处理得很好。假如完全用当时的经验去写，那当然是不可能的，相信没有人可以做得到，就像萨特写《词语》，所有早期东西都已有了后来的经验。

我在那个年代看过两本书，一本是卢梭的《忏悔录》，解剖自己；还有一本是《克莱采奏鸣曲》，托尔斯泰晚年的作品，很薄的一本小册子，讲性欲的煎熬与罪恶、道德不道德，很精彩，是我爸爸的藏书之一。写自己一直到妓院嫖娼，比郁达夫要远远真实和震撼。托尔斯泰的传记你肯定看

过，他三十四岁时娶了十七岁的索菲亚，他结婚的很大原因是"不想再犯罪"，当时他们一帮贵族子弟，喝酒、打猎、去妓院，从妓院回来以后就忏悔，他一直反抗这种罪，自己面对上帝觉得很不像话。结婚后大部分时光他过得不错，四十岁不到就写了《战争与和平》，在生活中陶醉了一段时间后有所思考，就写了《安娜·卡列尼娜》，他真正忏悔是在《复活》里，那就是写他自己，没有他自己这部小说就不会那么深刻。但是他有一部非常单纯的作品，就是《克莱采奏鸣曲》，写对灵魂的拷问，非常紧张，根本不像他的其他小说那么舒展，但是已经能看到他晚期风格了，就是大量的道德讨论。他年轻的时候多舒展，很广阔，是在营造一个很大的空间，把自己精神的能量、华丽的东西全部放在了作品里面。但人是两面的，老年以后当他回到内心的时候，就完全变了。

我当时不太明白这本书里左右、上下的关系，但是它给我留下了这样的印象，即性以及男人和女人的关系是一件很恐怖，非常紧张、悲伤的事情。我那时还看了《约翰·克利斯朵夫》，为什么这些非常优秀的男人身边的女人常常是没有文化的？我当时就有这个疑问，但没有人能与我讨论。为什么我在这个小说里经常会谈政治？因为那时政治可以在私人同性圈里公开讨论，但要讨论男性的困扰、性的问题，那是不太可能的。男人之间不怎么谈这个，到现在也不怎么谈，都是一个人独立摸索、研究、阅读。

▶ 与其说沉思真理，不如说是对怀疑的沉思

走　走：那么在完成这部长篇的五个月中，作为一个思考者，转型小说家后，觉得能通过写作小说本身来思考吗？

吴　亮：我认为并没有专职的思考者，我就是在八十年代看了一段时

间的马克思，还看了黑格尔、康德，似懂非懂，我有几个朋友非常喜欢理论，为了与他们交流我必须看。就像你们女人聊天，看同样的电影、穿同样的衣服，才能有共同话题，我们要看同样的书，这对我是很好的训练，但是整个知识体系非常零乱。二〇〇〇年后我反复看了古希腊的东西，很着迷。

因夏天要搬家，每天带些书去老家，就顺便翻翻。半夜读巴赫金的《陀思妥耶夫斯基诗学问题》，讲复调小说，其中有一章专门讲思想，与我的小说如出一辙。早就知道巴赫金关于复调的这个概念，买了他的书却没有看，那是一本二手书，书上还画有许多杠杠，可我现在才与之相遇，无法解释……

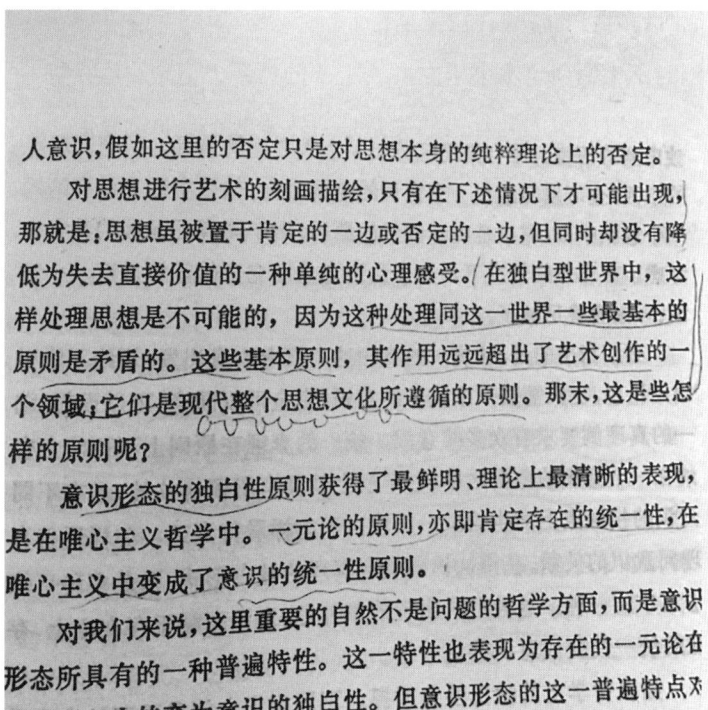

> 人意识，假如这里的否定只是对思想本身的纯粹理论上的否定。
>
> 对思想进行艺术的刻画描绘，只有在下述情况下才可能出现，那就是：思想虽被置于肯定的一边或否定的一边，但同时却没有降低为失去直接价值的一种单纯的心理感受。在独白型世界中，这样处理思想是不可能的，因为这种处理同这一世界一些最基本的原则是矛盾的。这些基本原则，其作用远远超出了艺术创作的一个领域；它们是现代整个思想文化所遵循的原则。那末，这是些怎样的原则呢？
>
> 意识形态的独白性原则获得了最鲜明、理论上最清晰的表现，是在唯心主义哲学中。一元论的原则，亦即肯定存在的统一性，在唯心主义中变成了意识的统一性原则。
>
> 对我们来说，这里重要的自然不是问题的哲学方面，而是意识形态所具有的一种普遍特性。这一特性也表现为存在的一元论在……为意识的独白性。但意识形态的这一普遍特点×

这是此书上一个主人画的杠杠。意识形态的独白性原则，这个词，我刚刚读到。

第72节，第一自然段与第三自然段，皆为马立克就神学问题请教洪牧师，带出他父母各自的信仰倾向与他在知识与信仰之间摇摆的文字。有趣的是，夹在中间的第二自然段却在谈论南京路中央商场的消失，这个"他"应该是多年以后的阿诺，而且完全是一种冷静的物体与空间描述。我为什么要这样写呢？我现在的解释是：中央商场的消失是一件容易被人们忘记的事情，虽然人们一度会缅怀它；但是三千年前的《申命记》和《列王纪》至今还存在，继续在传播。我在想：当时我为什么这么安排？上海依然存在着，它生生不息，也还有其他事物或无形之物，在更广阔的上空运行……

没有充分写白蚁世界，可能是个遗憾。想补写，但写作的状态消失了，还是点到为止吧。

写小说就是一个职业小说家了吗？我不知道。与其说沉思真理，不如说是对怀疑的沉思，但这不是他应负的写作责任。写这个故事，或者慢慢形成这个故事，让其他人来看看有什么意义，这才是他想了解的。

▶ 把叙述主体"他者化"有时候是策略

走　走：看来你的所有文本都是基于你的圆，辐射、折回、内在运行。一个有意思的现象，在回答问题时，你会使用"他"来让自己远离焦点所在。在这部长篇里，没有一个人物像我们习见的，可以轻易地投射进我们自己的情感。曾经的舞女朱莉也好，害怕老鼠不爱看书的纤纤也好，她们不会像包法利夫人或类似的人物，让读者顺利地移情。马克思主义剧作家布莱希特写作时正值希特勒时期，他认为移情于舞台上的人物，可能会让我们失去判断能力。他认为这样一来，得利的是当权者。移情会让人感情用事，忘记批判。你的小说似乎正与此观点相契合，既不让读者轻易移情，自己也假设自己为旁观者。

吴　亮：你看得很准确，写这个小说，我（就是我）虽然没有特意想起布莱希特，但是"间离效果"是一直存在的。每写下一个我自以为很"现实主义"的段落，必会另起一行，写一段毫不相干的其他内容，就是希望读者不要沉浸在情节中……以"他"的名义，把叙述主体"他者化"有时候是策略，有时候则为了拉开距离（时间上的，还有空间上的）以便凝视和审视，这个距离构成《朝霞》的叙述带有电影镜头的特征：凝视是近距离的、固定的；审视则是稍远的、移动的。这两种视角及态度都是观察性的，而非直接透视内心的。

▶ 叙事和记忆都是事物的联系

走　走：这部长篇还有个特点，对人物的内心世界着墨不多。看你作品时我会想起伊夫林·沃的文学观，他曾经说："我把写作当成语言使用的练习。我对人的心理没兴趣。真正吸引我的是戏剧、话语与事件。"我想听你讲讲，为什么这个文本最终会呈现出类似的描写方式？背后有着怎样的观念去支撑完成？

吴　亮：这个问题很大。写别人的心理活动，说穿了就是揣摩，当然，人物的行动逻辑或许可以通过推论获取，但是每个人的内心活动究竟怎样运行，我真的不知道。我本人的思想活动常常用语言进行，但是情绪活动却未必这样。写人物的心理活动是一种冒险，我不怕冒险，我是压根不相信一个人能够知道另外一个人的心理运行。

这部小说有一个主题，或者更准确地说，是多个主题之一的"景观"——收集二十世纪六十年代至七十年代前期的景观记忆、遗存、残留，想象中的氛围、空气……这些一直是"叙事者"感兴趣的。语言描述的景观类似影像，又不像老照片，老照片过于具体，文字化的景观是需要想象的，它模糊、不确定、含混，掺杂了主观性，为语言的多义性左右，为阅读者视觉经验左右，这也是我不主张配发插图与老照片的原因。

我一开始是从虚无出发的。但我知道小说语言是怎样的，而且我翻译了很多的小说。借鉴差的东西肯定不行，好的大家又都知道。干脆就挪用，但我会非常明显地告诉大家我是挪用了。现在小说里很多地方都是挪用，一看就很清楚。譬如李致行爸爸和沈灏妈妈私通那段，"一个欲望，一个渴望了大半年之久的梦想，今天他终于如愿以偿了"，这是套用了安娜和沃伦斯基那段，格言式的。

我那个时候不知道怎么开头，觉得任何一个开头都不行，像乔伊斯？从小的地方开始，还是从一个很大的城市俯瞰？或者从一个梦开始？于是我想，以失忆这样一种方式开始吧，因为一个特殊情况，叙事者什么都不知道了。当时还不知道叙事者需要一个名字，后来就觉得不行了，叙事视角"他"出现得太多了，别的人物会喊"他"。于是起名：阿诺。阿诺会叙述，有些东西可以转嫁给他，有时候是"我"在说，就像电影中客观的画外音一样，似乎是一个剧中人写了一个"我"，但不是我心目中的"我"。我想要写得很抽象，不能太清楚又不能太模糊，只告诉读者某个晚上发生了什么事，或者某个晚上醒过来，要么是拒绝回忆，要么是不敢去回忆。所以写到的一些书、明信片之类的，都是莫名其妙的，都是孤立的。叙事和记忆都是事物的联系，对一个失忆的人而言，事物就是孤立的。

写完第一段，第二段就写女人，这个"女人"也是抽象的。在我喜欢的人当中有一个柏拉图，柏拉图认为所有肉身的存在都是幻影，肉身会腐烂、会消失，但观念会存在。柏拉图是实在论，真正的存在是一个观念。所以我只能写一个柏拉图式的女人作为开端，她们是哭泣的女人，哭泣的女人或者失落的女人，或者绝望的女人，这个概念永远存在。我先把这个想法贴在网上，以后让她们一个一个具体化。

第三段讲影像、照片，这里面有个东西像罗兰·巴特。我比较熟悉罗兰·巴特，可以模仿得很像，我故意做得不是太像。首先我们的世界就充满了影像，讲影像就是讲世界。另外影像作为事物的呈现，也是柏拉图思想当中很重要的要素，譬如一个苹果是一个苹果，这是一个概念，是水果的概念。但是苹果的呈现是以影像的方式出现的，苹果这一存在本身就是影像，当时没有照相技术，"存在过程"很短暂。我写到祖母的一小堆遗物，牙齿、粉盒什么的，这些是八十年代的碎片，就放在这里面了。就这样，我在一天里写了七段。我这个人很奇怪，写作时要找一些关系出来，一看到"七"，这是极限啊，上帝工作了六天，第七天休息，于是，马上进入下一章节：我的四舅。（走走注：这些开头的段落在完稿后大幅删去，金宇澄对此有一个有趣的比方：好比火箭上天，完成推进任务后的一子级火箭、整流罩等即可自行脱落。）四舅怎么写呢？加一个字吧，邦斯舅舅。巴尔扎克一直是我的动力，然后就带出邦斯舅舅的女朋友朱莉，一个很性感的女人。

▶ 这些人物需要我来召唤

走　走：这个人物很有趣，"'文革'前朱莉在欧阳路一个民办小学做了几年代课老师……他想象中当年这个城市应该比现在更安静，黄昏鸽子在棉纱厂砖砌仓库上空盘旋，蜂拥而出一大群工人阶级女工疲惫却又迅速地穿越铁道闸口，朱莉身着过时卡其布束腰列宁装目光暗淡匆匆从她们旁边一闪而过"。这段描述中，朱莉像是一个大家闺秀、知识分子，但她之前其实是一个舞女。"朱莉朱莉你在哪里，让我们再一次好好端详你们的打扮与容颜，三位皆旗袍，惟幼小朱莉黑裙。朱莉长裙袒胸，耀眼，一层如蝉翼般的纱——手臂交叠，略显斯文收敛，知书达理，然腰胯腿腹之玲珑曲线蜿蜒而下，光芒掩不住，正所谓：荷裳羽被，问那夜今宵谁与盖鸳鸯？"

吴 亮：这个人物有真实原型，她的很多好习惯都是从男人身上学的，都是男人教她的。

总之第一个人物出现了，前面七段就像是七天，第一个人物出现在第二个礼拜一。我想写一个很庞杂的作品，要让这里面的人物从概念当中浮现出来。这些人都要从时间的停顿，或者从失忆当中、从抽象概念当中，一个个非常自然地出现，好像是召唤出来的。他们是需要我来召唤的。所以我一开始的格局就很大，这开了一个很好的路子，非常自由，东一块、西一块。我不会下围棋但我看过，我这个小说的写法就是下围棋，到处占一个子，然后我要抢占实地，每一个实地都是一个单元，最后就是收官。第一个子是没有关系的。写到二三十节达到中盘以后就写得慢了。就像已经摆了很多棋子，下一个子放什么地方，和别的子有什么关系，是放这一块还是放那一块，先讲这个还是先讲那个，倒叙还是顺叙，这些都对结构有了要求，所以就变慢了。

小说开始，然后逐渐向一个并不清晰的结局延伸时，我的状态常常是兴奋、焦虑、寻找、等待、尝试、幻觉乃至烦躁。那些人物一个一个生成、活动起来，他们令我伤透脑筋。在我不写作的时间里，我的思维仍然被他们纠缠着，那个阶段的写作虽然没有遇到明显的困难，几乎每天都能写一两千字，但是精神状态却可以用茫然来形容。

走　走：我觉得对不同人物内心活动的不同描写，其实是特别控制性的。作者是特别相信设定、相信秩序、相信隐含的思维逻辑的，有因有果，按部就班（所谓的意识流其实是不存在的，是可以"做"出来的。比如先写感到悲伤，再写质疑悲伤本身是在表演，然后可以一层层质疑）。所以心理活动其实意味着作者相信这世界条理分明，而你怀疑这些，怀疑理性的力量……（当然，作为小说背景的这十年，也确实很难让人对理性产生多少信心）也许，只表现出外在行动，行动即叙事，是最接近真相的……不过同时，由于只体现了外在行动性，也有某种对人物的武断在里面，就是没有其他别种可能。

吴　亮：虚构写作的过程事后很难被详细描绘出来，因为我们无法同时进行两种写作：虚构与虚构的生成。当试图将虚构过程还原的时候，虚构已经不在场了。因而，所有的创作谈都是可疑的。不过写作这部长篇，我有个准则：无关紧要的地方用尽笔墨，关键的地方一笔带过。

作为评论者，我一直太强势，现在写了小说，必须改变形象，不然招人讨厌。我现在是被动的姿态，就是一个投稿者，很享受这个角色。我的重要期待之一是人们对小说本身产生兴趣，而不是人们对我的写作过程与写作动机产生兴趣。

（一个月后）我现在想写下一部长篇小说了，不然会很无聊，还没有找到抓手，就像铁道游击队扒火车，要找到抓手，然后占领整列火车。

（又一个月后）现在我对这个作品产生了一种分析的欲望。不可解释的东西太多。那些人物及其行为，究竟是怎么生成的？

▶《朝霞》是一部成长小说

走　走：简而言之，《朝霞》是二十世纪六七十年代敏感与自觉心灵的精神史。它是一部难以分类的城市小说，它几乎是怀念的、伤感的与咏叹调式的，关于那个时代、关于归来、关于离散、关于疑惑、关于等待。我个人觉得它也是一部成长小说，同时又是揭示时代秘密与迷惘的小说。随着时间在日常裂隙中的缓慢流逝，其中有些人的面目开始变得模糊，有些人的命运开始往社会边缘滑动。邦斯舅舅为从青海劳改农场回上海见朱莉千辛万苦，马立克逃出新疆，“牛皮筋”似乎哪儿都去不了，沈灏沿着长江深入测绘的同时逐步深入自己内心，面对因母亲和同学父亲私通而产生的自卑感，马馘伦、何乃谦和浦卓运三位老知识分子私下又究竟在讨论着什么……还有那些女人们，宋筝、张曼雨、殷老师、史曼丽、纤纤和贺子蓝她们又是如何的渴望生活。与此同时，林耀华则准备着自己的逃亡之旅，还有他的弟弟林耀东也陷入难以说清的困境……对于这样一个狂热、压抑、匮乏与仍然存在着渺茫希望的世界，似乎进步只是一种幻觉，希望如实还原历史并不存在可能。小说结尾，阿诺不是从一场历史噩梦中醒来，而是睡着了，没有人试图将他唤醒……

吴　亮：陀思妥耶夫斯基的《死屋手记》里，有这样一个描绘：牢笼的气窗很高，但是在某一个角度可以看到一小块天空，这块天空是斜的，这块天空下面的土地是自由的。监狱里的人有很多时间。我有一个朋友坐过牢，他告诉我，他在监牢里用圆珠笔在腿上画一厘米见方的格子，然后数一数有多少根腿毛，然后再想办法知道一条腿有多少面积，计算出腿上有多少毛。回到前面说的，监狱里的人有天正好看到那片天空飞过一只鸟，就想，这只鸟下面的人是自由的。后来这个人出狱了，跑到了天空下，但是仍然觉得俄罗斯是一个监狱，精神上还是受到很大的束缚。这时他突然想到一个问题：我当时在监狱的时候是有盼头的，如果哪一天跑到这个空间下面我就有自由了，但是现在有没有呢？我还是不自由的。

这种感觉可能就是小说结尾邦斯舅舅的感受。他来到这片蓝天下，实际上还是一无所有，他什么都没有，没有权利、没有自由。但他不会这么表述，我不会写成"邦斯舅舅认为"，或者"邦斯舅舅和阿诺谈了一谈"，这不符合他的性格，他不会这么做，他没有这方面的思考。他一度相信三民主义，大学里学过，以后他再也没有机会听这些，没有人和他讲，他也不知道台湾发生了什么。他每次回青海，为什么要回去，就是为了再一次回到上海，这样他永远有盼头，一个支撑物。

作为《朝霞》作者，他笔下的大部分人物未必是乐观的，但他们多半是抱有希望的，这种希望有时表现为对未来的等待，有时则以眼前的行动来呈现，即他们对待生活的态度，那种具体的、不放弃的、执着的以及无奈的……

（本访谈整理自聊天录音与微信对话）

只能在语言当中

▶ 我确实没有想过要写小说

黄德海：《朝霞》这部长篇的构想，大约是从什么时候开始的？又是从什么时候开始，确定了写出这样一部事先并未完全想好的小说？你曾经随口感慨过："难以置信！这部只用了五个月的时间就写就的长篇小说，但是作者为此已经准备了半个世纪……"为此准备的半个世纪，包括哪些方面的准备？精神的？写作的？阅读的？对社会的观察？是不是正是目前的写作形式，把此前累积的能量都调动起来了？

吴　亮：写小说，就为了有点想象空间，不要那么落实，就是这个很简单的原因。写作写到现在，我从来没有想过要写小说。我在上世纪八十年代和九十年代曾经写过几篇小说，写着玩的，一个故事，甚至是做了一个梦，我就写成了短篇。很快，两个小时就写完了。给《收获》写过一个短篇，一万多字，是因为我连续做了两个梦，第一天做了一个梦之后，第二天又做了一个梦，接住了第一天的梦。太奇怪了，很有意思。那个时候看了大量电影，思维、想象基本处于电影当中。在家里看影片的感觉跟在电影院不一样，在电影院就是集体关进一个黑房子；在家里看，房间是开着的，可以上厕所，可以停一停。所以它是在一个现实当中有另外一个非现实，现实与非现实同时出现，感觉特别迷幻。当时一天看四部电影，看得太厉害了，完全混了。这种观看电影的经验就在梦里呈现出来，带有预言性质。当时我和西飏有点来往，西飏那会儿在写小说，我把这两个梦记下来之后稍微夸张了一下讲给他听，他说完全像电影一样。我就把它写出来给了程永新，后来就在《收获》发了。（走走注：1991年《收获》第2期，《吉姆四号》）

这完全是偶然。我这一生，虽然各种文体都写过很多，尤其是评论，我总要变换一些花样去写，还是挺热衷语言的游戏的，但确实没有想过要写小说。九十年代以后写了些随笔，就把自己带进去了，有时候用第三人称，有时候用第一人称，开始有了一些叙事，就发现自己的叙事还可以，但是写不长，因为我对日常生活不是很关注。再往下写的时候就掌控不住了，这是很大的缺陷，只能靠语言继续。所以你们看《朝霞》，就像是一个个镜头，有的十五秒，有的五十秒，每一节，持续不是很长。

二〇〇〇年以后，我出过一些散文集，我的散文里有一点小小的叙事。汪民安说，老吴你的叙事能力很强。那个时候大家基本上已经不相互看东西了，我经常为朋友写作，所以对我来说，朋友的评论很重要，我其实也不知道读者在哪里。那个时候也仍然没有什么叙事的欲望，但就是因为我写了一本《我的罗陀斯》，后来金宇澄也说，吴亮你的叙事能力很好，很能讲故事。那本书一开始也没有想讲故事，就像我在后记中讲的，"2009年秋季，当李庆西和蔡翔差不多同一天嘱我为他们共同编辑的《书城》杂志撰写专栏的时候，不假思索的我欣然同意了"，我不是一个非常有主动性的人，没什么计划。当年我写了一篇《艺术家和友人对话》，周介人说你可以写一本书了，你有这个体力，后来我就写了。就是我自己的潜力都是人家发现的，一直是别人推着我往前走。

《书城》约我写书评，我说现在那些书，我已经看不完了，太多了，而且那些书大家都在看，再写有什么好说的？我也说不出更好的观点。要不然我就写写七十年代读过的那些旧书吧，那些书名你们一定也很熟悉。那个时候我们没有书看，所以每一本书都很新鲜，我们在农场、乡下都看书。所以我这个专栏从二〇一〇年开始第一篇一直到二〇一一年，一共写了十八篇。写第一篇的时候没有想过要写一个系列，但是他们说那篇文章简直就是一个序言，点出了很多东西，每一个东西都可以写成一篇文章。因为我写出了一种读书的氛围，是从我中学刚刚毕业进入工厂开始。当时的每一篇题目就成了我书里面的章节，主要题目叫《我的阅读前史》，围绕着书带出了很多人，譬如这书是爸爸的、祖父的、邻居的、同学的，顺便就把那些朋友说一说，我是因为书认识那些人的。所有的人都在这里，所有的人都真实。我当时做工人混病假，就是为了赢得读书的时间。

刚开始写的时候就是围绕着书，我没想过要写回忆录，写到中间发现，这个时代出现了。所以我开始有意识加强那些人物的命运，比如我的邻居有自杀的、被抄家的，诸如此类。这是我第一次以叙事为主要手段的写作。人民文学出版社出书前，我写后记的时候，顺手写了一句："《我的罗陀斯》，一本回忆录，说不定它将是我多卷回忆录的第一卷，或其中之一。"现在回头看，那本书就是阅读的回忆录而已，不是我的回忆录，因为我基本上没有谈自己。二〇一二年我开始给《上海文学》写专栏，写了五六期，因为我儿子出了意外，就停了，没办法写了，这是外部原因。过了一段时间我想接着写，一开始感觉语感接不上，但是我的语感是很难改变的，后来可以接上来却仍然写不下去，我发现没法写的最大原因是，我没有办法真实地回忆这段历史。

七十年代，从宏观来说是"文革"时代，后来我们讲发展，"文革"是被否定的，所以对"文革"当中的一些事可以适当地、有节制地描述；还有一点，那时我在成长过程中，我被蒙蔽，思考很浅，都是历史环境造成的；我写的人都是我爸爸妈妈的邻居，都是我私人的朋友，少年时代的朋友，都没什么问题，当然有的邻居的名字改了改，但是八十年代以后我怎么写？我已经完全成熟了，而且我是以写作为生的评论家，任何事情都应该有观点，而且中国的意识形态特别和文艺和写作有关，我经历很多，我能写吗？我真正的态度，我和朋友的大量讨论，能写吗？我是怎么写八十年代末的？我是直接写自己九十年代初的精神状态。时间在那里，可一切的关系全部中断。不想出门，无聊，喝酒，听音乐，诸如此类。但是必须要回到这个现实。所以我就写了八十年代初和九十年代初。另外一点，我的成年时代，我认识那么多人，少说也有几十个，多则一两百个有名有姓的，我都还记得，我能够直呼其名吗？他讲的话我能说吗？也许他会赖，或者他已完全忘记。

我本来想写三部曲，先写八十年代，然后再写新世纪，但就是上述这些原因，想来想去，没能写下去。

至于写这个长篇，有两件事情对我触动很大，是直接产生促成关系的。一是程德培的写作，他六十岁以后写的那些文章，大部分都发在我主编的《上海文化》上，他谈笑风生、打麻将、写文章，写得还比以前好很多。二是金宇澄六十岁这一年写出了《繁花》。我就想，原来六十岁还是有很多可能性的，我也六十岁了，我写什么？就一直想着，有空我要写一本书，但是从来没有写下第一个字。到了二〇一五年八月二十六日，老金跑到我办公室说："吴亮，你写小说啊。"他以前也讲过这话，但那天他讲了我才有点动心，我说怎么写？他说你也在"弄堂网"上写。我说这个我有兴趣。他说"弄堂网"那批人都是老上海，知道一点文学，但是不会给写作者构成很多干扰，他们喜欢怀旧的东西。我说好，现在不需要大家都看到。我决定试试看，一下子就有了一个构思。这一天以前，我真是没有想过写小说，也没有真正地萌发过这个念头。上"弄堂网"需要注册一个网名，别人起的都是什么"老爷叔""三娘舅"，我不想弄一个中国名字，干脆弄一个奇怪的名字吧。我有个朋友是北京的，叫八爷，感觉挺牛的。八爷似乎又有点怪，于是改成谐音的巴耶，又似乎缺一个字，就加了兴隆的隆这个字。注册好以后我就上网，再看隆巴耶这个名字，好像似曾相识，似乎是巴尔扎克小说里的某个人物。另外，我住的地方，门楣上就有"兴隆村"三个字，而我住在八号。兴隆村八号里的一个爷，这不正是隆巴耶嘛。地点清楚，味道也对，我就感觉，这事是要成了。

接下来就需要一个小说名字。当时取了一个，非常简单，"昨天不再来"。然后，八月二十七日这天，我写了第一段。假如你们有兴趣可以上网看看，看了之后就知道我的写作频率。每天写了多少，都是什么时候写的。下面有人跟帖发问：这个人什么时候睡觉？因为我每两个小时写一段，感觉中间没有间断。有时凌晨两点发一条，三点半发一条，六点又一条，那个时候我进入了非常亢奋的状态。

▶灵感就是一种瞬间的或短时段的人格分裂与鬼神附体

走　走：最早出现的那个开始讲故事的人物是谁？阿诺？少年的你？

吴　亮：阿诺就是阿诺，一开始他没有名字，他只是我讲的故事中的另一个视角，同时又是剧中人，慢慢地，这个当年才十几岁的男孩与故事里的许多角色形成了对话关系，其他人必须称呼他的名字，于是他就叫阿诺了。

《朝霞》的写作过程很难复述，为此思考的许多东西还记得不少，但就是那种"写作中的状态"和"情绪与对话"以及"即时灵感"怎么出来的，我都无法解释。最焦虑的，是在办公室里走来走去，一个字都写不出……

一家之言，灵感，就是一种瞬间的或短时段的人格分裂与鬼神附体。一般都在半小时左右，一种迷狂状态，手脑不分。

黄德海：走过那个阶段，那些焦虑的时间变得幸福。

吴　亮：嗯，德海见证了这些。

黄德海：见到了焦虑的惶惑，也见证了那些萌生时的不可替代的动人活力。

吴　亮：写到一小半后我对自己比较意外、比较欣喜的是，我能写好具体的东西。我以前觉得我可能写不好，会用自己的晦涩和看不懂来吓唬人家。但事实不是这样。二月十五号，写下《朝霞》的最后一个句点，我疲惫而嗜睡，醒来则无聊，读书无法集中精力。如果这个状况不改变，我在考虑是否再写一个能够让我兴奋的东西？要积蓄能量……然后，等待契机。冲动不可抑制，《朝霞》就是这样，这个情况还会有第二次吗？

▶ 小说作者是个批评家，小说本身确实涉及了许多知识领域

走　走：德海身为青年评论家，怎样看待《朝霞》这样一个文本？还记得当初读到《朝霞》时，是怎样的感受吗？

黄德海：开始读的时候，我觉得一个庞然大物来了，迟缓、沉重、忧心忡忡，甚至有些滞涩，处处是阻碍。这时，就像看到水面整块的平静涌起，慢、大，甚至是安静的，但你知道，大鱼来了！

吴　亮：德海阅读《朝霞》，与我写《朝霞》有个根本不同：他读的时候，后面有个大东西等他；我写的时候，后面什么东西都没有！每写一段或连续写几段，得意和惶恐交替出现。惶恐的不是刚才写得不好，而是根本不知道往下怎么写！我写评论从未惶恐。

走 走：为什么？写评论手熟？已知和未知的不同？

吴 亮：对自己要说什么很明确。而写小说完全不同。

走 走：小说更需要解决的不是"说什么"，而是"怎么说"？

吴 亮：每个人物都有自由意志，可能性太多了。

走 走：德海你觉得《朝霞》是在你的情感体系、思想体系之中还是之外？

黄德海：对这本小说，我觉得最有意味的是，它渐渐地延伸出（或者确切地说，生长到）作者开始没想到的很多角落，包括思考的、情感的、身体的……这些角落原先就有。可是一个虚构文本把这些角落照亮，缓缓显露出来，这是虚构给予写作者的报偿，同时也是挑战。因此，以我对吴亮的认识，有些方面是在我情感和思想体系之内的，有些则远远超出了我的"前见"。

走 走：能具体讲讲这种内和外吗？比如你的"前见"是什么？你对文本的潜在判断建立在什么基础上？可能只有知道一个评论家所代表的普遍视野之后，我们才能更容易理解这一个文本的位置。

黄德海：其实不是。因为你问到我的情感体系和思想体系，我不得不先说此前的情形。除了这个，这个小说本身有自己的意义（不是每个人都对作者非常了解了才去读一本书，不是吗？），这意义在于，尽管作品建立在虚构基础上，也并不是连贯性的故事，甚至有些跳跃和拼贴，但其中的情感和思想却是完整而丰富的，写出了那个时段的总体感。更有意思的是，作品居然在这些之上有一种自带的反思功能，你在作品里感受到的，更多的是那种反思的力量，也就是我们说的思想性。

走　走：你们觉得思想这个词适合用来形容《朝霞》吗？

吴　亮：你用了"思想"概括这个小说的特征，问我对这样"形容"有什么意见，我想可能有两个原因让你提出这个看法：一是小说作者是个批评家，二是小说本身确实涉及了许多知识领域。当然，《朝霞》中有不少涉及思想的情节与段落，对话、读书札记、引用的典籍、作者或叙述者的议论等。毫无疑问，这些内容都是直接思想的，怀疑、来自正统体系的反诘，其他体系的接触、逻辑与常识，甚至接近于危险边缘的想法、不为人知的独立思考等，这些思想活动在那个年代从来就没有被彻底清除，要不然就无法解释一九七六年之后的思想解放运动与改革开放。不过同时，正如你不断提醒我的，这个必要部分的表达在技术上非常困难，这的确让我难以放手去写。现在的定稿对原稿做了许多无可奈何的删改，这样一来，思想的含量与直接性都有一定程度的减弱。但是反过来说，所谓思想性的弱化对小说的艺术性和多义性以及模糊性可能是有好处的，把人物放到历史情境中，同时把作者放在历史情境中，让读者与作家共同去思想！

黄德海：我对这个作品的思想性段落——如果非要这么称呼的话——怀着非常浓烈的兴趣，一方面是吴亮刚才说的，不管在什么情形下，思想并没有完全消失或被同质化。另一方面，小说摒弃思想性似乎是一种"艺术正确"，但思想从没在小说里绝迹，只是很多所谓的思想不过是平庸的常识。这个小说中的思想，没有脱离人物，而这些思想，即使现在，也仍然是很多人的思维死角。在这个意义上，这本被吴亮自己认为回到了十九世纪写法的小说，可以认为是回到了有着更庞杂容量、更坚韧活力的小说传统。而在小说越来越孱弱的今天，这活力，对我来说就是一种新的东西（因为现在的思想进入，已经不是小说的本能，而是思考的结果）。

▶让小说中的人物的思考是"十九世纪的"

走　走：这部长篇某种程度上说是反小说、拒绝读者的，没有必然的开头，也没有必然的结尾。读者其实可以从99节的任意一节开始阅读，也可以随意中止、继续……小说的开头是"邦斯舅舅回到溧阳路麦加里的那年已经六十五岁了"，但其实，小说中叙述的主要时间远远早于这个开始，许多事早已发生。结尾是"阿诺睡着了，他梦见了马思聪"。其实在这句话之前，"文革"已结束，许多事已经在无动于衷地继续前行……对于你来说，这个小说存在明确的起点和终点吗？也许就像这个世界，没有必然的起点和终点？

吴　亮：小说以回述的形式展开，叙事顺序不是完整连贯地从一个起点均匀地向前推进，而是根据叙事者的片段记忆，一个单元一个单元呈现，它们招之即来，偶然、浮现、追述、联想、唤醒、回忆……它的视角与时间意识是主观的，同时又是尽可能忠实于客观时间与客观真实的。某种程度上讲，这是一部起源于现代小说形式观念，却渐渐回到十九世纪传统小说形式与文学精神的虚构作品。

走　走：那在你看来，十九世纪的文学精神是什么？

吴　亮：十九世纪小说的要义：命运、性格、个性……我本来以为我会写出一个非驴非马的作品，结果没有。我的意图是，让小说中的人物的思考是"十九世纪的"，让作者直接在小说中的议论也是"十九世纪的"，"回到十九世纪"包括这一层意思。

黄德海：小说在十八世纪就这样，十九世纪已经整饬多了。如果对小说的源头进行更早的追溯，那么早期的希腊长篇叙事，更是思想的。我觉得吴亮这里说的"回到"，更像是"复兴"，把一个过去的东西，在现时代复活，重新有意义。

吴　亮：我个人的自我启蒙，全部在七十年代完成，思想来源即十九世纪，个人经验啊。撇开个人经验不论，十九世纪离我们最近，此其一；十九世纪世界大变局开始，此其二。故十九世纪非常非常重要。

黄德海：可是你对很多新艺术形式的确认和新写作方式的尝试，也似乎让人觉得你的思想来源经过特殊的调整。

吴　亮：七十年代末开始接触萨特、弗洛伊德，八十年代初全面接触现代主义，现实主义的刀枪入库了。

黄德海：现在，通过小说，又出来啦。

▶写这个小说，我使用了大量读书笔记

走　走：这部长篇形式上是会令期待强情节的读者生畏的，涉及的知识面即使不是深邃至少也是繁杂的，充满各种象征（模型、鼠灾、手绘地图……）与纵横恣肆的旁征博引（古诗、《圣经》段落、歌词……），像邦斯舅舅的信就很有趣，涉及医学、烟草等方方面面的小知识。

吴　亮：如你指出的"繁杂"倒是我计划中的，这不仅来自我的部分经验，也来自我后来了解到的其他同代人的间接经验。真实生活中我有一个舅舅，他写的家信中经常有这样的东西，但是没有我写得那么专业。我其实是把很多枯燥的东西给削掉了，把一些想象出的经验放在这当中。我一直有一个看书的习惯，也一直写笔记，笔记本是商务印书馆的，薄薄的，做得很漂亮。现在家里有二十来本笔记，都没有写完，不同类型的想法我

都记在笔记本里，有抄的，有感想，也有一些关键词，还有我想写的东西，诸如此类，很乱。

每次看这一大堆笔记，看到一半就不看了，因为觉得太乱了。另外，使用微信后，不知道你们看没看过我的微信？每天晚上我都要在朋友圈东拉西扯发五六条，都是我每天读书的印象或者思考的问题。从工厂时代我就开始养成这样的习惯，每天都要看书。我工作的地方是一家很小的厂，我在那里学会了抽烟。那时上班的时候大家都在偷懒，很松散，工厂里面有很多空子可以钻。躲在什么地方看书，都可以。甚至有的老师傅拿《解放日报》在厕所里一坐就是半个小时。七十年代末，我还在厂里，厂里开始加强管理，我看书，我们厂长看到就扣我工资，"看书就看书，还看'马列'？"这话很恶毒，好像我在装什么蒜，后来就没有办法拿书看了。那时我订了几份杂志，一份是《历史研究》，一份是《经济学研究》，还有一份叫《外国哲学》，另一份忘记了，总共四份杂志。花了我很多钱，应该很珍贵吧，但是我太渴望看了，就把一篇篇论文两页三页地撕下来，折成豆腐干那种形状拿在手里，没事就看，每天细读一篇文章，总不能再把我的纸头收走吧。说我自学成才实际上是抬举我，我就觉得看书的时候最开心，看文字比工作有意思，没有想过看了有什么用。

走　走：你现在每天都看些什么书呢？

吴　亮：非常杂。中国的作品也看，但中国的文学还是看得少。只是不太说，因为大家都在做这个事，我说我不看，不太礼貌。我年纪大了，眼睛要看一些更重要的东西，所以就看得少一点。但是中国的各种书也看了不少。写这个小说，我使用了大量读书笔记，有直接抄录，也有自己发挥，还有许多有趣内容没有用上。

找到两页没有使用的"提示"：前一页，原计划写林林与几个人的秘密活动，后放弃；第二页，好像应该放在内心独白中，不确定的主体。

另一本：左侧是核心观念，用来提醒；右侧关于大卫·鲍伊，没有撕掉。

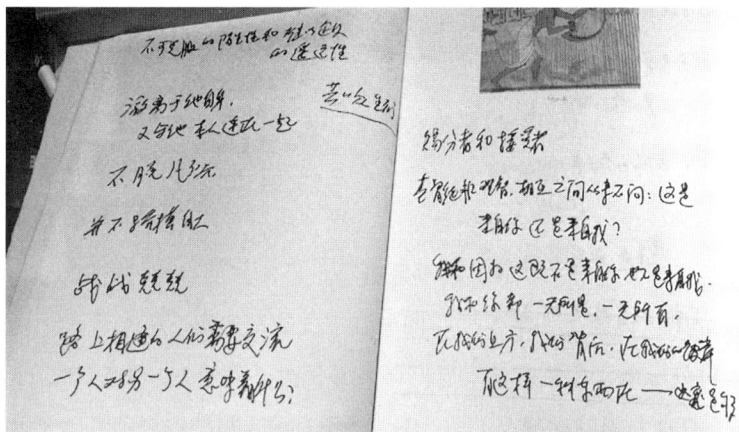

两年前的笔记本，好像已经在准备什么了……

在我的预想中，想捏造一些并不存在的知识，或扭曲一些知识，结果都没有实行，其实应该有这个的。曾经的常识，后被认为是谬误，不胜枚举：牛顿都相信过炼金术，拿破仑相信奎宁可以治百病。

我在翻我笔记的时候想再写一个小说，把我这些读书笔记放进去。里面会出现一个主要的人物，他和很多人交往，他一直在写回忆录，但是他最终没有办法写完。我就是想写一个写作的过程，当然这仅仅是一个概念而已，还没有着手。

▶ 写人物对话是"他们"在说，我在速记

走　走：《朝霞》的叙述风格大大挑战了当前的快速消费文化，我觉得适合这个文本的理想的读者是愿意与作者共同创造的，创造的是经由你的经验捕捉到的自己的经验，还有意识的跳跃、变动。这部长篇令我着迷的还有，它瓦解了单一向度的大叙事，由一群微小的小叙事所组成，每段叙

事各自拥有一个人物的一个面向的生活。有趣的就是，小说从少年阿诺开始写起，到结尾他长大成人。我们读者其实不知道那些琐碎的小事件，比如读书、讨论、弄堂暗巷的冒险、暗恋、与年长女子的生理体验等对他这个人的将来会产生怎样的影响，哪些会是决定性的影响。据说你曾经设想过每个人物的未来，那些曾经特别独立思考的脑袋，最终大部分是平庸化的。我觉得尊重这种未知就是在尊重这个世界，你没有去轻易简化它。

吴　亮：以为《朝霞》要写四十万字，边写边留下未来线索，随机会造一个角色出来，如姚宗藻、张守诚、董医生、郭小红、顾安邦、卡娜依姆（马立克在新疆的女朋友）等，还包括没有深入写的殷老师、陈子谟，最后又冒出几个重要角色，但是故事必须要落幕了。所有人名没必要都要交代清楚，所谓"挂在墙上的猎枪一定要打响"。随着一个个人物出场，随着他们的成长，故事越来越紧凑，人物关系以及他们的欲望、命运、企盼、等待、迷茫一起涌向了结尾，似乎走向那个有朝霞的柏拉图洞穴出口。为小说中的那些人物们设想各自的未来命运，乃至为其中的几个角色安排最后结局，是小说写到后半程产生的念头，似乎这是对一部长篇小说应有的交待。大概有一个多月的时间我为之伤透了脑筋，最后还是放弃了这个计划，可能因为我老了，害怕为人物安排结局，其实是不愿意看到结局，尤其是，我已经爱上了这个小说中几乎所有的角色。他们一开始只是一个符号、一个身份、一个临时想象出来的扁平人物，渐渐地，这些男男女女一个个鲜活起来，活动变为人形，他们呼之欲出，在写作的后半阶段我与他们生活在一起难舍难分。写这样的小说很容易让人怀旧，我无意识地展示这种指向过去的怀旧，我的读者仿佛不是当代的年轻人，而是半个世纪前的年轻人，我愿意将他们定格在我的小说结尾、定格在我这个文本之中。他们的面容、举止、姿态、期盼与忧伤统统凝固在其中，永远在场，不被遗忘，不被抹去……

昨晚又回溯性地读《朝霞》，模糊记得其中有若干对这个小说本身的阐释与解析，结果找到一段，殊为重要：第36节第一自然段，终于用明晰语言描述了这个小说的"生成"，它必须通过写作本身来达成，渐渐明朗，于是在第36节被揭示出来。（走走注：第36节第一自然段："一个宏伟的小说构思，不会是某个夜晚降临的偶然意念所能推动得了的，这不一定是规模的宏伟，更不是容量的宏伟。从一句话开始，作为开端，敲响第一个音符，第二个，第三个，生成一句话，然后向某个不清楚的方向缓慢流动，渐渐加速、分岔，形成两个或者三个分岔。水越蓄越多，能量随之集中，需要更多的出口，句子和句子前赴后继，已经不注意句子，因为句子汇合成句丛。一个一个句丛的团块、块茎，有自己的生命，它们开始自作主张，它们有了内部的欲望，还有自己的意志。那些人物角色，他，他和她，更多的他和她，他们！杂乱无章的堆积，他们彼此相识，最初的几个星期，他们各行其是，分头行动，后来他们把拼图找到了，但是产生了新的误解、困惑、未知。他们将要做什么？其实是，他们在过去了的那个最为怪异最为枯索最为难以命名的时代，究竟还做过什么惊天动地或不值一提的无意义的必须之事？每时每刻，滑稽，经济，哲理，上帝，野心勃勃，搔首弄姿，幻影与三棱镜。必须有一个光辉的结局，为了阿诺的巴尔扎克与福楼拜，为了给发生过的一切生活痕迹留下文字，在虚空里消逝。"）由于这个作品内容过于丰繁，别人问起，我常会语塞。

走　走：也是在阅读这个文本时，我再一次明确地意识到何为文学的语言，它们具备深度、节奏、层次感，语言终于不再只是讲述情节的工具。所以，必须关注文字本身。所有叙述都通过语言发生。

吴　亮：这个"语言自觉"我一直有的，不过写这部小说有了新体验：写人物对话似乎不是我想象的，是"他们"在说，我则在速记，速度很快。

走　走：那你信任这样的语言吗？

吴　亮：要听你们的感觉了。

走　走：你笔下的对话非常棒，它们全部都是我们日常使用的语言，没有故意为了所谓文学化而扭曲，但非常具有意义的弹性，也准确地反映出我们的真实生活经验，这是怎么做到的？

黄德海：我觉得吴亮这次的对话是一绝。这个速记的说法，很有意思。其实在写这小说之前，吴亮已经展示过他的对话才能了，比如在那个著名的批评一个学者的长长的帖子里，就有很多戏拟的对话，活灵活现。程德培的文章就专门讨论过吴亮的对话。所以这种高峰体验式的写作，归根结底也要归功于这方面的才能和练习，这样笔才能跟得上。

吴　亮：写多人对话，特别嗨，大部分是迅速完成的。

走　走：我觉得诀窍是非常简洁，除了动词，其他能省则省，没有多余的情感累赘，特别倾向于写实主义风格，每个字词都透明地实在地说着事儿。

吴　亮：眼前有场景幻觉，却并不考虑语言问题，但会记得人物的性格与文化特征。

黄德海：简洁，了解那些人的基本思路和判断事物的标准，在虚构里写出的是真实的人的想法。

吴　亮：脱口而出，就这么简单。

▶写小说，不能冷冰冰地写

走　走：不过有意思的是，整个文本形式复杂，内容却是单纯的。这种单纯也许是因为几乎所有人物之间的关系是单纯的。（即便是尚未刑满释放的姚宗藻托人想办法带给张守诚的信，威胁也是赤裸裸表现在纸面上的。）没有复杂的潜文本，没有隐藏的另一种关系，没有在表面下面隐藏冲突、紧张、恶意等，所以这其实是个特别单纯特别干净的小说。

吴　亮：谢谢走走读得这样仔细。其实《朝霞》中有告密，有检举，邦斯舅舅为什么去劳改？兆熹为什么被判刑？林家兄弟为什么逃亡？我一开始就写了，只是不那么触目惊心，这已经常态化了。

我在《我的罗陀斯》里面有一章写到"死掉的父亲"。一个是我姨父，就是我妈妈的妹妹的丈夫，扬州人，失踪了，就是跳江死了，找不到了。还有就是我邻居，和我玩得很好的小伙伴，其中一个父亲跳楼自杀了，在七〇年左右。他自杀前我还看到他，这个男的是一个资本家，长期高血压。那时他还有一点闲钱，买五块钱一把的象牙筷子，还买一些小小的红木凳子，两块一把，很有眼光吧？他太优哉游哉，有人就想到，这个人一直隐藏着嘛，给揪出来，斗了一次，他就跳楼自杀了。我写过很多我邻居的死亡，死人不说话，每一个人的死亡都是世界末日。死了，这世界就没了，就是一片黑暗。活下来的人都不知道。对死有点感受的话你就知道，极限在什么地方。

但是我已经写过了，这次是写小说，不能冷冰冰地写。

我这个小说倒不是想写那些"深渊"的东西，虽然中间可能会出现一些"深渊"的思考，我的主旋律就是一种"生"的战性，尽管他们这么苟且地生活，编故事、不见人等，但是还是要自己的"生"。

捷克诗人、一九八四年诺贝尔文学奖获得者赛弗尔特晚年撰写了一本回忆录《世界美如斯》，这本书对我影响挺大的。这本书很厚，写的时候他八十岁左右，写的都是他以前认识的朋友，捷克文坛的人，像写日记一样，但是写得非常好，能看出来里面的气息。他本身不是没有政治立场，但不那么尖锐，就是在夹缝当中。他生活得还可以，也没有做过什么坏事。他在书里歌颂自然、风光、友谊，当然这里面不完全那么美，也有很多的死亡。如果把他的书和哈维尔的书放在一起看，你可以看到他的生活的另外一个部分，他没有说谎，他很真实。他不是在占领这个时代。即便这个时代有其他的东西，人们还是有快乐的，有伤感、离别、死亡，有亲情、友谊。当然我不会像他那么有诗情，容易发现美，在我的小说里面看不到太多美的描绘。

走　走：对，背景仍然是肃杀的，但我想说的是，在那样一个政治高压的年代，这些年轻人的关系特别美好，没有告密，没有权力的争斗，没有支配与操纵，甚至没有虚伪……

吴　亮：因为他们的关系很单纯：同学、邻居、亲人……他们从复杂的社会关系中"脱落"下来，病假、逃避、赖在家中，这个状况在七十年代初开始出现了。

走　走：但是我看过一些关于"文革"告密的研究文章，正是上述的亲近关系，滋生出大量告密、汇报的材料。

黄德海：我觉得正是这些人没有那样，如父子成仇、夫妻反目、以邻为壑等，这个，就是小说纯净的一个地方。它来自作者，也让小说不再是习见的，所以也没成为只跟随运动起伏的某种作品。

走　走：所以还是心怎样，看到的或者写出的世界就是怎样。
黄德海：完全赞同。

（黄德海，山东平度人，2004年复旦大学中文系硕士毕业，现任职于《上海文化》杂志社。著有文学评论集《若将飞而未翔》，书评随笔集《个人底本》，翻译有《小胡椒成长记》。）

张　楚
Zhang Chu

河北文坛"河北四侠"之一。从2001年起，在《收获》《人民文学》《当代》《天涯》等杂志发表小说50余万字，其短篇小说《良宵》获第六届鲁迅文学奖。

我在他们身上看到了光

▶ 每部作品都是有缺憾的

走　走：这些年，你写了大量中篇小说，《收获》的责编王继军曾经半开玩笑地说，你的小说非常"收获 style"。我的理解是，平凡日常有其传奇，可读性强的同时可堪再三回味；残酷之中蕴含温暖真情；对人性深处有所抵达。你自己最满意的小说是哪一篇呢？

张　楚：谢谢走走的赞美。我也很难分清自己最满意的小说是哪一篇。以前挺喜欢《曲别针》，但是现在读起来，又觉得它太疯狂太黏稠，好像一个演员一跳到舞台上就癫狂起来，缺乏一种技术和表演上的节制。后来觉得《刹那记》也不错，记得当年施战军老师说这部作品是可以留下来的，让我很是小小得意了一番。我的朋友王凯说它像一树繁花。但是对于一个中篇来讲，它故事性不强，倒像是从一部长篇里节选出来的。我觉得它很像出自南斯拉夫某位导演的电影。再后来是《七根孔雀羽毛》，这篇小说的问题在于太过轻巧，也许我可以用举重若轻的理论来阐释，但如果当初写它时，更狂野或者更坠重些，也许它的面容会更清晰。最近的一篇《野象小姐》，我觉得叙述腔调还是有些男性化，如果更绵软更碎片化，表达效果会不会更好？每部作品都是有缺憾的，当然，这种缺憾我们可以用各种理论去解释。你看，很有意思，一个作家即便是对自己写出来的小说，审美趣味也一直在不知不觉地嬗变。在某段时间内，他喜欢的物品、书籍、音乐、电影、朋友、酒、香烟的类型都有种固定的同质性，然后，随着时光的浸染和潜移默化，他的审美会有微调和自省。也许，时光将一个人塑造成什么样子，他就会有与之呼应的口味和迷恋。但是时光这种东西又很粗粝，作为一位作家，我觉得必须在它浑浊的呼吸声和暴戾的行动中，小心翼翼地保护自己内心最柔软的部分。如果这一部分受到了伤害，写作者的灵魂可能就会逐渐枯竭，他对这个世界的爱就会变得不真诚、不深情。而油滑和过于投机主义的世故，无疑会伤害作品的骨髓。

走　走：中篇《夏朗的望远镜》处理得非常压抑，诚如你的创作谈所言，这是"一个关于精神压制和反抗的故事……让一个初婚的小男人蜷缩在岳丈的精神钳制中"。为了给予这个小男人一点安慰，你让小说中出现了一架专业级别的望远镜，并由这架望远镜带出一个疑似外星来的女人。但这种精神突围的渴求随着岳丈将它第二次放进厕所的壁橱，其实是凋零了。这篇小说让我看到你的某种善良，小说原本可以压抑到底，但你让那位岳丈颅腔内大面积出血，让夏朗有机会再次观测星云。对人物所受的精神折磨而言，这一笔其实是有些甜了，透气的裂口不是由内而外，而是作者人为撕开的，在深度上有些损失……

张　楚：有时候，事件的轨迹总是在以一种我们完全想象不到的逻辑运行。但是一位作家的作品会有如何的造型和姿态，是他潜意识里各种教育（文学、美学、哲学、社会学）综合发生化学反应的结果。这种结果，毋庸置疑有明晰的逻辑性。当初构思这篇小说，我已经安排了岳丈的结局。在我看来，让他最后变成一个不能言语的人，不是因为出于对夏朗的怜悯，而是出于对岳丈的怜悯——还有什么样的结局比让一个焦虑症患者、一个完美主义者、一个专制主义者生活在混沌世界、无声世界更仁慈呢？让他坐在轮椅上，让他不再规划别人的生活，让他在这个让人厌倦的世界里保持着沉默，也是一种小说逻辑。我年轻的时候读《包法利夫人》，每次读到包法利死去都会很难受，相对于艾玛的死亡，包法利的死更让我难过。但是现在读《包法利夫人》，觉得他那么窝窝囊囊地死掉，可能是福楼拜对他最大的仁慈了。

当时写《夏朗的望远镜》的经历很痛苦，我特别想把它早早地终结。发表后也没重读过，我记得当时编辑小甫也不喜欢，说怎么这样啰唆。很多年过去，碰到一些读书的朋友，提到它的却很多，而且大都是中年朋友。也许，这篇小说暗合了一些我们内心深处和青灰色生活的微妙罅隙。当然，让岳丈继续生龙活虎地审视着夏朗，可能会更具寓言性。

▶ 让小说有点游离和走神可能诞生出意外的诗性

走　走：你的大量中短篇，写的是日常，日常中的烦琐、卑微、丑陋、绝望。我以为那些动人的张楚式的细节，是那些景色描写。《刹那记》里，樱桃被轮奸后去邻县的医院，"后来樱桃挑了临窗的位子坐了。等安置妥当，樱桃向窗外看去，她这才倏地发觉，柳树枝条全绿了，不时伸进窗户里掸着她的脸颊，那几株向阳的，已嫩嫩地顶了苞芽，随时都会被春风吹破的样子。路过大片盐碱地时，樱桃还看到了大丛大丛的蒲公英，她倒从来没见过这么多蒲公英一齐怒放，锯齿叶片在阳光下泛着绿色光芒"。《大象》这个小说，你说过，是献给你得了再障性贫血去世的妹妹的。小说中的女孩孙明净去世后，父亲打算喝敌敌畏自杀，自杀前打算谢谢那些捐过款的陌生人，从名单里挑了四位，和妻子去送些土特产。那么一个悲凉的故事，里面的景色描写却充满希望。"……她并未起身，而是不声不响盯着畦垄上的一簇蒲公英。蒲公英的锯形齿粘爬着蚜虫，细长杆顶着层层叠叠的花瓣，花瓣里栖着细腰马蜂。艾绿珠努了努嘴，半晌才喃喃问道，孙志刚，孙志刚，难道……立春了?"因了这些高贵美好的心灵才能看见的纯然景物，这些生活在小城社会的边缘人和弱势群体的日常生活，始于形而下，终于形而上。这是不是你说过的"日常生活中的诗性"? 诗性是一种哀而不伤?

张　楚：谢谢走走，你看得这么仔细让我特别感动。我学习写作初期，作品出现这些景物其实是没有意识的，后来倒是有意识地去描写。我在农村长大，家里养着猪，七八岁要去玉米地里挑菜，蒲公英、荠菜、紫云英、车前子、秃萝卜丁、野艾蒿、灰灰菜、马齿苋这些都是常见的野菜，见到一株茂盛高大的，内心会狂喜。长大后爷爷养了头驴，特别能吃，暑假时我要跟着亲爱的老叔背着塑料袋去割草，草的种类就更多，要割满满两麻袋才能让驴吃饱。可以说，乡村生活让我对庄稼、对植物、对飞来飞去的昆虫有种天然的怀想。写小说时，只要一写到春天，就忍不住把它们的名字罗列出来，写得最多的可能是蒲公英和细腰金马蜂。真的，一想到它们的模样，我心里就格外的温暖。

　　其实当代作家的小说里，尤其是短篇和中篇，很少写风物，大家都认为是在浪费笔墨，而且是种很古旧的写作手法，似乎只有在19世纪的经典作品里出现，风物才算是风物。有一次听李敬泽先生讲课，他说现在的作家一上来就急吼吼叙述，完全忘记了世界是由人和物组成的。大致意思如此。我以前也曾自问，风物真的属于奢侈品或者展览品吗? 其实对风物的描摹，看似一种闲笔，但正是这样的闲笔，让小说有点游离和走神，反倒可能诞生出意外的诗性，也就是你说的"日常生活中的诗性"吧。对我而言，这种诗性天生有着阳光和植物的味道，所以我认为，它应该是哀而不伤。

走　走：你的小说中总有一件具象的物品承担美丽、神秘、脆弱、孤独的抽象隐喻，而且它们往往还是小说题目，比如《曲别针》、《草莓冰山》、《七根孔雀羽毛》、《夏朗的望远镜》、《大象》、《伊丽莎白的礼帽》、《野薄荷》、《梵高的火柴》（其实应该是火柴盒）……这些物品以物象符号的方式安静地存在着，在它们周围却游荡着一种不安的情绪。你能不能详细讲讲，它们都具有什么样的隐喻意义呢？你使用它们，是希望给予小说主人公什么样的精神塑形？

张　楚：以前也有朋友问我这个问题。这些意象其实在我写作时只是一种潜意识。比如《曲别针》里的曲别针，有朋友说它隐喻了男主人公精神世界的扭曲。其实我写时并没有这种意识，这只是一种个人的小嗜好，就像有人喜欢不停摆弄打火机一样。人私底下的一些细微的小习惯、小毛病、特殊喜好，都是他内心世界的真实镜像。《七根孔雀羽毛》里的孔雀羽毛，也许没有任何意义，但却是主人公最温暖、最隐秘的东西。人有时就需要一些没有意义的东西，它安静地存在着，跟我们所处的这个庞杂混乱的世界形成一种美学意义上的反差。当然，也可以说它是精神世界对诗意的一种向往和梳理。不过从精神分析角度来看，这些"意象"确实有助于揭示人物内心和小说主旨。可我写作时更多时候是"无意识的有意识"。后来王继军跟我说，"意象"在我的小说中运用得太多。我很警惕。最近的作品中就很少涉及"意象"了。我不太想让别人觉得这只是我对技巧的运用。

▶ 笔下的人物从生活里得来

走　走：你笔下的人物三教九流，中产阶级、知识分子、农民、公务员、小姐、嫖客、学生情侣、同性恋人……这种对完全不同人群的把握能力是如何得来的？我特别喜欢你说过的一段话："这些普通人在镇上生老病死，一辈子都遵循着自己的生活方式和人生信条。我在他们身上看到了光，这种亮度可以照亮我的眼睛，让我即便在黑夜里也能走自己的路。"

张　楚：都是从生活里得来的。虽然生活在县城，但是麻雀虽小五脏俱全，你能想象出来的各色人等，在县城都会有对应的人物。因为工作的关系，接触到不少企业老板、会计、县委县政府职员、官员。有段时间我弟弟开饭馆，闲来无事会去那里帮帮忙，也认识了一些做生意的买卖人：开奶牛场的、卖饲料的、卖树苗的、开花店的、卖观赏鱼的、卖手工艺品的、开台球厅的、房地产商、配狗的、私家侦探、KTV老板、锹厂老板……这些人中的一部分成了我的朋友。他们会讲述发生在他们身边的、形形色色的、各种性质的事件或案件，当然，喝多了他们也会讲自己的故事。我向来是个好的倾听者，对于他们的世界也抱以善意的眼光。而且我跟他们都很熟悉，他们的一颦一笑、个性特点、说话方式和性格缺点，我都很了解。在小说里写到类似的人物就会很顺手。好像有了模子，做雕塑的时候就不会手生。当然，这也是一种很危险的写作方式，如果写完全陌生的人和世界，就要完全靠想象力和臆想出来的逻辑。无论怎样，他们，我这些县城里的朋友，肯定会是一辈子的好朋友。我们都将在那里终老。

▶ 有时候，新闻案件会格外吸引小说家的目光

走　走：你的小说常常会借助犯罪事件推动，《曲别针》里志国因为没钱付给小姐，小姐翻出他女儿拉拉送给他的透明链子塞进自己袜子，志国因此把她活活摔死；《细嗓门》里，林红杀死无数次欺凌过自己妹妹的丈夫韩小雨；《疼》则是整篇围绕马可找朋友假绑架真敲诈自己的同居女友杨玉

英，最后杨玉英因为一只蜡笔小新木偶被智障刘敬明杀死；《在云落》里医生苏恪以涉嫌非法监禁女子，而他的失踪似乎又与为表妹报仇的郝大夫约他到湖边钓鱼有关；《夜游记》里，卖电梯卖成优秀员工的男人从后面砍了背叛自己的女友六刀……这种"犯罪叙事"，是为了照顾小说的可读性吗？

张　楚：其实不是的。我不是一个刻意在小说里讲故事的人。但是有时候，新闻案件会格外吸引你的目光，让你回味案件发生过程中那些蹊跷的思维方式和偶发事件。《曲别针》里的事件是我听一个企业会计讲的；《疼》里绑架女友致死事件和《细嗓门》里的杀夫肢解情节是电视台的两宗案件调查。也许可以这样说，是这些案件中莫名其妙和模糊难言，甚至是遮遮掩掩的那部分吸引了我的目光，然后我按照自己的理解方式去解读人性。这个解读过程对当时的我而言有种致命的吸引，就像你要如何图解、分析一个别人留下来的、被橡皮擦去了一块的圆形。《夜游记》和《在云落》是完全虚构的。

▶尽管不可沟通，仍然充分理解，但还坚持底线

走　走：在所有这些中短篇小说中，我最喜欢的是短篇《老娘子》。九十岁的苏玉美想为新出世的曾孙赶制两身衣裳和两双老虎鞋，邀请了自己八十多岁的妹妹苏涣美做帮手。在此期间，两个老姐妹不畏拆迁恶霸铲土机的恫吓，继续缝个不停。淡定从容的勇敢背后，是苏玉美六十多年的守寡，而这守寡，又牵连出一个更悲伤的故事："读书郎一直在县城教书，跟苏玉美生了三个儿子，1942年失踪了。据说他是地下党，被日本鬼子杀了。"你的其他小说，基本围绕青年人的迷惘、人在途中不知心之所向。（根据世界卫生组织确定的新的年龄分段，青年人的年龄上限已经提高到44岁）

但是这一篇却建立起了上一代冷眼看待、坦然面对如今社会各种粗暴现实的祖辈形象。既出离你创作的总体，也出离同辈其他七〇后作家。站在这俩老姐妹的视角，反观自己唯唯诺诺的下一代、苟且自保的下下一代，也并没有简单得出"一代不如一代"的结论，而是，尽管不可沟通，仍然充分理解，但还坚持底线。小说结尾特别有力量："再后来，苏涣美和那帮人，包括那个刺青龙身的，注视着苏玉美缓缓坐进铲斗里。她那么小，那么瘦，坐在里面，就像是铲车随便从哪里铲出了一个衰老的、皮肤皲裂的塑料娃娃。这个老塑料娃娃望了望众人，然后，将老虎鞋放到离眼睛不到一寸远的地方，舔了舔食指上亮闪闪的顶针，一针针地、一针针地绣起来。"社会最底层最边缘的弱势群体，在文学中的形象，不再是迷惘无助，而是安闲地坐下来，置身于汹涌而来的狂潮之中，有了慈祥平静的目光。

张　楚：这是一篇完全游离我小说谱系的短篇。以前写过偏农村题材的，比如《旅行》《老鸦头》《一棵独立行走的草》《被儿子燃烧》等。这篇还有些不一样。写作动因很简单，一个哥们刚生了儿子，喝酒时说，他姥姥去找他的太姥姥，要给他儿子做老虎鞋。他太姥姥都九十三岁了。当时我眼前就出现了那么一幕，七十多岁的女儿和九十多岁的母亲坐在院子里纳鞋底。春天的甜风吹着娘俩的白发，阳光似乎也照耀到了时光之外的灰尘。恰巧那段时间县城里搞拆迁。当时我想，如果把拆迁跟老虎鞋粘贴在一起，会是如何的场景？于是就有了这个小说。两位老姐妹形象的原型，是我奶奶和她农村里的那帮老姐妹。我奶奶是一位老共产党员，新中国成立前入的党，八十多岁了什么补助都没有，天天跟一帮八九十岁的老太太玩牌，她手气通常很好，每天能赢两块钱。爷爷参加过辽沈战役和朝鲜战争，压箱底的军功章有七八枚。他每个月有50块钱的补助。如果让衰老的他们面对这个世界最复杂的一件事情，他们会如何解决？结果只能如你所言：尽管不可沟通，仍然充分理解，但还坚持底线。

写这篇小说的时候状态很放松，尽量用短句，说最明白的话。小说发表后只有孟繁华老师非常喜欢并将它收入了当年的短篇小说年选。这么多年来，很少有人提及这篇小说。我几乎也要将它遗忘了。再次谢谢你的阅读和肯定。

走　走：和《老娘子》精神气质较为接近的还有一个短篇《旅行》。"爷爷怎么想起要去十里铺看海呢？……十里铺离周庄有一百里路呢。他这副老骨头，骑自行车能扛得住吗？"这个悬疑到小说结尾才揭晓："那次旅行，爷爷为什么非要去药地村他们当时不知来龙去脉。……多年后兆生在一次公务中遇到了一位私企老板。当他知道兆生是周庄人时，他和兆生询问一个叫周文的老人。兆生说周文是他爷爷。那个老板很吃惊，后来他说，有一年春天，周文骑着自行车跑到他们药地村，送给他母亲五十元钱。……然后他斟酌着说，'1963年秋天的时候，我妈去你们村偷玉米，'他并没有因为自己母亲曾经是个小偷而感到羞愧，'被你爷爷逮着了，你爷爷那时是队长。我妈说了些不好听的话。你爷爷就踢了我妈一脚，'他点着一支香烟说，'我妈当时摔到地上，流了不少的血，'他猛吸了口香烟说，'也不能怪你爷爷，他怎么知道我妈怀了三个月的孕呢？'后来他笑了起来，'我妈身体皮实，什么事情都没有，不然哪里会有我呢？'最后他眯着眼睛说，'我只是觉得很有意思，这么多年了，你爷爷还记得这码事。'"这个小说篇幅虽然很短，但涉及的主题却很大，关于生命行将结束之前，对自己过往不良行为的忏悔。怎么会想到写这样一个在你自己作品谱系里比较少见的题材？

张　楚：20世纪60年代，我爷爷一家过得非常艰难。他有个战友，家住百里开外的农场，生活相对宽裕些。每年春天，家里快揭不开锅的时候，那个战友就会驮着半袋粮食来爷爷家。抽上几袋烟，然后骑着借来的老水管自行车回去。后来因为交通、迁移等原因，慢慢失去了联系。生活好些后，我总是听爷爷跟奶奶念叨，什么时候我驮着你去看看老徐啊，他们家住在海边。他说这番话时已经七十多岁了。爷爷奶奶特别疼我，以他们自己的方式。从小学到高中的寒暑假我都是在爷爷家度过的。记得上大学时，奶奶让邻居神秘兮兮地打电话让我回家，说有好吃的。我坐长途车回去一看，原来是谁送的蛋糕，非常松软非常甜，也许在他们看来，这是世界上最好吃的糕点了。我抱着这盒糕点上了车。车开了很久，从玻璃窗往外望去，他们还在村口手搭凉棚张望着我这边。后来我看到爷爷小跑了起来，他跑得很慢，摇摇晃晃的……我差点忍不住从车上跳下去……写这篇小说时爷爷奶奶还健在，爷爷已经没有体力驮着奶奶去海边看他战友了，我只能为他们虚构了这一段艰难但是美好的旅程。当然在具体写作当中，又虚构了一些枝蔓和细节。现在他们都去世了，我经常梦到他们。我相信那些在世界另外一端生活的亲人们，肯定也米谷满仓、六畜吉祥。

▶ 我的小说中会有类似于玻璃毛边一般的东西

走　走：此前和弋舟也有过这样的一次对话，我那时就觉得，把你和他的写作相对照来看，颇为有趣。他笔下的人物，往往一步步被作者逼至绝境。你总会在最后关头放人物一条生路；他的小说知识分子气质浓郁，隐喻了大量的戒谕，算是智性小说。你的小说洋溢生活情调和热情，读来平实，特别有生命力；他的小说缺少的是随性的失控，而你的小说有时写高兴了，会放得太开……

张　楚：是的。在小说创作中，叙事激情其实是很难控制的：控制过了，就会留白过多，但是疏于控制，又觉得冗余斑杂。我在写作过程中，并没有刻意去控制，总是先顺其自然地写完。修改小说时，我会意识到哪些是边角料，但舍不得扔弃，所以我的小说中会有类似于玻璃毛边一般的东西。尤其是在一些短篇创作中，这种"写飞了"的感觉可能会格外明显。这一点应该向美国小说家学习。他们的写作训练非常有效，裁剪得当，几乎没有一句废话。不过，读得多了，就会感觉他们的叙事腔调和推进故事的手段怎么都那么像呢，甚至是语言的速度和密度……所以，物极必反，还是保持自己的写作方式吧。

弋舟是位技术完美的小说家，也是我的好朋友。我们经常讨论关于小说的种种问题，我觉得在这种差异性的讨论中，我们都受益匪浅。

▶ 怀着一颗敏感、柔弱、歹毒的心赞美这个世界

走　走：获得鲁奖的《良宵》有篇题为《自言自语》的创作谈，你说："我希望将来——无论40岁、60岁或是80岁，都怀着一颗敏感的、柔弱的、歹毒的心，来赞美这个世界、这些恶光阴以及繁复人性在刹那放射出来的光芒和美德。"如何理解你这里说到的"歹毒"？

张　楚：席勒在他的论文《论天真的诗和感伤的诗》提到"天真"和"感伤"的概念。这里的"天真"也常被翻译成"素朴"，而"感伤"一词更确切的汉语补充表达也许是"反思"。席勒区分了两类诗人：天真的诗人与自然融为一体，平静、无情而又睿智，天真诗人毫不怀疑自己的言语、词汇和诗行能够再现他人和普遍景观，能够彻底地描述并揭示世界的意义；相反，感伤的诗人沉思事物在他身上所产生的印象，反复倾听自己，不确定自己的词语是否能够涵盖或是抵达真实，他的理智不断地在质疑自己的

感觉本身。

在帕慕克看来，席勒的论文不只是关于诗的，甚至也不只是关于普遍的艺术和文学的，而是关乎两种永久存在的人性。一方面，我们会体验到在小说中我们丧失了自我，天真地认为小说是真实的；另一方面，我们对小说内容的幻想成分还会保持感伤——反思性的求知欲。这是一个逻辑悖论。但是，小说艺术难以穷尽的力量和活力正源于这一独特的逻辑，正源于它对这种逻辑冲突的依赖。阅读小说意味着以一种非笛卡儿式的逻辑理解世界。要有一种持续不断、一如既往的才能，同时相信互相矛盾的观念。我们内心由此就会慢慢呈现出真相的第三种维度：复杂小说世界的维度。其要素互相冲突，但同时也是可以接受、可以描述的。帕慕克还说，小说并非某种以文本形式来表达自我见解和揭示世界奥秘的天真工具，而是一场有关自我创造和自我追寻的没有终点的感伤旅程。

我这句话里的"歹毒"套用"天真"和"伤感"的辩证关系，就是用来调和"敏感"和"柔弱"的。一个小说家不敏感，就不会感同身受地体验这个世界；一个小说家不柔弱，就不会窥探到最底层的污浊与美；如果一个小说家既敏感又柔弱，而不"歹毒"，那么他就不会去主观地防御、对抗这个世界，如此，他就不能完整地、主动地开始这一场有关自我创造和自我追寻的没有终点的伤感旅程。

▶人物一旦诞生了就要尊重他，要好好安排他的命运

走　走：在你那么多小说中，谜团最大的应该算是《在云落》吧。知乎上有人提问：张楚的《在云落》有人看过吗？仲春最后到底怎么了？到

底是什么意思？还有读者在博客里写，"我坚持《在云落》是一篇悬疑小说"，这位读者的解读是"苏恪以和郝大夫的诊所其实是借脑叶白质切除手术杀人越货。苏恪以跟'我'描述的天使是他们的漏网之鱼。'我'的前女友仲春就惨了，只为在婚礼前与'我'鸳梦重温，就惨遭毒手，还赔上了一辆红色跑车"。这个小说你自己是怎么设计的？

张 楚：《在云落》于《收获》发表之后，很多读者问我，为何会写这样一部悬疑小说？我挺惊讶的，因为我从来没读过悬疑小说。

我曾经在《在云落》一篇创作谈中说过，初写《在云落》时，并没有苏恪以这个人物。我只是想写写妹妹。苏恪以是怎么冒出来的？我想不起来了。有那么段时间，对苏恪以的构想和琢磨超过了对妹妹的怀想，这让我很惊讶，也让我愧疚。可人物一旦诞生了就要尊重他，要好好安排他的命运。作为一个悲剧性人物，他从出场开始就携带着不安因子，每一次他出场，我都有些紧张。在写作过程中，我甚至怕一不小心，他就要从小说里面走出来站在我面前说：哥们，喝点小酒吧？我想我不会拒绝他的邀请。在我看来，他应该是真诚的。我之所以给他安排了那么吊诡的命运，可能恰恰是他的气质原因：唯有那般，才会如此。

走 走：你的小说中，一是经常会出现大地震的闪回式背景交代，这和你是河北唐山人不无关系。二是每逢出现孩子时，那篇小说的总体基调会有很大一部分是温柔与怜惜。比如《在云落》里的表妹和慧，《大象》里的劳晨刚、孙明净，《U形公路》里的麦琪，这种温柔在你总体荒凉、灰暗的叙述色调里，显得格外动人。

张 楚：我的第一个孩子是个女儿，不幸先去了天堂。我唯一的妹妹也因为再障性贫血，在十八岁那年先离开了这个世界。可能正因为如此，每当我写到孩子，笔触都是温柔的。

▶ 小说家的青春期在哪里，小说的根就在哪里

　　走　走：我看你很多小说都是以当代城镇生活为素材，故事往往发生在"桃源县"，它的原型应该是你生活的滦南倴城，一个夹在城市与乡村中间的小城。这两年，你在人大读硕士，生活的场域主要发生在北京，但似乎还没怎么看到你以北京为背景的都市小说。

　　张　楚：我觉得一个小说家的青春期在哪里，他小说的根就在哪里。我是在县城长大的，除了在大连读了几年大学、偶尔的出差会议，大部分时间都是在那个既小又大、既灰暗又五彩斑斓、只是由七八条主干道经纬交织的空间内吃喝拉撒、读书和思考的。我想，这种宿命般的"在"，决定了我的"写"。现在虽然在北京学习，但是我对这座城市并没有深入体肤的体验和自觉的回味，即便感受到了它的一些气味、品尝到了它的一些味道，也是肤浅的、浮光掠影的。这种短暂的旅程般的停留不会让我的目光停驻在它身上，我没有能力去打捞、捕捉、描摹、反思它的存在和内部逻辑。所以我想，我可能还是会写关于县城的小说。当然，里面也许会出现一些来自都市的夜行人。

小　白

Xiao Bai

自由撰稿人，作家。名下的长随笔、短专栏独树"异"帜、自成体系。代表作品有随笔集《好色的哈姆雷特》；小说《局点》《租界》《封锁》。《封锁》获第七届鲁迅文学奖中篇小说奖。

把语言磨成一种尖细之针，在禁忌缝隙间穿行

▶《好色的哈姆雷特》像是在写诗

走　走：我最早看你的文字，还是在《万象》杂志上，后来那些专栏文章集结成了《好色的哈姆雷特》，书中会讨论莎士比亚的剧本中隐含的段子等，属于风月杂谈一类的文化随笔，气质非常独特，精致而粗俗，信息量却很大，从古希腊陶罐、古埃及草卷、洛可可绘画、康康舞到各类书籍、电影等，应有尽有，旁征博引，亦庄亦谐。其实是从情色角度切入，研究了一下西方文化史和艺术史。这种写作风格最初是怎么形成的？

小　白：当时编辑《万象》的陆灏先生找到我，约我写一些有关欧洲情色文化历史方面的介绍文章。这个想法刺激了我，好像是，一下子触动了我身上某种一直休眠着的想要调皮捣蛋的念头。用文字来表达一种难以表达的东西，讲述一种无法讲述之事，把语言磨成一种尖细之针，在禁忌缝隙间穿行，这件事情让我兴奋起来。当然那也确实是一种挑战，要找到一种讲述方法，让这种讲述本身成为有意义之事，而不让人觉得仅仅是某种怪癖的展示、驳杂的炫耀。我小时候，大约念高中一年级那段时间，特别喜欢T. S. Eliot（托马斯·斯特尔那斯·艾略特）的诗，《荒原》《四个四重奏》。我们几个同学，包括现在在上海三联出版社工作的黄韬，都是好朋友，都

喜欢《荒原》，放学回家路上常常随口就能背出其中的诗句。袁可嘉先生编辑的《外国现代文学作品选》中《荒原》的翻译者是裘小龙先生，前一段时间有一回我替裘先生的一场活动做主持人，我没好意思告诉裘先生，他的那些诗句我们小时候常常用来互相开玩笑、用来发泄某种想要跟世界捣乱的少年心情。比如"年老的男子却有着布满皱纹的女性的乳房"，虽然我们后来也仔细读了原文，但存在记忆中的却一直是那个译本。我想在某种潜意识作用下，《好色的哈姆雷特》不知不觉地征用了《荒原》的风格：大量用典、隐喻，竭尽所能寻找恰当词语，在自由散漫的联想中寻找某种喜剧性的韵律；尤其重要的是，在文字禁忌的边界上寻找表达之道。所以，《好色的哈姆雷特》对我来说，更像是在写诗，某种中年诗体。

▶ 创造力来自自然而然地浮现

走　走：就像你的写作几乎没有自己的个人情绪一样，除了少数和你走得非常近的朋友，大家对你的个人生活其实是一无所知的。毛尖曾经这样写你："我们不知道他靠什么生活，不知道他有没有恋人，但每次出现，他总是有型有款有色。"据说你之所以走上写作道路，是因为你闲来无事，跟朋友在网上聊天，一段一段地写美术史，朋友觉得很有意思，把它贴到了天涯论坛。没想到跟帖非常多，你只好顺着帖子往下写。帖子被《万象》杂志的主编陆灏看见，由此和《万象》结缘。我挺好奇你的知识结构是怎么建立起来的？为什么会对美术史（而不是文学史）如此术业有专攻？

小　白：跟大家一样，上学、广泛阅读，或者有主题地搜猎研读。说到底，也就是调皮捣蛋，不按规矩来，然后全靠自己瞎琢磨。严格说起来，发表在《万象》上的那些东西，其实跟美术史关系不太大，倒是跟图像史也许有一点关系。

走　走：无论是你早期的专栏文章，还是后来的长篇小说比如《租界》，字里行间都充满严谨的考据，相当有知识性。这些材料的累积全都靠图书馆和搜索引擎？写《租界》时你读了多少材料？

小　白：借助图书馆、档案馆、谷歌搜索。包括泛读和精读。利用研究专著附录参考书目来泛读，从别人脚注和引文中寻找知识线索来泛读，然后逐渐在头脑中形成一系列问题，就跑到档案馆、徐家汇书楼、上图近代文献馆，搜索专题文献卷宗来精读。读了多少说不太清，但上海档案馆法租界警务处有关卷宗，我应该是全部调阅了一遍，虽然很多也就是迅速地翻阅一过。我有类似情报间谍机关的那种完美主义倾向，如果我知道在某处存在着某条信息，而我却仍未掌握，那我就会觉得没办法动笔向上级写报告，一定要千方百计把那条信息找来看一下。虽然真把它找来看了，实际上那份报告却根本用不上，没什么价值，完全不相干，但那种全面掌握信息的假象会带来某种叙述自信。我几乎不做笔记，不做卡片，虽然那套做法我其实都会，关键词、目录，我都挺擅长的，但我有一种奇怪的信念，觉得创造力来自自然而然地浮现。如果有一个好想法在头脑中产生，我不会随时记录下来，或者有一个好构思好情节，我也不会先写一个提纲，我宁可把它放在头脑中，如果几天后忘记了，就证明它确实没有什么价值，如果几天后它仍然顽固地在那儿，就说明它确实是一个好主意。如果在阅读中获得一点想法，我也不会把它记录下来，我把所有阅读所得全都随便堆在头脑中。当我写作的时候，如果那些阅读所得到的某一项知识在写作过程中自动浮现，那就说明它是有价值的；如果彻底遗忘了，那就说明它确实应当被遗忘。

▶吃东西和性活动可能是人类两种最富有喜剧性的日常活动

走　走："随便哪个作家，任何一部作品，不仅观念、故事、人物，甚至文体风格本身，都与作者的生活经验深刻相关。"这是你自己表达过的观点。在我看来，一个喜欢研究情色的人，应该是很热爱生活的。比如上海朋友圈知道，你对食物是敏感而挑剔的，据说饭馆里少数能令你惊艳的菜肴，你会琢磨其烹饪方法，搬回家实验。家里厨房从搅拌机、空气炸锅、压面机、咖啡机到烤箱……一应俱全，据说你自信自己对做菜是有一定天赋的。再比如你的牌技一流，记牌算牌，上海作家圈对你的高智商是公认的。这些和你喜欢写类谍战小说，比如《租界》《封锁》有关吗？其实《局点》也是一种牌局，围绕一张一百万的汇票，三个男人两个女人，以及两张假汇票，所有赌徒的赌注都在桌面上。就像你自己的解释："所有参与这场游戏的人都是必须时刻相互猜度对方心思的对手，早一步猜到，就有机会设计出简单而有效的策略，赢过对方。"

小　白：我想我也没有喜欢研究情色，但书写情色对我确实是一种挑战。我记得陆灏在收到第二份稿件时曾回复来一个邮件，只有简简单单一句话，能不能再写"出去"一点？这个说法很有意思，暗示了那种书写存在一种弹性的边界。那不仅是一个关于什么可以写什么不可以写的问题，还可能是一个怎么去写的问题。说到底，这不就是所谓文学的任务吗？开拓词句表达疆域，照亮暗昧模糊地带。所以我一直坚持说，《好色的哈姆雷特》是一部诗集。每一首有一个七字标题，原计划写14篇，向莎士比亚的十四行诗致敬。我第一本自己购买读完的文学作品就是屠岸先生翻译的《莎士比亚十四行诗集》。那是一个夏天，我当时念初中二年级，从卢湾区步行到福州路，回家洗澡后拿了一把竹榻坐到房顶露台上读书，所以莎士比亚一直给我一种闷热的感觉，夏日、玫瑰什么的。上海今年国际文学周开幕是在一个闷热的老教堂，保护建筑空调不够，所有人都热晕了，今年主题恰好是莎士比亚遗产。

做菜和打牌，就是玩呀。我想象不出它们跟写作会发生什么关系。也许这两件事都需要在下手之前在头脑中制定好计划，按步骤实施。我比较喜欢这类预估、尝试、调整的行动方式。包括写作也一样，在动笔之前，我可能已对要完成的作品有一个大致上的感觉，每推进一点就会跟头脑中那个虚拟完成的作品比较，调整口味，然后常常会推翻先前想法重新来。大体上说我比较喜欢有控制地推进。

走　走：你的小说中，食、色两种本性经常有着充分发挥。比如《封锁》的引言："有个老太太么真正福气好，早上起来吃点心。一碗燕窝一碗白木耳，水潽鸡蛋吃下去，三碗大肉面，一只童子鸡。底下人要问太太阿曾吃饱哉？格点点心不过点点饥。——陆啸梧·因果调·《福气人》。"小说中的苏州人、写连载小说的亭子间作家鲍天啸，在公寓大楼因为炸弹炸死大汉奸丁先生而被日本军队封锁并断粮后，一次次向日本人提供似是而非、似非而是的爆炸线索，每次都伴随着日本人的奖赏。"鲍先生，你自己跑来告诉我们，你有刺客情报。你怀疑某个女人是罪犯，我们把你当成好市民，一个可以讲理的人。我们立即替你安排餐食。当我们得知鲍先生口味精致，是个美食家，就马上提高供应标准，把你当成贵客。"小说中出现了各种活色生香的美食：松鹤楼虾油拌面（"他打开盒盖，三只仿制乾隆五彩大碗。雪白面条上厚厚覆一层艳红虾脑，闪闪发亮。"）；虹口富春居的扬州菜（"喝粥，就着两碟扬州什锦酱菜，亮晃晃淋过麻油。……两盅清炖狮子头，一盘云腿蒸鸡翅，另有一只团花汤碗，打开盖子，是一碗萝卜丝汆鲫鱼。……他把一截翅尖整个放进嘴里，只见两颊一阵鼓动，不知他怎么弄得，很快褪出鸡骨，吐在桌上，干干净净没有一丝肉。"）；广东顺德菜（"豆苗炒鸽子只剩下汤汁，另一味炒水鱼，也变成两堆杂骨。青花盖碗揭开，炒牛奶现在可以吃了。'大良炒牛奶，要用水牛奶。'面对美食，鲍天啸言简意赅。……他拨弄着炒牛奶，把那些配料平均送入嘴中，确保每一口都能同时吃到鸭丝、虾肉、火腿、榄仁。他大口大口吃着，他吃东西时有一种自然而然的效率，吃得又快又多，却没有多余的动作，壳呀骨呀也都整整齐齐堆了一小堆。是长期专注于此而学会的技巧。"）；最后谢幕前的那顿日本樱鲷（"厨师从竹篓抓出一条鱼，鱼背一抹粉红，鱼鳞果然微闪金光。厨师从刀架上挑出一把，却没有破肚挖肠。他贴着鱼鳃盖骨用力划一刀，翻过鱼在另一面同样位置也划一刀，然后拿刀轻轻一剔，整个鱼头就从鱼身上分开。……刀刃切入鱼肉，发出古怪咻咻声，每割下一两片肉，厨师就用刀背敲一下砧板，即便独自一个在屏风后，他也必须遵循某种古代食肉礼仪。"）简直绚烂。而所有这些鲍天啸细细拆骨化渣的过程，其实也是日本人细细推敲折磨他的过程。

小　白：吃东西和性活动可能是人类两种最富有喜剧性的日常活动。这两件事具有某种向下的拉力，拖后腿。那是两种本质上完全私人的活动，却在人类漫长演化过程中繁衍出一整套礼仪和禁忌。特别真，却又特别假。

▶写作本质上也属于一种表演

走　走：我们来聊聊你喜欢在叙述中玩的把戏。比如看你的小说，绝不可以轻易把叙述者当成小说家本人，他们是你虚构出的作者，在小说中形成一处又一处回声。"正在写作的人不是坐在书桌前的，我一直这样要求自己。在写一本书之前，我一定要先虚构一个作者，有这个作者之后，我再操纵这个作者去写这部书。我写得也比较慢，因为伪造一个作者的过程是非常缓慢的，我一定要找到他的调子、他的想法、他的节奏，然后我才能下笔写，要不然写很多都要被推翻。七八篇随笔，三五千字，全都不要了。两个长篇，一个十多万，一个二十多万，都是先写了五六万废的，不用的，全部扔掉了。我觉得那里面还有我的想法，这就不行，要去掉。"那么你所塑造的写作者"小白"，有没有可能有一天摆脱了你的控制，反过来操控你呢？或者，让你误以为一切仍然大局在握，但不知不觉，小说的整个走向已经发生了变化？这么说吧，你在一次次制造分裂人格，在真实的自己和分裂出的人格——作者"小白"之间来回反复。"你既要对他同情，甚至跟他合体，但同时还要怀疑他。我是不断地怀疑，但是怀疑过头会什么都写不出来，但是不去怀疑，调子就不对了。写东西状态对的时候，我似乎总是感觉有一个声音在背后，不是嘲笑也不是挪揄，但说我是扯淡，随时自嘲一下。"说这话的时候，显然你是在自己是主人格的立场，那么真相也有可能是，你以为的次人格，那个你所塑造的写作者"小白"，其实才是真正的主人格。

小　白：这里面涉及基本的写作观念。我觉得写作本质上也属于一种表演。即使作者从他自己视角出发，以他自己为叙述者，讲他自己的故事，一旦意识到其作品将会被公众阅读，那就仍然摆脱不了表演成分。从小说艺术来讲，也应当有意识地把叙述者从作者自身分离出来。写一部小说是要去创造一个世界，从某种程度上讲，那简直是僭越了上帝的工作。让叙述者脱离自己而独立存在，那是一种合理的谦卑态度，同时也预先为自己暗中设置了免责条款。因为叙述本身总是意味着一种伦理，但你又怎能确信你自己是对的呢？

走　走：你也有一套"表演"的观点。《封锁》中，鲍天啸向日本人的讲述、向"我"这样一个同情他的汉奸的讲述、在报上写的小说《孤岛遗恨》("两起暗杀，一起在小说里，另一起几天前真实发生。它们如出一辙。")、用生命讲述的第二次爆炸，以及事后人们知道的真相之一：鲍天啸是军统人员。可以说，在你笔下，鲍天啸是个称职的好演员。他把假的表演成真的，把真实附着在虚假上，又让虚假包裹真实。"只有一件事情我可以确定，不管有没有她，她是一个真正的活人也好，她是完全向壁虚构的小说中人也罢，哪怕她仅仅诞生于鲍天啸一念之间，一旦从他嘴里脱口而出，她就真正存在过。因为他为她着迷，为她感动，甚至为她杀了人。"所以，你笔下的人物，总是让自己进入一个表演者的角色扮演后，才开始讲述故事。

小　白：表演是一种政治，是一种除了仅仅关注"我"自己，人意识到他人的存在、他人的目光之后产生的一种行为方式。表演是试图影响别人、试图改变人际关系的行为和情感，表演是一种权力实现方式。有了表演，人类才能脱离三五七八个人的穴居时代，人才具有了社会性。是表演使"奇迹"从凡俗日常中得以发生，从而提供了信念、警示和路标。你可以想想耶稣在人群中表演的那些奇迹。在小说中，对叙事真正具有推动力量的也是那些人物的表演。小说中人的表演让戏剧产生冲突、让事件得以发生。在《封锁》中，如果不是因为那些人物在压力下，都不同程度地自觉进入某种角色、进入表演状态，事件就不会发展到最后那个样子，奇迹也就不会发生。表演不是虚伪，表演是意识到第三者存在、意识到观众、意识到外部世界、意识到除自己本身处境和当下状态，而另有一个更高参照系存在。意识到此，人物便能勇敢向前，摆脱所处困境。

走　走：基本上，你笔下的主人公喜欢做的两件事，无出你那本随笔集的书名——"表演与偷窥"。《租界》里的主人公小薛，一个中法混血，

　　　　　　　　　　　　　　　非写不可——20小说家访谈录

靠卖照片给小报为生。某天，他在船上拍下了一个女人的照片。因为这张照片，他卷进了一系列政治事件：法国人、帮会、无政府激进组织；企图通过制造大事件引爆法租界的革命投机者、被投机者利用的革命女青年、做枪火生意的白俄情人……"这个摄影师在镜头后面，恐惧、狂喜地捕捉着眼前的一切：人的挣扎、世界在倾覆、人的美和不美、生命在污秽中壮丽地展开——这是炼狱般的人间。"（李敬泽）偷窥的本质，是自身欲望的放大。小薛的欲望究竟是什么？他精确地拍摄和放大了他周围的暗杀、革命、女人、生意，他看到的真相到底是什么？

小　白：偷窥是对表演这个行为的反动。表演是行动者意识到观众存在，在观众目光影响下而采取的行为方式。偷窥则是观众发现当事人在表演，认为在那个表演之下另有真相，而寻找隐秘视角，试图窥测对象真正的"内在"。从某种意义上来看，这两者之间的互相作用构成了我们文化历史发展动力。拿刚刚你提到的食色两件事来说，这两件事原本都自然而然是个体的私下行为，你扔食物给小动物诸如小狗小猫小猴子，它们拿到以后就会跑到没人注意的地方吃掉。性，也是一样。但有了观众之后，这两件事情就变成了"饮食文化"，变成了"色情"。吃东西成了复杂礼仪，性成了看和被看的游戏。表演和偷窥两种行为，互相牵引互相开发，到后来，表演者为偷窥者而表演，偷窥者为表演者而偷窥。

《租界》的舞台是历史，在那部小说中，所有的人物有一种深刻自觉性，就是意识到自己身处于"历史"之中，他们自觉自己是历史中人，无论采取旁观或参与态度，无论仅仅想做一个窥视者，或者想主动改变历史进程。于是他们为了某种"历史叙事"而表演，其中顾福广这个人甚至认为，一场虚假的、抽离实质内容的表演，只要用镜头拍摄记录下来，再传出去，这场表演就会变成真正的历史事件，影响权力分配，影响历史进程。与之相对的，叙事者刻意地采用一种近乎英语"现在进行时态"的方式来讲述。就像英国小说家曼特尔在她的著名小说《狼厅》中使用的叙事方式一样。《租界》实际上跟《狼厅》是在差不多时间完成的。我想我们可能是同时发现了这样一种喜剧性的悖论：就是历史小说中人，发现他们自己置身于历史之中；历史小说中人，自觉意识到自己"正在"创造历史。

▶ 在今天，一个作者已经不太可能有机会再原创了

走 走：德里达和巴特共有一个观点：文本总是已经书写过的。巴特对此做了更具体的阐释，认为每个文本都会成为另一文本的引文，每一文本都从无数已经写过的文本中引取段落。你是不是挺认同这种哲学观点的？比如在一篇访谈里，记者的疑惑是，你的随笔似乎一直是"博学广记"和"逸闻趣事"的集中展示，但你自己的想法呢？自己的原创呢？你的回答是："在今天，一个作者能够原创的东西几乎很少，已经不太可能有机会再原创了。你以为它是原创，实际上还是别人说过的。我也很讨厌这种感觉。如果它是别人说过的，我就尽可能保留别人说过的。"这个回答是否适用于你的小说？

小 白：刚刚我已说过，早在读高中时候我就从《荒原》中发现了这一点：你不得不在引文中创造新东西。在《封锁》中，我也模仿引用了大量鸳鸯蝴蝶派作家的各种桥段套路，甚至仿写了几段。只是到后来，渐渐把故事引向一个比较惊悚的结局。我不仅相信如今我们面对着一个巨大的文本世界，我甚至相信我们身处这个现实世界也日益变成一个巨大文本。一个作家所能具有的最大干预野心，也就是对某些情节、词句稍做改动。《封锁》中的那位作家鲍天啸，成功地把他自己的小说情节转化成历史事件，我几乎是对小说家这个职业做出了最隆重的夸耀。

走　走："我们都是文字的戏子。戏要好……"结合你说的这句话，再看《局点》《租界》《封锁》，我觉得都是用一个精心设计的故事，包裹起一团黏稠而巨大的虚无感。这种虚无感是怎么来的？和你在20世纪80年代在大学哲学系读书有关吗？

小　白：虚无感作为立足点，很不错。这些小说中的人，面对他们所面对的那个世界，都有一种深刻的无力感。但他们又有一些小聪明，有一点点野心，想要有所作为，于是精心设计。从这点上来看，这些人物都是乐观主义者，而且他们确实都在他们的舞台上表演了一幕传奇剧。

我们这一代人都曾自以为是地、迅速地拥有了各种观念。但我们不久就发现，更快的东西是时间，我们不知不觉很可能即将进入一个所谓 filter bubble（滤泡）时代，在一个更巨大的不知名东西的笼罩下，一切观念都将变成一个观念的过滤泡泡。过去说人算不如天算，未来一定会是人算不如数据算法。

走　走：《局点》里有这样一段话："我不太相信这些事，但是，谁在乎呢？一个故事而已。更何况，一个人在世界上混，靠的不就是此类故事？他忙进忙出，打打杀杀，勾心斗角，为的就是给自己编成几个故事，等到他有故事时，就可以卖故事为生。""所有的各种时代的革命青年、摇滚青年、黑社会青年，在本质上，都是想要编写一个自己的'传奇'。"我觉得你自己写下的这句话足以涵盖你至今为止所有小说的精神实质。

小　白：被你发现了。那是《局点》中最要紧的一句话。那些小说中的每个人都想在人生中在历史中扮演重要角色、策动重大事件，但最后他们往往发觉，顶多也就只能自编一出假戏，有时候戏假情真，有时候假戏居然也能成真。这很可能就是历史和各种传奇的真相。

▶语言首先要适合小说人物、故事氛围

走　走：我们来聊聊语言吧。"语言是多么重要啊，我们与其说在寻找幸福，不如说在寻找那种能够有所启示的语言，如果一个女人让你很快乐，那是因为在她和你之间，那片暧昧之地瞬间被语言之光照亮。那些偶尔在夜里睡到我们身边的女人，她们就像一条条说着她们自己的高频语言的海豚，有着光滑美丽的躯体，却无法让我们感到幸福。"这是小说《局点》中的一段话，在你的文学观念中，你认为的好的语言符合哪些条件？

小　白：对小说来说，语言首先要适合小说人物、故事氛围，我不相信用同一种风格可以讲述所有故事。我也有一种可能不太正确的想法，我觉得好的语言就是能用最少的语言单位传达最多的信息。我自己很久以前曾是一个文学青年，在那些年间模仿过各种语言风格，看到一种与众不同的语调就很兴奋，有时候读到好句子甚至起鸡皮疙瘩。然后就去学那种腔调，好像发现一种新的语言风格，就是发现了一个新世界。但后来就过了那种语言敏感时期。等到渐渐成了职业写作者时，我忽然有了一种对语言的实用主义与功能主义态度。《租界》那种语言风格、那种腔调，就是因为我觉得它就是应该那样的，具有一种历史档案般的模棱两可、语焉不详，却又确实传递了完整信息的文体风格。甚至《局点》也是刻意为之的，八十年代末那一代青年，不正是用那种语言来思考来对话的吗？

张 忌

Zhang Ji

1979年11月出生于宁波宁海，2002年开始小说创作，先后在《钟山》《人民文学》《收获》等杂志发表小说80余万字。有作品入选《小说选刊》《小说月报》《中篇小说选刊》及多类年度选本。曾出版中短篇小说集《小京》《素人》和长篇小说《公羊》《出家》。获2007年度浙江省青年文学之星、第二届人民文学新人奖、首届於梨华青年文学奖。

小说应该有飞翔，但必须尊重地心引力

▶ 小说与生活

走　走：对你来说，小说与生活的关系是什么？问这个问题是因为不少评论家觉得你的小说描述的对象常常集中在平民百姓身上，既不夸张他们的卑微，也不贬低他们的力量，是很接近生活本身的。

张　忌：说实话，我还真没有像模像样地想过小说与生活是什么关系，我觉得我的生活并不是为我的小说提供素材用的。如果真要说小说与生活的关系，我想可能是因为我喜欢写人，我的小说大多都是从人物出发，而写人物，又离不开生活的经验，所以会给别人这样的感觉。

其实，心底里，我觉得这个世界上的每个人都是普通人，只是活法不一样而已。我不大喜欢这种区分。就像之前有一阵很流行什么底层写作，可是，什么是底层呢？穷一点就是底层吗？我觉得这都是伪命题，眼里有了底层，只能说明作家本身有了俯视的目光，我厌恶这种俯视的目光。当然，可能别人说我的小说里都是平民百姓，是因为我小说里头的人物缺乏大起大落的命运。可是，为什么非要写光怪陆离的事情呢？如果那样做，就会与我的小说观相悖，我写不了。还有一点，我觉得写作者之所以觉得我们身边的人太普通，可能在于他本身对日常的一种漠视。日常中的精彩太多了，至少我是这么看的。

对于小说，我的一个基本看法是，小说应该有飞翔，但这个飞翔必须要尊重地心引力，要与地面维系一个合理的距离。所以，我总是在努力避免我的小说失控。比如最近我在写一个中篇，写的是一个超现实的故事。但在写这个超现实的故事时，我就会努力用普通人的现实来消解它的超现实，否则，就算小说完成了，我的心里也会没底。这就好比中国的武侠电影，里面的人物只要想飞，双脚一点，他就飞起来了。但外国人的电影，会试图为人物安上一对会飞的翅膀，起码，也要给他一把会飞的笤帚，这样，才能让主人公安安心心地飞起来。相比较而言，我更喜欢那样飞起来的方式。

当然，我这样说并不是想贬低别人的写作，这只是我自己的小说观而已。

走　走:《出家》的题材非常特别，最早是什么启发了你的写作灵感?

张　忌: 好多年前，我就想写一个跟僧人这个群体有关的小说。这个群体一直都非常吸引我，我觉得他们特别有意思。比如穿着打扮。你想想，古代的僧人就是这么穿的，到了现在，他们还这么穿。从这一点来看，他们似乎是凝固的，与世俗的人间脱离的。但实际上呢? 这样一个穿着上极其古风的群体，手里也会拿着手机，也会开汽车。这就让你觉得有趣了，怎么说呢，反正总感觉哪儿有点不对劲，这种不对劲很好玩。

而更让我感兴趣的是，这样一帮人，在现实中或许存在着巨大的身份落差。一方面，这些出家人高高在上，为世人指点迷津；另一方面，他们可能又厌恶自己成了普通人眼中"怪异"的一类人。他们力图凸显出家人这个身份，同时又竭力隐藏这个身份。同样的，普通人对待这个群体，也有着截然不同的态度。用不着去寺庙的时候，他们会将这个群体看作招摇撞骗的一群人；而用得着的时候，又将他们供奉起来，视作连接天地神灵的一群人。这种落差引起了我巨大的困惑。于是，我就一直在想，什么时候，我要写一个小说，好好地来解答自己的这个疑惑。这可能就是我写《出家》最大的动机。

▶ 日常的活泼经验，比任何东西都要吸引我

走　走：《出家》中，主人公方泉为了照顾好家人，送牛奶、送报纸、开黑三轮，用小聪明诱使超市头头雇用自己的妻子……总之，一切为了应付生活的人物设计，使得这部小说的叙述调性、人物形象让人联想到余华的作品比如《活着》和《许三观卖血记》，写作初始你是怎么考虑的？

张　忌：人们看了《出家》，觉得像《活着》，或者像《许三观卖血记》，我不知道这是好事还是坏事。其实，心底里我真不觉得《出家》跟这两个小说有多少相似，如果真要说这个小说像别人的某个作品，我更愿意说它像陆文夫的《美食家》。在《美食家》里，陆文夫写出了一种饮食的仪式感。在《出家》里，我也很努力地试图写出一种日常中已经很少见的仪式感。

当然，说《出家》像《活着》，或者像《许三观卖血记》，我都不会认为这是对我的贬低。念书时，当我第一次看到余华的小说时，我也很激动。但后来，买了余华的《兄弟》，看了之后，就有点难过。不是失望，是难过。难过的是，我喜欢的那种小说，已经不在了。

回到《出家》。其实，在最初的设想里，这个小说的前半部分是不存在的，也就是说，主人公做的那些工作，还关于有他的家的人那些叙述都是没有的。我想直接从主人公建寺庙开始写，在这个过程里写出寺庙特有的那种世俗感。但后来，写了一万字左右，我觉得写着没劲，便重新考虑，从他在现实中的遭遇开始写。另外，这个小说的后面，我其实还写了

三四万字，写方泉如何受戒、如何剃度，我还为此准备过不少的资料。但在最后一遍修改的时候，我舍弃掉了。我觉得，在他放下家庭的时候，我想表达的一切都已经完成了，剩下的那部分并没有什么意义。

关于你说的人物设计，在写作之初我便有比较清楚的想法，这个小说没有特别的故事，我所要下功夫的，便是如何将方泉的日常写得和别人想的日常有那么点不一样。我记得之前我们聊天的时候，你特别提到了小说里面的一个送礼的细节，就是方泉为了给妻子秀珍谋一份超市的工作，去给店长送礼。这个细节我考虑了比较久，我反复琢磨怎么让方泉的礼物送得不贵，但又让对方收得高兴。最后，我就让方泉买了一只鳖。这只鳖是普通的饲养鳖，但作为礼物时，它必须又是野生的珍稀品种。想来想去，最后我想起了之前有个律师跟我说过的一个事儿。他说，检验鳖是不是野生的，有一个窍门，可以拿一个塑料桶，将鳖扔在里面，让它爬，能爬出来的，是野生鳖，爬不出来的，就是人工养的。于是，我就把这个听闻用在了小说里面。当然，我并没有试过这个窍门灵不灵，这个并不重要，小说的逻辑和现实的逻辑，还是有所区别的。

说到这里，我又想起了开头的那个关于我喜欢写日常的话题。对我来说，这种日常的活泼经验，是比任何东西都要吸引我的。

走　走：对底层老百姓的生活、寺庙僧人的生活，你怎么会如此熟悉？

张　忌：这个我觉得可能跟我个人的喜好有关吧，我特别喜欢跟这样的人打交道。比如，我认识一个木匠，手艺很差。干活的时候，铅笔夹在耳朵上，嘴上叼着烟，眯着眼，半天都干不完一件简单的活儿。可一闲下来，他就精神百倍，特别是说他偷女人的事情，眉飞色舞的，远比他的木匠手艺精彩。我还认识一个人，擅长在麻将桌上出老千。但他从不贪心，每天坐下，只赢几十元。赢了钱，他就会去菜场门口买些赶小海赶来的小海鲜。他家里其实挺有钱，不差这几十元，可他说打麻将赢回来的钱买海鲜，吃起来特别香。

我觉得这些人好玩，我喜欢这种扑面而来的生活气息。同样，这样的东西也构成了我对小说的一个判断。我记得以前看北村的小说《陈先和》，里面有一句话，"几个木箱一个旧藤箱，木箱上写着'盐酸普鲁卡因注射液，四十盒装，请勿倒置'的字样，这是从下放的地方带回来的"。之前，我从未看过北村的小说。看到《陈先和》里的这句话时，我就觉得这个作家很牛，因为他写出了我们日常中容易忽视的东西。

写《出家》前，我花了差不多大半年的时间去寺里转。我认识一个僧人，是一个寺庙的当家。小的时候，他当过我妈妈的学生，所以，现在，他叫我师弟，我叫他师兄。那段时间，我经常去他那里，聊一些寺庙里的事。有一次，当我写到方泉念《楞严咒》时，怎么写都写不好，我就跟师兄请教。最后，师兄就在饭桌上为我唱了一遍，是用梵音唱的，非常好听。

后来，别人见我每天往师兄庙里跑，都以为我要写他，结果看了《出家》以后，却发现完全不是，这个事还挺让我得意的。

▶ 选择什么样的叙述腔调要看题材

走　走：我看弋舟给你写的评论，似乎和你对《出家》的理解有点不同，"张忌认为自己的这部小说有'反讽'之意，对此，我倒不大认可。在我的阅读感受中，那不是这部小说的品相。甚至，说它'反讽'，还是对它的拉低。这部小说颇有古典小说的风度，是那种平铺直叙的稳重。……所以《出家》有天成的韵味。它没有'火'气。"你觉得这部小说反讽了什么？

张　忌：当时和弋舟聊《出家》的时候，我倒没怎么仔细想，就是脑子里突然一闪，出现了"反讽"两个字。可能这个词语并不大合适。后来，我也想，自己为什么觉得有反讽？想来想去，可能是因为方泉在最关键的时候说服了自己。方泉的心里一直是想着出家的，可他又舍不得离开孩子和妻子，或者说，他没胆子去面对他们。所以，他就想办法，一点一点说服自己。其实这个也不叫说服，一个人做了一个决定，随后，他做的所有事情，都是在给自己的这个决定找理由，这能叫说服吗？

所以，在这个部分，我对方泉是有点小小的嘲讽。

走　走：你怎么看待叙述腔调这个问题？一般我们认为，一个有着成熟风格的作家，应该具有独特的、不混淆于他人的叙述腔调。你的《素人》和《出家》，前者安静一些，后者滑润一些，这种分寸感你是怎么把握或者选择的？

张　忌：我觉得自己的腔调还是比较一致的。在写《出家》之前，我写了一个小说叫《往生》，那个小说可以说是我写《出家》前有意识的一次尝试。好多人跟我说过，包括程德培老师、程永新老师，还有吴玄，说如果把我平时的状态转化到小说里，我的小说会更有意思。这么多人说这样的话，对我来说，它就成了一种诱惑。加之我又是个耳朵软的人，于是我有意识地往这方面尝试了一下。《往生》是一个实验，然后，《出家》就相对比较成熟了，这可能会是我以后努力的一个方向。但也不确定，我觉得小说选择什么样的叙述腔调，还是要看题材。就像一个女人，不同的场合，她的打扮也是不同的，有时，可以妖艳一点，有时，可以端庄一点。当然，骨子里，她始终还是那个女人。

▶ 没经历过苦难，就永远没办法理解苦难

走　走：你的写作有一个很大的特点，就是往往把一般作家会选择强化的苦难叙事化解成日常生活状态，不管是以死亡结局的小京、李小春、林沁春，还是越来越迷茫的方泉，最终都落进了精神世界和性格导致的命运。而在精神世界里，你也从不预设道德的高低，这种处理方法我觉得和你性格，和宁波这样一个优渥的生活环境都有关。当然每一种选择都是双刃剑，对生活层面的放松叙述，就会缺一些意义层面的深入力量。你考虑过力量这个问题吗？宗教信仰会成为你文本的一种底气吗？比如《光明》里是基督教短暂帮助老人重新感受到短暂的温暖；《出家》里，方泉在念经时，内心也是宁静欢喜的。

张　忌：关于苦难，以前我会有些纠结，因为我没有经验，没法像上一代作家那样写所谓深刻的东西。但现在，我反而不去在意了。因为每一代人都有每一代人的命运，我生活在宁波这样相对富庶的地方，不要说苦难，就算真正的贫困，我也没感受过。我并不以此为耻。当然，有些人会说，那些苦难和贫困，可以通过视频和书籍看到。但这有什么意义呢？看完了别人的苦难，心中百感交集，眼眶湿润一下，然后再点上一根烟缓解一下悲苦的情绪。这就算感受了苦难了吗？我觉得没经历过苦难，就永远没办法理解苦难。既然感受不到，那还是不要纠结这事了。写作是各人各念各家的经，擅长写什么，就写点什么，没必要把自己打扮成一个全能选手。

我写《出家》，涉及了一些宗教上的东西，其实这只是巧合，我本身是不大愿意去碰这一类题材的。我看过一些小说，很多作家都试图用宗教来解决写作上的问题，但真正做得好的并没有几个。因为宗教并不是一个写作方法，它远比写作要大得多。就像张承志和北村的作品，就算里头不提一个和宗教有关的字眼，你也能有强烈的宗教感。所以，我很忌讳写宗

教内容的题材，我不想将它作为一个拔高自己作品的捷径，这是轻率的做法。《出家》只能算一个巧合。

走　走：可是你的作品又把信仰这一层生活的退路婉转地引向无法逾越的高墙，"一把刀的锋刃很不容易越过；因此智者说得救之道是困难的"。所以你其实觉得，人物企图通过信仰寻找光明希望，寻求灵魂超脱，本身是虚妄的？

张　忌：我也接触过现实中的一些信徒，但我对他们也总持怀疑态度，他们对宗教的信仰和我所理解的有些不大一样。我觉得宗教是一种精神上的终极关怀，但在他们身上，宗教更像是酒精或者是迷幻药，能让他们晕晕乎乎地看见美好的假象。就像《出家》里头，方泉最后发现他的寺庙归根结底不过是一个老年人活动中心而已。对于我本人来说，我也始终很难理解一个人为什么能有宗教信仰。我一直信一句话，叫作头上三尺有神明。这句话的意思大概是说，在没人看见的时候，我们也不能做坏事，因为头上有神灵看着。以前我一直认为，这句话就是我的宗教观。但后来我发现，这只不过是因为我胆小而已。

▶ 贴着人物写

走　走：关于你的写作对象，我感觉是连接起都市和乡村之间、沉潜在其下的民间生活。所以它们既不是都市文学，也不是乡土文学，更不是底层文学，就是我们每一个普通人每天面对的世俗生活。所以像金理这样的大学老师也会觉得你的小说"面目亲切"，他认为你赋予主人公方泉"消解苦难的民间智慧，这点点滴滴，都汇入'平常的实生活的活泼经验'"。

联系《素人》，其实你笔下的小人物一点都不小，他们的精神世界不是书斋式脱离地面的，而是蓬勃求生的，因为蓬勃，消解了戾气。我觉得你把中国老百姓还原到了他们普通的生活中，这样的人物你写的时候有其原型吗？

张　忌：我不知道这个原型该怎么定义。对于我来说，我小说里的人物都是我日常里认识的人的组合体。比如我在小说里写了一个人，那这个人的工作可能是我生活中的朋友甲的，说话的方式又是我生活中的朋友乙的。以此类推，可能我写了一个人，但他的原型是生活里的十个人。我不知道这算不算原型，如果算，那我的小说就是有原型的。

你说我的小说气息，既不是城市，又不是乡土的，可能跟我居住的环境有关。我一直居住在县城里，而县城，就是一个城市与农村的混合体。这是很有意思的，就像我说和尚穿着古代的衣服，手里却拿着手机，这种活泼有趣的混搭很有意思。县城就是这样一种混搭。

一直以来，我都在县城里生活与工作，所以，我写的人，肯定是县城里的人，我写出来的东西，肯定也是县城的味道。

走　走：写实的东西是很打动人的，比如这段方泉对阿宏叔的诉苦。"我现在过得一团糟，我有老婆，我还有两个孩子，我每天都想着让他们过得好一些。每天四点钟我就起来了，天还黑着，别人都在睡觉的时候，我就起来了。我每天都很辛苦地干活儿，我从来没让自己偷过一天懒，真的，我真的觉得自己尽力了。可是我还是赚不到钱，我还是养不起他们。我说不清那种感觉，就像有一个大勺子，每次我有了一点钱，那个大勺子就会伸过来，像舀水一样，将我的一切全部舀走。"至于虚，与阿宏叔的楞严咒、寺庙生活都无关，因为对方泉而言，兼职的僧侣身份无非是改善经济状况的职业。在我看来，虚的是那一种仪式感。所以小说最后，方泉能够站在城市的马路上，看见"人潮汹涌，旗帜招展，一个人坐在法台上，双手合十，仁慈地俯视着众生"。你写作时，怎么拿捏实和虚的比例？

张　忌：看上去，这或许是这个小说里面最难的一部分，就像走路端着一盆水，我得时刻注意自己的重心。但实际的写作中，并没有那么难。有句话大家都很熟悉，叫作贴着人物写。我始终认为这句话是写作的一个地基，如果作者真的能贴着小说里的人物，最后出来的作品肯定不会差。所以，在写《出家》的时候，我就将自己当成了方泉。我总在想，如果我有他那样的性格，处于他那样的处境，送礼时该怎么送？生了孩子该怎么照顾？碰到困难又该怎么处理？小说里的一切，我都会设身处地地站到方泉的立场去想。所以，写完《出家》，我自己基本上也完成了一次出家。

▶写作是一门手艺，作家就是个手艺人

走　走：修改作品可以说是每一个作家都要面对的问题，尤其，不断自我怀疑，其实是一个优秀作家必备的品质。我从邮箱里找到2015年11月18日你给我写的邮件，里面谈到你对《出家》做出的一些修改——"第一，是前半部分的瘦身，比如生第三个孩子时，一次B超就够了，后面的B超检测，就有点拖沓了，诸如此类的，我都做了调整。另外，关于周郁的那部分，其实原本我心里是有本账的，但写的时候，给写漏了。这一次，我把这一部分补上了，将周郁为何要帮方泉的理由给补充上去了。此外，还对许多的细节也进行了修改……"《出家》写作和修改过程中，遇到过技术上的瓶颈吗？譬如不知道情节如何发展、如何选择叙述方式、人物性格转变的逻辑问题等。

张　忌：实事求是地讲，这个小说没太多困难。可能跟我准备得比较

充分有关。虽然这个小说写了不到15万字，但我准备的东西，应该可以让我写30万字。

我是喜欢反复修改作品的人，甚至有时我都觉得自己有些强迫症。我的习惯是写完一个东西，然后在那里放几个月，等有了陌生感，就去修改第一遍。改完了，隔一段时间，再修改。一般来说，我每写一个小说，都会改上三四遍。我觉得，我写小说就像我那些做雕刻的朋友。先找到一块合适的料，打出粗坯，然后开始雕刻。最后，精心打磨，上漆。写作是一门手艺，作家就是个手艺人。有没有天赋另外说，手艺活儿总是要尽量做得到位一点。

当然，也不是手艺到了，作品就一定会好。我觉得写作者和作品的关系就像一对父子。没生出来之前，总是想着他有多么好多么好。生出来以后，总难免不如你所期盼的那么美好。

▶ 古玩为我的生活与写作打开了一扇窗

走 走：你的阅读和写作的关系是怎样的？主要是我听一些江浙朋友说起，比起阅读，你更爱罐子。挺想知道，那些古玩给你带来的文学感受，是因为这些看似无用之物，给了你《素人》的写作灵感吗？

张 忌：和同行比起来，我的阅读量很少。在鲁院时，我总跟曹寇和王威廉玩。印象最深的是，他们看的书很多，时不时地便会跟我谈论某个文学作品。起初，我还装腔作势地点着头，装作我也看过似的。但时间久了，就装不下去了。后来，曹寇谈到某本书的时候，就会停下来，温和地问我，张忌，这个书你读过没有？看见我摇头，曹寇就会说，这个书，我推荐你读一读。同样，王威廉也会在谈某本书的时候问我，这个你看过没有？但还没等我开口，他就会先抢答，说，我知道，你肯定又没读过。

当然，我也不是完全不读书的。我喜欢大江健三郎、库切，我还喜欢阿城、汪曾祺，喜欢陆文夫的《美食家》。而且，我阅读上有点洁癖，很多书，开头不喜欢，就算别人评价再高，我也不会再读下去。但如果是我喜欢的，几乎每隔一年，我都会拿出来重读一遍。

现在，我的生活中就两个爱好，一个是写作，一个就是玩古玩。其实写《素人》的时候，我还没怎么开始玩古玩。那时候，我认识了几个玩茶和玩古琴的人。这些人出现后，挺刺激我的。在我的印象中，几年前，大家都还在用一次性杯子喝绿茶，怎么突然间，就是满世界的生普熟普了？而且，喝茶的时候，也不牛饮，都闭着眼睛慢慢品。喝完了，还煞有其事地点评茶叶的质量、年份，而且每个人都能说出那种文学性很强的字眼，比如口感绵滑、香味轻巧之类的。我不知道他们是不是真的喝出了茶的真谛，反正我是没喝出来。但心底里，我觉得这种形式很好玩，虽然有点装，但这种仪式感我很喜欢。我一直很迷恋有仪式感的东西，比如葬礼。我一直觉得葬礼是我们生活中仪式感保持得最好的一部分。所以，那段时间，我也开始摆弄那些茶叶和茶具，每天都是汤汤水水的，把桌子弄得做道场一样。

还有古琴，这个就更惊人了。以前只在电视里看过这样的东西，一个古人，穿着古代的漂亮衣服，坐在石头上，或者竹林里，优雅地弹琴。印象中，最有名的是《高山流水》。可没想到，现实中居然也有人在弹这种东西。和我印象中的那些古人不同的是，这些人穿着短袖，拖着拖鞋，弹琴的时候，非常投入，表情丰富，似乎眉目都在传情达意。

但不管怎么说，我对这些事物还是很欢迎的，有时候，我也会去参与一下。我觉得，大家都努力让自己的生活变得精致，这总是好事情。所以那时我就写了《素人》，写了这么一群人。

在我的爱好中，真正让我动心，并一门心思扑进去的，还是古玩。我有个玩古玩的师父，那时，我在一个公园里弄了个工作室，他第一次来我工作室，说，你这里什么都好，就是缺点老东西。隔天，他就送了我一对清代的格子窗，挂在我工作室的墙壁上。就是从这对格子窗开始，我就走上了一条玩古玩的不归路。

古玩真的让我很惊讶，我想不到我们的先人曾有过那么精致的生活。真正的精致，并不体现在实用价值上，而是在它的无用。就拿一张拔步床来说，它的挂面上密密麻麻地雕着那么多的人物和故事，你说这有什么用？你躺在那里，这些雕刻在上面的人能下来给你敲腿捶背吗？真正的精致，就是不具备任何实用价值，但又是我们生活中特别珍贵的。

可以说，从玩古玩开始，我的生活才算真正打开了一扇窗。原先我看《红楼梦》《金瓶梅》之类的书，我只看人物和故事，但玩了古玩，再看这样的书，我会关注房子的结构、家具的摆放，这些都特别有意思。还有，因为玩古玩，我接触到了许多有意思的人。有一次，一个人给我看一片汝窑的瓷片。他问我，都说汝窑是雨过天青色，那你知道真正的汝窑釉水是什么样的吗？随后，他打了一个非常漂亮的比喻，他说，真正的汝窑釉水，它是流动的，就像一锅粥，在煮沸的时候，突然浇下一碗凉水。当我听到这句话时，我庆幸自己接触了古玩，否则，我想我恐怕一辈子都听不到这么精彩的话。

现在，我还没写过和古玩有关的小说。那天，张楚跟我说，我觉得你以后一定会写跟收藏有关的小说。我觉得他说的是对的。

李宏伟

Li Hongwei

1978年生于四川江油，中国人民大学哲学硕士。著有诗集《有关可能生活的十种想象》、长篇小说《平行蚀》《国王与抒情诗》、中篇小说集《假时间聚会》等。获2014青年作家年度表现奖、徐志摩诗歌奖等。现居北京。

你不可能做足了准备才动身

▶电影在写作上带给我一种影响，就是镜头的存在

走　走：你觉得自己是一个影迷还是一个迷影者？因为在我看来，影迷是一种生活，迷影是一种精神。影迷没了，电影不会死；迷影死了，电影也就死了。在《哈瓦那超级市场》里，"我"和一起开私家侦探所的小孟"是在电影资料馆认识的"，认识的场景非常具有迷影的特质。"从第二天开始，资料馆里就只有我们两个人。小孟看电影的时候一点儿都不老实，他站在那儿，像个疯子一样盯着那块小小的幕布，不时跑来跑去。过了两天，我明白了他是在寻找机位。"当电影里出现"风在草原上刮过，就像是一群群翅膀硕大的鸟在旋涡里面飞过"的画面时，"小孟也停止了寻找，他挥动着手臂在仅有两个人的电影厅里飞翔起来"。在《假时间聚会》里，"他走进大厅那一刻，你就决定了。他是你的主角，你唯一的主角。……一部新的片子，你一直在寻找在等待的片子，即将产生。……他抬起头来，你让镜头顺着他的脸爬上天空。一只黑色的、双翼宽阔的大鸟正在夜色里飞行"。（又是鸟的意象）在《并蒂爱情》里，拍摄张松跳楼的视频清晰流畅，"从视频可以看出，一共有三个机位，两个位于楼顶，一个位于对面的贤进楼，此外楼底还有针对围观人群的隐蔽拍摄"。《来自月球的黏稠雨液》，

小说的第一句就是："应该从那部电影开始报告。也许。"长篇《国王与抒情诗》里，信息流的呈现方式也是影像……为什么要问这样一个问题，是我觉得你的写作有明显的电影思维。如果你认同柏拉图的洞穴寓言本身就是对电影的神奇预言，那么你叙述中洞开的半封闭空间、幻象，对感官历险奇异性的追求、外来者的试图交流、真相的不断再造、迷宫的意象（无论是哈瓦那超级市场，还是庞大的信息流），都在一再压缩从那个洞穴中看到的生活的现象，试图提炼出本质。

李宏伟：尼尔·盖曼在《美国众神》里设想了这样的现实：跟随移民抵达美国的众神，当人类逐渐抛弃他们，转而崇拜新一代神祇"计算机之神""电话之神""媒体之神""信用卡之神"……时，他们的能量开始衰减，在愤怒、恐惧等情绪主导下，旧神向新神进攻，掀起了一场神之战。这固然是尼尔·盖曼的设定，但其背后的隐喻却符合我们人类的理解力——神与人之间是互动的、相互依存的。跷跷板哪一头坐的人起身离场，都会导致游戏没法继续。所以，我无法区分自己是影迷还是迷影者，也无法裁定观看者与生产者谁更重要，一定要说的话，我认为自己只是一个电影爱好者。我喜欢电影在高仿真现实与光影梦境之间的自由切换，喜欢电影明明是对准一个人但那个人只是另一个人的剥离感。喜欢看电影的时候，不管是在影院还是对着屏幕，都有一种和其他人在一起的幻觉。电影也许在写作上带给我一种影响，就是镜头的存在，这是一种凝视，更是一种主动的选择，不管观众看到了什么，这都是导演有意识提供的。不，我在写作上并没有那种蛮横的宰制权，更不会像纳博科夫那样，宣称笔下的人物仅仅是自己的奴隶。我是想说，意识到镜头的存在，这有助于我看清面临的事物，这不仅仅是作为文学基本功的取舍，更是提醒我，专注镜头的同时，要想到镜头外面没有被放进来的世界，它们对呈现的约束。同时它也提醒我，在镜头与导演之间，还有一个监视器，你所指向的得是你能够看到的。

我一直都很喜欢柏拉图的洞喻，它往大了说就是对人类处境本身的譬喻，往小了说至少也能对照个人和真实的关系，而这种对照基本上就是我写小说的出发点。当然，洞喻也可以比喻电影的本质，依据这个比喻而来的感受也都成立。不过，最近阅读西蒙娜·薇依时，看她提醒说醒悟过来看到影子产生方式的人，必然要走出洞穴，双眼迎接阳光，得到刺痛后发现阳光下的一切，然后他必须回到洞穴，把阳光的讯息带给其他人。从这个意义上说，我终究还是更喜欢文字一些。

▶ 无论什么结构，抵达读者的都是小说的实质

走　走：你对小说的结构似乎特别看重，尤其是嵌套结构，《哈瓦那超级市场》里就有ABC三层：A是最上面那层，负责抽象与寓言；B是最有可读性的部分，负责接地气的叙事，同时这四个故事用私家侦探的方式串起来，日常生活因此放大、失真、变形；C是连接起A与B的交集地带。但是如果更苛求一些看，由于ABC三层都各自可以无限生长、脱落，它们之间的联系其实并不是很紧密。到了长篇《国王与抒情诗》，我觉得嵌在其中的长诗《鞁靼骑士》是非常自如自处的，同时也有了虚环与实环的相扣。

李宏伟：有一句老话：结构（形式）即内容，内容即结构（形式）。在修建一座佛教寺院或者天主教教堂之前，里面会供奉什么、会出现什么，就已经是清楚的了。很大程度上，后者约定了前者。看起来，我的小说有着明显的甚至外在的结构，是因为这样的结构与我想要呈现的内容相匹配，甚至可以说，这样的结构才能最好地呈现我意欲呈现的。也许理想的境界是，无论什么结构，抵达读者的都是小说的实质，读时和读后，读者都不会留意到小说的结构。《哈瓦那超级市场》《国王与抒情诗》都有部分使用

最传统也是包容性最大的嵌套方式——书中书。书里的人还在写作或阅读，这种嵌套、拼接有些像沉积岩，提供了凝练、压缩、精简的可能，不在同一个水平面、空间的东西，相互勾连、接榫、插入，提供了足够的面向，逼迫读者同时看到不同的东西，像是把历时性的东西强行予以了共时性打开。因为精简，提供了留白的可能，点到即止，此外的一切都可以在读者那里自行展开、演绎。

▶ 科幻小说不仅是看清幽微、折痕的镜片，还是映照全局的镜面

走　走：你是如何看待科幻小说这一体裁的？《来自月球的黏稠雨液》里有东十三区、《丰裕社会维持原则》、第三净化方案、植入报告者体内跟踪芯片记录器……这样一些看过《1984》的人会产生高度敏感的名词。《国王与抒情诗》里，则有信息核、移动灵魂、意识共同体、意识晶体等充满科技感的概念。而《哈瓦那超级市场》《来自月球的黏稠雨液》《国王与抒情诗》里又都涉及极权主义、群众、许诺、"负责解决一切"、乌托邦、计划分配与裁定……可以说你的小说是伪科幻真寓言吗？

李宏伟：阿西莫夫、刘慈欣他们的小说告诉我，科幻小说是依据现有条件，对大概率的未来进行计算、设想，是已知现在现实，求未知未来。特德·姜的小说告诉我，科幻小说也可以是一副镜片，现实的一些幽微、折痕，只有通过这副镜片才能看得见、看得清。从前者的意义上看，我的小说很难称为科幻小说，因为它缺乏计算过程的精准；从后者的意义上看，说它们是科幻小说也无妨，因为它们同样也是镜片。稍微特殊一点的是，在当下中国，科幻小说可能不仅是看清幽微、折痕的镜片，还是映照全局

的镜面，这也许就成了你说的寓言。镜片也好，镜面也罢，我都希望自己的镜像独一无二。

走　走：我特别喜欢你说过的那句话："对于小说和虚构，我还抱有一种个人迷信：有那么一些未来，也许把它写出来，把它在某个平行空间普及了，也就规避了它在这个世界到来的可能。"我知道你算是博览群书的人，内心是有一个小宇宙的，而你内心的小宇宙其实平行于此时此刻身处此间的具象的你，就像那些迢迢光年外的星光，用对真相的追寻、对存在的疑问，照亮此地无奈接受现实的你。

李宏伟：我见过博览群书的人，领略过他们的神采，知道他们对这个世界理解到什么程度，因此完全不是谦虚地说，我读的书远远不够，我对世界的理解离我想要的透彻、丰赡还有漫长遥远的距离。但人生就是这样，不可能做足了准备才动身。身在此间的我，也只能依据此身所有、此时所能去把自己想做的事做好，把想写的小说写好。你说的内心的小宇宙很诗意很有召唤力，如果投射过来，也许就是对自己的审视。有些时候，我觉得自己对这个世界有着让自己都害怕的热情，想要和所有认定的人赤诚相见，为了明显在更高处的目标同心协力去做；有些时候，我又在自己身上发现可怕的冷漠，不管是具体的伤痛还是波及更广的灾难，都难以唤起我真切的感同身受的同情。这两种矛盾的自我认知大概都是在形而上冲动裹挟下的失真，丧失了自己和他人的距离准确感，但是它们所引起的愤怒、失望、希冀是真切的，它们让我体会到有很多人和我同在这个世界，这种感受是真实的。这些真切与真实是火也是光，在我冷静的时候，促使我写下去。

▶ 任何时候写诗都是可能的

走　走：《国王与抒情诗》里，到了2050年，写诗变得不再可能。我们都知道，你还有一个诗人身份，那么你在小说中所设计的宇文往户的"诗人之死"，对你而言意味着什么？

李宏伟：写诗是可能的，任何时候写诗都是可能的。存疑的是，能不能写好，让写诗在彼时情境下不但必要还对现实有所发现有所发明，实现唯有诗能做到的。诗人可能对仪式、对以死与世界连接都比较敏感，因此他会选择一些哪怕是公共性的时刻一死了之。宇文往户之死，是因为作为一个诗人，他意识到自己非死不可的时刻到了。这个非死不可尽管在小说一开始就作为既定事实存在，但也是到最后他现身，对着国王黎普雷倾诉衷肠的时候，我才真正理解他为什么而死，这个死对他而言不可推让。我要说，假如在我的人生中，能正确地意识到，有这么一个非死不可的时刻到来，我也没有什么可推辞避让的。

▶ 慢一点，往回看

走　走：鉴于你的几篇小说都提到芯片植入技术，我们不妨讨论一下。我们假设芯片是能存储大量信息、天然比人脑有优势的，就像我们现在使用电脑写作，复制粘贴比原本手写删改容易，而搜索引擎也比传统图书馆方便快捷。未来这样的芯片需要你接受植入人体（假设是生物体的，完全安全），你可以用神经回路随时调用，大大提高你的生活效率，你是会接受还是会拒绝？你认为这是一个人权问题吗？如果你觉得芯片是对个人意识全天候无死角的捕捉与监控，那么其实现在手机也已基本实现了类似"非自由"状态。

李宏伟：我不知道你说的这样的芯片出现的话，我是会接受还是拒绝。这可能首先是一个选择问题，选择什么样的生活，需要生活效率提高到什么程度就可以。就我目前的生活状态来说，我想要慢一点，往回看，去理解比我久远得多的人、古典时期的人，他们如何看待世界、理解生活（这个意识是上一次和德海深聊后，明确起来的）。对手机、电脑的使用来说，除了在找资料时因为不便利有点烦恼，它们的基本功能已经完全能够满足我的需要，甚至过多地满足了，这么看来我会选择目前这样就好。而伴随选择问题而来的，也常常决定我们选择的，是能否控制——至少是自我感觉上能否控制的问题，你所说的"非自由"其实也就是有效控制感丧失后的状态吧。整体上，手机确实到了这个地步，它从各方面控制我们，未来还会有更多更有效控制我们的东西出现，我个人会有警觉会努力保持距离，但我对它们的出现持开放态度，因为也要把选择的权利交给后面的人。说到这里，再退一步，选择肯定是个人权问题，除了一些极特殊的情境，选择应该包括不做选择、不参与的自由。但这种不参与的自由越来越少，大多数情况下，我们只有选择 A 套餐还是 B 套餐的自由。人体必须植入芯片，不植入带来的不便利足以让一个人没法在城市里生活，这一天很快就会到来吧。

走　走：《国王与抒情诗》里，你没有揭示主人公的最终选择，是因为你自己也并没有想清楚，还是因为其实你是悲观的？就算黎普雷不接受担任"国王"这一职务，还有其他七个人等着。小说中，诗人自杀的真相并不重要，因为那其实与帝国现状相比，还是修辞意义的死亡；而抒情性语言、文学书籍的消失才是真正的死亡。那么，你不给出结局，其实代表了你对自由的写作悲观的态度？（我觉得这一态度本身，通过你设计的瑞典文学院决定永久停止诺贝尔文学奖的评选这一情节微妙地呈现了出来……）

李宏伟：之前完稿的时候，我确实在犹豫，不知道在那种情景下，他会如何选择，不知道把我换作他，我会如何选择。就小说来说，这样的开放结局更好。不过，在写《意识晶体幻在感》的时候，就必须琢磨黎普雷的决定了，慢慢地我相信黎普雷会在最后说"是"，选择承担"国王"职务，带领帝国走下去。这也是《意识晶体幻在感》的日期会是2051年8月7日的原因，我希望事情是在黎普雷做了选择，但这个选择还没有波及一般人生活的时候。因为如果时间再远一些，就要考虑帝国在黎普雷时期的变化，就要开启另一部小说了。说到世界发展的长远趋势，我基本上没有乐观也没有悲观，一切无可避免地就来吧，也没有谁说人类一定要永远存在，即使永远存在，也没有谁要求人类一定要有丰富的情感，一定要有抒情语言、文学书籍。自然，到了那一天，就像《黑客帝国》揭示的，必然会有人做出反抗，争取哪怕多一点点的自由。加缪说，西西弗斯在推着石头上山时是幸福的，可是如果他上山这段路在不断缩短，最后短至没有，乃至于只能在原地做出推的动作而石头纹丝不动，西西弗斯还会感到幸福吗？

▶"国王"与"抒情诗"这两个词语间的张力很吸引我

走　走：写《国王与抒情诗》的灵感是怎样产生的？受到《楚门的世界》或者《圆形废墟》影响吗？

李宏伟：已经不记得这个小说的想法最初是来自哪里，也许是因为中国文学界一年一度的"诺贝尔文学奖焦虑症"，于是就想开一个玩笑，干脆把诺贝尔文学奖取消算了——很有意思的是，在这个过程中，莫言得了奖，缓解或者加剧了这一焦虑症——不过这个小说从一开始就定了这个题目，大概是因为"国王"与"抒情诗"这两个词语间的张力很吸引我。后来各种经验不断叠加,包括我在出版社工作的经验,阅读、观看的经验,慢慢地它的面目开始浮现。《楚门的世界》那种人被窥探、被观察的处境,《圆形废墟》那种人不过是环节中一环,完全无从反抗、无处说理的处境,这些已经融入我对这个世界的基本感受中了,在其他一些小说中有体现,在这个小说里也有体现。但真正对《国王与抒情诗》起到临门一脚作用的,是朴赞郁的《老男孩》。一个人突然被推到某个境地,然后给你一点线索,等你历经波折找出答案。对方说,你从一开始就走错了方向,然后给出了一个终极答案,让你为自己身而为人而困惑,让你做出选择——这个过程太让我迷恋了,所以《国王与抒情诗》使用了基本相同的叙事结构。当然,人突然置身于某个情境,不断寻找线索,找出答案几乎是所有推理或侦探小说都会用的结构,答案如何反转也常常用来检验推理或侦探小说的位阶。但《老男孩》不只是给出转折性答案,而是这个答案的方向和力度,在它背后潜藏着的普遍性的困境。

▶汉语的精华在一个个字上面

走　走:小说的标题形式类似《说文解字》,如"思:容。想念"(第1章),你选出来作为标题的42个字分别是:思、聊、物、唱、谜、酒、火、空、光、死、渡、在、访、确、王、内、强、衰、塞、安、达、歧、士、助、飚、爱、哀、醒、冷、字、奖、印、纸、默、奇、永、神、一、错、转、情、数。这一设计的深层意义是什么?为什么是这42个字,而不是其他字?

李宏伟:相对来说,汉语的精华在一个个字上面,每一个字尤其是实字都代表了这个世界不可变更、移动,不可替换的一部分,而随着时间的流逝,越来越多的字不再在我们的生活中出现,也就意味着,世界的本来面目向我们遮掩了一小块，我们面对的也是越来越标准化的世界。第一部"本事"用了这些字作小节的标题，当然不是把代表被遮掩世界的那些字直接拿到读者面前来，那样的话，标题就该全部是佶屈聱牙、无从辨读的字了。选用这些字作为四十二节的标题，遵循了几个原则，一是它必须在该节的内容里出现；二是它的释义能够提供我们日常不会察觉的内容，让我们知道，在这些看似熟知的文字背后，也隐藏着我们未必那么熟知的内容；三是在选择释义上，我要求自己只从最初的字书《说文解字》和现在最通用的《新华字典》里面选取，也是不想让一些字的释义完全和我们的认知偏离、无法理解。选择这些字，查找字义时，我经常得到世界被擦亮的惊喜。比如说，作为一个准酒徒，我也是这一次从《说文解字》里面知道"酒"字的释义："就也。所以就人性之善恶。"当时我真是呆住了，原来我们感知到的一切，古人在有字的时候就已体会到，而且体会远比我们深刻。所以，"本事"四十二节小标题对我来说，也是一次次发现，对这个小说而言，也拓展了其可能的纵深。和任何选择一样，这四十二个字是我斟酌后选出来的，或许还有更佳的备选，但一旦选定，一旦放在那里，似乎就成了最合适的，无法更改。

▶哲学让我意识到，对人来说最重要的是"认识你自己"

走　走：你觉得哲学硕士的教育背景给你的写作带来了什么？因为我觉得你的大量文本都会涉及人的意义、生的意义、死的意义、自由的意义。

李宏伟：哲学教育最让我受益的不在写作上，是在自我认知上。是哲学让我意识到，对人来说最重要的是"认识你自己"，与此同时，人必须不断自我教育、自我完善。我无法确定是不是哲学专业造成的，但对意义的追问确实是我的习惯性动作，是我下意识必然会有的行为。记得从很早的时候，我就对死亡充满了恐惧，不是恐惧死后可能的鬼神世界以及随之而来的刀山火海阎罗殿，而是对自己死后眼前世界会照常运转恐惧无比。"一切都照常，只有自己不在了。"对这个画面的感知性想象困扰了我很多年，经常在夜里想起它就浑身颤抖、无法安睡。在大学的时候，我还很笨拙地问过我的老师吴琼先生，说想到死亡就恐惧、无法安睡，该怎么办。我很清楚地记得，吴老师同情地叹了口气，摇摇头对我说，尽量让自己忙起来，慢慢地会少想一些。时隔这么多年，不管是无奈还是主动，死亡对我的催逼没有原来那么紧了，我也开始站在一步之遥的地方打量它，去想它究竟意味着什么。西蒙娜·薇依说："死亡是赐予人类的最珍贵之物。所以最大的不敬就是用得不妥。"这份礼物的珍贵就在于，它提供了一座天平，一端放上了必然来临的死亡，其他的一切都必须放到这一端来称量，只有在天平这一端显示出分量，能够将死亡往上托起一点点的东西，才是值得人去追求的。

▶ 小说能够提出问题又能解决问题，这是一种奢望

走　走：在今天，在当下，很多严肃的文本试图唤回人自身意识的觉醒，你有这样的野心或者诉求吗？（但讽刺的是，最终能唤回的是已经觉醒的意识……就像评论家黄德海的金句：会了才能学会……）

李宏伟：德海这句话我印象非常深刻，但具体的意思没有和他聊过，我是从比喻的意义上来理解的：假设每个人是颗种子的话，我们是什么种子是先于我们而存在而决定的，终我们一生，所能够做到的，也不过是认清楚自己是颗什么样的种子，然后学会在这个种子的限度内，做到长势最

好，实现一颗种子预先决定的意图和成果。这么说起来，事情让人气馁，我们能够做的，不过是追赶预定而已。可是这里面又有很多坚忍，有多少种子已经认清自己的样子，却无法长到实现的那一天。比如最近大热的《西部世界》，福特和伯纳德不就是致力唤醒人造人的意识，让他们觉醒、反抗人类的世界，以便最终能够替代人类，占据这个世界？但无论是就剧情还是就现实而言，重要的不是唤醒，而是唤醒之后怎么办。——这有点像鲁迅那个问题：娜拉出走以后怎么办？自然，世界会有一番清洗，会短时间更新面貌，但之后呢？所以，要说野心与诉求，我希望自己的小说不仅能够让人重新意识到自己身而为人的可贵与独特，让他直面现实处境，寻求并得到他的尊严、他的自我肯定，更能帮助他意识到这一切只是开始，开始之后才刚刚上路。小说能够提出问题又能解决问题，这是一种奢望，但既然想到了，为什么不朝着这个奢望努力一下呢？

走　走：我最喜欢的三篇小说（《哈瓦那超级市场》《来自月球的黏稠雨液》《国王与抒情诗》），其实和传统小说是很不一样的。尤其后两篇，没有着力刻画人物，没有研究人物性格，没有具体描写某种环境，最后一篇更是虽有爱情却只陈述出事实，如果以传统小说的要求来看，似乎是很表面的，只是在不断交代。可是我却恰恰觉得它们碰触到了真正的本质。因为所谓纷繁复杂的世界，其实是作者自身创造的，人物所发现的各种意义，所拥有的各种感情，其实都只是物质层面的深度。也因为这大量的描写，终于看不见世界。而你其实摒弃了这一切描述，只关心人和人在世界中的本质处境。至于是什么样的人，这个人又有过什么经历什么情感波折，其实并不重要……《假时间聚会》的后记里，你其实部分表达了你的小说观。"纳博科夫在被问到为什么他的小说'离现实那么远又晦涩难懂'时，给了一个标准的纳博科夫式的回答，他说：'我是作家，不是邮递员。'……纳博科夫的'不是邮递员'的断语，是一系列清醒的认识与洞察：比如，作家不可能也没必要还原现实；比如，用简单反映论来要求作家，意味着对现实最大损耗地切割，意味着传递到读者手中的，只是干瘪的流尽血液与营养的细胞组织。"为了不让自己成为邮递员，你会警醒些什么？

李宏伟：和任何一个艺术门类一样，小说有着自身的传统，在这个传统中有高峰，高峰期的作家作品为后来者做出表率、提供营养，又不断向后来者施加压力，逼迫他对世界有新的发现，争取为这门艺术打上个人的烙印。在我个人的序列里面，托尔斯泰、陀思妥耶夫斯基、乔伊斯、福克纳这样的就是带着碾压力量的作家，他们为我确立小说世界坐标，也让我逼问自己：是不是必须写小说？是不是能写小说？我不会傲慢与虚荣到认为自己一定能做出些什么，有朝一日能进入这个序列。我只是知道，世界在发生着巨大的变化，如同从经典力学到相对论再到量子力学的变化。这个变化过程，向小说提出了新的要求，又为小说提供新的可能性，我想试试，作为小说群体中的一员，自己能不能做出回应，至少这件事情是值得去做的。在这样事物与人都在不断加速、无法停留，凝聚与分崩离析同时存在、互相撕扯，恒常之物逐渐隐退不再作为直接参照的现实面前，如果小说只满足于基础的刻画描写，沉溺于戏剧化套路带来的快感与慰藉，那它抵达的可能只是世界的投影或面具。这么说并没有对作为方法的刻画与描写的不满、不敬，只是对我而言，目前我还没有找到足够完美的方法，能够二者兼顾。但我非常清楚的是，那些基础的刻画描写，看似典型的人物、故事、环境，如果只是到此为止，并不更进一步提供新的东西，甚至它们的典型也只是对前人对那些碾压式作家的模仿、取样，这样的刻画描写，我是坚决不会要的。我尊重并愿意循着这条道路往前走，希望能够找到现实与时代的症结，进而对症下药，但我必须说，我已经不相信这条路了。所以，就这方面而言，我知道自己不会成为邮递员，不需要警醒，假设有一天我有向那个方向滑去的迹象，我会要求自己：停下来，不要再写了。我需要警醒的，是上一次德海和我聊天时，说到观察与经历的区别。在我心里，首先把写作看作自己对世界进行理解后做出的回应，再依据这个回应来理解自己，然后它是我和朋友交流的方式，在互相阅读中，我们实现精神的共振与合奏。从这两个层面来说，写作上的经历才是真诚的，也才是值得信赖的。我必须保持自己的专注，不断地清空自己，把写的东西，笔下那些人所经历的事情，在自己心里、身上过一遍，去体会他们，感受他们的呼吸、心跳，他们对这个世界的凝视、发现。因为在那样的时刻，他们就是我。

鲁　敏
Lu Min

1998年开始小说创作。已出版《六人晚餐》《九种忧伤》《墙上的父亲》《取景器》《惹尘埃》《荷尔蒙夜谈》等。曾获鲁迅文学奖、庄重文文学奖、人民文学奖、郁达夫文学奖、《中国作家》奖、中国小说双年奖等，名列《人民文学》"娇子·未来大家TOP20"。作品被译为德、法、日、俄、英、西班牙、意大利、阿拉伯文等。

我所倾心的不是坠落，是摆成飞翔姿势的坠落

▶我是一个偏向灰色调的写作者

走　走：2011年第5期《收获》发了你的《不食》，我特别喜欢这篇，觉得它以浓郁的恐慌感直接切入当下中国现实的诸多尖锐问题：官场堕落，爱情无能，食品安全，人心虚空，等等。荒诞中传达了这样的主题：被物化的现代人试图回到自然人的历程，不仅痛苦，而且绝望。与现实对抗的未来结局，似乎就只有以身饲虎……

鲁　敏：谢谢你的喜欢，也谢谢《收获》。我经常会有一些带点冒险性、一言难尽的作品在《收获》刊出，《不食》就是这样。出来后得到两极的评价。它收入几个年选本，有一位北京导演，老想做成电影，同时又觉得肯定没有票房，会死得很惨。我也曾一本正经报它去参加一个评奖，然后得到评委们压倒性的差评。有朋友也直率地表示：你以前那样写多好，干吗这样写了？

我清楚地知道《不食》的毛病，它有点急于举手发声，表明态度。当然，我也会骄傲地承认它闪亮的部分，它不肯苟且的弃绝。我最近看到刘涛写于2013年的评论，他说我有一批小说，有写"高人"的倾向。看到这句，我有点迟到的惊讶。我有时写小说，情绪化很重，几乎带着怒气与不

平气。这不好。我好像总在寻觅一种高蹈与理想意义上的外弱内强的人物，他受一切的苦厄与沉重，他退步，他倒走，他去试验，哪怕是试错是自绝。《不食》有这个意图。我是一个偏向灰色调的写作者。对娱乐、享受、明媚，对软和的好的东西，总有点恐慌的回避。这不算很健康，会体现在写作中。记得当时，还想写系列，类似《不衣》《不字》这样吧，大有反社会反文明之心。后来也不知为何没有写下去，可能是没有找到能够解决我诸多困惑的那样一个人物。但我似乎仍然在找，不见得为了写，是为了寄托，幼稚地以头撞墙般地寻找。

《不食》是六年前的作品了。现在我已不会再写《不食》这样带点寓言意味的作品了。我的愤怒，到了中年，像人一样，有点寡言和木讷。我也常有举笔如鼎的愚笨感。我现在觉得，文学趣味是比较脆弱也是比较纯粹的东西，指陈恶疾的肆意诉说，会对文学性有种"力量正确"的伤害。

举两个例子。比如李商隐的诗，他一生诗作丰沛，有长篇叙事诗具体投射当朝衰荣，也有距离现实远一些的，以空愁浓情个人哀怨为客体的写意诗，影响广泛得到激爱的大都是后者。再比如韩国电影，有些紧密结合时局、大胆反思社会问题，好看，评分高，有力度。但你会发现，它的"当下意义"与"政治态度"往往要高过其在艺术审美上的贡献。这里面，是有艺术观和立场取舍的。艺术与社会与时代的关系，谁为谁服务？如何服务？正面渲染是一种服务，反面批判其实也是一种思想先行的服务；审美趣味是手段与方式，还是审美趣味本身……也不是说有多么绝对的分野，或者还是写作者的能力与认识问题吧。不讨论了。我就像笑话里所说的，读书太少，却想得太多。

▶好坏跟速度没有正向的逻辑关系

走　走：2015年，我有幸编发了你的《拥抱》，记得最初的名字也很不错，叫《亮晶晶》，把中年女人的心态写得真是一波三折悲从中来。当时你我通信中有几句话我印象特别深，"虽然算是写完了，根本还没好好改呢，我要的劲儿还没到位。……因为对残障少年的性主题太爱了，我想再改改玩玩。……昨晚到现在，新改一遍。再不发去，我又要改。有改稿强迫"。你很喜欢改小说？你要的劲儿具体来说是什么？我感觉是一种夸张，你追求一种异质的极致，一种生机勃勃……

鲁　敏：近几年确实总在改小说，说好听点叫雕花琢玉，说老实点儿大概也是一种职业上的"努力工作"的心态。我很诚恳地认为，好好用功啊，多改改啊，会越改越好的。我有次跟叶兆言老师讨论过，叶老师的修改也是穷尽其极。我们还交换过彼此的"无聊"修改大法。比方说，同一大段里，绝不能忍受出现同样的形容词。把"地的得"弄得清爽一些，避免重复太多。把形容词尽可能改成动作。改对话，去掉其中的书面语。掂量语气词的激烈程度，改掉问号和感叹号……这很可怕。有时自己也觉得要疯，要大声地喝问和嘲弄自己：Who Care（谁关心呢）？

我以前是很爽利的。记得2007年左右，写得快而猛，一年发七个中篇，外加五个短篇。2008年2009年，也是保持七八篇的速度。那时朋友们还劝我慢下来。现在好了，不要任何人劝，想快都快不起来。

不开心的是：好坏跟速度没有正向的逻辑关系。有时候，就算改一百遍，烂苹果还是烂苹果，口感依然很差。反之，一枚脆嘣嘣的小脆枣，随手打下来的，随便擦一下就扔到嘴里，好吃极了。

我现在的改，有两种情况。一种是出于不满意，想要给成色欠佳的苹果抛光、上蜡，用技术挽救。还有一种，是特别倚重，不舍得轻易放手，因为一旦改完，这小说就结束了，手上就没有东西盘了，我接下来就空虚了。《拥抱》属于后者，我蛮喜爱这篇小说的，其最根本的点，是对"性意识"的无条件尊重。

这个故事有原型。确实有这么一位孤独症少年，以其无辜的生物性，向这个文明的、衣冠楚楚的社会，传达出他顽强的不自知的性需求。人们试图程序化地、更体面地处理这件事，在那些想当然的对羞耻的反复遮掩与苦情戏中，愈加显现出这个少年的真切与蓬勃。在真实的生活里也许很难做到。但在小说里，我让这位中年女性全力以赴去跟他一起达成最初步的对两性关系的开启与慰藉。最重要的是，她这样做不是出于人情味儿或现代化教养。那就等而下之了。这个过程中，我让她也唤起了关于身体和青春的自然寄托，她是以同样期待的状态去赴约的。小说末尾，由于少年对自己的力量控制不好，导致对这位女士的碾压性拥抱——这个写得比较隐蔽，我光是改这个结尾，就犹豫了好几天。我可以把这个碾压改得很明显，变成反讽的大悲剧。最后还是算了，这并不是这篇小说最重要的所在。当然读者会觉得不太明确，有人发留言问我，是把女的给压死了吗？我说，你看呢？你觉得呢？

至于说到"劲儿"，你说的大致不差。就是不管不顾，将礼仪、惯性、理性、文明等外套与包袱脱掉甩掉。我不是要哗众地、反着劲儿地甩。只是想陈述一个事实：人们有甩包袱的权利和渴望。我们常常接触到装置艺术、后现代绘画、黑色摇滚等，都是对这个主张的反复呈现与叫嚣。我们的小说，端方、深刻、重大，久矣，繁矣。我想来点不这样的，然后殊途同归，归于人性，归于尘土。

▶写作成了我异质的唯一证明，不合作的唯一出口

走　走：我看过一篇你和何平的访谈，里面你谈道，"正如美国南方女作家奥康纳所说，对视线不好的人，我必须放大图案；对听力不足的人，我必须粗声叫嚷"。我们总是说，唤不醒一个装睡的人。你用粗粝的质感、纯粹的偏锋，试图面对的是怎样的世界？你是否觉得本质上，所有人心里都有一个想象世界的人，和小说中那个自闭症孩子一样，都是孤独的？

鲁　敏：是，挺赞同奥康纳的这句话的，常用来自勉。我有一些小说，由于主人公的过分乖张，会被质疑：这不现实吧，这不符合常情，这有点儿缺乏逻辑。这当然需要反省和检讨：一定是我设计的参数与外界打开的方式，两者还不在一条线上，我在荒诞的空中轨道飘移，没有贴着地面奔跑，没有结结实实踩出每一个脚印。但有时也会默然地辩论。逻辑与常情什么时候就成了小说的卡尺与准星了？夸张变形与现实主义，向来不是死敌，而是互相勾结的同谋。越是荒谬，越是心酸；越是变形，越是苦痛啊。我这几年的写作，总在深一脚浅一脚地尝试，喜忧参半，有得有失。总的来说，我没有愧对无数个黑白时日。

你问到世界，所面对的是怎样的世界。这话题有点大。我生就一对小眼睛，所见狭窄，但这细小的观照中，我所见到的，是巨大的独裁式的孤独，人人如此。大家都在向各个方向支棱着隔膜着，千头万绪，穷力扑闪。但有一点，短暂寄居尘世的人们是比较一致的：功利化的妥协。仅此一样利器，世界就卓有成效、理性十足地转动着。花朵妥协成蔬菜，审美妥协成公式，少年妥协成老人，等等。

我也常妥协臣服于功利，我把自己定义成一把俗骨头。大约正是因为这样，写作成了我异质的唯一证明，不合作的唯一出口，我不全是为着叫醒装睡的人们，更是为了让自己不要睡得太死。

走　走：你对于人的欲望，把握非常准确。我看到你的新长篇，仍然没有为迎合而建构所谓的宏大历史叙事，但无论是渴望隐姓埋名从此改换人生的妻子，渴望了解自己床伴逐渐对寻找本身产生感情的情人，还是先与妻子情感难舍最终却在两年内接受他人的丈夫，你的笔触关注的全是社会平常人物的日常生活。只是这个与城市相关的平民世界，被环境被世俗被物质被欲望挤压得有那么一点变形，而你关注的正是他们变形的、肿胀的、浑浊的，甚至自己都不太清楚的那一部分。但这些部分不脏，不狡诈不卑劣，不贪婪不算计……真实得出其不意却如影随形，让我们看到自己的斑驳。我想很多时候，我们焦虑、疲惫的时候，也会想就这么不负责任地消失，哪管真实世界洪水滔天。你最初是哪里生发来的，关于这个"消失"的设定？

鲁　敏：还记得四年前的夏天，当时脑子里有两个不同素材，都想写成长篇。我的选择症发作，为了先写哪个，老是在院子里散步，想来想去。当然最后还是听从了"冲动"这个魔鬼，我对"消失"这个题材，迷症得不是一天两天，平时没事儿就留意和收集这方面的资料：有驴友经过精心谋划假装失事就再没回家的；有个从日文翻过来的技术长帖专门教人如何"像真的一样失踪"；还有各种所谓的寻人网站；还有外国网友的"失踪"体验报告。当然这些都不是我想要的。我不是出于对现实的厌恶、不满或逃避。更主要是对"生之偶然性"的一种挑战和实践。为什么一个人是在这样的时空里以这样的角色与周遭这样的一群同类共同呼吸过活？转一下魔方，调一个方向，换一个频率，把自己像石子一样扔到另一个毫不相干的角落里去。这是个吃力不讨好的主角，因为这看上去多么自私和神经质，全然不讲道理，这过得好好的，又没什么大不了的事儿！是啊，就是因为没什么事儿啊。而且，别以为这里有很多的悬念，有最终的揭晓，实际没有。在煞有其事通往各个方向的假设、寻找、推理、误解之后，我要再一次地告诉你，没什么事儿，换个地方也一样没什么事儿！这就是飘萍般的、万向轮般的、可随意尽欢的人生内核。是的，这就写了新长篇……

▶ 以各种不在场的方式写父亲

走　走：不过直到最近，为了准备这次访谈，我看了你的一些散文，那篇《以父之名》，我才真正理解你作品中对逃离、缺席、不在场的家庭基因的描述。我觉得在这部长篇里，你和那个不肯原谅父亲、目睹他去世也没掉一滴眼泪的十六岁的自己有所和解，你也以一个写作者的旁观态度真正同情、理解了父亲，我觉得这是写作带来的很好的事，它也许是这部长篇给你的最大的意义。

鲁　敏：关于以各种不在场的方式写父亲，是我一个无意识的自选动作，并且成了每次对话的"必答题""必然梗"。有点不太想谈了。其实，我也做过努力不写。比如这个新长篇里，本来想把失踪的父亲设计成失踪的母亲，从戏剧推动角度来说，也是同样成立的。但没办法，那样写的话，我好像就一点动力都没有。这是一种固执的移情，磁石一样，我白绕上几大圈，还是会回归到那个点。有时候觉得这也挺好，总归有个惦念。时间、衰老、事故，随便什么轮番上场，都熨烫不平这个大褶子。

这部长篇对我的意义有很多，其中一个，是对父性的再一次寻找、再次的寻而未得、再一次的两手空空没有着落：这也是一个小收获。对我来说，这个长篇的意义更主要的还是对个体身份之可能性的追索、破坏性的重建与自救。我是个彻头彻尾的街巷中人、俗世动物，却总对这些抽象话题难以自拔。写这个长篇，最主要是对个体纠葛的纾解和释放，也是试图在人海中寻求与此主题有相近感受的呼应与回声，更大的想法，是企图在文学长河中建立这么一个凡俗奔逸者的形象。

▶ 短篇野蛮生长；长篇精神智性

走　走：最近刚看完你2017年1月出版的短篇小说集《荷尔蒙夜谈》，我发现你的短篇写作很有系列性，就像之前乡土写作的"东坝"系列，城市日常生活"暗疾系列"的《九种忧伤》，这次的主题"荷尔蒙"是怎么找到的？

鲁　敏：没有特意寻找，这期间同时也写了其他主题的短篇。包括收入这本集子的小说，也有不那么"荷尔蒙"的。定位为《荷尔蒙夜谈》主要是结集出版时一个最大公约数或合并同类项的归纳梳理，但有趣的是，这么一顺，发现也的确合适，就成其为一个主题系列了。

我这三四年的主要注意力好像是比较集中在反复攀爬同一个高地。其实，荷尔蒙，不仅指色、性、欲，它是一个很宽广也很温柔的概念，对具体个体的困境有着无限的垂怜之意，像和气到带点怂恿意味的法律条文，支持和鼓励着你，在艰难时凭此做出不负责任的、仅仅是身体直觉的决定。让下流成为正当，欲望成为正义，坠落成为超脱，男女大防成为细细的一扯就断的红线。这多好啊。

我还在写呢。我二十年前并没有过像样的青春期，大概人到中年才在小说里长出这一批刺目但也值得欢喜的红肿痘痘吧——在这本新书的封面上，印着一句话："向身体的六十万亿细胞，表示迟到的尊重。"这是我为荷尔蒙所做的一个背书。

走　走：看《荷尔蒙夜谈》，我会想起刘小枫那本《沉重的肉身：现代性伦理的叙事纬语》，在那本书里有这样一些话。"根据自己的感觉偏好去生活，就是道德的行为，这种道德的正当性在于自己感觉偏好的自然权利。……享乐的生存原则的正当性基于身体的自然感觉，身体是'永恒不变之体'，感觉是它的渴念和掳取。就个人的身体感觉来说，没有人民的公意道德插手的余地，身体的享乐本身没有罪恶可言。……丹东的价值观在这一点上与妓女玛丽昂是完全一致的：不认为人的生活方式有善罪之分，每个人在天性——自然本性上都是享乐者。不同的只是每个人寻求享乐的方式——有粗俗、有文雅，这是'人与人之间所能找到的唯一区别'。无论以粗俗还是文雅的方式享乐，感觉都一样，'都是为了能使自己心安理得'。"

书中还引用了毕希纳给自己身后的思想家们写下的谶语："您看，这是一个美丽、牢固、灰色的天空；有的人可能会觉得有趣，先把一根木橛子揳到天上去，然后在那上面上吊，仅仅是因为他的思想在是与不是之间打架。人啊，自然一点吧！你本来是用灰尘、沙子和泥土制造出来的，你还想成为比灰尘、沙子和泥土更多的东西吗？"

至少在这一本短篇集中，你其实是通过肉身承载了你对人性不易察觉的幽暗深处的探究，而且站在了肉身的自然属性、本能欲望这边。"不谈情感、不谈思想、不谈灵魂，都太抽象，谁知道有没有呢。谈身体吧，趁着还热乎乎的。"（《坠落美学》第一句话）事实上，你的短篇和你的长篇气质相当不同。短篇野蛮生长，注重的关键词是感性和肉体；长篇精神智性，注重的关键词是理性和命运。

鲁　敏：谢谢，你的发现和提炼很好。好多年前读过刘小枫。前一阵在微信上看到他出席一个活动的照片。当年他那本书影响很大，我读的时候，是个小小中专毕业生，震撼可想而知，哪怕是半懂不懂的。

我对短篇和长篇的态度确实有亲昵与敬重的区别。写短篇就像捏泥人，有创造感和胡乱捣蛋感，不行就打破了重捏，说不定捏歪了更有趣更好看呢。长篇总像搭厂棚起架子，要做大型石雕了，恨不得更衣沐香断食三日。除了字数、工作量的原因，也有对影响力权重的考虑吧。这种考量是有点偏见的。即便如此，我对长篇的智性支撑，还是远远不够的，认窄门、钻牛角尖、自择小道的情况还在。

我的理性思维能力有短板，所以才会这么用蛮力撞开肉身这扇沉重的大门，凭着喜欢与直觉在里头乱转乱写，算是扬长避短的鲁莽之勇吧。

▶ 与其说我是喜欢描写坠落，不如说是渴望飞升

走　走：你是不是喜欢描写坠落感？《坠落美学》里，"她甚至还写写画画地准备了一份简短的坠机通知：女士们先生们，各位身体们，本次航班将在三分钟后自由坠落，请您的身体保持镇定并做好坠机准备，我谨代表本次航班全体机组人员感谢各位身体的配合，并向各位身体送上最亲切的道别……如果能有机会这么来一下子，怪有趣的不是吗？"《收获》曾经刊发的《三人二足》，被伪装成恋足癖的贩毒者利用，不明真相替他运毒的空姐，在最终知道真相后选择与毒贩一起坠楼。据说，人在坠落过程中会感觉时间慢了下来……

鲁　敏：我还在短篇《铁血信鸽》里，让我的男主人公，错觉自己是一只鸽子，爬上窗台张开双臂扑向光线旖旎的暮色。我所倾心的不是坠落，是坠落之前的飞翔，或者说，是摆成飞翔姿势的坠落。

也可能这是我心理上对大地引力、对踏踏实实的一种厌倦和反抗吧。我们整日、终身蝇营狗苟四肢着地，孜孜以求地不断攀爬、趋利避害、走三步想四步又退两步，五十步笑一百步，偶尔弹跳半寸就沾沾自喜，以为

得其正道、超然众人。其实，并不是这样。

因此，与其说我是喜欢描写坠落，不如说是渴望飞升，精神上的也好肉身上的也好，然而这不可能或达不到。那么退而求其次，以坠落为终点的飞升，在空茫的宇宙大气层，得到虚无与宁静。

我喜欢一种花，我们乡下叫杨花，刚刚百度了一下，《辞源》里解释为柳絮。在仲春季节，在河边上，它们会飘起来，非常之慢，像停在半空中，说不清它到底是在往上飘还是在往下坠。有一年的这个季节，我到苏北的兴化去玩，在一片不大的水面上，看到特别多特别密的杨花，全部停在半空。我不能动，呆呆看了很长时间，感动得都发起蠢来，心醉神迷。我觉得在这极度缓慢极度没有意义的坠落里，感到了纯粹的解脱感，时间不存在了，我也不存在了。

▶ 以心理轨迹与精神分析来写小说，是很占便宜的事

走　走：我也想和你聊聊精神分析。你很多中短篇都涉及精神隐疾。比如与精神洁癖、异食癖有关的《不食》，与习惯性呕吐、习惯性退货有关的《暗疾》，与社交无能有关的《谢伯茂之死》，与安全感有关的《死迷藏》，与恋足癖有关的《三人二足》，与偷窥癖有关的《坠落美学》，《羽毛》中的瘙痒症，《墙上的父亲》里妹妹的暴食症……

鲁　敏：许多作家都有这方面的偏好吧。这不算什么。生理病、心理病、社会病、时代病、流行病、传染病等。我以前借小说人物之口说过，一个家族或一个人的病历、病史，绝对可堪细读，可能不比他（她）们的工作经历或情感史差。其实我们生理上所呈现出来的各种毛病，比如胃病、过敏性鼻炎或脂肪肝什么的，也大致与此人的童年地域、消费方式、睡眠

伴侣、度过无聊时光的模式等密切相关。我一直认为，生理病都是心理病，病史就是心灵史，是人的性情与命运。

而以心理轨迹与精神分析来写小说，算是很占便宜的事，具有直观的戏剧性与文学趣味。不算高级，我觉得属于技术范畴的基本装备。有一阵子我也以求知的态度看过一些精神分析书、解梦书等，看得越多越觉得无趣。精神分析作为学科之后，失去了中世纪巫婆神汉的那种鲜美爆破与黑暗感。

我现在所写到的一些病相或精神痛楚、生理强迫症，都是没有相应精神分析学依据的。我是凭直觉和主观需要写的，也属于无知者的耍流氓吧。就像庸医，隔帘子搭着脉，就恭喜对方"有喜"了。我所写的人物们的隐疾，也大致如此。我笔下的父亲一旦紧张，会扒着路牙子当众呕吐。我笔下的少女，喜欢到超市偷几个打折的桃子，毛茸茸的，藏在袖口里，于廉价的刺激中获得莫大的欢乐——别问我为什么，我搭的脉相就是这样。

▶ 我们是纸上的微型上帝

走　走：你的小说中出现死亡的频率其实是相当高的。2011年底，我看到了你的长篇《六人晚餐》，当时对你写人物的功力印象很深，觉得传神生动，这里面就写了一场城郊接合部化工厂的大爆炸；《坠落美学》里网球陪练因为和雇主的太太出轨，遭遇了一场惨烈的车祸而送了命，太太自己则在自制蛋糕中添加了剧毒的夹竹桃液，"从托盘里取出一块热乎乎的草绿色风味蛋糕。一只手往嘴里送，另一只手在下面接着，以免碎屑掉落。嗯，又松又软，甜香适度，各方面比例都无可挑剔，她谦逊而满意地点头：味道对了"；《徐记鸭往事》里，被戴绿帽的丈夫杀死了对方的妻子，理由却是"这个被反复背叛反复抛弃、谁也不要、包括她自己都不要自己的女人，真不如死了的好，不是吗"。你如何看待死亡？在《死迷藏》里，似乎有所暗示，"是他亲手榨的两杯橙汁，搁在冰箱里，小童半夜回家来喝了一杯……可老雷他妈的说他不是故意的，只一杯是有毒的，小童喝这一杯他便喝剩下的另一杯，优先权在小童，他预先也不能知道，儿子会选哪一杯……""老雷的意思是，杀死他儿子的，非他，亦非橙汁，而是偶然性。""这种偶然来的性命，就应当偶然地去！这就是生与死的最大伦理，对不对？所有的死亡我们都不要操心，它是绝对独立、绝对纯粹的，不管是意外、自取、老死，或是随便哪个替哪个算账，反正归根到底都是原始意义上的偶然，就跟最初获得生命是一模一样的，这里有一个恒量上的公平与公正，我们根本不要操心，完全交给偶然就好了……"

鲁　敏：作家都是杀人不眨眼的刽子手，手不用起刀不用落，键盘啪嗒，一命来，一命走。也算是我们的职业特权吧，就像我们同样设计和处理了无数的背叛、爱与忠贞。我们是纸上的微型上帝。

写死亡是理所当然的。不管我们写或不写，死亡总是频繁又耐心地发生着，不像忠贞、阴谋或富贵，生活里并不那么容易亲历或目睹。死亡是极为常态的，是三餐四季，是暮鼓晨钟，是默默走在我们前面或尾随身后的那个存在。我们生活的全部动力与局限也在于我们在不断衰老、在不规则变速地走向死亡，由此，有了艺术、贪婪、爱惜、无情、抛弃等一切的动机与行为。死亡太伟大了，它是高高举起、不停抽向人类的伟大鞭子。

因此我密切地关注它，以各种方式不厌其烦地误会重重地写它。我对写恋爱很没有把握，写聪明人或大人物也拐不了几个弯，写知识分子一准破绽百出，写波澜宏大更是力有不逮。我比较熟悉的都是手无寸铁、身无长物的人物与他们的琐碎恩怨。他们没有别的，他们手心里就紧紧攥了自己一条命，到了某个关头，这就是他们做决定的武器与方式。终有一死，死得其所。为所爱，为所苦，为所痴，为所不值。因此我所写的死，大都不是寿终正寝，而是自我（作家）的决定。

写《六人晚餐》时，男主角丁成功，是要在小说里死去的，我一直想不好他如何死才好，这听来粗暴简单，但我正是想把最大的郑重赋予他的死亡，哪怕就是"路倒"，也有"路倒"的意义。小说卡在丁成功的死亡上。恰巧此后不久，南京发生了一场很惨烈的管道大爆炸，离我的小区还挺近的，家里被震得满地玻璃碴子。好了，我一边扫玻璃碴子，一边几乎要手舞足蹈了。丁成功应当有一个一意孤行者的玻璃屋，他的玻璃屋会在化工厂拆迁的爆炸事故中被意外地完全摧毁，他会借着那唾手可得的锋利碎片顺手找到他的蓝色静脉，借此终结他注定悲怆的爱情……

我喜欢薇依的这句话：死亡是人类被赐予的最珍贵之物，最大的不敬就是用得不妥。作为判笔下生死的作家，更应如此，我要和我的小说人物一起，用最大的敬意去妥当地打开和使用这一珍贵之物。

滕 肖 澜

Teng Xiaolan

1976年10月生于上海，中国作家协会全委会委员，上海市作家协会理事、专业作家，上海青年文联副会长。2001年开始写作，至今创作小说200余万字。作品多次被转载，并多次入选年度排行榜以及多种选本；中篇小说《美丽的日子》获第六届鲁迅文学奖，小说《童话》《蓝宝石戒指》曾被改编成同名电影。作品曾被译成英文、波兰文出版。著有小说集《十朵玫瑰》《这无法无天的爱》《大城小恋》《星空下跳舞的女人》《规则人生》，长篇小说《城里的月光》《海上明珠》《乘风》。

以一种平视的角度，写百姓度日的悲欢

▶生活中许多东西是我们未写尽的

走　走：说到你的写作题材，一般会概括为衣食住行柴米油盐、家长里短结婚离婚、滚滚红尘饮食男女、下岗就业职务变动等小上海、小人物日常生活的需求与欲望，（这和你这类作品最常被选刊选载不无关系）这一类作品需要一种平民意识下的平视视角，需要内心对生活本身持有长久的温情，因为现实生活本身其实是有其坚硬逻辑的，而你笔下人物会选择掩盖、忽略、默许、接纳生活中种种无奈。他们更看重生存的需要，尊重日常生活的伦理要求，不太会采取极端的、疯狂的处理办法。你觉得这种对素材的选择，对叙述调性的平实把握和什么有关？比如你的性格、个人经历。

滕肖澜：我觉得，所谓"衣食住行柴米油盐家长里短结婚离婚"云云，基本上以当下生活为背景的小说，应该都是逃不脱的。有一段时间，我不习惯外界对我的此类评论，有些想不通。把之前的小说一一列开，真正完全写家长里短的，其实只占很少一部分。是说我写得婆婆妈妈吗？自己觉得似乎也不至于。这应该是与我的写法有关，不管怎样的题材，我都习惯从日常入手，交代背景，尽可能详尽地描绘人物的生活。无关好坏，只是一种写作的惯性。每个作者都会自然而然地，挑自己觉得最舒服的写法去写。我喜欢这么写。你提到"平民意识下的平视视角"，我记得在我第一部作品集《十朵玫瑰》的后记中，就写道，希望自己的作品是悲天悯人的，以一种平视的角度，写百姓度日的悲欢。我最偏爱写的一种人物状态就是坚强的、乐观的。或许现状不尽如人意，但人物总是充满力量，不苟且，也不特立独行，只是活出自己的一片精彩。我的处理方法通常是不动声色地描摹，把要表达的东西放在波澜不兴的语言下面。我并非不写极端的、疯狂的人，但即便写了，也不喜欢把力气用在面上，由始至终憋着劲，唯恐读者不知道我的人物是多么与众不同。没必要。我挺中意写一些被人写滥了的东西，比如婆媳斗争、姐弟恋、新婚夫妻等。把世俗的情感尽可能写得不俗，是我乐意为之努力的。我很少搜肠刮肚去想一些奇特的东西。"生活已经足够精彩了"，这句话通常被拿来嘲笑作家的想象力，而在我看来，这应该成为我们进一步深入挖掘生活的理由与动力。用独特的句子，去书写人世间共通的情感。生活中许多东西是我们未写尽的。许多曲径通幽、微妙难言的情愫，不该写出来便是千篇一律甚至公式化，而是值得一而再再而三地去琢磨。至于素材的选择、叙述调性的把握，我觉得与作者的性格、背景或许会有些关系，但具体有多少影响，也难讲。写作是一项感性劳作，无论是前期准备还是后期实施，都充满着许多不定因素。小说与作者本身的关系，更是很难说清。

▶ 一旦决定写什么后，"怎么写"往往取决于作者的感觉

走　走：你在成为专业作家之前，曾经是上海浦东机场的一名员工。这几天《收获》的类型文学公众号"人间职场浮世绘"就在连载你的机场爱情故事《乘风》，当时你负责配载平衡，据说关乎很多人的生命安全，需

要非比寻常的细心与耐心，这个特别的工作是否对你的写作有过影响？

滕肖澜：我至今仍然非常怀念在浦东机场的那段时光。这也是《乘风》在我笔下自然而然会显得非常温情的原因。好坏都在这里，写起来非常顺手，几乎没怎么构思，一个个人物便跃然纸上。许多朋友都对我说过，特别喜欢里面的袁轶，小男生太可爱了。目前我在写一部关于陆家嘴金融的长篇小说，人物和故事就要凌厉得多。也许太喜欢一个地方，可以为它写散文，但不是太适合写小说。小说里的人物要像滚筒洗衣机那样，从进去到出来，变个大样。当年陈先法老师也教导过我，别怕把主人公写坏，只要风筝线在自己手里，放出去收得回来就行。但我压根舍不得把机场里的人物写坏。我在机场从事的工作是载重平衡，就是把飞机的旅客、货物、邮件、行李分别安排在合适的位置，得到一个允许的重心位置。除了机务维修，载重平衡是与航班飞行安全最密切的岗位，算是个技术工种。如果说这个工作与写作有什么关系，也许就是"感觉"两字。写作是要讲感觉的，载重平衡也要讲感觉。客机倒也罢了，难的是货机，尤其是那种波音747货机（这点我在《乘风》里曾多次提到，袁轶再喜欢柳婷婷，想到要做波音747货机的平衡表，也只有止步不前），集装箱，上下舱，彼此牵连相互影响。举个例子，从机头到机尾，ABCDEFGHIJKLMN每个位置都有限载，接着，A加B有限载，A加B加C的总和又有限载，B加C有限载，B加C加D有限载，A加B加C加D又有限载……以此类推，非常麻烦，除了前后平衡，还有左右平衡，而且有些位置还只能装特定板，一架飞机倘若多几块特定板，对剩下货板的装舱要求就会更高。要命的是，还是手工制表。纸、笔、计算器。错一点就要重新来过。时间上也有要求，从收到货运单，到出装机单，最多也就一个小时。这种情况下，"感觉"是非常重要的，不可能来回修改，那样心就乱了。这点与写作十分相似。一旦决定写什么后，"怎么写"往往取决于作者的感觉，这是没有标准答案的。作者要在题材与写法之间找到一种平衡，在最短时间内想清楚，怎么写才能把自身优势发挥到最大，完成任务。写作本身虽然感性，但过程却是由一系列理性工作所组成，选材、架构、情景、对话、细节等。作者应该培养自己这方面的技巧。

▶ 写人们熟悉的东西是最难的，爱情便是如此

走　走：《这无法无天的爱》里，谭心与曾伟强分分合合、合合分分，可谓轰轰烈烈；《倾国倾城》中，痴情的庞鹰为佟承志几乎放弃了一切，却注定是一场始于算计终于牺牲，不对等的恋爱；《小么事》中，李东对顾怡宁一见倾心、一往情深，顾怡宁不爱李东却又离不开他，"李东是道护身符，又是张白金卡，额度能让人看花眼，一辈子不愁"……可以说，你经常写爱，写了大量男女叙事，为什么你会说自己"不太会写爱情"？"真正的爱情小说太难写了。每个人心中都有自己的爱情故事……可爱情又不可能过于天方夜谭，离现实太远，那便不是爱情而是童话了。所以我通常不直接写爱情，而把这重点放在爱情背后的东西上……爱情有目的的，是别的东西的介质。"所以你对爱的书写态度是非常现实的。

滕肖澜：我说爱情难写，是指现实中每个人或多或少都有这方面的经验，即便真是一张白纸，幻想爱情也是再自然不过的事。每个人心中都有自己的爱情故事。有时候作者搜肠刮肚想出的一个爱情片段，自认为精彩，却不知生活中早已被人演了千遍万遍。写人们熟悉的东西是最难的，爱情便是如此。不过正如你所说，我经常写爱，小说中有大量男女叙事。理由当然也很简单——爱情是小说永恒的主题。爱情是跳不开的，即便不是主线，暗线、过渡，也是免不了的。关于你那句"你对爱的书写态度是非常

现实的"，我认真思考了一下，可能还是跟作者的写作习惯有关。写爱情时，我习惯用一种比较冷静的态度去看待，过于冷静，自然显得现实。我自己也说不出理由。但换了其他东西，我会自然而然地"热"起来，比如《快乐王子》，下一个问题会谈到。很多时候，其实作者这样写而不是那样写，仅仅是取决于一种个人偏好，很难解释。

▶ 我对那种侠之大者的人物完全没有免疫力

走　走：采访前我问过你，最喜欢自己的哪部作品，你回答是《快乐王子》。这篇小说非常特别，明显背离了你的现实主义写实路线，有着非常浓厚的都市魔幻色彩。它与王尔德的《快乐王子》构成了一种互文关系：都市女孩严卉在父亲为救人溺水身亡、母亲改嫁他乡之后，陷入童话《快乐王子》的世界，因为这是父亲在临死前一天给她最后讲的故事。长大成人之后，她将犯有毒瘾的厨师曹大年和父亲用生命救活但如今却成了性工作者的马丽莲组织成一个带有古代游侠性质的弱势群体救助小组，在大都市里劫富济贫。警方追查时，几个受助人张阿婆、瞎女人、赵瘸子等，没有一个人出卖严卉。你为什么会偏爱这一部？因为它的浪漫侠义精神？这是你骨子里的价值观？

滕肖澜：《快乐王子》是我最喜欢的一部小说。我承认，这部小说在艺术上并不十分出彩，某些细节还值得推敲，甚至是有硬伤。但我就是不可抑制地喜欢它。写作这十几年来，它是唯一一篇让我写得热血沸腾的小说，几度被人物感动得热泪盈眶。这是一个替天行道的童话，一个舍己救人的故事。也许是从小爱看武侠小说的缘故，我对那种侠之大者的人物完全没有免疫力。记得十来年前一次同学聚会，有人问"金庸武侠书里最喜欢哪个男主角"，回答"杨过""令狐冲"的人最多，也有人说"段誉""胡斐"，唯独我冒出一个"乔峰"。大家问我为什么。我说"有情有义，大丈夫"。从女性视角看，乔峰这个人应该是不怎么讨喜的，形象不够俊俏，谈个恋爱也是直来直去没啥波折。但我就是喜欢。而且也想试着写这样的人物。放在现代都市背景下，一个有着侠义精神的人、英雄似的人物。如果是个女生，那就更具有挑战性。《快乐王子》很感人，故事应该说也比较精彩。却是我近几年来唯一一部没有被转载的中篇。但不管怎样，写作的过程非常过瘾。我喜欢这种感觉。

▶ 金钱所带来的那种非正常的人物关系，是我感兴趣的

走　走：和男女叙事一样，金钱在你的笔下也是一个重要维度。比如《讨债》，一个本来殷实的家庭在突遭火灾后，陷入了前所未有的困境，于是，一张五万元的欠条承载了老喻全部的希望，虽然每次要债都无功而返，但希望似乎总是有的。《你来我往》里，刘芳芳向丈夫葛大海生前所在单位索要抚恤金，而初中女孩王琴也在向刘芳芳索要葛大海生前答应捐助的学费。《小么事》里，顾怡宁因为沈旭移情别恋，就把当年沈旭帮她爸爸向郑总讨要医药费的手段又用了一次，使得她的情敌郑琰琰几乎家破人亡。《童话》也因讨债而起，智障的康小小和奶奶相依为命，奶奶死于车祸，叔叔婶婶就叫小小去找肇事的陆总要钱。陆总是正常驾驶，奶奶闯了红灯，可是他不仅给钱，还抚养起了康小小。原来是为了抽他的血延续自己行将就木的高官父亲的命，几次抽血后，小小跑了，可叔叔婶婶拿了人家的好处又把他送了回去……金钱在你的作品中，其实是有非常丰富的多元化体现的。

滕肖澜：在当下的背景里，写都市生活，金钱是绕不过去的。金钱会

带出许多奇特的状况。比如《你来我往》的刘芳芳与王琴，都是为了讨债，刘芳芳问铁道局讨，王琴问刘芳芳讨。不知不觉，王琴使的每一个手段，被刘芳芳用到铁道局领导身上。以彼之道，还施彼身，两人竟构成了亦师亦友的关系，而且小的竟然还是老师。这便有些让人扼腕了。还有《童话》里的陆总，贪图康小小的"熊猫血"，把他领回家好吃好住养着，隔一阵便抽他的血，真正是个吸血鬼了。金钱所带来的那种非正常的人物关系，是我感兴趣的。

▶ 我喜欢编故事

走　走：你的小说中有很多特别戏剧化的设计。比如《这无法无天的爱》里，农村女孩为了改变生活处境，与男友一道绑架了孩子；《星空下跳舞的女人》里的阿婆气度优雅，喝奶茶时却被另一个老女人兜头泼了一杯奶茶，原来她的舞伴是该女人的丈夫，"完全是电影里的桥段了"；《上海底片》里的王曼华，使出种种手段总算办好了出国手续，临行前却被楼上掉下的花瓶砸死了；《双生花》的戏剧性更是为影视而生：一次意外车祸以及与此相伴的医疗事故——护士抱错了小孩，导致城、乡两个家庭所抚养的女孩遭际完全不同；《规则人生》里，商人老赵以"装死"逃避债务，从而独吞所有财产，身边的"小三"却不动声色把老赵的财产转到自己名下，在那里庆幸自以为得计时，她初恋男友的妻子却早把身为公安的表弟安排在"小三"的楼上……设计这些情节时，有没有一个思考的内在逻辑？

滕肖澜：我喜欢编故事。围绕刻画人物，把故事编得曲折动人，是我写作最大的乐趣。包括从取材到人物设定、情节走向、细节拿捏、对话设置，这一系列功夫，让我乐在其中。正如我前面所说，写作是一件感性的工作，但愈是感性的工作，愈是需要前期投入更多理性的准备。写小说前，我习惯先写人物小传。包括主要人物和过场人物。短的两三百字，长的千把字。人物是男是女，单身还是已婚，年龄大概多少，出生在农村还是城里，独生子还是有兄弟姐妹，童年如何，健康状况如何，等等。其实人物小传里许多信息是小说中所不需要的，但我还是会尽可能写得详细。中短篇小说因为篇幅所限，每个人物上场不可能都有一番交代，所以更需要写小传。让每个人物都带着"包袱"上场，即便是过场人物，也绝不单薄。没有一个人物是可有可无的，这点很重要。还有大纲，通常是一个 excel 表格，清楚、一目了然。我习惯把故事想到基本完整再动笔，当然不包括细节，只是一个大概的情节走向。起承转合几个点，这些一般在小说开头便已想好。我的经验是，细节可以即兴发挥，情节不可以。否则容易乱套，之前铺设的伏笔落空，或是草草收场，是件很扫兴的事。关于编故事，我曾经做过这样的练习：看一集美剧，然后自己编下去，用小说的形式，再来做对比，看彼此的差别在哪里。这种纯粹写作技术上的训练，我觉得相当实用，而且也不枯燥，做游戏似的，能一直持续下去。

▶ 作者最合适的态度，应该是客观

走　走：我总感觉你在写作中，特别注重血缘宗法体制，因此总是在情节设计上带有一定的神秘性和宿命论色彩。《双生花》中，母亲感慨"到底是血浓于水"，被乡下人养大的亲生女儿无论脾气、性格，皆有着雍容气度；而抱养的、疼爱了二十多年的乡下女孩，看着和气，实则骨子里是冷漠的。《又见雷雨》中，富豪肇事者撞死两名男性后，娶了其中一个的遗孀做妻子，另一女人是他抛弃多年的前妻，前妻之子当众侮辱富豪之后（其实是父子关系），驾车径直撞向电线杆；次子亦为情所困，于雷鸣电闪之际从楼上一跃而下，当场毙命。瞬间失去两个儿子的富豪随后出家当了和尚。我当时就想，这篇你到底是想致敬《雷雨》，还是你作为作家，格外看重某种与血脉相关的宿命因素？

滕肖澜：关于《双生花》，放到最后一个问题我再来细讲。创作《又见雷雨》时，我有一点点小野心，或者说是不知天高地厚，想要试着写一篇现实版的《雷雨》。小说用了舞台剧"三一律"的写法，所有事情在一天里发生，台上台下交相辉映。又要叙述又要交代，写起来难度不小。我写小说很少推倒重来，这篇是例外，先写完五万字，删掉再来，除了人名，统统是新的。所以从一开始，我便想好最后的结局会是那样。雷雨夜，触电、车祸。要不然我不会这么决绝。三条人命，我小说里从来没死过那么多人。

走　走：你的小说不管将人性设计得如何脆弱摇摆，似乎眼看就要异化，却总有一股力量由人物自身生成，使得人性复位。比如《倾国倾城》里的庞鹰，为了男友的业务去与上司拉关系，却被另一个上司利用，眼看就要发生拍床照的情节，却猛地关掉了摄像机开关，为什么不索性推到极致？是你出于作者对人性的宽容理解，还是你真的相信灵魂和尊严会在人性发生危机之际挽救一把？

滕肖澜：小说不就是需要戏剧性吗？永远是意料之外情理之中。但同时我也确实相信，人在某种关口，或许会有某种力量促使他（她）做出伟大的选择，宽容、向善。尤其在小说里，需要这样。

走　走：前几天和出版界朋友吃饭，说起中国文学的畅销书，其实永远高居榜首的只有路遥的《人生》和《平凡的世界》。他的观点是，今天的农村青年，在城市中遇到的种种挫折，本质和当年的高加林没什么两样，很有可能一番折腾之后仍被赶出城市，无非当年"望了一眼罩在蓝色雾霭中的县城"，如今的蓝色雾霭变成了灰色雾霾，但孤独绝望地走向自己从来就不愿意生存的乡下这一点，并没有变。你的小说其实有意无意，经常在刻画这种城与乡的对立。"我老早说过了，你是城里人，不会了解我们的心情。我们也不想做坏事，可不做坏事就只能当一辈子穷光蛋。""我说错了吗，你就是花，你们几个都是花，谭心是花，郭钰是花，就连曾伟强也是花——不过他是朵喇叭花，比你们稍微贱一点。可我和宋长征是草，长在地上的草，被人踩来踩去的那种。我们跟你们，是两个世界的人。"（《这无法无天的爱》）再比如《乘风》里，袁轶家里的钱多得花不完，却待人温和人缘好，作为对立面的外地高考状元温世远，农村出身，请女友吃饭从未超出百元，为人阴沉，是个输不起的人，甚至把自己在业务上的失误推到袁轶头上，让他背黑锅。一方面，你有非常明确的阶层观念，并不认为所谓乡村、民间、底层就该占尽道德优势、叙述优势；另一方面，你对人物的把握其实是非常儒家的，所谓"仓廪实而知礼节，衣食足而知荣辱"，人品涵养其实离不开财富家世。这种价值观并非中国文学主流声音，在中国文学主流价值判断中，似乎乡村、底层意味着纯朴、真诚、受难，你却呈现出另一种有趣的真实……

滕肖澜：非常谢谢你如此认真地读我的小说。最后那句"有趣的真实"，很有意思。在这里我想讲一讲《双生花》，农村女孩与城市女孩身份互换所发生的故事。两个女孩在经历人生变故后，我觉得受伤更多的是城市长大的罗晓培，对她也寄予更多的同情。我无意把罗晓培写成一个娇生惯养自大刁钻的千金小姐，也不认为农村长大的毛慧娟就一定更纯朴、善良。正如你所说，"仓廪实而知礼节，衣食足而知荣辱"，放在现实生活中，这两人会是怎样的状况，应该是显而易见的。比如通常我们说到富二代，脑子里总会浮现出纨绔子弟的形象，调戏妇女、轻佻无礼。这自然是不正确的。一个人如果生活富足，受到父母关爱与良好教育，除非碰到特殊境遇，否则一定是彬彬有礼、淡定从容的，是与世无争的。反而言之，如果从小家境窘迫，为生计疲于奔命，那么正常情况下，是很难保持心境平和的。毛慧娟比罗晓培要有心计得多，战斗力不可同日而语。罗晓培其实是有些傻大姐的，顶多是一个比较优雅的傻大姐。这样的人物设置，我认为是比较符合实际的。为富不仁当然很多，但现实生活中更多的应该是穷则思变。这本身无关对错，是再自然不过的事情。写当下都市生活，势必会写到贫富阶层、城乡差异。我始终认为，作者最合适的态度，应该是客观。或许还可再加上"通情达理"四字。不论贫富贵贱、善恶好歹，作者只管把人心中最深的那块挖出来，细细抚触。阶级身份固然不同，但人心深处，藏着更深层次的"同"。心同、理同，人同此心，心同此理。把这层写尽了，便是最最动人的。

石一枫
Shi Yifeng

1979年生于北京，1998年考入北京大学中文系，文学硕士。2005年起从事文学编辑工作。代表作品有《红旗下的果儿》《节节最爱声光电》《世间已无陈金芳》《地球之眼》等，译作有《猜火车》等。中篇小说《世间已无陈金芳》获第七届鲁迅文学奖。现居北京。

本能与责任都是不计成败的

▶ "执拗"是文学人物必不可少的性格特质

走　走：归纳你的作品，还是你自己的概括最为精准：你写了一群不那么认命的人，总是在"别人让我怎么活"和"我想怎么活"之间徘徊辗转。他们在文学价值上的另类在于他们既有被成功哲学影响的一面，又有自我的某种执拗。安小男执拗于一种道德尺度，陈金芳执拗于音乐这种美好，颜小莉执拗于良心，事实上，如果他们真的足够纯粹，真的只想着挣钱、成功，他们都会活得更容易。比如和很多靠颜值改变生活水准的女性相比，陈金芳如果只是认定挣钱，只认可一种成功的标准，她有太多可能过上好日子。我喜欢这些作品的原因是这些人即使到了最后，失去工作，坐牢，却并不觉得自己是失败的，或者说，他们不会做作地夸张自己的失败感。《世间已无陈金芳》的结尾，陈金芳躺在担架上被警察带走，"我局促了一下，说：'再见。''再见。'她的声音出人意料地清脆，还有种一切都安顿好了的踏实的感觉"。这种清脆本身正是生命里比较让人尊敬的东西，我觉得它是一种对抗过后的松弛。

石一枫：你说我写的都是一些"执拗"的人，这个说法非常准确。而且得承认，"执拗"对于文学人物而言，几乎是一个必不可少的性格特质。

小说里的人物有可能在各种各样的方面懦弱、犹疑、随大流儿，但往往会在某一件事儿上非常较劲。执拗的人跟生活之间存在一种张力，很容易写出故事来。《安娜·卡列尼娜》里的安娜，《了不起的盖茨比》里的盖茨比，哪怕杰克·伦敦写的那狗，都是在某个方面坚持执拗的生物。当然这个总结也不能一概而论，有些人物偏偏不执拗，随和与被动性到了极致，写出来也有意思。比如《围城》里的方鸿渐就是这样。所以刻画人物是个非常复杂的事儿，老作家的金玉良言"贴着人物写"也是个近乎"诗话"的笼统经验，真要贴，贴谁？怎么贴？拿什么姿势贴？因人而异，还得具体情况具体分析。说回我写的那些人物，比如《世间已无陈金芳》里的陈金芳，你的看法跟李云雷他们不是一个角度。云雷首先强调的是年轻人"失败"的这一方面，是从作品的社会学意义说的，而你看到的是人物在世俗生活失败的同时具有某一方面的独特价值，哪怕是点儿微不足道的尊严，这应该是从人本身的意义上说的。给我提了个醒儿，两方面的意义都得有，人物才算最终有意义。当然从所谓"总结时代"的角度而言，我认为陈金芳这种人物终究是个失败者，而且是那种充满历史必然性的失败。

走　走：从《世间已无陈金芳》这个中篇来看，感觉你是非常偏爱陈金芳这样一类人物的。小说通过一个失败的小提琴手"我"的视角，写出二十多年间，一个从农村转学来的女孩如何坚持留在北京，坚持要"活得有点儿人样"的人生轨迹。你写出了她的丰富性。她在被同学鄙视的同时会在夜晚静静靠在树上听"我"拉琴；她在一帮胡同顽主中间辗转，张扬霸气却又因为迷恋钢琴被打得鼻青脸肿；她貌似已是投资艺术品行业的成功商人，却被人火眼金睛辨认出满嘴谎言放手一搏；最后她因破产自杀未遂，脸上带着被打的瘀青，被警察带走。为什么你会选择一个女性来承担这种从形象到命运的巨大变化？是不是你本能觉得女性人物容易纷繁、特别有力气蹦跶，但并不如本质仍是男性的社会世故复杂，所以终究会败下阵来？

石一枫：就跟电视剧《渴望》里刘慧芳似的，那些苦命要是放在糙老爷们儿身上，没准儿人民群众还觉得他活该呢。要写男的，也许就是那种海明威范儿的硬汉小说更感人点儿了。当然对于男女性别的社会身份的问题，我的想法首先落了俗套，要按比较极端的女性主义的标准衡量还挺反动的。而咱们中国妇女确实也有着她们的特点，比男的天真烂漫，也比男的精力旺盛，有行动力，又不同于外国文学里经常塑造的那种家族中的定海神针的形象，坚韧不拔隐忍负重，比如《百年孤独》里那个乌苏拉什么的。就连日本的"阿信"在咱们国家的当代妇女里好像也不太能找出来。总之中国妇女是个复杂的课题，需要我们旷日持久地研究。

▶挖掘人物与时代的勾连关系

走　走：你在创作谈里曾经写道："可以想见我这种人小时候接受了怎样一种饲养和教养：一切井然有序，万事皆有组织安排，处在一个等级森严的熟人社会之中。大人，能钻营的比老实的混得好点儿，但归根结底是一个阶级；孩子，在学校受宠的放了学老受欺负，也算生态平衡。岁月不一定静好可是现世大体安稳，所以我潜意识里老觉得吃不肥饿不死地凑合着，就是生活的常态。"所以陈金芳这样的人物，在你眼中其实并非生活的常态，而非常态里才隐藏着我们这个时代的所以然。你对"我"的定义是"卑琐本质的犬儒主义者，缺点在于犬儒主义，优点在于还知道什么叫是非美丑。阿基米德说给他一个支点就能撬起地球，这类人也正是我的支点"，你通过"我"的眼睛看待世界，你想撬动的到底是什么？

石一枫：我是在部队家属院度过童年和青春期的，中学也是一所过去的军委子弟学校，所以直到上了大学才有划归地方的感觉。对于那种生活环境，更早一些的大院儿"老人儿"，比如王朔姜文他们，各有各的说法和总结。也常遇到正义感比较强烈的人说到所谓"大院儿"就透着牙根儿痒痒，人家的感受也对。而我个人对那个环境的感觉，主要还是基于改革开放以后的时代而言的。恰恰是因为封闭、见识少、脱离生活，以前才觉得陈金芳这种人是生活里的"非常态"，但等岁数大点儿之后，才发现人家是常态。这种非常态变成常态的过程，有点儿开眼看世界的感觉，但常态就一定合理、必然、天经地义吗？这个问题可能是我想通过写作来解决的。至于说小说里的"我"，大概是某一类城市青年、知识分子的典型，通过"我"来撬动世界，应该还是指对现实逻辑的反思乃至反抗。但现在看来，这恰恰是一种有缺憾的叙事策略。借用胡风的话说，这种视角反映的是不彻底的"主观战斗精神"，优点在于对我而言比较真切，也没那种令人厌烦的高姿态，同时或许有助于看到事情复杂的一面，缺点则在于，那不是一个有力的支点。写到现在，我感觉很多东西通过这个"我"来表现反而是隔靴搔痒虚与委蛇的了。以后再写，还是会尝试一些新的人物视角。

走　走：你对现实主义掌握得游刃有余，现实主义的要求如你所言，"塑造好一两个人物，再挖掘出这些人物与时代的勾连关系"，我看到有人将《世间已无陈金芳》与《了不起的盖茨比》作对比分析，认为《了不起的盖茨比》将跌落的原因归之于情感与一次车祸，注重的是偶然性因素，而《世间已无陈金芳》则将这一悲剧放置在世界经济的整体变动之中，强调的是一种必然，也更具社会分析色彩。我认可这种结论，但由此结论反观小说，会有些遗憾。遗憾的地方主要在于结尾部分，你迅速交代了她短暂的成功与辉煌来自非法集资，非法集资本身强调了她个人之罪，它削弱了机会的神秘性，削弱了个人奋斗面对整体变动的悲凉，这种灰飞烟灭打回原形，与你现在构思的那个长篇相比，对时代的把握有些表面化。这也是我在听你说完最新构思后如此兴奋的缘故吧，我觉得让人物在错误的时间地点做了一件正确的事，比在正确的时间地点做了一件错误的事，更有某种洞穿力。

石一枫：孟繁华老师也跟我谈过这个问题，和你的感觉一样。也许留一个开放性的尾巴，会让小说更有余韵，也会让人想得更多。我写东西有个怪癖，就是一个事情在小说和美学的意义上已经"完了"，在我这儿却总感觉没完，还必须得在社会、历史和现实的意义上"完了"才算真"完了"。所以写到陈金芳这个人物的结局，我忍不住想交代她"到底是怎么回事儿"。但这不足以作为辩解——我也一向觉得，如果人家读完作品觉得有遗憾，那作者其实是没有发言权的，任何说理言志阐释初衷都类似于犯罪分子的检查，再怎么做触及灵魂状也透着强词夺理的嫌疑。更有一路还想教育读者"如何阅读我的小说"的，那就更没劲了。所以能做的只有下次写东西的时候再多想想，看看已成定论的结局还有没有更复杂的可能。新的构思确实是希望用人物命运在说明时代的方面做得更深入一些，像你说的，是人在错误的处境下做了一件正确的事，也想写出叔本华说的某一类悲剧的形态：不是因为坏人，不是因为偶然，而是因为人们恰恰处在了他们必须处在的位置。当然能不能实现这个效果，还得看写得怎么样，我这人对自己的写作能力从来没什么信心。

▶ 我这几年关注的是阶层问题

走　走：你对阶层问题很敏感，《世间已无陈金芳》《地球之眼》《营救麦克黄》，都在这方面着力有加。你对两个阶层的人的发生爱情、友情进而走到一起，是持悲观态度的？

石一枫：不一定悲观，但肯定觉得这里面包含着复杂的可能性。一个人写东西，在某一段时间内总会关注同一个问题，而我这几年关注的就是阶层问题。过去有段时间，阶层问题是中国文学最主要的主题，虽然那些作品有着这样那样的毛病，表现方法也有这样那样的简单化和脸谱化，但主题我想还没过时。不光中国文学，今天世界上形形色色的艺术门类都要处理这个问题，思想界更是，否则《二十一世纪资本论》这样的著作也就不会产生了。我特爱看国外的科幻电影，那里面十之八九讲的是阶级斗争。

走　走：你前些年写过一部挺有趣的小说，《b小调旧时光》。虽然被定义为一部充满"后现代"意味的小说，但和你今天的写作仍然有些一脉相承的东西：一是对话中的北京味道；一是故事和音乐的关联（一个钢琴专业的大学生、一个想成为摇滚乐手的无业青年、一架偶然获得的钢琴）；一是某种关系的平等性。我好奇你的写作轨迹的转变。这和你做了以现实主义著称的《当代》编辑有关吗？

石一枫：那个科幻小说肯定还是一部习作，不过有些写作上的习惯也延续到现在了。刚开始写东西肯定是不知天高地厚，一切都朝玄、大的方向，后来才发现更有意思也更有意义的事情并不是所谓的超越现实，而是研究现实、反思现实。我想不少作家都经历过这种变化吧。对于我而言，这种变化之所以这么强烈、这么意识明确，跟编杂志肯定有关，《当代》杂志的文学理念和我个人的写作理念也是一致的。如果没当编辑，我想我的写作有可能会走向"个人化""日常化"的方向，毕竟在很长一段时间里喜欢看的小说都是这个路子，韩东朱文之类的，还有吴玄的《陌生人》那种。现在一天到晚为了现实主义鼓而吹，再看那样的东西也换成了现实主义的标准，但很有意思，仍然能够看出好来，这说明足够有效的文学标准都不是那么专断而狭隘的。

走　走：我喜欢"地球之眼"这个意象，从谷歌地图到道路上无处不在的摄像头，从某种程度上讲，我们现在生活在一个被监控的年代。这只眼，既是道德的，又是资本的，它来自外部现实，可以无限逼近也可以若即若离，人对这只眼可以反抗、嘲笑、迎合、忽视，但怎样做，都是无法把握的。《地球之眼》的复杂性在于贫、富、中三个阶层都是道德的摧毁者。现实的矛盾面前，其实没有所谓理想主义道德坚守，整天思考"我们这个社会的道德体系是不是失效了？"的安小男，其实也参与了高科技监控本身，一样操控了他人的隐私，"以其人之道还治其人之身"，本身就是个伦理问题。某种程度上，《地球之眼》的故事就是所有人的故事……

石一枫：《地球之眼》里的监控是一新鲜事物，小说这个文体的生命力往往就反映在表现和利用新鲜事物这个简单的方式上。不像古体诗，新词能不能入诗还得专门讨论。安娜·卡列尼娜自杀为什么要跳火车而不是投河跳井？王朔写的"空中小姐"为什么不能是个辛勤干"四化"的公共汽车售票员？意味在于这样的人，这样的事，只能发生在这样的时代。器物再变媒介再变，人所必须面对的问题到底有没有发生本质的改变？这个小说想讲的还是这么一个故事。

走　走：《地球之眼》里还触及贫富分化问题，事实上这是世界范围内的一种趋势，对于我们正在倒退回去的"拼爹时代"（承袭制资本主义），你是不是有某种安小男式的堂吉诃德理想主义的乐观？

石一枫：对于安小男这个人物来说，对抗贫富分化乃至建立在不公正基础上的贫富分化，这不是乐观，而是本能。小说设置了一个他和"不道

　　　　　　　　　　　　　　　非写不可——20小说家访谈录

德"之间的家仇，其实是在故事的层面上强化这种本能，说到底是给出了把事儿讲圆了的理由。而对于写作的人而言，触及这种问题我想更多是出于责任。比我有责任感的作家多得多，比起人家，我还得继续提高思想认识。而本能与责任都是不计成败的。

走　走：《心灵外史》里写到的大姨妈，其实是照顾曾是大小姐的"我"母亲的厨娘的女儿，她为了革命检举"我"母亲，又在我们那个家庭行将崩溃时赶来照顾"我"，见"我"发育不良还尿床，带"我"去西安接受气功大师"发功"，然后经历下岗、离婚，加入生物保健品"虫宝宝"传销，身为记者的"我"去找她，想把她带出火坑结果被她阻止，最终被人塞进了锅炉，她又看护我出来，后来还自愿待在看守所里又被改判劳教，最终，解除劳教后的她，选择和一群基督教友以煤气中毒的方式自杀……她的所有悲剧在于："杨麦，你不知道这种感觉，我的脑子是满的，但心是空的，我必须得相信什么东西才能把心填满。你说人跟人都一样，但为什么别人可以什么都不信，我却不能？我觉得心一空就会疼，就会孤单和害怕，我好像一分一秒也活不下去了，好像所有的日子全都白活了，好像自己压根儿就不配活着……我就想，信什么都无所谓了，关键是先找个东西信了，别让心一直空着……"到最后就只剩了一句话："我是真想相信什么。真想相信，真想相信，真想相信。"用一部长篇小说讨论中国人信之容易信仰之难，你的叙述野心真是不小。大姨妈信的其实是统治者。"在决定揭发母亲的那一刻，大姨妈相信革命是善的、正义的、伟大的。她还相信自己正在像那个年代的其他人一样革命，而革命必须有所牺牲。虽然她很快就含糊了、后悔了，但她的心里确乎曾经涌现过一个天真纯洁的、光整的世界，思之令人落泪。"因传销自首的理由也是，"解释'虫虫宝'呀。我要告诉他们，这个公司是搞高科技的，比如生命科学，比如低碳环保。而且还是外商，是国际资本，县里的领导不是强调招商引资是重中之重吗？既然是一个代表先进生产力的公司，干吗要查封它？"总之，这个小说，我觉得在社会真实和社会实情方面，完成了它的文学使命。普天之下莫非王土，没有世界观的人，天下才会都是他的。我觉得这才是大姨妈真正的悲剧所在，她要在一个只有肉身与世俗的角落里找到光……

石一枫：你说大姨妈的"信"是对统治者的"信"，这个问题的确是我没想到的。但这也许恰恰正是这种题材有意思的地方，比我见识高的人总能从中发现和我不同的思考角度。写《心灵外史》的时候，我的初衷其实还是想完成一部社会问题小说，简言之是中国人的"盲信史"，但一旦深入进去，发现里面涉及的精神层面和哲学层面的东西太多，甚至到了我的能力无法完全驾驭的地步。从这个角度看，我还真是感谢《收获》杂志提出的删繁就简的建议，它使得小说保持了它的初衷，至于读的人还能生发出什么感想，作为写作者的我就概不负责了。比较欣慰的是还算写出了性格悲剧、时代悲剧，"大姨妈"的悲剧是她性格深层的需要造成的，也是我们这个时代的结果。而读者能从这样的悲剧里对我们生活的现实世界做出一点儿反思，也许这个人物和这个故事就是普遍的、典型的。当然小说还有这样那样的纰漏和遗憾，我也只能无耻地表示下不为例。

旧 海 棠
Jiu Haitang

1979年生，安徽临泉县人。有作品发表于《收获》《人民文学》《十月》等杂志。获广东省青年文学奖、广东省有为文学奖之短篇小说奖、"西湖·中国新锐文学奖"等。

那些酸甜苦辣找上人们时人们脸上的表情

▶ "海棠依旧"

走　走：你的真名是韦灵，其实已经是一个非常适合用来当笔名的名字。"青袍白马翻然去，念取昌州旧海棠。"怎么会想到取"旧海棠"这个笔名？

旧海棠：旧海棠和这首诗没有关系，那时候我不知道有这首诗，旧海棠是我打游戏的网名西府海棠的化用。后来在网上写诗，有人要把我的诗拿去发表问我用真名还是网名，我想了想，西府海棠一听就是网名，就中和了一下，弄了个好像真名的名字旧海棠。但这个"旧"是取自李清照"试问卷帘人，却道海棠依旧"这首词里的"海棠依旧"，"旧"是新，被我重组放在"海棠"二字的前面意思大不一样，但我也没当回事。这不过是一时的儿戏，当时没想到后来我真的走上写作这条路。

▶ 一个人突然从这个世界上消失是一件残暴的事

走　走：你的中短篇里往往有一个偶然事件，这个偶然事件像多米诺骨牌，把生活牵引向了某一个方向。这个方向，却指向无常的命运，主人公是需要一个人，裸露在这无常命运的荒野之上，To be or not to be。《万家灯火》里，"儿媳生孩子当时，儿子从外地连夜开车往回赶，因为大雨出了车祸，直到儿媳小孙子出院他还没有醒来。待一个星期后醒来，身体其他都好，就是吃饭不太会自己吞咽了，不会说话了。……一个月后，儿子出院，儿媳则给他另外租了一套房子由老王照顾着一同居住"。为了调和这样的儿子、媳妇关系，婆婆最终选择了自我涅槃，以此制造儿子回国的契机。在《刘琳》里，"刘琳第二年回家考试。考完试就遇着之前追求她的那个男人。男人知道她考上大学，在夜里放火，烧了她们一家。用的是汽油，把几间房子浇了一圈。她奶奶，她妈妈，都在那场大火里死了。她父亲重伤，浑身没有皮，手指关节因为皮紧不能弯曲，几乎身上所有关节处都需要动手术切皮松弛，且做一次两次还不能解决问题。她除了伤了脸，还伤了腿和脚"，这样的人生之伤，逐渐深入到皮肉筋骨之下，直到最后被剥夺所有。可是再激烈，再惊心动魄，你都处理得平淡如水。花城出版社出版你的中短篇小说集《遇见穆先生》时，说"虽然笔下的人物大多遭遇过磨难，可她有意淡化戏剧性冲突，温和的时光与人性在其中流转"。我个人觉得，温和只是语言的表象，是一种处理方式，为了带来一种更深切的寒意。因为平淡，所以残酷。内心里，你认为所有你写的事情是非常残暴的吧？就像《刘琳》，你说自己着意的并非死亡或不幸，而是想探究"一个人突然从这个世界上消失是一件残暴的事"，那么是否也可以这么理解，你大部分小说的叙事意图都是在探讨"一个人在世界上逐渐失去自己所珍重的，是一件很残暴的事"？

旧海棠：《万家灯火》这个小说我个人非常喜欢，和《刘琳》是交叉着写的，也是差不多时间完成的。我强调对这个小说的喜欢，是因为这个小说最终达到了我对它的期望。这个小说与《刘琳》的故事都是沉重的，也都是在讲"失去"的故事。但这个小说比《刘琳》温情一些，是因为人物老王怀有一颗"温情"之心。怎么说呢，老王的原型也姓王，有两个儿子，一个儿子去世了，她非常珍惜与另一个儿子的相处，甚至处处为儿媳着想，想使这个儿子的家庭完满幸福。在这种心理下，老王在与儿媳相处时势必要做出种种退让。故事讲到这里，这个退让的可能已经不能是简单的得过且过的观念，它已经由普通苦难体验上升为一种生命的理想、心灵的妥当。所以小说中一开始不久就交代了老王是有"信仰"的，她信佛，以慈善为她此生的价值。这样处理这个小说并不是我的高妙安排，委实是现实中的老王刚好也信佛，她信佛的理由很简单，她说佛教人慈善，慈善让人心里安稳。这个安稳其实也是老王对失去的那个儿子的人间补偿。写这个小说的另一个原因是，我从生活中观察到我这一代人的家庭观念与上一辈人相差甚远，上一代以家庭为单位，为了家人可以牺牲很多东西。从我这一代人身上观察到的却不是这样，这代人以自我为中心，说难听了，就是以自我和物质为中心，为了这些甚至可以牺牲爱和个人尊严。《万家灯火》里这个儿媳之所以嫁给老王的儿子也是因为老王的儿子当时工作不错，又有房。但当这个儿媳满意的条件不在后，她真正的面目就显现出来了。这才有了信佛的老王想修复这个家庭，不惜坐化"此生"的情节。《万家灯火》也好，《刘琳》也好，小说的人物都经历了苦难，但在小说里我又都没有让这些苦难跳出来，是我以为人的一生是少不了这样那样的苦难的，但苦难不是我们对生命认知中的重点。我们怎么经过这些苦难，苦难之后获得什么，才是我看待苦难的出发点。同理，苦难也不应该是写作者书写的重点。也是这种态度，我觉得我在写作苦难时持以"平淡如水"之心才是正常的。因为我们面对生活不就应该以平常心态或心境嘛。你说"温和只是语言的表象，是一种处理方式"我也是认同的，但没有想过是"为了带来一种更深切的寒意"。我写作并没有刻意追求"温暖"或"寒意"，我只是想呈现一种写作者"当时"的心境，这在人生的不同阶段会有不同的感受和表现吧。写《刘琳》确实是为了表达"一个人突然从这个世界上消失是一件残暴的事"，因为当时我的姐姐去世了，但我好像还不能接受这个事实，不能接受而又再也触摸不到这个人，就质疑这个人是否真的存在过。单就《刘琳》这个小说而言，我主要是想通过陈仲鸿对"刘琳"的寻找，证明"刘琳"来过这个世上。这是陈仲鸿要的结果，也是我要的结果。

▶ 人物没有阶层之分，生命也没有高低贵贱之分

走　走：看你的小说，感受就是遍体寒凉，寒而不凄、不悲。这可能和你的个人经历、兴趣爱好有关。上次南方活动，我发现你是一个非常有生活热情和情趣的人，画一手好画，蒸一手好包子，做一手好菜，炒一手好茶。为了研究茶的品质，你可以上山去找茶源。你也贴钱鼓励女儿写诗。我觉得这种性格里坚实的底座，使你对人生中的悲剧有不同的定义。你的笔调本身不冷酷，你也不会对任何小人物的生存价值进行嘲弄，对人性多的是理解与同情，而不是去残酷剖析自私、冷漠、变态、虚伪……我最喜欢的是小说中人都自有纯粹而干净的底气，对命运本身不恐慌、不脆弱。唯其这样，文学成了这样的芸芸众生"轻轻喘出（的）一口气"，而不是那些用力过猛的"重重的叹息"。

旧海棠：你这段话特别打动我。你说到"性格里坚实的底座"我很高兴，我很愿意谈谈这个。这个问题我在写诗的时候寻过源头，我的诗歌为什么是那样的。说起来我的人生至此自然不算理想，但我仍对生活报以美好期许，这几乎可以说是我"天然的秉性"（以前写诗歌时，我就曾多次开玩笑说自己有"天然的愚蠢和天真"）。这种"天然"是跟我整个无拘束的

童年生活有关系的。我们农村没有幼儿园，村里的小学也只是一至三年级，在三年级之后我们差不多要走三到四里的路去乡里上学（单桥乡中心小学），要是走大路肯定要走两公里以上，但穿过田野就能节省很多的路程。这样，三年级之后，不管什么天气，我都要穿过几里的田野去上学。至今我还记得春天里冰雪还未完全融化的小树林里各种树木开始冒芽的样子，我能跟人打赌什么树的嫩芽冒出来后是什么颜色。那些芽苞眼看着要睁开眼了，不料又遇了一场冰冻。这让人很着急，怕它冻坏了。离开家过了树林过了桥就是田野，四季的庄稼地让我非常着迷。除了好看，几乎什么都能吃也是着迷的原因之一，麦苗抽穗时的秆子也能吃，芝麻熟了也能吃，玉米也能吃，红薯也能吃，偶尔还能摘到一些野果子，常常是上课肚子还很饿，放学人不到家肚子就饱了。那个时候就特别喜欢田野四季的变化，种子发芽、芝麻开花、玉米丰收、白雪覆盖着大地，都觉得特别美。一个孩子并不知道用什么方式回馈那样的美，不过是更长久地待在那里。反正什么都喜欢，冰雪、风雨雷电都喜欢。有一次刮龙卷风，黑天暗地，黄土被卷起来什么也看不见，站着不动都搞不清方向，但我仍不忘赞叹"风跑得真快"。还有一次为了在小河里滑冰，还掉到冰窟窿里。总之田野里出现什么新的东西都能吸引我，草木、野兔子、野鸟，为了看这些，不管什么季节，我上学常常迟到。夏天在河坡上睡觉，醒来到学校差不多就放学了。这也让我学会了翻墙，从女生厕所往里翻，着急了也从男生厕所往里翻。我很早就知道，谁也帮不了你的时候，你总得想办法自己解决各种问题。回想整个童年，记忆里没有爸爸妈妈的身影，他们不是在田里劳动就是去砖窑赚一两块，这样，一天的油盐钱就有了。我的记忆里都是四季的田野、河岸、河水，和到家时姐姐在煮饭的样子，或者是见她在哄哭闹着要找妈妈的弟弟。那时弟弟还没有上小学。上学之外姐姐的任务是做家务，负责洗洗刷刷的活；我的任务是放羊、放牛、放鸭子。这些也是在田野里、河坡上。

所以我的整个童年的调子是天真烂漫的，天不怕地不怕，无拘无束，天高地阔。那时我们早上上两节课，因为离校远，天不亮就得起床，到了五年级（没有六年级）晚上有自习课，冬天放学后，天也很黑了。这样从家往返学校每天经过田野就是六趟，早餐不回家吃就是四趟，田野里有什么变化很清楚。最引我注意的是有很多的坟墓，每添一个新的坟墓时几乎都是看着它挖成的，哪个挖多深都知道，谁家的棺木厚不厚都知道，然后又是看着棺木下葬的，又看着坟墓年年坍塌年年培上新土，这些都让我的心里过早地刻上了生死的印记。当你能接受生老病死的常态时，你就会放开它，打量它之外的东西。由此后来也让我认识到苦难、富贵也是常态，出现什么样的人我也不稀奇，什么样的人有什么样的人生都觉得也就那么回事。所以，我还能打量这个人间的什么东西呢？我想是那些酸甜苦辣找上人们时人们脸上的表情，谁是哭的，谁是笑的，谁又不过弯下腰忍一忍疼痛然后继续生活。高高的天，宽阔的田野，无拘束的成长，对生死过早的不畏惧，以及太多独自去经历和面对的好坏天气，这些或者就是我"性格里坚实的底座"的来源。至于悲剧，它是伴随着喜剧而来的，只不过有时走在喜剧的前面，有时走在喜剧的后面，有时比喜剧长一点，有时比喜剧短一点。前与后，多与少，我以为是因为具体到的每个人不同，有了不同的表现，在乐观的人那里，可能也就是一刹那，而在悲观的人那里可能长达一生。所以悲剧也好，喜剧也好，它有迷惑性，并不由人的时间长短来决定，重要的是对待它的态度。

关于小说中的人物选择及对待，写诗歌时我还没注意到人物，更多的是抒发一种个人式的情感。关注人物是在写小说之后，我是不太能接受一些文学的口号的，比方"打工文学""底层文学""中产阶级""知识分子"等，好像这么一分人物就有了阶层的划分，有了高低之别。人的生命并不是这么来划分的，在生命面前，并不存在阶层，也没有高低之分。我想，看一个人的生命价值还是应该回到人类共同的生命价值。也是基于这个态度，我所选择的小说人物也就没有阶层的划分，主要还是在于他是否具有我所书写的意义。其实人物的身份与阶层不过都是生命的一个表象，我们在追问生命本来的样子时，高贵与阶层是很不起作用的。比方，我曾在上海一家医院见过一个刚上大学的男孩，他十七岁，得了白血病，住独立的病房，有专人服侍。他的父亲是一个集团的董事长，他的母亲再嫁法国的一个什么外交官，但是在他生命出现问题时，这些外在条件一样帮不了他。因为是急发，他父亲能帮他在十五天内找到配型，但他自身还是因为不能抵抗病势，没等做移植手术就去世了。他是在凌晨2点15分病发昏迷的，他的父亲5点赶到，短短的3个小时不到都没能赶上见他最后一面。他父亲来时身边有五个随从，看着也都是了不起的人物，但是谁也出不上一点力。这个身为董事长的父亲从重症室出来瘫倒在地上，真的，你看不出来他是一个大集团的董事长。候在门口的随从去扶他，把他拖到墙角，他大喊一声醒来，号啕痛哭的样子也与很多农村赶来的父亲没有区别。所以，人物在我看来是没有阶层之分的，生命也没有高低贵贱之分。面对同等的东西，我没法分别看待。我不知道为什么会有那么多人热衷于生产和提及那些口号，特别是批评的文章，里面出现得特别多。我想会不会文学也与世俗一样，有很多蒙蔽，使一部分人像追求世俗中的荣华富贵一样追求文学中小说中的一些外在的东西。小说最根本的"人"和"人的境遇"反而被忽略，这些让我意外。

▶我更看重触发我的这个"故事"能跳出什么样的人物

走　走：你是通过写诗进入文坛的，虽然你解释过，从写诗到写小说的转变是有一种长远的、生计的考虑。"到了三十多岁，我的生活再无路可走，摆在我面前的只剩下了写作这条路，不然真就到了要去做包子卖的地步了。"（我觉得是你避重就轻的玩笑之语）《收获》的责任编辑王继军写过一篇《惜人如惜物：读旧海棠小说〈新年〉》。里面有这样一段："我曾经读过作者的一首诗，一直记着：如果无处去，就去荔枝公园走走，/那里下午安静，浸月桥上偶尔有人走过/都是慢悠悠的，/生怕一会儿就走完了。/被微风吹着的/荔湖，一周都设有长椅，/不管是坐着人的还是没坐着人的/都面向湖中心。诗是作者写给逝去的亲人的，因为感情至深，什么感情也没写，也没有提怀念，只是写了独自逛公园时看到的一些场景。但是我们可以感受到这些细致入微几乎没有意义的细节，只能由一个内心空凉的人发觉。我觉得小说也可以这么写。"这一段我曾经反复看过，我突然想到你想说的，"一个人突然从这个世界上消失是一件残暴的事"，诗歌也许只能写出这种残暴，以及这种残暴所带来的影响。小说却能让你做更多事，让你去写出曾经存在过的那个人，那个你曾经因为那个人的存在而认识的世界。诗歌能写结果，小说能写经过；诗歌能写存在，小说能写存在者。在给《收获》的创作谈里你写道："写完这个小说（《刘琳》），其实也解决了我的另一个问题，我对姐姐突然的死去如何释怀的问题。"那么时隔三年，你现在觉得小说是什么呢？你会怎么选择一个故事？

旧海棠：诗歌转向小说写作这个问题，刚好我昨天回答了《南方日报》的采访，里面说的一段话是综合了诗歌与小说的关系来说的，这里借以回答部分问题："诗歌着重一时的情绪抒发，而小说不能只有情绪，它更多的要求是情绪之下的东西，比方为什么会是这样的情绪，支撑这种情绪的细节是什么，以及细节是否成立、是否有力，这些都决定了一篇小说的好坏、态度和立场。就我个人来说，如果诗歌是向内（情绪的生发地）的发现，那么小说就是我在自己的立场上向外向这个世界认识的拓展和延伸。比方现在我更注重发现一个时代下的人物，以及这个人物的生存状态。"至于我会怎么选择一个故事，我想，要写的这个"故事"首先要有某一个点触发了我，使我的个人经验短时间里得以复活并能跟这个故事形成对话的可能。这个是选择写一个"故事"的开始。在真正去写它的时候，我想它还得刚好符合我一段时间内正在"着迷"的事情、事物，或思考。其实故事在我这里是被动的，它随时可能被修改，我不会为了一个故事去写一个小说，我更看重触发我的这个"故事"能跳出什么样的人物，这个人物吸引我，这个故事才是可能为人物服务的。至于这个故事在为人物服务的条件之下能还原到什么程度，这跟我理解的这个人物的需求有关，一篇小说最后的形成好坏，也跟我对这个人物付出了多少情感有关。王继军老师曾跟我说，每一篇小说都要争取写到情感都要用尽了。当时我们在聊一个小说的问题，他这么一说，我瞬间明白了那个小说的问题出在了哪里。所以我会选择一个能与我一起生发更深长情感的"故事"（其实应该是人物）来进行创作。

▶ 那些"被侮辱与被损害的"人

走　走：归纳你所有小说的关键词，大概是"失去"。《新年》里，失去的是十年的光阴；《小许和赖文》里，失去的是对那个为人之夫的信任与顺从；《橙红银白》里，失去的是立足之本的故乡；《稠雾》里，失去的是所有陪伴；《返回至相寺》里，失去的是那个"加班，没有假期，养不起女朋友，升职无望，加薪无望，熬到后来，会忘记自己是谁，只有'跳'下去"的那个爱过的人……"失去"本身，或者说你的写作本身，有它强烈的自身伦理逻辑，总是处在追问中，而这些追问，其实都是在追问精神的底线或道德的最低限度，对生命的理解、同情和尊重，尤其是对那些"被侮辱与被损害的"生命。

旧海棠：我起初写小说的两年里没有意识到我的写作有个"失去"的主题，我想这是一种自觉的书写，它可能在这一段时间里与我纠缠得比较多，所以我信手拾起，无意中构成一个可以统一概论的主题。小说志在提出问题，并不必包揽回答义务。不光是小说，生活中的我们也是这样，哪里不对了，我们要能发现问题，而事实上只要能发现问题，答案已经结伴而来。基本是在这种认识的自信下，我愿意去书写我听到看到的这个世界这个时代这个社会发生的种种现象。张家有长李家有短，家家都有难念的经。家庭有家庭的苦难，社会有社会的问题，个人有个人的困惑。但这些是由什么形成的呢，我愿意在小说里去推演它，找一找它的原因，顺一顺问题的走向。写《橙红银白》是因为那年回老家，听说堂妹临到高考罢考，很多人不能理解她，我也没能见着她听听她的原因。但几个版本听下来，我希望知道她的问题出在什么地方，小说一铺开来写首先就引出了"留守儿童"一代的成长问题，和整个社会盲目信从"不要输在起跑线上"的鼓吹，而太多的人并不理解什么是"起跑线"。这个小说讲了回回和三叔两代人的故事，甚至还牵扯出一个时代的农民如何失去本应是安身立命的故乡。这个社会看似富强了，但从社会出现的种种问题上又何故都是"失去"的故事呢？我也是在追问这个问题的同时，又触及人类由始以来的最根本的问题，比如生存，比如文明，比如心灵，比如如何为人。

《新年》《小许和赖文》这两个中篇都是讲外来人回不了故乡又面临"失去"深圳这个城市的故事。他们在这个城市打工很多年，像《橙红银白》里的三叔一样回不去自己的故乡，希望在这个城市生存下来。但这个从无到有的大工业城市在发展成熟之后，在走向转型的时候，首先要淘汰掉的却是为它付出整个青春的打工者，这个让我心生寒凉，想要问一问这些人的命运是怎么回事。而这两个小说本身的几个人物，他们在面临将要"失去"一个城市的问题时，又会以怎样的心态来抉择呢？这里面少不了要拿出他们对人生对命运的态度出来。态度即是人的精神，即是为人的道德。

《稠雾》和《返回至相寺》是两个实验文本，写它们是希望用"诗意"的笔调来处理残酷的东西。《稠雾》处理的是时间的残酷，《返回至相寺》处理的是心灵的残酷。

之所以特别关注了那些"被侮辱与被损害的"一类人，因为正是这一类人撕开了文明社会中一些道德、秩序的口子。他们并非不愿意遵守人类前行道路上所制定的规约，而是在某个特定的情况下，这些道德与秩序可能是失效的，并不对应他们在某个特定情况下内心需要的思维和感受，这时作为一个写作者就需要重新思考和打量他们身处的情境，如何以妥帖之思以妥帖之情来观照他们的情感。追问是在观照中自然而生的。

▶ 我希望我的人物与已有的文学作品形象能有所不同

走　走：前面说到过，你下笔温和，近些年的作品也比较多地思考外来务工人员是如何把各自乡村模式下的生存经验转化到城市的。但是你笔下的农村人、农村生活，和传统文学主流中对底层人与生活的描写非常不同。比如《橙红银白》里的三叔，形象非常之温文尔雅，小说一开始三叔和还是小学生的女儿回回的一番对话，敦厚良善，充满爱心。"三叔说：'回回你看现在的村庄空了。我小的时候啊，这个点上家家户户在做晚饭，烟囱里冒着烟，我们晚自习回来，在路上老远就知道谁到家有饭吃谁到家没饭吃。''走到哪能看到烟子？''三尖塘。''喔，那你是上初中了。我在大队上小学看不见，太近，被树遮着了。''我的小学也是在大队上的，也能看见。不过，我小的时候大队在邓庄，比现在远，所以也能看到。'……'爸爸就是想跟你说说话聊聊天，那你说说什么有意思？'说烟子。''好，说烟子。那烟子晴天能升得老高老高的。''有多高？''比杨树还高！''杨树可真高！'……'等你考上大学去大城市看，好多好多的楼房都比杨树还高。'……'爸，你说我要是考上县一中了，你跟我妈能有钱供我进城里读书吗？''能啊，当然能。你爸我是男人，一个男人连女儿读书都供不起，还叫什么男人？''爸，你说话要算数。''算数。'"三叔后来还重新接受了几乎跟他人私奔却因为那个人事到临头的放弃不得不回到三叔身边的三婶，只淡淡地说："你既然回来了，以后的日子要好好过。"底层文学中的平民形象终于摆脱了点缀性的脏话、方言、吵吵嚷嚷，在佝偻的背上有了精神之光。"别质疑怎么会有光，光在天上，当你的心与小说遇见。"我想，那些把农村人写得特别反城市的所谓小说家，心里可能是没有小说，没有人，也没有自己的。

旧海棠："摆脱"一说，说到底是时代不一样了，以我1979年出生往后，是翻天覆地变化的一个时代。80年代部分人下海，90年代的人像水涌一样外出打工，村庄也是从这时期开始空了。这个时态下的平民（农民）与70年代之前大不一样，他们有了接触外界的机会，接受与识别体系发生了变化，自我提升知识体系的空间也更大了，没有读过书的人也可能接受到与读过大学的人一样的新世界新知识。《橙红银白》里的三叔是读了两年高中的，也见识过深圳这样的大城市，他由中国文学中已成型的农民形象跟着时代一起转型为现代化城市下的"农民"是可能的。不光是三叔这个人物，还有我小说里其他的农民形象都与中国文学中已成型的农民形象不大一样了。这是他们随着时代本身应有的变化，也是因为作为写作者的我的经历发生了变化，与上一辈作家的经历不一样了。上面说"我是不太能接受一些文学的口号的"，也说"我不知道为什么会有那么多的人热衷于生产和提及那些口号"，这个"不太能接受"和"不知道"是我对诸多文学现象表现出来的情绪，包括"乡土文学"这种在很长的一段时间内占了主流的叫法。

岔开话头从另一面说，文学是应该关注当下社会、当下民生，但把文学搞成一个形态，这个事情肯定存在问题。人是有思维的动物，像山花烂漫一样，赤橙黄绿青蓝紫各不相同才是人类应该呈现的面貌。那么文学作品是当下社会形态的镜子，每个写作者笔下的作品及作品里的人物也应该各不相同才对。但为什么在很长的一段时间里中国"乡土文学"的人物都是一个样子，这里面不是文学出现了问题就是从事文学的写作者出了问题。如既得利益，对"标准化"效仿，都会使一个事物集中和大规模地出现。挣脱大多数才是文学应该做的事情，我也是希望我的人物与已有的文学作品形象能有所不同。现实生活中本就有"三叔"这样的人，我很高兴找到了他。我很高兴我不是仿照"经典化"去虚构了一个人。小说虽然是"虚构"的文体，但我还是很警惕"虚构"二字，我还是很希望能贴近现实由心而发，去本能本分地书写观察和理解的事物。对一个写作者来说，若没有这些，何谈文学？何谈小说？何谈人物呢？没有这些，一个写作者的身份是失效的，失效也是否定，自然也就是"没有自己"。

唐　颖

Tang Ying

自1986年至今，发表中长篇小说及话剧、影视剧本逾百万字，出版有长篇小说《阿飞街女生》《初夜》《另一座城》《上东城晚宴》等；中短篇小说集《丽人公寓》《多情一代男》《无性伴侣》等。以擅长书写都市而著称，其作品被认为是了解当代上海的"必备指南"。

生命的光芒就是在冒险中，在泪水中

▶云南给了我精神上的滋养

走　走：一座城市对于一个作家来说，常常是其创作的源泉，像伦敦之于狄更斯，巴黎之于雨果和波德莱尔，都柏林之于乔伊斯，布拉格之于卡夫卡。三十年写作生涯，你的三十多部作品基本都以描写探求上海都市女性精神为背景。如果有部当代上海文学史，想要绕开你那是不可想象的。作为一个上海女作家，你在新加坡和美国长期生活过；上次做讲座时你又提到，你的先生张献（独立艺术家）是云南人，云南，尤其八十年代的云南，给了你很多精神上的滋养，那么一个在多处的别处生活过的文学视角，拥有不同的视距以后，你对曾经生长其间、现在仍然长期定居的上海，有没有文学意义上不同的认识？因为在我们过去的阅读记忆中，"上海文学"是有一些特定符号的。比如张爱玲笔下的上海是哀怨算计的都市传奇，茅盾笔下的上海是充满躁动的十里洋场；穆时英笔下的上海是光怪陆离的小资生活；王安忆笔下的上海是怀旧不甘的市井小民……

唐　颖：我笔下的上海是否可以定义为"消费时代的女性"或者"从上海出发的故事"？虽然我出生成长于上海，却一直想远走高飞。事实上，从八十年代初开始我年少时的同学、周围的邻居都在陆续离去。跟他们不同的是，我的问题不只是去国外发展，而是，去不成国外我也要离开。我渴望离开，我讨厌自己成长的地方，我对上海的质疑和反叛远远超过我对它的热爱，当然，其中也包含了我对上海的现实的逃避。我在一篇小说中写道，这是一座反诗意的城市。这也是我对这座城市的真实感受。

最初，上海的参照空间便是云南，就像我告诉你的，云南给了我精神上的滋养。曾经，我把云南视作远离现实的伊甸园，这是八九十年代的云南给我带来的幻觉。因为张献，我得以走入昆明以及昆明的艺术圈。张献出生在上海，七十年代初因为母亲工作的上海延安医院内迁到昆明，全家人就一起迁徙。八十年代初我和张献在上海相遇，那时他已经考入上戏又被上戏开除回到云南。那时还有户口制，所以父母激烈反对我们的交往。我母亲说，我不同意你们分隔两地，除非你也去云南。她的厉害是她知道当时的我不会去云南。那时，我和一般的上海人一样觉得云南遥远，有点像蛮荒之地。因此不可知的异地带来的阻隔以及异地本身造成的距离，我和张献渐渐疏远，中间有两年完全不通音信，并各自找到新的情感寄托。直到有一天，他的云南艺术家朋友孙式范（当时的职业是在歌舞团做舞台设计）来上海出差时探访我。整整一个下午和晚上，他和我聊云南艺术圈包括张献的故事。他还带来艺术家们成群结队在云南深山漫游的照片，照片上年轻的男男女女奇装异服（他们用歌舞团的道具服装装扮）衬着泸沽湖的蓝天白云、滇南土林血红的土地，向我传递出一个十分梦幻的世界。几个月后，我便去了云南，是以写剧本做调查的名义和好友余云（另一剧作者，也是张献上戏同学）一起去的。还记得飞机降落后，行李从传送带出来时是落在露天的沙砾地的院子里。张献和孙式范来接机，在暗淡的路灯光下，只见两个长发披肩的高高的黑影在风中向我们飘荡而来。他们俩用自行车把我们和行李一起驮到张献的住处。

这云南的开头既粗糙又浪漫，之后所经历的一切，也是日日更新。各种惊艳和刺激，是对上海循规蹈矩的人生的颠覆。

有趣的是，这里的人们都爱过集体生活，几乎每天有聚会，假如第一天有五六个朋友为我们接风吃饭，第二天就有十个人，第三天已多达二十个。我们跟着艺术家去原生态的少数民族寨子（如今是当代艺术家的"革命圣地"），在寨子里卫生条件不太好的小旅馆跳贴面舞。不过，在我去云南的八十年代中期，昆明艺术圈最疯狂的日子已经接近尾声，艺术家们经历了毕业后的失望崩溃颓废，开始成熟入世试图离开家园，他们需要为自己和自己的作品寻找出路。

那次云南行，改变了我和张献的人生。我原先认为无法克服的户口、工作、房子等日常人生需要的必要条件，突然不那么重要了。云南制造的幻觉，给了我冒险的勇气，满足了我对背弃乏味日常的向往。以后，只要有机会便要去云南，去过滤我们在繁华都市的郁闷和不得志。虽然我已经开始发表作品，但并没有太安心写作，当时的我觉得经历比写作更重要。仍然记得九十年代初和张献回云南，火车上遇到李劫，经历了两天两夜的硬卧火车，眼看次日就到昆明，我们却被大水阻隔围困在贵阳，这一围困竟达十天之久。我们到达昆明后才知，当时水城里也逗留了所有从外地院校回昆明的艺术家们。后来看过著名的意大利电影《灿烂人生》，大水把人们困在佛罗伦萨，多年各奔东西的兄弟重逢……那些年发生的一切都是影像化的。那年夏天才经历了时代风潮的我们，每个夜晚在昆明街头大排档和张晓刚毛旭辉他们聊艺术聊文学聊人生，每次一聊就是通宵。艺术家们读了很多现代派诗歌和小说，在昆明感受的文化气氛比上海要浓烈和前卫得多。回到上海还继续与他们通信，他们的文字很有感染力，我当时做了很多笔记，却在多次搬家中丢失了。那些年我们常和昆明朋友一起出门，也去大理、丽江。那时，那两个地方安静极了。夜晚的丽江半空亮着几盏灯，是外国人在山上开的有书架的小酒吧，夜深熟睡时会被哗哗的山泉声吵醒，纳西人的土豆火腿砂锅饭五块钱一锅另送泡菜和茶水。大理，更有一种懒洋洋的嬉皮风，穿中式窄腰短旗袍的蓝眼睛女子坐在二层楼的茶馆吸水烟，男人们在西藏人尼玛开的青年旅馆的泳池边上打着赤膊露着金色胸毛在晒太阳，住只收十元人民币的大通铺，尼玛的公共淋浴房是粗龙头的冷水管子。夜晚洋人街的艺术家们把酒吧桌子搬到街中央摆成长长一条，桌上摆满酒。总是混着不同面孔的洋人，云南人给法国女人取名"法翠花"，在那样的氛围里，你会惧怕回到上海的现实中。

九十年代后期，云南的艺术家相继出名并且出了大名，按照当代艺术领军人张晓刚的说法，正是昆明的前卫气氛在生活方式上给予他们先锋意识。然而成名后的他们远不如当年那么好玩，也因为他们走向中年和青春告别，不再那么热衷制造浪漫气场，不管愿不愿意，名声把他们带到了名利场。

那时，我和张献有了属于自己的寓所，也开始走出国门。如果说云南属于狂乱的年轻岁月，那么，随着生活的安定，尤其是有了孩子，我们必须过有规律的成人生活。整天陪伴孩子在家，正是从那时开始，我的精神聚焦在写作上。有意思的是，我从来没有去写关于云南的小说（九十年代曾在《萌芽》开过题名"眺望边缘"的专栏，写了四个艺术家以后便没有继续），但云南这个参照空间给了我审视自己城市的角度，也让作品中的上海背景有更鲜明的色彩。也因此，我更倾向书写发生在上海的并不那么令人愉快的故事。

▶ 生命的光芒在冒险中，在泪水中

走　走：你的最新长篇《上东城晚宴》与卡波特的《蒂凡尼的早餐》

相得益彰，比如里约和郝莉一样，身上都有一种居无定所的漂泊感；潜意识里，里约想要替死去的女友天兰恣肆地活上一段，郝莉追求的主要目标则是钱和名，但两个女性都希望自己在追求所欲的过程中保持住自尊心。改一改郝莉的话，我觉得里约应该会说出这样的心声，"我希望有一天早晨在于连身边醒来时，我仍旧是我"。"我会仍旧是我"，这种骨子里对"不会失去自己"的坚信，让里约拖上行李箱，头也不回地逃离纽约，尽管每晚需要大量安眠药，仍算抽身而退。我觉得这两个女性的眼神一定都很清澈，历尽千帆，归来仍是少年。最后结局，你给里约安排了世俗意义上稳妥安全的归宿。有家，有工作，有爱人，有孩子，看似幸福的生活。那么，为什么还要安排里约和于连再次相遇？这个让里约再次湿了脸颊的收尾，隐匿了不好言说的结局……

唐　颖：说起来，是卡波特另一部长篇《应许的祈祷》给予我写上东城故事的灵感。卡波特时尚又才华横溢，是当年纽约上流社会的宠儿。他穿梭于名流人家，他动笔写《应许的祈祷》是企望写出一部普鲁斯特《追忆似水年华》这样的经典。这本书披露了纽约名流的丑闻，在连载时得罪了纽约的上流社会而受到杯葛，卡波特未完成书稿就去世了。我读这本书才到一半，便按捺不住自己的写作冲动，这本书唤醒了沉睡在我心里的一些人一些事，我是先有了"上东城晚宴"这个书名，再来写这个故事的，当然也因为卡波特的《蒂凡尼的早餐》给予我很深的印象。虽然我创作时并没有特意用里约去对应卡波特的郝莉，但两位女子都是从不同地方来纽约寻梦，都想在这座超级大都市给自己一个非同寻常的人生。郝莉从小镇来到纽约后无依无靠，只能随波逐流。有意思的是，她宁愿用身体交换生存，也不愿轻易用"自我"去交换"成为明星"，因为走向明星的途中有许多规则要遵守，郝莉的天性将被束缚！我曾经遇到一位颇有声名的歌者，她告诉我，当年她离开家乡出来闯荡，带着宁愿出卖身体也不会出卖音乐的倔强，我当时是有些震惊的。在这些前卫女性观念里，有比贞操更重要的东西。如果你说金钱并不重要，这会获得很多赞许，尽管他们的人生从来是视金钱为第一，但道德观是不会让他们承认的。可是如果有女子说贞操并不重要，却会激怒整个道德社会。我们的郝莉便是一个视"自由"重于"贞操"的女子，这便是郝莉这个形象独具光芒的地方，人物的前卫性使她至今仍然能吸引现代人。虽然这本书写于二十世纪五十年代。

而里约是生活在二十世纪走向二十一世纪的女子，她没有生存问题，却在情感路途上格外迷惘。她的种种纠缠都在心理层面，然而要获得纽约的精彩人生，里约没有孤注一掷的勇气，因为她是从上海这座大城市而来，她是个被大城市的规则漂洗过的、野性早已被荡涤的、理性永远不会彻底丧失的女性，所以她不会溃败到没有退路。然而，没有退路的人生却千疮百孔，令她失去幸福感，虽然有家庭有孩子"岁月静好"，但体面是表面的。我喜欢里约，让她仍然保有脆弱和敏感，最后的泪湿表明她还没有忘情。如果还能忧伤，她的内心将和现实保持距离，精神不会沦落于麻木中，或者说，她将一直拥有内心生活。我非常喜欢你用这样的句子形容，"我觉得这两个女性的眼神一定都很清澈，历尽千帆，归来仍是少年"。宝贵的正是，归来仍是少年，那清澈的眼神还有可能再燃焰火，生命的光芒就是在冒险中，在泪水中，而不是"岁月静好"。

▶ 轻便旅行箱构成的文明，是永远分离的文明

走　走：很多文学评论强调的"现代性"，其实只是一个概念，而忽视了这本身是一个不断变化的过程。"现代"这个词本身，含有的就是一种相对主义的取向。大家总是说你有一种"永不过时"的"时尚"的能力，

我觉得之所以永不过时，除了因为你笔下的人物都有一种在道德与欲望、理性与感性、个人与社会、历史和现实、东方和西方、有性无爱以及有爱无性等之间摇摆的相对性，你还把握住了过渡、短暂、偶然，就像《初夜》中蝶来的人生轨迹——下乡、考大学、悔婚、读研究生、留学、恋爱、结婚、生子，在这条轨迹之下，你同时把握住了更为永恒和不变的精神层面上的躁动、迷惘和焦虑。另外，你总是巧妙地选择两个城市，上海与新加坡，或者，上海与纽约，我觉得这种在城市之间切换的自由，最能体现现代生活方式。她们将现代商业都市当作审美对象，置身其中但又得以保持微妙距离。所以，你几乎所有的文本都彰显出一种现代性态度，既具有时间的当下性，又具备空间的敞开性。人物在叙述的当下时刻，时时反思自己的所愿、所思、所行，事实上她们总在反抗自己的理性。我觉得这是你笔下的上海女性特别有活力、特别不安于室的原因。

唐　颖：你提升了我作品的现代感，"这种在城市之间切换的自由，最能体现现代生活方式……既具有时间的当下性，又具备空间的敞开性"。这让我想起英国作家大卫·洛奇的一段话："我们的文明是轻便旅行箱构成的文明，是永远分离的文明。"文明的标志之一，是交通便捷，才有可能去远方。因为可以去远方才会有分离。"轻便旅行箱"成了一种象征，某一地的邂逅延伸出关系，却又是短暂的。不断的分离成了现代人内心的一道道划痕，我书中的人物几乎都跟着我自己的脚步，行走在不同城市。

2000年我从纽约回来不久又去了新加坡，我和新加坡国家电视台新传媒签了一年职业编剧合约。人们都说新加坡是个很闷的城市，可我没有这种感觉，也许我是个异地人。我对这个城市的每个角落都充满好奇，有探索的热情，无论如何，即便从表面上它也是个打开的空间，比如说，从新加坡去周边的国家就很容易，这使我觉得生活充满了种种可能性，正是这种可能性令我有朝前走的动力。而异国他乡的陌生感常常让我自己惊醒着。无论是在纽约还是新加坡，常有这样的片刻，我坐在地铁或巴士站等车，车子来了又去，剩下我一人。陌生的空旷令我遐想，也让我有些迷惘，昨天和今天有了清晰的界限，从一个城市到另一个城市，气候、文化氛围都变了，昨天突然遥远起来，流逝感那么强烈，在失去中想想要抓住什么。所有这些感触在影响我，就像不同的食物给我不同的营养和生理变化。还记得在吉隆坡的庞大的黑黢黢的长途巴士总站，我拖着行李箱，举着地图册在不同的售票窗口焦虑地转圈，天那么闷热，人那么密集。人们在讲马来语，所有的告示牌也是马来文，我在寻找英语，寻找英语说明文字和讲英语的工作人员，这一刻英语变得多么亲切。而在新加坡总是先通过华语寻找认同，我的认同点因场景的变化发生了微妙的变化。也是在这样的寻找中我对马来民族有了认同。

我想说现实中的"走出去"，令我内心的藩篱有了洞口，是一次又一次的突破。不同空间给予我的冲击和改变，通过我书中的人物表达了出来。就像你说的，"现代"有一种"相对主义取向"，在享受现代文明的同时也一定会遭遇文明带给我们的困惑和迷惘。大概，很难再有"岁月静好"这一说了。"轻便旅行箱"让你感受生命不可承受之轻，感受偶然的吸引和不可把握，也因此感受生命虚无的一面。

▶ 捕捉日常生活中"池水微澜"的潜在冲突

走　走：你的写作所关注的焦点似乎总是聚集在中产阶级这个庞大的人群。他们处于不太为钱发愁的一个阶层，看起来，他们没有具体明确的痛苦，但他们内心里又有非常多细小的裂纹。《红颜》里，"她躺下后，手从自己的被窝伸出去抓他的手。她想，生日那天开两桌够了，有两桌至爱亲朋已经足够，不要再给他添负担，这是她目前唯一能做的。她又起身，蹑手蹑脚去关闭电话。重新躺下重新去抓他的手，他的手却从她的手心逃脱。他翻过身朝那一边去，好像渴望从床的边缘消失"。我觉得你写那些裂纹，特别真实，随着小说的情节慢慢推进读者的内心。想做好妻子的女人们，表面上拼命维持平和或是假装对这个世界有足够的兴趣去竞争，但，她们不快乐。《瞬间之旅》也好，《迷途》也好，关键都不在于探讨成年女性撕心裂肺的情爱或者婚外恋，讲的却是生活如何以一种水滴石穿的方式，不易察觉地，按部就班地，腐蚀掉那些自以为是的美好。你的小说结局一般柔和，人们总是能重新找到和自己、和他人相处的平衡点，接受眼前的现实和下一步的命运。这是你对人生的总体看法吗？觉得那样生活可以容易一些，就像《上东城晚宴》里你给里约安排的丈夫、孩子、糕饼店一样？

唐　颖：没错，水滴石穿！划痕看起来很浅，但一次又一次的累积，就成了无法平整的伤疤。往往是在不为生存挣扎的光滑的日子，人会变得脆弱，才会感觉到神经末梢的疼痛，就像契诃夫的戏剧和小说，都是在茶炊旁世界毁灭了！大师这么认为，"得像生活里那样复杂，同时又那样简单，人们吃饭，仅仅吃饭，可是这个时候他们的幸福形成了，又或者他们的生活毁掉了。"也许我更擅长捕捉日常生活中那些隐藏的可以称为"池水微澜"的潜在冲突。虽然，为生存挣扎的故事更为悲壮，但写这一类题材的小说很多也很优秀。在偏僻又封闭的乡村，会产生惊心动魄的血泪故事。在城市的政治运动中，也不乏充满血腥的悲剧。然而，我们人生的更多时光是在另一种状态下度过，平淡的，按部就班的，却又无法松懈而步步为营。城市生活太具体太现实，如果要逃脱为生存挣扎的人生，必然要进入某种规则和秩序的轨道上。这样的生活虽然免于风险却也庸常无聊，真是水滴石穿在腐蚀你身上空灵又脆弱的那一部分。女人们总是比男人更加不甘心，也更加天真，她们的突围失败后，不得不退而求其次地回到日常轨道，然而内心每天在演绎悲剧却无人知晓。村上春树的那些短篇常有一些让人潸然泪下的片段。《窗》这个小短篇里，"我"这位男大学生找到一份奇怪的课余工：与陌生人通信并对通信者进行"信"的讲评和指导。直到他多年后回想，才明白她们（或者他们）都很寂寞，只是想向谁写点什么。在他写了一年信离开这份工作时受到其中一位通信者的邀请，她请他去家里吃她做的汉堡。那是个年轻的家庭主妇，曾在信里向他生动描绘汉堡牛肉饼，使得男生垂涎欲滴去汉堡店寻找却不得，因为汉堡店的汉堡有各种风味，唯独没有一份普普通通如通信者所描绘的汉堡牛肉饼。

主妇的汉堡没有让年轻人失望，"汉堡牛肉饼味道无可挑剔，香辣恰到好处，焦得一声脆响的底面挂满肉汁，调味料也正合适"，男生吃完汉堡喝了咖啡又听主妇聊了身世包括听她喜欢的音乐后，她似乎意犹未尽，还想留他。她告诉他，"你或许是仅仅为完成工作定额写的，不过那里面放进去一颗心，我觉得。全部整理保存着呢，时不时拿出来看一遍。"

十年后，男生每次乘坐小田急线电车从她公寓附近通过，仍然想起她，想起一咬有脆响的汉堡牛肉饼，望着铁路两边的公寓楼，猜想哪个窗口是她家，她是否还住在那里，还是独自一人听巴特·巴卡拉克唱片？现在这个已经三十二岁的男人心中只有一个困惑：那天他是否应该和她睡？

▶ 自由其实与幸福生活没有必然联系

走　走：*你的小说总是能从一个或一群女人的内心失序，间接反映出*

整个时代的欲望变迁。和这一个或这一群女人相对比的，总是有一个失意的或者一群郁郁不得志的男人。《美国来的妻子》里，元明清与时代的隔阂是因为坚守了旧时代的价值观而远远被抛在汪文君身后；到了最新的《上东城晚宴》，那些挣扎在穷困边缘的艺术家们，当年恰恰是因为遵从了时代的需求，才坠入失落之境。能否这么说，你特别偏爱女性，从小说的角度给了她们很多自由？自由其实与幸福生活没有必然联系。《上东城晚宴》里，你给了里约很多的自由，却让她遭遇了有生以来最大一次丧失自我的危机。你通过一个成功进入上流社会的于连式的艺术家的指引，一步步带领里约深入自己内心的肌理，虚荣、嫉妒、好胜、不甘，一点一滴发掘她内心的惶恐与不安。然后到了结局部分，我发现你对人物的道德感本身还是在意的（也许是潜意识？），你其实提出了一种假设：如果性爱不是自由的，如果情爱不是自由的，生活反而是静好的。（这是我觉得尤其意味深长的部分，最终，你本人所坚守的，仍然是传统时代的价值观？）

唐 颖：我想，我的确偏爱女性人物，或者说，我生活中遇到的女子都很不一般，虽然表面上看起来很女性，但她们内心强大。上海女人多是可以掌控自己的命运的，只要看看我的同龄女友所经历的传奇人生。小学和中学同学聚会，有出息的女生总是多于男生。这种校友会，从最初的男女生聚会，很快就变成女生自己聚会，因为她们觉得自己玩更有趣。这些不得志并已经丧失活力的男生通常出生在一个相对富裕的家庭，在当年的班级里，都是佼佼者，成绩人品都不错。我对他们今天的 loser（失败者）形象有着很深的怜悯，我觉得我们经历的畸形时代，对男人的伤害其实更大。他们变得胆小畏缩，混着庸碌人生。而元明清算是他们中的有头脑者，他是自己选择了退守的人生，洁身自好，因为看透名利如浮云，更因为看透时代变化的无常，深感大城小民的卑微无力，他是个彻底的虚无主义者。他的内心与身体所处的日常人生保持着距离，他也有嘲讽，不肯接受年轻女孩的爱，因为已经知道结局。这么世故和冷静，简直是精神上的慢性自杀者。

上海男人里的那些独行者，为了不让自己沉沦而走出国门。《阿飞街女生》里的宋子晨，《初夜》里的海参，他们这样的男生往往是女生的助力。我发现这种类型的上海男人还保有绅士般的对女性的尊重，他们比较开明，懂得欣赏有精神内涵行事独立的女性，而不是像患直男癌的男子，要求女人温柔乖巧小鸟依人。也因为有这样的上海男人，才使身边的女人开放自我。

好像，只有在《上东城晚宴》里我给了里约一个安静体面的归宿，这更像是在为里约争一口气，如此强悍的对手面前，她可不能输得太惨！这其实也是里约嫁给高远的内在动力。你看，在和于连的交往中，她一直刻意隐瞒自己的离婚现状，她就是想和于连平等相处，不要让他误以为自己要去依靠他，或者说，她至少要在姿态上做出，我们不过萍水相逢可以说走就走。虽然事实上，她已经陷入爱的旋涡难以自拔。高远在这段恋爱过程中，一直是她荒凉的心的绿洲，因此她往后的人生也需要从高远那里取暖。

你指出"自由其实与幸福生活没有必然联系"，这正是门罗在《逃离》这一著名短篇小说里的洞察。大学女教授西尔维亚帮助她的雇工年轻的女孩卡拉逃离让她压抑的丈夫，然而卡拉却在长途巴士驶离家乡附近的小镇、开上去多伦多的高速公路之际，要求下车，出走没有成功，她又回到了丈夫身边。这之后西尔维亚给卡拉的信中说道，她误认为卡拉的幸福和自由是合二而一的，而她那么希望卡拉幸福。卡拉没有接受已经在眼前的自由，当她拿着西尔维亚的资助，坐上长途巴士时，她却恐慌了：对未知的前途害怕，对陌生的多伦多害怕。她认为自己无法融入给予她充分自由的生活里，她在巴士上想到未来生活的画面时都有丈夫克拉克的身影，她的情感仍然驻留在丈夫身边。可是，回来后的卡拉却不再是原来的卡拉，"她像是肺里什么地方扎进一根致命的刺"。因为，她在西尔维亚的信里看到另一个真相，她心爱的小白羊出逃后恰恰在卡拉重新回归家庭时回来过，但丈夫把小白羊杀死了。卡拉仍然和丈夫在一起，却每天在心里抵抗"朝那一带走去"的诱惑。这种深刻的悲剧性弥漫在门罗的每个短篇里，想要出走和出走的女人，她们的内心失序后，还能回到原来的生活里吗？

回头看里约，她接受高远的求婚，更像是抓住一根救命稻草。她太需要一个外力来救赎自己，高远求婚时给予她一个充满希望的远景，那就是，我们将有一堆孩子。很奇怪，也许是基因使然，女人在情感空白时，渴望有个孩子让她爱，让她的情感有寄托。

原先，里约作为单身女性来到纽约，她有足够多的自由，她希望挥霍这个自由。问题是自由没有给她带来幸福，她爱上了不该爱的人，她给自己戴上了枷锁。里约曾经另有一个备胎，那就是已经离婚的前夫，他们开玩笑说，如果老了，彼此还单身着，便可以复婚。这样的婚姻可能不是回归传统，而是解决人类孤单的问题，结伴生活，繁衍后代，行为上是传统的，但本质上是自我的。为了解决"孤独"和"寂寞"，所以，里约走向婚姻仍然是现代人利己的方式，她在婚姻里安个身，精神却在"别处"。